MERLE JENSEN
Nordfriesenzauber

**Über die Autorin:**

Merle Jensen ist das Pseudonym einer deutschen Bestsellerautorin. Nach Kindheit und Jugend an der dänischen Grenze und auf Sylt lebt sie seit vielen Jahren in ihrer Wahlheimat Hamburg und verbringt ihre Freizeit am liebsten mit Mann, Kindern und Hund an der Nordseeküste.

MERLE JENSEN

# Nordfriesenzauber

Roman

lübbe

MIX
Papier aus verantwortungsvollen Quellen
FSC® C014496
www.fsc.org

Dieser Titel ist auch als E-Book erschienen

Originalausgabe


Textredaktion: Petra Lingsminat, Dietfurt
Umschlaggestaltung: Tanja Østlyngen unter Verwendung von Illustrationen von
© shutterstock: JFs Pic S. T | Hanneliese | Pickturepick | VDOVINA ELENA
Satz: hanseatenSatz-bremen, Bremen
Gesetzt aus der Minion Pro
Druck und Verarbeitung: GGP Media GmbH, Pößneck
Printed in Germany
ISBN 978-3-404-17943-5

2 4 5 3 1

Sie finden uns im Internet unter
www.luebbe.de
Bitte beachten Sie auch: www.lesejury.de

*Am grauen Strand, am grauen Meer*
*Und seitab liegt die Stadt;*
*Der Nebel drückt die Dächer schwer,*
*Und durch die Stille braust das Meer*
*Eintönig um die Stadt.*
*Es rauscht kein Wald, es schlägt im Mai*
*Kein Vogel ohn' Unterlass;*
*Die Wandergans mit hartem Schrei*
*Nur fliegt in Herbstesnacht vorbei,*
*Am Strande weht das Gras.*
*Doch hängt mein ganzes Herz an dir,*
*Du graue Stadt am Meer;*
*Der Jugend Zauber für und für*
*Ruht lächelnd doch auf dir, auf dir,*
*Du graue Stadt am Meer.*

Theodor Storms bekanntestes Gedicht »Die Stadt« (1852)

# 1. Krabbe

*Krabbes Bude* prangte in blauen Buchstaben an dem weißen Holzhäuschen, das einladend vor Inken Jennes Restaurantschiff, dem *Wattparadies*, auf der Kaimauer stand.

Inken konnte sich nicht mehr erinnern, wer ihr einst den Spitznamen »Krabbe« verpasst hatte, aber sie besaß ihn schon eine gefühlte Ewigkeit. Und er lag bei ihr quasi auf der Hand, schließlich war sie die Tochter eines Husumer Krabbenfischers. Inken tippte auf eine Kindergartenfreundin, deren Namen ihr inzwischen entfallen war. Jedenfalls stammte er aus grauer Vorzeit, bevor Wiete in ihr Leben getreten und den unangefochtenen Platz als ihre beste Freundin eingenommen hatte. Bis heute, auch wenn sie ihn seit geraumer Zeit mit der Dritten im Bunde, Nele Hansen, teilen musste. Doch zum Glück waren sie inzwischen alle drei zu einem unzertrennlichen Kleeblatt zusammengewachsen.

Immer montags, wenn auf Inkens Restaurantschiff Ruhetag war, verkaufte sie ihre legendären Fischbrötchen selbst. Bis zum Nachmittag, wenn ihre Tochter sie ablöste. Den Rest der Woche beschäftigte sie eine ehemalige Marktfrau, der es nicht um den Zuverdienst ging, sondern darum, dass sie in der Bude in ihrem Element war.

An diesem Frühlingstag, der dem Theodor-Storm-Gedicht von der grauen Stadt am grauen Meer alle Ehre machte, weil die Wolken so tief hingen, als wollten sie das Hafenbecken küssen, war nicht viel los an der Hafenmeile. Früher hätte sich das überhaupt nicht gelohnt, täglich Fischbrötchen aus der Klappe anzubieten. Heute aber konnte es passieren, dass plötzlich ein Bus eine Ladung hungriger Touristen ausspuckte. Und für den Fall hatte die Bude tagtäglich geöffnet.

In ihrer Kindheit war Husum noch ein verschlafenes Nordseenest gewesen, in das sich Urlauber höchstens im Hochsommer verirrten. Mit den Jahren aber war ihr schnuckliges Städtchen zu einem echten Touristenmagneten geworden. Auch hier oben in Nordfriesland tobte nicht nur im Sommer der Bär an der Hafenmeile mit seinen kleinen Läden. Nein, auch im Winter waren der Weihnachtsmarkt rund um den Tine-Brunnen und ein Bummel am Hafen entlang äußerst beliebt bei Besuchern. Dann servierte man in *Krabbes Bude* die Fischbrötchen mit Theodor-Storm-Punsch. Der berühmte Husumer war nämlich nicht nur ein großer Dichter gewesen, sondern wohl auch ein Feinschmecker. Jedenfalls wurde ihm dieser Punsch aus Rotwein, Madeira und Arrak zugeschrieben.

Inken warf einen stolzen Blick auf ihre Ware. Ihre Krabbenbrötchen waren laut einer Jury »die leckersten der ganzen Stadt«. Diesen Stempel hatte ihr die örtliche Zeitung verpasst, nachdem sie im vergangenen Jahr anlässlich der Husumer Krabbenwoche einen Krabbenbrötchen-Test durchgeführt hatte. *Krabbes Bude* hatte den ersten Platz gemacht. Diese Auszeichnung hatte ihren Mann Harry endgültig davon überzeugt, dass die Eröffnung der Bude vor dem Restaurant keine Schnapsidee seiner Frau, sondern nicht nur wirtschaftlich gesehen ein genialer Schachzug gewesen war. Und wenn Harry das zugeben musste, er, der stets so auf das Geld geachtet hatte, war das ein enormes Lob.

Bei dem Gedanken an Harry wurden Inkens Augen feucht. Manchmal wusste sie nicht mehr, ob ihr die Tränen kamen, weil er einfach ohne Vorwarnung für immer von ihr gegangen war oder weil er vorher ihr gemeinsames Konto leergeräumt und sie mittellos zurückgelassen hatte …

Inken zwang sich schnell, an etwas anderes zu denken. Sie konnte ihren Kunden schlecht etwas vorheulen, wenn denn an diesem Montag überhaupt ein Bus eintreffen würde … Ein Blick auf die Schüssel mit den frischen Krabben ließ ihre Tränen versiegen. Es erfüllte sie mit Stolz, dass jede dieser Nordseegarnelen von Hand gepult worden war.

Und das war zu Inkens großem Bedauern heutzutage eine absolute Ausnahme. So einen Luxus konnte sich keiner der Fischer mehr leisten. Sie erinnerte sich noch gut an die Pul-Tanten, wie sie als Kinder jene Frauen genannt hatten, die ihre Arbeit meist direkt am Kutter ihres Vaters verrichtet hatten. Das waren in der Regel Hausfrauen gewesen, die sich etwas dazuverdienen wollten. Erst waren die Krabben direkt an Bord gewaschen und danach in Nordseewasser gekocht worden, wodurch sie überhaupt haltbar wurden und ihre rosige Farbe erhielten. Dann konnten sie gepult werden.

Dank neuer Hygienevorschriften rechnete sich das heute nicht mehr. Das behauptete jedenfalls ihr Bruder Uwe, und der musste es ja wissen. Sonst würden sich die einheimischen Krabbenfischer, die oftmals auf eine lange familiäre Tradition in dem Geschäft zurückblickten, ganz bestimmt nicht gezwungen sehen, ihre Ware zum Pulen ins Ausland zu schaffen. Aber es gab Hoffnung, denn Uwe und ein paar andere Fischer wollten die Krabben wieder zuhause pulen lassen, wussten nur noch nicht genau, wie sie es anfangen sollten.

Inkens Bruder Uwe Bruhns ließ seine Krabben deshalb immer noch in Polen pulen. So konnte er guten Gewissens behaupten, dass seine *Crangon crangons*, wie Krabben wissenschaftlich heißen, dafür nicht extra nach Marokko gekarrt wurden. Als Inkens Vater kurz vor seinem Tod Wind davon bekommen hatte, hätte er Uwe wegen dieses Frevels am liebsten auf der Stelle enterbt. Auch Inken schüttelte es jedes Mal, wenn sie über das Schicksal der armen heimischen Porren, wie die grauen Nordseegarnelen auch genannt wurden, nachdachte. Unvorstellbar, dass sie erst einmal in Benzoesäure ertränkt wurden, damit sie den langen Transport halbwegs überlebten. Und weil das leicht verderbliche Meeresgetier eine ordentliche Menge an Konservierungsmittel brauchte, um haltbar gemacht zu werden, war der Grenzwert bei Krabben ganz pragmatisch von viertausend Milligramm auf sechstausend pro Kilogramm angehoben worden. Das wurde nun in der Praxis bis zum Letzten ausgereizt. Schließlich musste die Dosis auch für den Rücktransport nach Norddeutschland reichen, wo die Krabben dann nicht nur in Supermärkten als fangfrische Ware angeboten wurden. Gesund war das sicher nicht! Inken fröstelte jedes Mal, wenn sie daran nur dachte. Es war ein Trauerspiel, das hätte es früher nicht gegeben.

Inken zuckte zusammen. Sie hätte nie für möglich gehalten, diesen dümmsten aller Sprüche, dass früher alles besser gewesen wäre, auch einmal zu bemühen, aber bei dem Krabben-Irrsinn fiel ihr nichts Besseres ein. Wenn sie an die Argumente dachte, mit denen die Verantwortlichen einem die polyglotten Porren schmackhaft machen wollten, konnte sie sich nur an den Kopf fassen. Dass so eine kleine Menge an Benzoesäure der Gesundheit niemals schaden könne …

Aber bevor Inken in ihrem Imbiss kontaminierte Krabbenbrötchen anbot, würde sie lieber das *Wattparadies* samt der Bude meistbietend verkaufen. Damit wäre sie dann auch alle ihre Sorgen auf einen Schlag los! Das lukrative Angebot einer erfolgreichen Restaurantkette lag ihr bereits vor. Es war ihr »ganz diskret« von ihrem Bankberater unterbreitet worden, der das als definitiven Rettungsschirm bezeichnet und ihr dringend zum Verkauf geraten hatte. Nicht einmal denken solltest du daran, ermahnte sich Inken. Das *Wattparadies* war schließlich nicht nur Harrys Lebenswerk gewesen, sondern auch ihr Ein und Alles. Sie ärgerte sich maßlos darüber, dass sich Harrys Frevel immer wieder in ihre Gedanken schlich. So ein Idiot, schimpfte sie stumm. Noch schlimmer war, dass sie ihn noch immer nicht aus vollem Herzen hassen konnte für das, was er ihr angetan hatte. Es war wie verhext! Sie suchte ständig nach absurden Erklärungen, die ihn entlasten könnten, aber vergeblich! Dafür gab es einfach keine Entschuldigung. Selbst ein Suff mit fatalen Folgen hätte das niemals rechtfertigen können! Wenn ihr jemand prophezeit hätte, was ihr Ehemann bei seinem Tod einmal für einen Scherbenhaufen hinterlassen würde, sie hätte ihn Lügen gestraft. Und das hätte auch keiner gewagt, weil dem guten Harry kein Mensch in ganz Nordfriesland und darüber hinaus so etwas zugetraut hätte. Und nun durfte sie als trauernde Witwe nicht einmal annähernd durchblicken lassen, dass sie wahnsinnig wütend auf ihn war. Sie konnte sich jedenfalls nicht erinnern, zu seinen Lebzeiten jemals so zornig auf Harry gewesen zu sein. Nein, ihre außergewöhnliche Ehe war zu keinem Zeitpunkt Show gewesen. Im Gegenteil, auf jeden heftigen Streit war bei ihnen bis zuletzt immer noch eine leidenschaftliche Versöhnung gefolgt. Sie hatten sich wirklich geliebt, und ob sie es nun wollte oder nicht … sie liebte ihn immer noch.

Inken wischte sich erneut eine Träne aus dem Augenwinkel und versuchte krampfhaft, gedanklich zu ihren Krabben zurückzukehren, doch das wollte ihr einfach nicht gelingen. Harry war so präsent, als würde er noch leben. Sie fühlte ihn, sie roch ihn, ja, und sie sah ihn vor ihrem inneren Auge immer wieder auftauchen. Und jedes Mal erinnerte sie sich an ein anderes Erlebnis mit ihm, als wäre es gerade erst passiert. In diesem Augenblick kamen ihr diverse Streitgespräche in den Sinn.

Was hatte Harry gegen ihre Idee gewettert, zusätzlich zum Restaurant Fischbrötchen zu verkaufen! Das war entschieden gegen seine Ehre als Koch gegangen. Harry hatte sich nämlich eine Menge darauf eingebildet, in einer Hamburger Sternegastronomie gelernt zu haben. Dort in der Ausbildung hatten sie einander kennen und lieben gelernt, aber ihr lag jeglicher Dünkel fern. Sie wusste aber, was kulinarisch in ihrer Heimat ankam, und hatte deshalb so manchen Streit mit dem großen Meister riskiert. So auch um die Fischbude, aber der Erfolg hatte Inken jedes Mal Recht gegeben. Sie musste da nur an ihre Idee mit dem speziellen vorweihnachtlichen Storm-Menü samt Lesung mit bekannten Schauspielern denken. Viel zu teuer, allein die Gagen, hatte Harry protestiert und die Hände über dem Kopf zusammengeschlagen. Lass es uns wenigstens einmal ausprobieren, hatte Inken gefordert. Mit durchschlagendem Erfolgt. Seit Jahren waren diese Abende bereits im Sommer komplett ausgebucht. Für Inken waren diese Lesungen ein absolutes Highlight, bei denen auf ihren speziellen Wunsch auch nie das Storm-Märchen vom kleinen Häwelmann fehlen durfte. Die Geschichte von dem Jungen, der nicht schlafen konnte und dem alles viel zu langweilig war, sodass er immerzu forderte: »Mehr! Mehr!«, hatte Inken schon als Kind über alles geliebt. Und wie immer, wenn Inken etwas gewagt und damit gewonnen hatte, war Harry nachträglich dankbar und sehr stolz auf sie gewesen. *Wenn ich meine kreative, mutige Frau nicht hätte, würde ich immer noch versuchen, den Nordlichtern badisches Schäufele mit Kraut zu verkaufen.* Und dann hatte er sie fest in den Arm genommen. Inken spürte seine kräftigen Hände an ihrem Rücken, die Geborgenheit, die er ihr gab …

Ach, Harry, dachte Inken mit einem Anflug von Wehmut, du fehlst mir so. Trotz allem! Nicht nur in ihrem Herzen, sondern auch im Alltag. Er hatte ihr stets den ganzen finanziellen Kram abgenommen. Selbst als Koch vermisste sie ihn, denn ihr Mann hatte rasch gelernt, nordische Fischspezialitäten so raffiniert zuzubereiten, dass man glauben musste, er wäre mit Nordseewasser getauft. Nun stand sie bis auf eine Küchenhilfe mutterseelenallein in der Küche und arbeitete rund um die Uhr bis zur Erschöpfung. Für den Service hatte sie im Moment nur Wiete und an den Wochenenden eine Aushilfe. Mehr konnte sie sich nicht leisten, weil … Inken wollte gar nicht daran denken, weil es so schmerzte, aber es ließ sich einfach nicht verdrängen: Harry hatte kurz vor seinem Tod mit ziemlicher Sicherheit ihr gesamtes Geld verspielt. Das behauptete jedenfalls ihr Bankberater, weil es ein paar verräterische Auszüge mit Abbuchungen der Hamburger Spielbank und ein paar große Abhebungen bei einer in der Nähe befindlichen Sparkasse gab. Inken hatte bislang keine eigenen Nachforschungen angestellt. Viel zu groß war ihre Angst, noch ganz anderen Geheimnissen ihres Mannes auf die Spur zu kommen: einer teuren Geliebten in Hamburg etwa oder einem Rotlichterlebnis, in dessen Verlauf man ihm seine Karte gestohlen hatte … Fakt war, er hatte kurz vor seinem Tod ihr gesamtes Vermögen verschleudert und sie damit eiskalt in das Messer des Mitleid heuchelnden Bankberaters laufen lassen. Vielleicht würde sie irgendwann einmal versuchen herauszubekommen, was damals in Hamburg wirklich geschehen war. Noch fühlte sie sich nicht dazu in der Lage, Miss Marple zu spielen. Wenn ich doch wenigstens mit einem Menschen darüber sprechen könnte, dachte Inken und stieß einen tiefen Seufzer aus. Aber es gab keinen, dem sie das hätte anvertrauen mögen. Nicht einmal Wiete. Dazu schämte sie sich viel zu sehr für Harry.

Wie einfach wäre es, diesen ganzen Alptraum hinter sich zu lassen und alles zu verscherbeln! Dann hätte sie ausgesorgt, statt vor Sorgen über die Zukunft nicht mehr in den Schlaf zu kommen.

Doch Inken liebte ihre zwei gastronomischen Babys über alles und würde sie für kein Geld der Welt hergeben. Sie war eine waschechte Nordfriesin von Kopf bis Fuß. Allerdings stellte sie das prinzipiell nicht in Form eines Fischerhemdes zur Schau. Im Gegenteil, ein solches Hemd im Alltag zu tragen fand sie absolut lächerlich. Nur im Frauen-Shanty-Chor, da musste sie so ein Teil anziehen, weil es der Chorleiter, ihr Bruder Uwe, so wollte. In der Fischbude aber machten das ihrer Meinung nach nur die Gastarbeiter aus Pinneberg und Neumünster, die bei der Konkurrenz im hochsommerlichen Saisongeschäft aushalfen. Die trugen beim Verkauf von Krabbenbrötchen alle diese blau-weiß gestreiften Blusen und dazu gern ein rot-weiß gemustertes Halstuch.

Eine empörte Berliner Schnauze riss Inken aus ihren Gedanken.

»Wat denn? Mir laust der Affe. Fünffünfzig wolln'se mir für die kleene Schrippe abknöppn?« Er deutete auf ein frisches Krabbenbrötchen in der Auslage.

Inken schluckte ihre Antwort tapfer herunter, denn der Kunde war König, und wenn er sich auch noch so dämlich benahm, lautete ihre Devise. Stattdessen schenkte sie dem übergewichtigen Hauptstadtbewohner ein falsches Lächeln. »Sonst nehmen Sie doch lieber eins mit Hering.«

Er schaute sie verwirrt an. Um den Mund seiner Gattin zuckte es verräterisch.

»Das bekommen Sie schon für drei Euro«, fügte Inken mit Unschuldsmiene hinzu.

»Nee, nee, wir nehmen zwee Krabben«, mischte sich die Ehefrau energisch ein. »Det is weiß Jott nicht zu teuer. In Hamburg haben wir elf Euro für eine Schrippe jeblecht.«

»Aber det sind hier die Orijinale«, schnaufte der Mann.

»Eben!« Lächelnd legte die Frau Inken einen Zehner und eine Zwei-Euro-Münze hin. »Stimmt so!« Der überrumpelte Ehemann biss im Weggehen gierig in seine Schrippe und verdrehte verzückt die Augen.

Zu teuer? Geht's noch? Bei mir stimmt das Preis-Leistungs-Verhältnis, aber so was von, dachte Inken verärgert. Krabben waren launische Tierchen. Man wusste nie, wo sie sich gerade verkrochen hatten. Im letzten Jahr waren sie verdammt rar gewesen, und das hatte den Preis nach oben getrieben. Wenn es nach ihr gegangen wäre, hätte sie die Krabbenbrötchen deshalb nicht teurer verkauft, aber Harry hatte ihr vorgerechnet, dass sie das ansonsten geradewegs in den Ruin treiben würde. Da hatte sie den sechsfünfzig schließlich zähneknirschend zugestimmt. Tja, und nun war sie aus ganz anderen Gründen haarscharf am Ruin vorbeigeschrappt … und daran war allein Harry schuld. Ihre sentimentale Sehnsucht nach ihm hatte sich, wie so oft in den vergangenen vier Monaten seit seinem Ableben, in kalten Zorn auf ihren Mann verwandelt.

»Hey, Mutti. An wen denkst du denn gerade? Man könnte meinen, du willst jemanden killen«, fragte eine ihr wohlbekannte Stimme.

Jedes Mal, wenn Beeke montags nachmittags vorbeikam, um sie in der Bude abzulösen, ging Inken das Herz auf. Sie liebte diese hochgewachsene Blondine und war auch ein wenig stolz darauf, so eine hübsche Tochter zu haben. Die leider immer wieder Pech mit den Männern hatte. Was hätte Inken darum gegeben, wenn Beeke im *Wattparadies* mitarbeiten würde. Eine Gastro-Ausbildung besaß sie nämlich, aber dann hatte sie unbedingt diesen Laden übernehmen müssen, in dem sich alles um den Tee drehte. Von der Schietwetter-Mischung bis zur Friesenkanne mit passenden Bechern. Und Fischerhemden, obwohl die mit Tee nun rein gar nichts zu tun hatten. Im Moment hätte Inken die Mitarbeit ihre Tochter dringender gebrauchen können als je zuvor, aber ihr würde kein Wort über die Lippen kommen, denn dann müsste sie ihr verraten, was passiert war. Davon abgesehen, dass Beeke ihr das wohl nur schwerlich glauben würde, denn sie hatte ihren Vater nahezu vergöttert. Nein, diese herbe Enttäuschung wollte sie »ihrem kleinen Mädchen« nicht zumuten, denn für Beeke war der plötzliche Herztod ihres Papas ein ebenso unfassbarer Schock gewesen wie für sie selbst. Nur dass Inken dann dieser gewisse zweite Schock schachmatt gesetzt hatte. Und den wollte sie ihrer Tochter um jeden Preis ersparen. Selbst auf die Gefahr hin, dass Beeke glauben musste, ihre Mutter würde den plötzlichen Tod ihres Mannes ganz gut verkraften. Was sollte ihre Tochter auch anderes denken, nachdem Inken auf Harrys Beerdigung schockgefrostet gewesen war und wie ein Zombie gewirkt hatte?

»Ich finde, du solltest für die Krabbenbrötchen weiterhin sechsfünfzig nehmen. Das rechnet sich so doch nicht«, bemerkte ihre Tochter energisch, während sie die Tür zur Bude öffnete und in den engen Verkaufsraum trat.

»Nein, ich finde das total in Ordnung. Gerade in diesem Jahr. Durch das Wetter hatten wir doch schon im Frühsommer ausreichend Ware.«

»Trotzdem, du bist zu billig.«

Inken verdrehte die Augen. Vater und Tochter waren nicht nur in allem einer Meinung gewesen, auch ihr Sprachduktus glich sich frappierend.

»Beeke, lass gut sein!«

»Okay, gegen deine Sturheit ist wirklich kein Kraut gewachsen. Ich habe das Gefühl, du hebelst seit Paps' Tod all seine geschäftlichen Entscheidungen aus, und wenn er wüsste, was du mit unserem Haus …«

»Ich geh dann mal hoch«, unterbrach Inken ihre Tochter und wandte sich schroff ab. Sie war nicht in der Stimmung, sich mit Beeke zu streiten, der alles, was ihr Vater je gesagt, getan oder auch nur gedacht hatte, heilig war. Am meisten nahm sie ihrer Mutter wohl übel, dass sie das Haus, in dem Beeke geboren und aufgewachsen war, ohne ihr Wissen nicht einmal zwei Monate nach Harrys Tod verkauft hatte und zu ihrer Freundin Nele in die Wohngemeinschaft nach Nordstrand gezogen war. Dass Inken keine andere Wahl gehabt hatte, nachdem ihr Herr

Petersen von der Nordfriesen-Sparkasse die Augen geöffnet hatte, ahnte Beeke nicht. Sie hatte sofort alles versilbern müssen, und das war keine bloße Option gewesen! Im Gegenteil, eher eine Rettung in der Not … Obwohl Inken sich bewusst entschieden hatte, ihre Tochter in ihrem Kummer über den Verlust des Vaters nicht auch noch mit seinem »Vermächtnis« zu belasten, fühlte sich sie sich in diesem Moment verdammt ungerecht behandelt. Ohne ein weiteres Wort verließ Inken hastig die Fischbude.

## 2. Pul-Party

Inken wurde schon sehnsüchtig an Bord erwartet. Ihre Freundin Wiete hatte bereits alles für das gesellige Krabbenpulen vorbereitet. Durch das *Wattparadies* zog der Duft von frisch gebrühtem Kaffee, und auf den extra aufgelegten abwaschbaren Tischdecken waren einladend die unverkennbaren Pharisäer-Becher, die leckeren Friesentorten und die Buddel voll Rum drapiert. Pharisäer, das war Inkens Lockstoff, mit dem sie ein Dutzend Husumer Damen dazu hatte animieren können, regelmäßig ihre gesamten Krabben zu pulen. Und das waren nicht wenige, denn diese Husumer Spezialität wurde nicht nur an der Bude angeboten, sondern auch im Restaurant. Inkens Kutterscholle mit Krabben war legendär. Die Idee, sich ihre eigene Pul-Crew zu schaffen, war Inken gekommen, nachdem Uwe ihr gegenüber endlich eingestanden hatte, wo er pulen ließ. Inken hatte sich daraufhin geweigert, bei sich auch nur eine dieser weit gereisten Nordseegarnelen anzubieten. Nur wer sollte diese Arbeit erledigen? Sie allein hätte diese Mengen niemals geschafft, und Harry, der »Schwabe«, wie er sehr zu seinem Ärger in Husum genannt worden war – denn er kam aus dem badischen Bötzingen bei Freiburg –, hatte sich nie damit anfreunden können, die kleinen grauen Biester aus ihren Panzern zu schälen. Inken vermutete, seine Abneigung dagegen war der Grund, warum er sich beim Pulen jedes Mal so schrecklich ungeschickt angestellt und das zarte Fleisch stets schlichtweg zerdrückt hatte. Dabei war es doch ganz einfach. Man fasste mit dem Zeigefinger und dem Daumen der einen

Hand zart den Kopf an und bewegte den Körper ganz leicht, bis der Panzer brach. Dann musste man die hintere Hälfte aus dem Panzer lösen, bevor man den Kopf aus der Schale drehte. Jedenfalls war das für Inken eine der leichtesten Übungen, weil bei ihr zuhause immer ungepulte Krabben auf den Tisch gekommen waren.

Die zündende Idee, daraus eine wöchentliche Pul-Party bei Pharisäer und Friesentorte zu machen, war Inken nach ihrem ersten Versuch, sich Hilfe zu holen, gekommen. In ihrer Not hatte sie für Touristen wöchentliche Kurse im Krabbenpulen angeboten. Doch es waren so viele Krabbenköpfe zerquetscht worden und Leiber in der Schale geblieben, dass sie sich etwas anderes hatte einfallen lassen müssen, als Touristinnen einzuspannen. Und dann hatte sie einfach in ihrem Frauenchor die Ansage gemacht, dass es zum Krabbenpulen im *Wattparadies* montags Pharisäer satt und umsonst gäbe. Denn warum Urlauberinnen rekrutieren, denen sie das mühsam »beipulen« musste, wenn es vielen Frauen vor Ort so wie ihr einfach im Blut lag? Der Zulauf hatte selbst Inken überrascht. Beim ersten Treffen war fast der ganze Chor angetreten, bestehend aus zweiundzwanzig Frauen. Und es war wohl nicht nur dem Pharisäer selbst zu verdanken gewesen, sondern auch dem Umstand, dass die Damen auf diese Weise einmal wöchentlich einen ausführlichen Klönschnack beim Kaffeekränzchen halten konnten. Inzwischen gab es diesen festen Kreis, der sich montags im *Wattparadies* einfand. Die härtesten unter ihnen brachten es im Laufe eines Nachmittags auf bis zu vier Pharisäer, dieses »Düwelszeugs«. So jedenfalls hatte der Überlieferung nach einst ein Pastor aus Nordstrand diesen Kaffee mit Rum bezeichnet. Angeblich hatten die Nordstrander den asketischen Gottesmann zu täuschen versucht, indem sie den Rumgeruch in ihrem Kaffee durch die Sahnehaube kaschiert hatten. Und nur durch eine dumme Verwechslung bei einer Taufe war ihm auch so ein Becher mit Schuss serviert worden. Da soll er ausgerufen haben: »Oh, ihr Pharisäer!«, und damit hatte das Getränk seinen Namen weg. Inken selbst schaffte meist nicht mehr als einen davon, und das war auch gut so, denn einer musste bei der lustigen Frauenrunde noch den Überblick behalten. Aber sie hatte keinen Grund zur Klage. Das Krabbenpulen ging den meisten Damen auch noch im Pharisäer-Rausch leicht von der Hand. Inzwischen konnte sie sich vor Anfragen nicht retten, und halb Husum wäre gern montags zur Pul-Party gekommen, aber mehr als zwölf Helferinnen benötigte sie nicht.

Ein lautes Klirren ließ Inken zusammenschrecken. Sie brauchte sich gar nicht umzudrehen. Es war sonnenklar, was geschehen war. Wiete hatte wieder einmal Geschirr zu Boden fallen lassen! Inken kannte niemanden, der zwei derart linke Hände hatte wie ihre älteste Freundin. Bereits in der Schule hatte die sportliche Inken die neue Mitschülerin, die mit ihren Eltern von Polen nach Husum gezogen war, beim Ballspielen stets nur aus reinem Mitleid in ihre Mannschaft geholt. Wietes Ungeschicklichkeit war allseits bekannt. Dafür war sie ein Mathe-Ass und hatte Inken sogar die Kurvendiskussion mit Engelsgeduld beigebracht. Und nur aus alter Freundschaft hatte sie Wiete die in ihren Augen absurde Bitte, bei ihr als Kellnerin anzuheuern, nicht abschlagen können. Dabei verstand sie partout nicht, warum sich ihre Freundin so etwas antat. Wiete war ein Crack, wenn es um Zahlen und Bilanzen ging, und sie hatte bei ihrer Kündigung eine gute Abfindung von dem Erotikkonzern aus Flensburg … Inken unterbrach sich hastig. Das durfte sie nicht einmal denken. In Husum glaubten nämlich alle, Wiete hätte für die Geschäftsführung einer Spedition gearbeitet und nicht für den Vertrieb von Sexspielzeugen und Softpornos.

»Tut mir leid. Ich weiß auch nicht, wie das passieren konnte. Die ist mir einfach aus der Hand gerutscht«, seufzte Wiete schuldbewusst, während sie die Scherben der Pharisäer-Tasse zusammenkehrte.

»Macht doch nichts«, schwindelte Inken, denn Schwund gehörte zwar zum Gastrogeschäft, aber seit Wiete für sie kellnerte, musste sie alle paar Wochen Geschirr nachbestellen. Ganz schlimm war es, wenn Wiete im Unterdeck servieren und die Treppe nach unten nehmen musste … Da gab es alle naslang ein Malheur. Trotzdem, Wiete war mittlerweile unersetzlich, weil sie sich mit einem bescheidenen Lohn begnügte. Dass Inkens Mittel nach Harrys Tod nicht ausreichten, um andere qualifizierte Kräfte im *Wattparadies* zu beschäftigen, konnte ihre Freundin ja schließlich nicht ahnen. Dabei war Inken mehr als einmal versucht gewesen, ihr Geheimnis auszuplaudern, besonders seit sie in Neles Nordstrander Wohngemeinschaft gezogen war, in der Wiete ebenfalls wohnte. Es war nicht leicht für sie, am vertrauten WG-Tisch bei einem Glas Wein den Mund zu halten, zumal ihr Harrys Erbe manchmal schier die Luft zum Atmen nahm. Doch obwohl die drei Frauen viel Freizeit miteinander verbrachten, war es Inken gelungen, ihre prekäre Lage vor den beiden Freundinnen zu verbergen. Sie hielten Harry immer noch für eine aufrechte und treusorgende Lichtgestalt. Und das war gut so, denn Inken wollte partout vermeiden, dass ihre Freundinnen ihren Harry post mortem verurteilten. Nein, sie wollte das Bild, dass sie einen Traummann gehabt und eine Bilderbuchehe geführt hatte, nicht beschädigen. Noch nicht jedenfalls! Vielleicht wenn er ein Jahr tot war, denn irgendwann, so befürchtete sie, würde das alles ungefiltert aus ihr herausplatzen. Es war nämlich gar nicht einfach, so zu tun, als hätte sie keinerlei Sorgen, obwohl ihr das Wasser bis zum Hals stand. Durch den Verkauf des Hauses hatte sie erst einmal einen Aufschub bewirkt, aber weil es ein Notverkauf gewesen war, hatte sie viel zu wenig dafür bekommen.

Wiete schien über die Maßen bestürzt über ihr Missgeschick, denn sie hörte nicht auf, darüber zu jammern, was Inken ein wenig auf die Nerven ging. Wenn sie keine anderen Sorgen hat, schoss es ihr erbost durch den Kopf.

»Wiete, das ist doch nur eine blöde Tasse!«, versuchte sie die Freundin zum Schweigen zu bringen.

»Das sagst du jedes Mal, wenn ich was zerdeppere, aber ich schwöre dir: Ich schaffe das, nichts mehr fallenzulassen. Du kannst es mir doch vom Lohn abziehen.«

Inken tippte sich an die Stirn. »Du spinnst wohl!«

Über Wietes zerknirschtes Gesicht huschte ein Lächeln. »Ich bin so dankbar, dass ich bei dir arbeiten darf.«

Inken erwiderte das Lächeln, während sie sich erneut fragte, warum ihre Freundin sich das bloß antat. Sie hatte wirklich ein erfolgreiches Arbeitsleben hinter sich, und mit der Abfindung könnte sie bis zur Rente doch wirklich etwas Sinnvolleres anfangen … Ob sie einsam war und ihr jetzt eine Familie fehlte, etwas, was sie in den beruflich erfolgreichen Jahren niemals vermisst hatte?

»Hallo, Mädels, habt ihr schon gehört? Heike kommt nicht mehr. Ihr Mann hat bei waghalsigen Spekulationen sein ganzes Geld verloren. Sie putzt jetzt drüben im Hotel«, begrüßte jetzt die Dritte im Bunde ihre Freundinnen mit dem neusten Klatsch, während sie auf Schuhen an Bord gestöckelt kam, in die Inken ihre armen Füße im Leben nicht hineinpferchen würde. Da war der Hallux valgus doch förmlich vorprogrammiert!

So gern Inken Nele auch hatte, ihre spitze Zunge war gefürchtet. Heike hatte die Nase zwar in der Tat sehr hoch getragen und war die Einzige gewesen, die mehr getrunken als gepult hatte. Trotzdem ging Inken diese Neuigkeit verdammt nahe. Was, wenn erst einmal in der Stadt herumging, was ihr widerfahren war? Petersen hatte ihr zwar geschworen, den Mund zu halten, aber was, wenn irgendeine Ausgabe auf sie zukam, die ihr Budget sprengen würde? Ob sie dann auch einen Putzjob im Hotel annehmen musste und zum Stadtgespräch wurde?

Der Duft teuren Parfums konkurrierte nun mit dem des Kaffees. Inken war jedes Mal aufs Neue fasziniert von Neles perfektem Auftreten. Sie selbst war mehr der natürliche Jeanstyp, während Nele elegante Kleider und Röcke bevorzugte. Und zwar immer mit den passenden Accessoires. Angeblich trug Nele diese feinen Sachen allerdings nur, weil sie sich nach der Scheidung keine teuren Klamotten mehr leisten konnte, sie andererseits aber um keinen Preis in die Niederungen der Mode-Discounter absteigen würde. Deshalb, so versicherte sie den Freundinnen, wäre sie gezwungen, ihren reichhaltigen Ehe-Kleiderschrank bis ans Lebensende aufzutragen. Es passte zu ihr, dass sie lieber zeitlebens von den edlen Teilen zehren wollte, als sich neue Dinge ohne Stil zuzulegen. Dass es auch so etwas wie einen Mittelweg gab, hatten Inken und Wiete ihr vergeblich zu erklären versucht. Nele legte eben großen Wert auf ein elegantes und zugleich jugendliches Auftreten. Letzteres war manchmal in den Augen der Freundinnen etwas schräg, vor allem dann, wenn sie Kleidung auftrug, die mehr als dreißig Jahre alt war. Fast genauso schlimm, wie Billigklamotten zu tragen, wäre es für Nele gewesen, Sachen anzuziehen, die sie älter machten, als sie wirklich war. In ihrer herzerfrischenden Art hielt sie Inken und Wiete gegenüber auch damit nicht hinter dem Berg: dass sie den Verlust ihrer einst jugendlichen und makellosen Schönheit bejammerte. Wie oft zeigte sie den Freundinnen die alten Fotos aus den Urlauben in Sanremo und pflegte diese seufzend zu kommentieren mit: »In diesen Bikini passe ich jedenfalls nicht mehr!« Ihre Freundinnen wären beide nicht im Entferntesten auf den Gedanken gekommen, ihren alten Bikinis hinterherzutrauern oder gar in Erwägung zu ziehen, sich heutzutage in so einem süßen Nichts zu präsentieren. Aber sie nahmen auch nicht jede neue Falte und jede frische Delle auf ihren Oberschenkeln wahr. Nein, in dem Punkt standen sich Wiete und Inken sehr viel näher. Sie thematisierten die sichtbaren Zeichen der Hautalterung erst gar nicht. Doch Nele nervte sie auch nicht wirklich damit, weil sie ihre frechen Sprüche zum Thema Cellulitis und Co stets mit einer Portion Selbstironie und Humor garnierte. Nun waren auch Wiete und Inken nicht völlig uneitel. Zwar hatte Wiete sogar einmal mutig versucht, das Haar in Mausgrau zu tragen, war dann aber schnell zu dem Entschluss gelangt, das stände nun wirklich nur ein paar wenigen Glücklichen. Seitdem trug sie wieder ihren kurzen Karottenkopf, während Inken ihren einst weizenblonden Schopf schon seit Jahren mit Strähnen im Status quo hielt. Nele hingegen färbte sich das Haar schwarz, was perfekt zu ihrem akkuraten Pagenschnitt passte. In den Augen ihrer Freundinnen sah sie immer noch atemberaubend aus, aber ihr Selbstbild war eben ein anderes. *Der Lack ist ab*, konstatierte sie stets mitleidslos.

Inken hatte Nele anfangs gar nicht leiden können, als sie eines Abends in Begleitung ihres turbogebräunten Gatten im *Wattparadies* gespeist hatte. Noch nie hatte einer so viele Sonderwünsche geäußert, und das in anmaßendem Ton. Kein Gast hatte je so abwertend und laut zu verstehen gegeben, dass das *Wattparadies* für einen weltgewandten Mann wie ihn recht provinziell wäre. Damals waren die beiden auch nur zu Besuch bei Neles Vater auf Nordstrand gewesen, wie Inken später erfahren hatte, und hatten noch in Hamburg gelebt. Doch eines schönen Tages war Nele ohne ihren lärmenden Gatten und ohne Ehering am Finger zum Dinner im *Wattparadies* aufgetaucht. Inken hätte sie gar nicht wiedererkennt, aber Harry hatte gefragt, ob das nicht die elegante Dame sei, die vor einiger Zeit mit diesem unsympathischen Goldkettchenträger bei ihnen gespeist hätte. Tja, das musste man Nele lassen. Sie machte auf jeden Mann Eindruck, selbst auf den guten Harry, der sich sonst weder Gesichter noch Namen hatte merken können. Damals hatte Inken die Frau noch für eine jener Damen gehalten, die sich für alle niederen Tätigkeiten Personal leisteten, doch an dem Abend hatte sich ihre Meinung schlagartig geändert. Als nämlich plötzlich eine größere Gesellschaft unangemeldet im *Wattparadies* eingefallen war, da hatte Nele ganz spontan die Ärmel hochgekrempelt, im Service ausgeholfen und sich damit in Inkens Herz gespielt. Das war der Beginn einer wunderbaren Freundschaft, wie Nele stets betonte, wenn sie ein Glas zu viel getrunken hatte. Inken hatte nach und nach erfahren, dass Nele von einem einst reichen Hof auf Nordstrand stammte, ihr Vater sie aber nach dem frühen Tod ihrer Mutter in ein Internat bei Schleswig gegeben hatte. Dort war Nele dann in vornehmer Gesellschaft aufgewachsen, hatte aber glühend die Mädchen beneidet, die in Husum auf eine normale Schule gehen durften. Eigentlich hatte Nele Architektur studieren wollen, aber im Elite-Internat hatte sie Manne Jessen kennengelernt, einen Stipendiaten, der von dem Ehrgeiz besessen war, auch einmal zu den Schönen und Reichen zu gehören. Nele war dann seine rechte Hand geworden und hatte ihm bei seinem Aufstieg zu einem der größten Immobilienentwickler Hamburgs geholfen. Nele behauptete Inken gegenüber stets im Brustton der Überzeugung, Manne sei damals ein charmanter, gut aussehender und echt sympathischer Kerl gewesen, was diese sich allerdings schwerlich vorstellen konnte. Sie hatte Manne Jessen, dessen Namen in den Mund zu nehmen ihr Nele übrigens bei Strafe verboten hatte, nur als überheblichen Angeber kennengelernt. Es war anfangs gar nicht so einfach gewesen, Wiete ihren Stimmungsumschwung in Sachen Nele plausibel zu machen. Natürlich hatte Wiete damals befürchtet, die »Neue« könne ihr womöglich ihren Rang bei der besten Freundin ablaufen. Wiete hatte mit Engelszungen auf Inken eingeredet, »dieser eingebildeten Tusse« nicht zu vertrauen, aber schließlich hatten sie sich zu einem munteren Dreiergespann zusammengerauft, nachdem Nele als frisch Geschiedene nach Nordstrand gezogen war. Trotz ihrer damenhaften Erscheinung und der manchmal spitzen Zunge war Nele ein Kumpel, mit dem man, wie Wiete heute sagte, echt Pferde stehlen konnte. Inzwischen passt keine Briefmarke mehr zwischen uns drei, dachte Inken und wurde etwas traurig bei dem Gedanken, dass sie dennoch nicht den Mut fand, die beiden in ihr persönliches Drama einzuweihen. Sie hätte den Trost der Freundinnen gut gebrauchen können, aber es war so sicher wie das Amen in der Kirche, dass die beiden Harrys Verhalten schärfstens verurteilen würden ... Verrückt, dass ich mich nach allem, was Harry sich geleistet hat, bemüßigt fühle, ihn vor berechtigter Kritik zu beschützen, ging es ihr bekümmert durch den Kopf.

»Ich hole mir dann mal einen Friesinnen-Punsch«, sagte Nele und verschwand in der Kombüse. Kurz darauf kam sie mit einem Becher zurück. Dieses Getränk war für die figurbewussten unter den Damen die Alternative zu der Kalorienbombe Pharisäer. Eigentlich bereitete man den Friesenpunsch aus Tee, Johannisbeersaft und Rotwein zu. Inken hatte daraus eine Mischung aus Tee, Kirsberry, einem dänischen Kirschlikör, und Rotwein kreiert und ihrem Getränk den weiblichen Namen verpasst. Einige der Damen schworen auf diesen Zaubertrank. Auch wenn er nicht gerade zum Abnehmen geeignet war, bildete sich Nele zumindest ein, er wäre tausend Mal besser für die Linie. Trotzdem musterte sie fast neidisch Wietes Becher mit dem Pharisäer und das noch unberührte Stückchen Friesentorte vor ihr auf dem Teller.

»Wenn ich davon trinken würde, dann wäre ich bald eine Kugel! Glaubt es mir. Ich bin dazu verdonnert, in die Konfektionsgröße zu passen, in die ich mich dem Ex-Pfosten zuliebe einst gehungert habe«, pflegte sie ganz offenherzig zu scherzen. Das hielt sie nicht davon ab, die Friesentorte jedes Mal mit einem derart gierigen Blick zu fixieren, als würde sie das Teil am liebsten auf der Stelle in Gänze inhalieren. Nele war eine Frau, die ihre unbändige Lust auf Süßes, der sie allerdings nicht nachgab, gar nicht erst zu leugnen versuchte. Im Gegenteil, sie stand mit einem selbstironischen Lächeln zu ihren kleinen Schwächen. Inken beneidete sie fast ein wenig darum, dass sie auch keinen Hehl aus ihren persönlichen Niederlagen machte, wie beispielsweise ihrem Ehedesaster. Zwar war es Nele gewesen, die sich schließlich von dem Kerl hatte scheiden lassen, nachdem er bei Nacht und Nebel zu einer seiner zahlreichen Geliebten nach Ibiza geflüchtet war. Doch der Ex hatte ihr sehr übel mitgespielt, indem er zuvor eine Insolvenz hingelegt und sich dann als mittelloser Loser verkauft hatte. Nele war wohl nur deshalb einigermaßen gerade aus der Sache herausgekommen, weil sie von ihrem Vater den prachtvollen ehemaligen Bauernhof auf Nordstrand und ein wenig Geld geerbt hatte. Inzwischen hatte sie die alte Scheune an einen der größten Schafzüchter auf Nordstrand vermietet und im geräumigen Haupthaus einige Zimmer für Feriengäste geschaffen. Zwei davon hatte sie nun für schmales Geld dauerhaft ihren Freundinnen überlassen. So kam sie ganz gut über die Runden.

In diesem Moment ging die Tür auf, und Uwe kam mit der Ware an Bord. »Moin, moin, allerseits. So, Schwesterherz, hier sind deine frischen Krabben aus Lodz!«

Inken deutete ein leises Grinsen an. Mehr konnte sie für den Humor ihres Bruders in dieser speziellen Angelegenheit nicht erübrigen. Ihr Bruder war ein großer, breiter Kerl, dessen einst blondes Haar inzwischen weiß geworden war. In seinem struppigen Bart stritten blonde, graue und weiße Haare um die Vorherrschaft. Als er Nele erblickte, bekam er wie immer den Ausdruck eines verliebten Schuljungen. Inken hatte keinen Zweifel daran, dass Uwe der treuste Ehemann auf der Welt war und seine Jette von Herzen liebte, aber für Nele schwärmte er sehr, allerdings nur von ferne. Allein, wie er sie als Leiter des Damenchors »Husumer Deerns« ständig bevorzugte! Wenn sie mal die zweite Stimme bei *Jonny, Jonny* nicht gleich fand, hatte Uwe vollstes Verständnis, während er seine Schwester beim kleinsten Patzer anranzte. Inken und Wiete waren ganz froh, dass sie die Einzigen im Chor waren, die nicht für Uwe schwärmten, denn seine augenfällige Bevorzugung Neles hatte unter den restlichen Damen schon zu so mancher Eifersüchtelei geführt. Die älteren Semester flogen in der Regel auf ihren großen Bruder, was sie als kleine Schwester natürlich so gar nicht nachvollziehen konnte.

Uwe winkte nun lächelnd Wiete zu, bevor er sich gleich wieder auf den Weg machen wollte. Wiete aber gab ihm durch ein stummes Zeichen zu verstehen, dass er ruhig noch bleiben solle. Inken sah ihrem Bruder an der Nasenspitze an, dass er den Nachmittag liebend gern in der lustigen Gesellschaft der Chordamen verbracht hätte, doch sie war sich nicht ganz sicher, ob sie das befürwortete, weil die Frauen dann automatisch in den Flirtmodus schalteten. Aber Wietes Geste war so einladend, dass sie Skrupel hatte, die Spielverderberin zu sein. Außerdem rührte es sie immer wieder, wie liebevoll Wiete und Uwe miteinander umgingen. Für ihre Freundin war Uwe der große Bruder geblieben, den sie selbst nie gehabt hatte. Als Einzelkind hatte Wiete früher viel Zeit im Haus der Familie Bruhns verbracht, wo stets Trubel geherrscht hatte. Ganz anders als bei ihr zuhause, wo es wenig Grund zum Lachen gegeben hatte. Kein Wunder, ihr Vater war chronisch lungenkrank gewesen, weshalb ihre Eltern überhaupt an die Nordsee gezogen waren. Deshalb war Wiete, so oft sie konnte, zu Inken geflüchtet. Die beiden Mädchen waren unzertrennlich – bis heute. Wiete hatte Inken damals unendlich bewundert, weil sie in der Klasse das Sagen hatte. »Krabbe«, wie die Schulkameraden Inken damals genannt hatten, war nicht nur Klassensprecherin gewesen, sondern ein Mädchen, mit der jede befreundet sein wollte. Und Wiete war damals mächtig stolz darauf, dass sie als »Neue« das Privileg genoss, Inkens Vertraute zu werden. Die Krönung war gewesen, als ihr Inken den Spitznamen »Porre« verpasst hatte, was eben nur ein anderes Wort für Krabbe war. Dadurch hatte sich Wiete ihr noch mehr verbunden gefühlt. Aber das hatte von Anfang an auf Gegenseitigkeit beruht. Inken hatte sofort gespürt, was für ein mutiger Mensch hinter Wietes zunächst schüchterner Fassade lauerte. Und Wiete war absolut aufrichtig, etwas, was Inken nicht von allen Mitschülerinnen behaupten konnte und was ihrem eigenen Wesen sehr entgegenkam. Und bei den Bruhns hatte Wiete eben nicht nur eine treue Freundin gefunden, sondern in Uwe auch einen ritterlichen Beschützer. Er hatte damals auf seine ganz spezielle Art dafür gesorgt, dass einer der älteren Jungs ihr nicht länger »Polenmädchen« auf dem Schulhof hinterherrief, weil ihre Eltern Spätaussiedler waren. Nach dem blauen Auge, die der überhebliche Junge sich eingefangen hatte, war Schluss mit den Lästereien gewesen. Im Gegenzug hatte sie Uwe mit Mathenachhilfe diverse Male vor dem Sitzenbleiben gerettet.

Inken kämpfte immer noch mit sich, ob sie Uwe nicht doch zum Bleiben auffordern sollte, als Nele ihr zuvorkam.

»Moin, Uwe, hast du nicht Lust, uns heute zu helfen? Heike fällt nämlich aus«, flötete die Freundin und prostete ihm mit ihrem Punsch zu. Wenn Nele ihn bat, würde er sicher nicht Nein sagen, dachte Inken amüsiert.

Uwe warf seiner Schwester einen fragenden Blick zu. »Wäre dir das denn recht, Schwesterherz?«

Was sollte sie da noch sagen? Sowohl die Freundinnen als auch die restlichen Damen würden sich über die Anwesenheit des kernigen Seebären freuen. Sie konnte nur hoffen, dass Uwe sie später nicht zu sehr ablenkte, wenn er dann nach dem dritten Pharisäer zum Akkordeon griff und die Pul-Runde in eine Chorprobe verwandeln wollte.

»Meinetwegen, aber nur wenn du dich am Pulen beteiligst«, knurrte sie, doch da war Uwe bereits dabei, es sich neben Nele gemütlich zu machen. Er hatte Inkens Zögern als Zustimmung gedeutet. Manchmal spielte Inken mit dem Gedanken, sich mit ihrem Problem dem Bruder anzuvertrauen, aber er hatte auch kein Geld übrig, um ihr aus der Klemme zu helfen. Und außerdem würde der direkte Uwe seinen Zorn auf den Schwager mit Sicherheit lauthals zum Ausdruck bringen. Dabei würde er sich keinen Maulkorb anlegen lassen, und dann würde bald ganz Husum wissen, was Harry ihr angetan hatte. Da war er wieder: Inkens Beschützerinstinkt! Obwohl er es ganz und gar nicht verdient hatte, Inken konnte nicht anders. Harry und sie waren stets ein Team gewesen, und irgendetwas in ihr konnte und wollte einfach nicht von dem Bild des loyalen, treusorgenden Harry loslassen.

Inzwischen trudelten auch die anderen Damen ein, und wie immer gab es ein großes Hallo, weil Uwe mit dabei war. Allerdings liefen die Gespräche von Anfang an völlig anders, als wenn sie unter sich Frauen gewesen wären, stellte Inken amüsiert fest. Keine Rede von Strickmustern, neusten Diäten, Zipperlein von Knie und Hüfte, Wechseljahren, Faltencremes oder Sonstigem, worüber sie schwatzten, wenn sie unter sich waren. Stattdessen hingen sie an Uwes Lippen und fühlten sich offenbar glänzend unterhalten, sodass Inken ihren eigenen Gedanken nachhängen konnte. Die Vorwürfe ihrer Tochter machten ihr ganz schön zu schaffen. Manchmal hatte sie insgeheim Angst, dass der Vulkan, der in ihrem Inneren brodelte, eines Tages unkontrolliert zum Ausbruch kommen würde. Im Grunde ihres Wesens war Inken eine überaus beherrschte Person, die ihre Emotionen im Zaum halten konnte. Nur wenn das Fass bei ihr überlief, spie sie Feuer. Das geschah allerdings nicht allzu häufig. Das letzte Mal in der örtlichen Filiale der Nordfriesen-Sparkasse. Petersen hätte sich wohl am liebsten unter seinem Schreibtisch verkrochen, weil sie mit Flüchen nur so um sich geworfen und den Papierkorb mit Fußtritten traktiert hatte. Außerdem hatte sie ihm angedroht, sollte davon auch nur ein Wort nach außen dringen, würde sie ihn einen Kopf kürzer machen. Er hatte ihr beflissen versichert, er habe eine Schweigepflicht, bevor er wieder in Deckung gegangen war. Nein, so einen enthemmten Ausbruch wollte sie ihrer Tochter lieber ersparen, wobei Beeke dann vielleicht erkennen würde, dass ihre Mutter doch nicht so gefühlskalt war, wie sie es ihr vorwarf. Trotzdem durfte es Inken nicht passieren, ihrer Tochter derart unkontrolliert die Wahrheit entgegenzuschleudern. War es nicht schlimm genug, dass Beeke ständig von den Männern ihres Herzens enttäuscht wurde? Wäre es nicht unverantwortlich, den Glauben ihrer Tochter, ihr Papa sei als einziger Mann im Universum unfehlbar gewesen, in den Grundfesten zu erschüttern? Wobei ihr Beuteschema sie stets von einer Katastrophe in die nächste trieb, denn Beeke flog auf große, stattliche Kerle, wie Harry einer gewesen war. Manchmal, wenn Inken sich vor Sorge nächtelang in ihrem Bett wälzte, meldeten sich gewisse Zweifel an ihrem Entschluss, Beeke diese Enttäuschung zu ersparen. Vielleicht würde sie die Herren der Schöpfung etwas realistischer sehen, wenn sie die Wahrheit erfuhr? Und endlich erkennen, dass die Statur nicht den Charakter ausmachte, und ihren Fokus zukünftig eher auf schmächtige Männer lenken? Aber Inken verwarf den Gedanken jedes Mal ganz schnell wieder. Nein, was sie auch vorbrachte, das geeignet wäre, Harry zu entzaubern, aus ihrem Mund würde es für ihre Tochter immer ein »Geschmäckle haben«, wie Harry das wohl genannt hätte. Wenn Beeke überhaupt jemand ungestraft die Wahrheit sagen könnte, dann wäre das wohl eher Wiete. Wiete hatte nämlich ein besonderes Verhältnis zu Inkens Tochter. Schon früher hatte sie zwischen Mutter und Tochter vermittelt, wenn die beiden sich wieder einmal in die Wolle bekommen hatten. Harry war die Kabbeleien zwischen den beiden irgendwann leid gewesen, und da hatte Wiete die Rolle der Schlichterin übernommen. Die Ursache für diese Konflikte war immer dieselbe: Die emotionale Beeke warf ihrer Mutter vor, keine Gefühle zu haben. Dabei trug Inken sie einfach nur nicht wie eine Trophäe vor sich her, wie ihre Tochter es tat.

Aber dazu müsste Inken Wiete die Wahrheit anvertrauen, und davon war sie innerlich noch meilenweit entfernt …

»Sag mal, hat Beeke schon mit dir gesprochen?«, raunte ihr just in diesem Augenblick Uwe zu.

»Nein, warum?« Inken versuchte zu verbergen, dass ihr auf der Stelle mulmig zumute wurde. Sie ahnte zwar noch nicht, was ihre Tochter von ihr wollte, aber sie hatte ein merkwürdiges Gefühl im Bauch.

Ihr Bruder hob abwehrend die Hände. »Da musst du mit ihr selbst schnacken. Ich sag nichts.«

Wie Inken das hasste. Das war Uwes Spezialität. Erst deutete er irgendwelche Dinge an, und dann machte er ein Geheimnis darum. So nach dem Motto: Ich habe nichts gesagt! Das hatte sie schon als Kind an ihm zur Weißglut getrieben.

»Uwe. Was ist los?«, zischte Inken zurück.

»Das ist wegen dem Laden. Nebenan wird frei, und sie würde den ja gern dazumieten und einen Durchbruch machen.«

»Und?«

»Musst du Beeke fragen.«

Normalerweise hätte Inken ihren Bruder nun erst recht gelöchert, aber in ihrem Magen klumpte sich ein regelrechter Kloß zusammen, der sie verstummen ließ. Jetzt wusste Inken, worum es ging und dass es sie in Teufels Küche bringen würde: Beeke wollte ihren Laden vergrößern und brauchte dazu Geld.

Und wen sollte sie wohl fragen? Ihre Mutter natürlich, von der sie glauben musste, dass sie nach dem Hausverkauf ein riesiges Vermögen auf der Bank gebunkert hatte. Inken konnte nur beten, dass sie mit ihren Spekulationen falschlag und Beeke gar kein Geld von ihr wollte. Vielleicht war ja alles ganz anders und ihre Tochter hatte endlich einmal einen tollen Mann kennengelernt, einen, der … Inken unterbrach ihre Gedanken hastig. Nein, es ging um den größeren Laden und darum, sich Geld von ihrer Mutter zu leihen. Keine Frage! Und wie sie sich da herauswinden sollte, ohne ihrer Tochter reinen Wein über ihre finanzielle Lage einzuschenken, das wussten die Götter …

# 3. Nele lädt zum Nullen ein

Nele machte sich große Sorgen um Inken. Ihre Freundin sah sehr erschöpft und müde aus. Ihr sonst so schmales und klares Gesicht wirkte aufgequollen, und ihr beneidenswert frischer, rosiger Teint hatte einen Graustich. Ob sie ihren Kummer wohl ertränkt, fragte sich Nele, obwohl das so gar nicht zu ihrer Freundin passte, aber in einer Krisensituation ging oft so einiges durcheinander. Das wusste Nele nur allzu gut aus eigener Erfahrung. Ohne ihren Lieblingsriesling hätte sie die ganze hässliche Trennung wohl kaum ertragen und dabei nach außen einen gefassten Eindruck machen können. Und genau das strahlte auch Inken aus: Contenance. Doch wie sah es im Herzen ihrer Freundin aus? Inken wäre die Letzte, die in dieser Lage herumjammern würde, aber dafür, wie unzertrennlich Harry und sie gewesen waren, wirkte sie ein wenig zu beherrscht. Nicht eine Träne hatte Inken bislang in Neles Gegenwart vergossen. Das stimmte Nele schon nachdenklich. Aber heimliches Trinken? Das müsste sie doch merken. Schließlich wohnten sie seit fast zwei Monaten unter einem Dach. Vielleicht lenkte sich Inken auch mit der Arbeit ab. Sie schuftete jedenfalls unermüdlich. Natürlich fiel nach Harrys Tod das Doppelte an Arbeit an, aber durch den Hausverkauf besaß ihre Freundin doch jetzt Mittel, um Hilfskräfte einzustellen. Nele befürchtete, dass Inken eines Tages einfach umkippen würde. So wie Harry. Der war in der Küche vor seiner Pfanne zusammengebrochen und auf dem Transport zum Nordsee-Klinikum gestorben. Und vorher war er Neles Wissens kerngesund gewesen. Jedenfalls hatte er nicht halb so schlecht ausgesehen wie Inken jetzt.

Es hatte Nele viel Überzeugungskraft gekostet, Inken nach der Pul-Party zu überreden, mit Wiete und ihr nachhause zu fahren. Im Gegenzug hatte sie ihr beim Aufräumen geholfen. Auch Uwe war noch zum Aufklaren im *Wattparadies* geblieben. Das war sehr praktisch gewesen, weil Nele seine Mithilfe benötigte, um Inken demnächst eine Auszeit zu verschaffen. Sie hatte ihn unauffällig beiseitegenommen und gefragt, ob er an dem verlängerten Wochenende, an dem sie Wiete und Inken nach Sanremo entführen wollte, für seine Schwester im Restaurant und in der Fischbude einspringen würde. Uwe hatte keine Sekunde gezögert und Nele bestätigt, dass auch er der Meinung sei, Inken brauche dringend eine kleine Pause. Bei der Gelegenheit hatte Uwe ihr besorgt anvertraut, dass Inken kürzlich sein Angebot, in Zukunft kostenlos ihre Buchführung zu übernehmen, abgelehnt hatte. Ob sie das verstehen würde? Nein, tat Nele nicht! Inkens Abneigung gegen Zahlen war ein offenes Geheimnis, und wenn sie sich schon nicht von ihrem Bruder helfen lassen wollte, sollte sie doch wenigstens Wiete fest als Mitarbeiterin für die Finanzen einstellen. Nele war der Meinung, dass Inken damit zwei Fliegen mit einer Klappe schlagen würde, weil Wiete dann endlich eine Aufgabe besäße, bei der sie kein Porzellan zerdeppern konnte. Dafür sollte Inken dann im Service dringend zwei neue Kräfte einstellen.

»Trinken wir noch einen Wein zusammen?«, fragte Nele hastig, bevor die Freundinnen verschwinden konnten. Die beiden machten nämlich Anstalten, in ihre Zimmer zu eilen, kaum dass sie in der Diele des Nordfriesenhofs angekommen waren. Der Hof lag sehr malerisch unweit der Hauptstraße, kurz hinter dem Abzweig nach Süderhafen auf der linken Seite. Die Auffahrt führte durch eine Kastanienallee. Auf den Wiesen hinter dem Haus weideten die Schafe des Scheunenpächters. Sie wurden nur bei extremen Witterungsverhältnissen in die geschützte Halle getrieben. Zu Ostern aber fanden dort die Mutterschafe Unterschlupf beim Ablammen. Das Mauerwerk des langgestreckten Hauptgebäudes aus dem späten 19. Jahrhundert war aus rotem Klinker erbaut, und das Haus besaß ein Reetdach. Typisch für die Insel an Land, wie die Halbinsel, die bis weit in die Neunzigerjahre eine Marschinsel gewesen war, auch genannt wurde, grenzte direkt an das historisch anmutende Herrenhaus mit den drei Dachgiebeln eine überdimensionierte Scheune aus grünem Blech.

Inken warf Nele einen zweifelnden Blick zu. »Ich bin ziemlich müde«, stöhnte sie. Kein Wunder, dachte Nele, die Freundin war schon in aller Frühe nach Husum gefahren und hatte nach der Pul-Aktion noch die Krabben einfrieren müssen, die sich nicht am folgenden Tag verbrauchen würden. Frische Porren hielten sich allerhöchstens zwei Tage.

»Nur auf einen Schluck, es ist wichtig.« Ihr Blick fiel auf die Post, die auf den alten Holzdielen lag, weil das Haus noch so einen altmodischen Briefschlitz in der Tür hatte. Sie sammelte die Briefe auf. Alles nur Rechnungen, dachte sie, als sie den Absender eines an Wiete adressierten Briefes studierte. Eine Anwältin aus Hamburg. Ehe sie sich den Umschlag genauer anschauen konnte, riss ihn ihr Wiete förmlich aus der Hand und ließ ihn hektisch in ihre Jackentasche gleiten. Das war so ungewöhnlich für die sonst eher ruhige Wiete, dass sich Nele die Frage verkneifen musste, was die Freundin mit einer Rechtsanwältin zu tun hatte. Seufzend legte Nele die an sie adressierte Post auf dem Garderobentisch in einer Schale ab. Dort stapelten sich bereits die Mahnungen von Wochen. Nele gehörte zu jenen Menschen, die glaubten, wenn sie Rechnungen nicht öffneten, müssten sie diese auch nicht begleichen. Zurzeit hatte sie nämlich einen kleinen Engpass wegen der Sanremo-Reise. Sie hatte, um sich diesen Luxus leisten zu können, einige wertvolle Erbstücke vorübergehend im Pfandhaus ihres Vertrauens geparkt. Das alte Schlitzohr am Marktplatz in Heide – in Husum konnte sie ihre Sachen nicht verpfänden, ohne dass es am nächsten Tag an der gesamten nordfriesischen Küste herum war – hatte ihr wieder einmal zu wenig dafür gegeben. So hatte Nele entschieden, den Stapel Rechnungen bis zu ihrer Rückkehr aus Sanremo zu ignorieren, weil ihre Mittel für beides nicht reichten. Und dann würde sich mit Sicherheit eine Lösung finden, auch ihre Gläubiger zu befriedigen, hatte Nele in ihrem unerschütterlichen Optimismus beschlossen.

»Also, Ihr Lieben, ich muss euch was sagen«, verkündete sie, als sie im großen Wohnzimmer angekommen waren.

»Oh Gott, bist du krank?«, fragte Wiete erschrocken. So wie bei Nele das Glas stets halbvoll war, war es bei Wiete grundsätzlich halbleer. Sie befürchtete stets das Schlimmste.

»Nein, ihr wisst doch, dass mein runder Geburtstag vor der Tür steht«, seufzte Nele gequält, denn ihr missfiel außerordentlich, dass sie die Erste von ihnen war, die nullte. »Und den würde ich gern mit euch beiden verbringen.«

»Gut, dann hole ich den Wein und die Gläser«, bot sich Wiete an, doch Nele drückte sie förmlich in einen der antiken Polsterstühle, die schon seit dem 19. Jahrhundert am großen Esstisch im Nordfriesenhof standen. Zwar hatten sie häufig neue Bezüge bekommen, aber das Mahagoniholz hatte den Wandel der Zeit unbeschadet überstanden.

»Lass mal, das mache ich schon«, erklärte Nele hastig und musste dabei an die friesische Kaffeekanne denken, die noch aus dem Nachlass ihrer Großmutter stammte und zwei Kriege überlebt hatte, bis, ja … bis Wiete damit neulich – na ja, die Schwelle eben … Und wieder hatte Nele ihr nicht ernsthaft böse sein können, denn Wiete hatte ihr unter Tränen versprochen, im Internet genau so eine Kanne wiederzubeschaffen. Einmal abgesehen davon, dass man so ein Teil sicher nicht bei

Ebay ersteigern konnte, hatte Neles Mitgefühl mit Wiete wie immer die Oberhand behalten. Es tat Nele in der Seele leid, wie verzweifelt Wiete wegen ihrer zwei linken Hände war.

Als Nele zurück ins Wohnzimmer kam, musterte Wiete sie schuldbewusst. »Hattest du Angst, das würden die geschliffenen Gläser deiner Oma nicht überleben?«

»Unsinn!« Doch bevor Nele noch darüber nachdenken konnte, war es bereits aus ihr herausgeplatzt: »Wie ich gehört habe, braucht Inken dringend eine Hilfe für die Buchführung und den Finanzkram. Wäre das nicht der bessere Job für dich?«

Wiete reagierte nicht beleidigt. Im Gegenteil, ein befreites Lächeln huschte über ihr Gesicht. »Klar, das wäre wunderbar.«

»Siehst du, Inken. Dann brauchst du nur noch zwei neue Kräfte im Service, und der Laden läuft wieder«, bemerkte Nele triumphierend und in der festen Überzeugung, eine gute Tat vollbracht zu haben. Doch Inken wurde nur noch grauer im Gesicht, als sie es ohnehin schon war.

»Das erledige ich schon selber«, knurrte die Freundin.

»Warum lässt du Wiete denn nicht deine Buchführung machen? Und überhaupt den ganzen Bürokram? Darin ist sie perfekt. Und das lag dir doch noch nie. Das hat doch immer Harry gemacht«, hakte Nele energisch nach.

»Kannst du jetzt endlich mal auf den Punkt kommen! Ich möchte schlafen.«

»Okay!«, erwiderte Nele irritiert mit einem Seitenblick auf Wiete, die Inkens Schroffheit genauso zu verunsichern schien wie sie selbst. Zögernd holte Nele zwei Briefumschläge hervor und reichte sie den Freundinnen, die gleichermaßen fasziniert das teure und altmodische Büttenpapier bestaunten.

»Nun macht schon auf. Ich bin gespannt, was ihr dazu sagt.«

Inken öffnete ihren ganz vorsichtig und zog die inliegende Karte hervor.

»Eine Einladung«, murmelte sie.

»Hotel *Esplanade*, Sanremo. Ein ganzes Wochenende«, bemerkte Wiete mit einem zweifelnden Unterton. Sie schien immer noch leicht verstört über Inkens schroffe Reaktion auf Neles Vorschlag.

»Sorry, aber das kann ich leider nicht annehmen«, stieß Inken leicht genervt hervor. »Ich kann doch nicht von Freitag bis Montag das *Wattparadies* und meine Bude schließen. Vor allem wenn Wiete auch ausfällt. Und Beeke kann nur Montagnachmittag aushelfen.«

Nele lächelte geheimnisvoll. »Das habe ich mir gedacht, dass du meinst, du bist unabkömmlich, aber sei beruhigt. Ich habe mit Uwe gesprochen. Der findet auch, du musst mal raus. Und Jette und er vertreten dich.«

Inken stieß einen verächtlichen Zischlaut aus. »Uwe, der kann sich nicht mal allein ein Brot schmieren.«

»Er soll dich ja auch nicht in der Küche vertreten, sondern im Service. Und jede Wette, er lässt nicht so viel runterfallen wie …« Nele unterbrach sich hastig. Manchmal war ihr Mund eben schneller als ihr Kopf. »Und Jette macht die Küche. Sie ist eine Superköchin«, beeilte sie sich zu sagen, um schnell über ihren Fauxpas hinwegzugehen. Mit einem Seitenblick bemerkte sie, dass Wiete sehr wohl mitbekommen hatte, was sie eben hatte sagen wollen. Nele stand auf und umarmte die Freundin überschwänglich. »Sorry, du weißt doch, dass ich manchmal fürchterlich taktlos sein kann. Süße, verzeih mir.«

»Schon gut«, seufzte Wiete betreten.

»Also, das ist wirklich eine großzügige Einladung von dir, aber ich kann mir so einen Luxusausflug gerade echt nicht leisten«, bemerkte Inken zerknirscht.

Nele machte eine abwehrende Handbewegung. »Keine Ausflüchte, ich lade euch ein. Das könnt ihr mir nicht abschlagen. Man wird nur einmal, na, ihr wisst schon, und da brauche ich eure moralische Unterstützung …«

»Aber ist das nicht viel zu teuer?«, erkundigte sich Wiete vorsichtig.

»Ihr seid eingeladen! Punkt!«

»Ist es nicht besser, wir machen einen lustigen Ausflug nach Sylt und …«

»Pah, Sylt, das können wir jederzeit machen. Das ist doch nichts Besonderes«, schnaubte Nele verächtlich. »Aber wenn es dich beruhigt, ich habe ein paar überflüssige Klunker versetzt. Nun zufrieden?«

»Ich weiß nicht, was willst du in einem Hotel, in dem du schon mit Man…«, wandte Inken skeptisch ein.

»Keine Namen«, fauchte Nele. »Er heißt nur der Ex-Pfosten. Schon vergessen?«

»Klar, also ich meine, wo du mit dem Ex-Pfosten warst«, berichtigte sich Inken. »Da habt ihr doch jedes Jahr Urlaub gemacht, wenn ich mich recht erinnere.«

Nele zuckte die Schultern. »Na und? Außerdem macht das ganz schlechte Energie, wenn ihr ihn erwähnt. Ich merke das sofort. Das tut mir nicht gut!«

Wiete verdrehte die Augen.

»Ist es nicht zu spät am Abend, um esoterisch zu werden?«, stichelte Inken.

In der Regel nervten Nele die spöttischen Reaktionen ihrer Freundinnen auf ihre kleine esoterische Ader, aber in diesem Moment störte sie das nicht. Denn natürlich gab es einen Grund für diese Reise! Und der hatte mit dem Ex-Pfosten rein gar nichts zu tun! Aber den konnte sie selbst ihren besten Freundinnen nicht verraten, denn auch sie hütete ein Geheimnis, und das hatte sogar einen wohlklingenden Namen: Luigi! Sie war sich nicht sicher, wie die beiden darauf reagieren würden, wenn sie erführen, dass sie die letzten Ehejahre mit dem Ex-Pfosten nur ertragen hatte, weil sie ihn jedes Jahr im Urlaub mit einem Kellner aus dem Hotel betrogen hatte.

Immer dann, wenn ihr untreuer Gatte unter abenteuerlichen Vorwänden Jagd auf Bikinischönheiten gemacht hatte. Besonders Inken konnte Nele in diesem Punkt nicht so recht einschätzen. Ihren Harry hatte sie bestimmt niemals hintergangen, jedenfalls hatte sie selten ein derart glückliches Paar wie die beiden gesehen. Harry, der Bedenkenträger, und Inken, die auch gerne mal ein Risiko einging. Doch selbst in erbitterten Streitereien zwischen ihnen hatte immer noch eine gehörige Portion Feuer mitgeschwungen. Nein, Inken würde das sicher nicht gutheißen, obwohl sie Neles Ex-Pfosten ja nun wirklich nicht hatte leiden können. Aber Inken war so aufrichtig und gradlinig. Wahrscheinlich würde sie sagen, Nele hätte sich von dem Mann trennen müssen, statt mit einem Kellner ins Bett zu steigen. Und Wiete würde das sicher noch weniger verstehen, weil sie sich aus Männern rein gar nichts zu machen schien. Jedenfalls behauptete sie gern einmal, das Thema hätte sie nie besonders interessiert. Offenbar war das eine Schutzbehauptung, denn Inken hatte ihr einmal unter dem Siegel der Verschwiegenheit verraten, dass Wiete sogar schon einmal verlobt gewesen sei, der Mann aber dann ein paar Tage vor der geplanten Heirat in Kiel auf einem Frachter angeheuert habe und nie wieder aufgetaucht sei. Nein, den wahren Grund für Sanremo konnte sie den Freundinnen wirklich nicht verraten. Sie wollte Luigi doch auch nur noch einmal im Leben wiedersehen! Aber nur von weitem. Vor nunmehr neun Jahren hatten sie einander das letzte Mal leidenschaftlich geliebt. Damals war sie noch knackig gewesen. Niemals würde sie sich dem einst unfassbar attraktiven Italiener als alte Schabracke präsentieren. Nein, sie würde dafür sorgen, dass sie ihn noch einmal von fern betrachten könnte, er sie dabei aber nicht wiedererkennen würde. Zu dem Zweck hatte sie sich bereits eine überdimensionierte Sonnenbrille zugelegt. Natürlich kam sie sich auch ein wenig albern vor, aber sie konnte gar nichts dagegen tun. Luigi hatte sich in den vergangenen Monaten mehrfach in ihre Träume geschlichen, und zwar sehr intensiv.

Natürlich hoffte sie insgeheim, dass er ebenfalls alt und hässlich geworden war und ihr das Herzklopfen, das sich beim bloßen Gedanken an ihn unverzüglich einstellte, bei seinem Anblick verging. Aber ohne ihre Freundinnen würde sie sich ganz bestimmt nicht in die Höhle des Löwen wagen.

»Ihr könnt gar nicht absagen!«, erklärte sie entschieden. »Ich habe schon die Flüge gebucht und die Zimmer reserviert. Für Freitag habe ich Karten für das Teatro Ariston. Paolo Conte. Und am Samstag gehen wir ins Casino …«

»Nein!«, unterbrach Inken sie da lauthals.

»Aber, mein Schatz, kein Mensch verlangt von dir, dass du nach Harrys Tod keinen Spaß mehr hast«, erwiderte Nele irritiert über Inkens beinahe verzweifelt klingenden Aufschrei.

»Das ist ja wohl meine Sache, wie ich trauere«, stieß Inken sichtlich erbost hervor.

»Ja, sicher!«, lenkte Nele ein. »Trotzdem habe ich mir so viel Mühe gemacht, dass für jeden von uns was dabei ist.«

»Ich komme gern mit. Ich wollte immer schon mal nach Sanremo«, seufzte Wiete, während sie Inken flehend musterte.

»Gut, ja, okay, ja, wenn es dir so viel bedeutet, du wirst ja nur einmal …«

»Sprich es ja nicht aus!«, unterbrach Nele Inken in gespielt dramatischem Ton.

»Aber in die verdammte Spielhölle setze ich keinen Fuß«, fügte Inken entschieden hinzu.

»Spielverderberin! Das kannst du mir nicht antun. Das Casino von Sanremo ist ein Muss!«

»Ich halte gar nichts vom Glücksspiel!«, bellte Inken. »Lass mich damit in Ruhe!« Inken hatte einen derart strengen Ton angeschlagen, dass Nele ihr nicht zu widersprechen wagte. Überdies konnte sie ja sogar verstehen, dass sie ihre Freundin zurzeit mit solchen Vergnügungen nicht locken konnte. Sie war sich allerdings sicher, dass sich die Freundinnen, wenn sie erst einmal vor Ort waren, prächtig amüsieren würden. Plötzlich musste sie an den letzten Traum denken, in den Luigi sich geschlichen hatte. Vor allem an den leidenschaftlichen Kuss. Komisch, es hatte sich angefühlt wie in der Realität. Luigi war ein Meister im Küssen.

»Träumst du?«, riss Wietes Stimme sie aus ihren Gedanken.

»Nein, ich meine, ja, nein, also, prima, dass ihr mitkommt. Wir werden viel Spaß haben«, stammelte Nele.

»Dann ist ja alles geklärt. Ich brauche dringend Schlaf«, stöhnte Inken.

»Ja, ja, ich gehe auch gleich ins Bett«, entgegnete Nele, die immer noch in Gedanken bei Luigi war. Nach dem leidenschaftlichen Kuss war der heiße Traum noch lange nicht zu Ende gewesen. Aber sowohl der Kuss als auch das, was dann geschehen war, würde in Zukunft ausschließlich im Traum geschehen, denn sie malte sich gerade lebhaft aus, wie er ihr das Kleid abstreifen und unvorbereitet eine Begegnung der dritten Art haben würde: mit ihrer Cellulitis nämlich. NIEMALS! Die Dellen hatten vor neun Jahren allenfalls in ihren Horrorvorstellungen existiert und nicht real an ihrem Oberschenkel. Und dann diese schlaffen Hautlappen am Oberarm, die waren auch neu. Nicht zu vergessen die enorme Schwerkraft, die ihre einst so festen Brüste in die Tiefe zog … Nein, den Schrecken wollte sie Luigi ersparen. Und vor allem sich selbst!

»Gute Nacht«, murmelte sie, als ihre Freundinnen gemeinsam das Wohnzimmer verließen. Sie goss sich noch ein Glas Wein ein, denn der Gedanke, nie wieder in Luigis starke Armen zu sinken, machte sie irgendwie traurig. Eigentlich hatte sie die Sache mit ihm ganz gut verdrängt – bis er sich so unverschämt in ihre Träume eingeklinkt hatte, als wollte er sagen: *Du kannst mich doch nicht so einfach vergessen!* Wenn er wüsste, dass es viele Jahre gedauert hatte, bis die Erinnerung an ihn halbwegs verblasst war! Sie würde nie vergessen, wie er ihr bei ihrem letzten heimlichen Treffen in seiner entzückenden Wohnung erst zärtlich am Ohr geknabbert und ihr dann zugeflüstert hatte, dass sie wunderschön wäre. Und dann hatten sie einander geliebt bis zum Morgengrauen. So sensationellen Sex wie mit diesem scharfen Italiener hatte sie noch nie im Leben gehabt. »Bis nächstes Jahr«, hatte sie ihm jedes Jahr zum Abschied verführerisch zugeraunt. »Ich kann es kaum erwarten«, hatte er erwidert. Doch dann war sie niemals mehr wiedergekommen! Kurz nach dem letzten Treffen war sie nämlich nur mit ein paar Koffern voller Klamotten mittellos aus ihrer Villa gezogen, bevor diese zwangsversteigert werden konnte. Und einmal abgesehen davon, dass ihr nach der Scheidung die Mittel gefehlt hatten, in dem Hotel in Sanremo abzusteigen, hätte es in ihren Augen auch gar nicht gepasst, die Affäre mit Luigi fortzusetzen. Denn ohne Ehemann wäre es ja keine Affäre mehr gewesen. Nicht auszudenken, wenn sie sich als Single womöglich ernsthaft in den Italiener verliebt hätte! Nein, gleich nach der Scheidung hatte sie ihren ganzen Charme darauf verwandt, einen neuen Ehemann zu finden. Und was potenzielle Heiratskanditen anging, hatte sie, wie sie selbst fand, eine veritable Macke: Die Kerle sollten Kohle haben und etwas darstellen. So wie ihr Vater sich den gesellschaftlichen Status eines potenziellen Schwiegersohns immer gewünscht hatte. Einen Kellner hatte er damit ganz bestimmt nicht gemeint – und das hatte sich bei Nele als Kriterium für den richtigen Ehemann irgendwie ins Hirn gebrannt. Dabei hatte sie immer wieder die Erfahrung gemacht, dass die Grenze zwischen Männern, die etwas darstellen, und den notorischen Selbstdarstellern fließend war. Nach der Scheidung hatte sie mit Schrecken feststellen müssen, dass dieser Typ Mann ohnehin auf wesentlich jüngere Frauen stand und sie inzwischen durch dessen Raster gefallen war. Da war sich Nele ganz schön alt vorgekommen. Und als sich dann die Sehnsucht nach ihrem italienischen Liebhaber wieder so intensiv bemerkbar gemacht hatte, dass sie diese nicht länger hatte ignorieren können, war es zu spät gewesen, den Kontakt wieder aufleben zu lassen. Jedenfalls nach ihrem Empfinden. Heute fühlte sie sich zwar mental wieder wesentlich jünger als noch zu Ehezeiten und kurz danach, aber nur wenn sie die sichtbaren Spuren des Alters geschickt vor den Blicken Dritter verbarg. Nein, in diesem Zustand durfte sie Luigi ganz bestimmt nicht mehr unter die Augen treten. Und sicher hatte er längst eine andere Geliebte, eine Jüngere wahrscheinlich! Und trotzdem wollte sie ihn noch ein einziges Mal sehen. Von ferne. Wie hatte es in einem Werbespot für Bier einmal geheißen? Nur gucken, nicht anfassen!

## 4. Teure Dummheit

Wiete ließ sich mit klopfendem Herzen auf ihr Bett fallen. Statt sich über Neles großzügige Einladung zu freuen, erinnerte sie der Brief, der ihr förmlich ein Loch in die Jackentasche brannte, an den größten Fehler ihres Lebens. Dr. Julius Kant. Dieser Name klang so seriös, dass selbst sie als notorische Skeptikerin nicht im Traum auf den Gedanken gekommen wäre, dass er erstunken und erlogen war. Sie spürte, wie ihr heiß vor Scham wurde. Wiete konnte immer noch nicht fassen, dass ihr so etwas hatte passieren können. Sie, die eigentlich hinter jedem Mann nur Verrat witterte, war auf den schlimmsten aller Betrüger hereingefallen. Ausgerechnet sie, die jeden Annäherungsversuch ihres aufdringlichen Kollegen Piet stets abgewehrt hatte und in der Firma den Spitznamen »Eisprinzessin« trug, hatte sich auf einem Portal für einsame Herzen angemeldet. Und dann war ihr das geschehen, wovor sie ihre männersuchenden Kolleginnen früher stets händeringend gewarnt hatten: von einem Fremden aufs Kreuz gelegt zu werden! Ja, sie hatte Dr. Julius Kant vertraut und ihm die Geschichte mit der Zwischenfinanzierung abgekauft.

Mit geröteten Wangen holte Wiete den Brief ihrer Anwältin hervor. Dass sie sich überhaupt an einen Rechtsbeistand gewandt hatte, war nur einem Artikel im *Flensburger Tageblatt* zu verdanken. Dort war über einen besonders dreisten Romance Scammer aus Hamburg berichtet worden, der etliche Frauen aus Schleswig-Holstein in den besten Jahren um ihr Vermögen gebracht hatte. Romance Scammer, dachte Wiete verächtlich, für sie war so ein Kerl immer noch ein gewöhnlicher Heiratsschwindler. Diesen vornehmen Titel hatten diese miesen Betrüger in ihren Augen gar nicht verdient. Sie hatte beim Lesen sofort begriffen, dass es sich um ihren Julius oder Thomas oder Rudolf, oder wie er sich auch sonst immer nannte, handeln musste. Die Masche des Mannes war nämlich immer die gleiche: Er gab sich als Mediziner aus und brauchte eine Zwischenfinanzierung, um sich ein Haus in der Nähe seiner Opfer zu kaufen, in das er natürlich mit der Frau seines Herzens einziehen wollte. Außerdem beschrieben ihn alle Frauen als nicht übermäßig attraktiven, aber charismatischen, gepflegten und äußerst gebildeten Mann. Mit seinem enormen Wissen hatte er auch Wietes Herz erobert. Er hatte ihr in seiner angeblichen Geburtsstadt Lübeck die Geschichte eines jeden Steins erklären können und schien mit den Buddenbrooks auf Du und Du. Dreimal hatten sie sich persönlich getroffen, bis er ihr gestanden hatte, sie wäre die Frau seines Lebens. Natürlich hatte er ihr jede Menge Fotos seines prächtigen Hauses in Hamburg-Sasel gezeigt, in das er sie allerdings nie eingeladen hatte. Offenbar hatte er die Fotos aus einem Maklerportal geklaut, denn es war nicht nur von außen wunderschön, sondern auch stilvoll eingerichtet. *Hat meine verstorbene Frau gemacht*, hatte er bescheiden und mit einem herzzerreißenden Tremor in der Stimme verkündet, nachdem Wiete ihm einen echt guten Geschmack bescheinigt hatte. Allein für diese Lüge wünschte sie ihm die Pest an den Hals.

In dem Artikel war eindringlich darauf hingewiesen worden, dass es höchstwahrscheinlich noch mehr Geschädigte gab, die sich nicht trauten, den Betrüger anzuzeigen. Damit hatte die Journalistin ins Schwarze getroffen. Ohne diesen Artikel wäre Wiete niemals auf den Gedanken gekommen, gerichtlich gegen den Mistkerl vorzugehen. Aber der Mut der Frauen, die sich geoutet hatten, der imponierte ihr. Sogar eine Juristin war unter den Opfern. Das bewies Wiete, wie intelligent der Kerl vorgegangen war. Wiete hatte erst gezögert, aber dann doch bei der Zeitung angerufen und mit der Journalistin gesprochen. Die hatte ihr gleich den Namen einer Hamburger Rechtsanwältin gegeben, die mehrere Opfer dieses Kerls vertrat, aber bedauernd hinzugefügt, dass es ganz schwierig sei, solche miesen Typen zu fassen, da sie meist aus dem sicheren Ausland agierten.

Wahrscheinlich enthielt der Brief die Rechnung der Anwältin und die Mitteilung, dass es von Dr. Kant oder Professor Klingner, wie er sich auch genannt hatte, keine Spur gab. Wiete genierte sich fürchterlich dafür, dass sie so dämlich gewesen war. Deshalb brachte sie es auch nicht über sich, es ihren Freundinnen zu beichten. Zu Recht wunderten sich die beiden wohl, dass sie freiwillig als Kellnerin arbeitete, aber was sollte sie denn sonst bis zur Rente tun? Mit der Abfindung hatte sie die Zeit bis dahin überbrücken wollen, aber der Fake-Doktor hatte ihr den Löwenanteil davon ja abgenommen. Wie gern wäre sie Inkens Finanzmitarbeiterin geworden, aber ihre Freundin hatte auf Neles Vorschlag, ihr diesen Job zu geben, ziemlich schroff reagiert. Wahrscheinlich traute Inken ihr das nicht zu. Der Gedanke schmerzte Wiete sehr. Schließlich hatte sie nicht nur Betriebswirtschaft studiert, nein, sie hatte auch in ihrer alten Firma so manchem wirtschaftlichen Hurrikan getrotzt, bis sie sich dann in der letzten Insolvenz selbst als schlachterprobte Controllerin nicht mehr hatte halten können. Es war nicht die erste Insolvenz gewesen, die dem einst mächtigen Erotikkonzern gedroht hatte, aber für Wiete die letzte. Das Internet hatte dem diskreten Versandhaus für Sexspielzeug, Filme und sonstiges Zubehör für ein lustvolleres Ehe- oder auch Singleleben die Existenzgrundlage so gut wie entzogen. In Husum dachten alle, sie hätte bei einer Spedition gearbeitet. Nicht dass ihr der Erotikkonzern per se peinlich gewesen wäre, aber altgediente

Kolleginnen in ihrer Firma hatten sie damals vor einem Outing gewarnt, weil man sie dann automatisch für eine Erotikexpertin halten und ihr ständig unverlangt pikante Details aus desolaten Ehebetten anvertrauen würde. Für Wiete hätte es nichts Schlimmeres gegeben, als ständig über Sex reden zu müssen. Auf dieses Thema mochte sie selbst in jüngeren Jahren ungern angesprochen werden, weil sie kaum welchen hatte. Und wenn doch, dann war es nie besonders erfüllend gewesen. Dass Wiete im Grunde ihres Herzens eine verkappte Romantikerin war, das konnte keiner ahnen. Und schon gar nicht, dass sie sich insgeheim nach der ganz großen Liebe sehnte. Sie wollte noch einmal das erleben, was ihr einst mit Karsten Möller widerfahren war. Er hatte wie sie an der Fachhochschule in Kiel Betriebswirtschaft studiert und überall nur gute Noten eingefahren – bis auf Mathe und Statistik. Doch dann hatte Wiete ihm Nachhilfe gegeben, und Karsten hatte ihr versichert, zum ersten Mal im Leben würde er Mathematik wirklich verstehen. Während sich ihm die Unterschiede zwischen Nominal-, Ordinal- und Kardinalskala in der Statistik endlich erschlossen, hatte er sich in seine Nachhilfelehrerin verliebt, wohingegen es für sie Liebe auf den ersten Blick gewesen war. Die beiden Verliebten hatten ein Geheimnis geteilt: Wiete war Karstens erste Frau, und er ihr erster Mann. Absolute Aliens in den lockeren Zeiten, in denen sie aufgewachsen waren. Es war Karsten gewesen, der sie gefragt hatte, ob sie ihn heiraten wolle. Sie hatte nicht eine Sekunde überlegen müssen. Die Hochzeit hatte im kleinsten Kreis stattfinden sollen. Wiete hatte ihre Eltern auf keinen Fall dabeihaben wollen, da diese durch ihre negative Ausstrahlung jede Party zu einer Trauerfeier machten. Und Karsten hatte sich mit seinem Vater, einem superreichen Unternehmer, ohnehin überworfen, weil er sein Geld auf keinen Fall mit Stahl verdienen wollte. Doch dann war der alte Möller auf die lakonische Nachricht seines Sohnes hin, demnächst heiraten zu wollen, ein paar Tage vor der geplanten Trauung überraschend in Kiel aufgetaucht. Er hatte Karsten zu einem Vater-Sohn-Gespräch befohlen, nachdem er Wiete zugezischt hatte, sie sei für seinen Filius keinesfalls die richtige Frau. Daraufhin war Karsten spurlos verschwunden. Sie hatte am nächsten Morgen nur einen etwas wirren Brief vor der Tür ihres Wohnheimzimmers vorgefunden, in dem er ihr eröffnete, dass sein Vater ihm einen Job in Brasilien besorgt habe und gleich dazu die Kabine auf einem Frachtschiff, das noch in jener Nacht von Kiel mit Ziel Rio auslaufen werde. Leider habe der Alte darauf bestanden, ihn zu begleiten. Vorher habe der Vater ihn noch ordentlich abgefüllt, und jetzt sei er so breit, dass er einfach mit dem Alten auf den Dampfer steige. Im letzten Satz hatte er ihr versichert, dass er sie liebe und sich gleich nach seiner Ankunft in Rio bei ihr melden würde. Vielleicht könne er sie ja nachkommen lassen, und sie würden dann in Brasilien heiraten. Das war das Letzte, was Wiete je von Karsten Möller gehört hatte. Nachdem sie wochenlang vergeblich auf ein Lebenszeichen ihres Verlobten gewartet hatte, war Wiete ein seelisches Wrack. Sie hätte aus lauter Kummer sogar beinahe ihr Examen versemmelt. Dann hatte sie sich in den Gedanken verbissen, dass Karsten damals bei einem Sturm über Bord gegangen sein musste. Da sie nicht einmal den Namen der Reederei kannte, hatte sie alle in Frage kommenden Gesellschaften durchtelefoniert und sich nach einem vermissten Passagier erkundigt. Eines Tages aber hatte ihr ein Reederei-Mitarbeiter dann die Illusion vom tragischen Tod des Liebsten genommen. Karsten Möller sei gemeinsam mit seinem Vater als Gast des Kapitäns auf einem Frachter mitgefahren, an dem der alte Möller Anteile besitze, und ordnungsgemäß in Rio von Bord gegangen. Daraufhin hatte sie sich dann eingebildet, dass ihm wohl in Rio etwas Schlimmes widerfahren sein müsse. Ja, sie hatte ihn in ihrer Verzweiflung einfach für tot erklärt. Anders hätte sie nicht mit der Ungewissheit weiterleben können und sich bis heute das Hirn zermartert, warum er sich nie wieder bei ihr gemeldet hatte.

Bis zum heutigen Tag hatte sie jedenfalls nicht vergessen, wie sich wildgewordene Schmetterlinge im Bauch anfühlten. Die hatten sich dann später nur noch einmal in recht abgeschwächter Form in ihr gerührt. Sie hatte sie insgeheim als »Schmetterlinge light« bezeichnet. Eingestellt hatten sie sich, als ihr Chef Ole Jacobi sie auf einer Weihnachtsfeier geküsst hatte. Es wäre für sie allerdings im Leben nicht in Frage gekommen, sich an einen verheirateten Mann heranzumachen. Also hatte sie am Montag nach den Feiertagen so getan, als wäre nichts passiert. Genau wie ihr Chef, bei dem diese Gedächtnislücke allerdings einen ganz anderen Grund hatte als bei ihr: Glühwein mit Schuss! Wiete aber hatte das nie wirklich vergessen. Wie aufgeregt sie gewesen war, als er sich schließlich von seiner Frau hatte scheiden lassen. Wiete hatte bereits mit dem Gedanken gespielt, die Firma zu wechseln, wenn nun aus ihrem Chef und ihr ein Paar werden würde. Auf der ersten Weihnachtsfeier nach seiner Scheidung wartete sie jedoch vergeblich auf einen erneuten Annäherungsversuch. Da hatte er nämlich schon seinen Scheidungsgrund, eine junge Verkäuferin eines der letzten Ladengeschäfte des Konzerns, im Schlepp. Und keiner hatte ihre Gefühlswallungen je bemerkt. So hatte sich allerdings ihre Trauer, als ebendieser Jacobi wenig später von einer Krankheit dahingerafft wurde, in Grenzen gehalten. Während sie Sand auf seine Urne geschaufelt hatte, war sie sich sicher gewesen, dass dies nicht nur das Ende von Ole Jacobi war, sondern überhaupt von dem ganzen leidigen Kapitel »Männer«.

Wie sie dann wenige Monate nach ihrer betriebsbedingten Kündigung auf dieses Portal geraten war, konnte sie heute selbst nicht mehr ganz nachvollziehen. Sie erinnerte sich nur noch an endlose Stunden der Langeweile, die quälend langsam dahingekrochen waren. Wiete war ein solches Arbeitstier gewesen, dass sie problemlos sogar die Wochenenden in der Firma verbracht hätte, wenn man sie gelassen hätte. Sie lebte ausschließlich für ihre Arbeit, und allein zuhause hatte sie nur noch gähnende Leere verspürt. Erst da hatte sie bemerkt, dass sie keine Familie, keine Hobbys und keine Freunde außer Inken und Nele besaß, die aber ihrerseits nie Zeit hatten. Und in dieser Krise hatte sie das Internet entdeckt. Erst waren es nur Schuhe gewesen, die sie sich bestellt hatte, dann Kleidung und blödsinnige Vitaminpräparate … und irgendwann war dann diese Seite mit dem lächerlichen Namen »Reife Partner« aufgeploppt. An die hundert Male hatte sie sie einfach weggeklickt, bevor sie sich eines Abends nach dem Motto: Gucken schadet ja nicht, kostenlos dort eingeloggt hatte. Allerdings musste sie dafür ein Profil von sich erstellen, was ihr gar nicht behagte. Sie war schließlich sehr überrascht gewesen, wie viele ältere Männer sich auf dem Portal herumtrieben. Schnell hatte sie begriffen, dass die meisten von ihnen junge Frauen suchten. Bis auf einen, von dem sie sofort eine nette Nachricht bekam.

Als sie ihm antworten wollte, war es mit der kostenlosen Teilnahme vorbei, aber da war bereits ihre Neugier erwacht, und sie hatte sich verbindlich angemeldet, um jenem Julius zu antworten.

Und das hatte sich gelohnt. Wiete war überaus angetan gewesen von ihrer gepflegten Kommunikation. Selten hatte sie sich mit einem Mann in ihrem Alter, der überaus kultiviert und absolut sympathisch wirkte, so gut austauschen können. Und es passte alles so gut. Als sie ihm schrieb, dass sie im Chor sang, gestand er zum Beispiel, dass er auch Hobby-Sänger war. Wiete konnte heute nicht mehr annähernd verstehen, wie der Typ ihr Hirn so hatte vernebeln können, aber er beherrschte sein Handwerk eben perfekt. Er gab einsamen Herzen das Gefühl, ihrem Seelenpartner begegnet zu sein. Ja, er schrieb ihr sogar in wohlgesetzten Worten, wie ihn dieser Gleichklang zwischen ihnen berührte. Und natürlich teilte er ihre Leidenschaft für Kultur und Geschichte. Nachdem sie ihm anvertraut hatte, dass sie als Kind aus Polen nach Deutschland gekommen war und eigentlich Wislawa hieß, hatte er sie mit einschmeichelnder Stimme bei dem Namen genannt, den sie bis zu ihrer Ankunft im Lager Friedland besessen und seit ihrem sechsten Geburtstag nicht mehr gehört hatte.

Es hatte Wiete nicht einmal stutzig gemacht, dass Doc Julius auf der Website der Hamburger Klinik, in der er angeblich als Arzt gearbeitet hatte, nicht aufgeführt war. Schließlich hatte er wegen eines angeblichen Burn-outs ja den Dienst quittiert. Alles logisch in ihren Augen. Auch bei den persönlichen Treffen waren ihr keinerlei Zweifel an seiner Glaubwürdigkeit gekommen. Im Gegenteil, sie war komplett fasziniert von der Ruhe und Gelassenheit, mit der er die Beziehung anging. Mal ein Händchenhalten, ein flüchtiger Kuss und die Versicherung, den Rest des Lebens mit ihr verbringen zu wollen. Und immer wieder hatte er von ihren betörenden Bernsteinaugen geschwärmt sowie von ihren wunderschönen Händen. Im Nachhinein fragte sie sich allerdings, ob er sich wohl eine Liste von stereotypen Komplimenten erstellt hatte, die Frauen in der Regel gern hörten. Denn ihre Hände waren kräftig und zupackend, aber wunderschön? Das wagte sie zu bezweifeln.

Allein bei dem Gedanken an all diese gemeinen Lügen spürte Wiete diesen Ausschlag im Dekolleté, den sie immer bekam, wenn sie sich aufregte. Aber auch das bittere Ende hatte der Kerl mit Grandezza inszeniert. Die Fotos von seinem Haus und dem Traumanwesen in Schobüll mit Meeresblick, wo er mit ihr leben wollte. Als er sie dann nach Geld für die Zwischenfinanzierung gefragt hatte, hatte Wiete sogar beim Makler angerufen und so getan, als ob sie das Traumhaus kaufen wollte. Da hatte ihr der Mann versichert, da käme sie zu spät, es sei bereits reserviert für einen Herrn aus Hamburg. Mediziner, hatte er verschwörerisch hinzugefügt. Der falsche Doc hatte wirklich an alles gedacht. Ja, er hatte nicht einmal gezögert, ihr einen ordentlichen Darlehensvertrag zu unterschreiben. Mit Dr. Julius Kant. Doch kaum hatte sie überwiesen, war der Herr Doktor nicht mehr zu erreichen gewesen. Sogar den Makler hatte Wiete in ihrer Verzweiflung angerufen, doch der teilte nur mit, der Hamburger Kunde hätte einen Rückzug vom Vertrag gemacht. Dr. Julius Kant, der Arzt mit einer Hamburger Adresse, die es gar nicht gab …

Wiete ballte die Faust, bevor sie den Brief öffnete und begierig die knappen Zeilen las.

*Sehr geehrte Frau Nowak,*
*ich habe eine Nachricht für Sie, die Sie bestimmt freuen wird. Der Polizei ist es gelungen, den Betrüger festzunehmen. Eine der Geschädigten hatte eine Detektei eingeschaltet, und die haben dann ihrerseits mit einem weiblichen Lockvogel gearbeitet. Deshalb konnte der Mann in Hamburg auf frischer Tat ertappt werden. Er wurde gleich in das Untersuchungsgefängnis gebracht, denn in seiner Wohnung fanden sich die jeweiligen geschädigten Damen in einem fein säuberlich geführten Archiv wieder. Nicht nur mit Fotos, sondern auch mit Belegen versehen, wann er von welcher Dame Geld erhalten hat. Da hat ihm seine Eitelkeit wohl ein Bein gestellt.*
*Sie werden dann als Zeugin im Strafprozess geladen werden, und wir müssen eine Zivilklage einreichen, damit Sie Ihr Geld wiederbekommen. Offenbar wurde in der Wohnung überall verstecktes Bargeld gefunden, sodass ich hoffe, dass wir auf dem Weg wenigstens einen Teil zurückerhalten.*
*Eine Vollmacht haben Sie mir ja bereits erteilt. Die Ladung als Zeugin erhalten Sie vom Gericht, und wie verabredet vertrete ich die geschädigten Frauen jeweils als Nebenklägerin.*
*Der Mann heißt übrigens Horst Erich Freybier und war vor*

*seiner Karriere als Heiratsschwindler früher einmal Tierpfleger in einem Zoo. Wenn das alles nicht so traurig wäre, müsste man fast lachen.*

*Mit freundlichen Grüßen*
*Rechtsanwältin Carina Wagner*

Wiete ließ den Brief fassungslos sinken. Ihr erster Impuls war, das Schreiben zu vernichten und unter diese verdammte Geschichte einen Schlussstrich zu ziehen. Die Vorstellung, diesem Mann im Gerichtssaal gegenüberzusitzen, war so entsetzlich, dass sie am liebsten auf alles verzichtet hätte. Sie atmete ein paarmal tief durch, bis die Vernunft siegte. Sie wäre nicht Wiete Novak, wenn sie sich derart von ihren Gefühlen leiten ließe. Nein, sie musste bei Gericht auftauchen, ob sie es nun wollte oder nicht. Wie viel einfacher wäre das Ganze doch, wenn sie das gemeinsam mit ihren Freundinnen durchstehen könnte! Aber das würde sie nicht über sich bringen, Nele und Inken zu beichten, was für eine selten dämliche Pute sie war, zumal sie damit zugeben würde, wie sehr sie sich nach Liebe gesehnt hatte. Das würde das Bild, das die beiden von ihr hatten, wahrscheinlich völlig durcheinanderwirbeln. Schlimmstenfalls hätten sie sogar Mitleid mit ihr. Nein, das war das Letzte, was sie gebrauchen konnte. Es war ja schon schlimm genug, dass sie sie bei jeder zerbrochenen Tasse anblickten, als könnte sie nicht bis drei zählen. Wiete setzte sich entschieden auf und versteckte den Brief unter ihrem Kopfkissen. Oder sollte sie es nicht wenigstens Inken unter dem Siegel der Verschwiegenheit anvertrauen? Doch den Gedanken verwarf Wiete sofort wieder. Inken hatte zurzeit ganz andere Sorgen, als ihr beizustehen, weil sie einem Idioten auf den Leim gegangen war. Nein, Wiete hatte gar keine andere Wahl, als allein damit fertigzuwerden. Und bis sie ihr Geld wiederhatte, musste sie wohl oder übel bei Inken arbeiten. Natürlich hatte sie sich auch schon nach Schreibtischjobs umgesehen, aber noch war nichts Passendes dabei gewesen. In diesem Augenblick durchzuckte sie wieder die bange Frage, warum ihre Freundin ihr nicht die Finanzen übergeben wollte. Es war doch unübersehbar, dass Inken völlig überlastet war. Sie konnte sich nicht helfen, der Gedanke, dass Inken ihr das nicht zutraute, nur weil sie manchmal zwei linke Hände besaß, kränkte sie zutiefst. Unter diesen Umständen würde sie ihr ganz bestimmt nicht verraten, was für eine selten blöde Kuh sie gewesen war, als sie Horst Erich Freybier ihr Geld leichtsinnigerweise in den Rachen geworfen hatte.

# 5. Tauchstation

Uwe hatte rote Backen, als er bei der Chorprobe voller Stolz verkündete, dass der Frauenchor in diesem Jahr endlich auf dem Husumer Hafenfest auftreten dürfe. Seit Jahren hatten sie Absagen kassiert, weil dieses Fest das Terrain des großen Husumer Shanty-Chors war, aber inzwischen hatten die »Deerns« so viele Fans, dass man an ihnen als lokale Unterhaltungsnummer nicht mehr vorbeikam. Und auch die Herren von der traditionellen Sangestruppe waren ihnen gegenüber überwiegend wohlwollend eingestellt.

Applaus brandete auf, und Uwe war anzusehen, wie stolz er auf diesen Erfolg war. Dann verkündete er, dass er eigens zu diesem Event ein Lied getextet und komponiert hatte, das sie bei diesem Auftritt zum ersten Mal vortragen würden. Dabei haben wir ein reichhaltiges Repertoire, das wir blind beherrschen, dachte Inken genervt über den Ehrgeiz ihres Bruders, wenn es um seinen Chor ging. Und schon hatte er sein Akkordeon zur Hand und präsentierte ihnen voller Begeisterung seinen Song. Inken musste zugeben, dass die Melodie mitreißend war. Jedenfalls, wenn man so wie Uwe Shantys liebte. Inken selbst war eher ein Fan von italienischen Opern, aber Uwe hatte ihr versichert, ohne ihre wohlklingende Altstimme wäre er aufgeschmissen. Die ersten drei Zeilen des Refrains waren so einfach gestrickt, dass Inken sich den Text sofort merken konnte.

*Die Crangons crangons, die sind launischer als Nordseewind.*
*Das rote Krabbengold, das sich gerne vor Fischen trollt.*
*Vor dem Kochen glasig matt, versteckt es sich im Watt.*
*Doch auf dem Krabbenbrot sind die Porren rosarot.*

Inken hütete sich davor, den scheußlichen Textererguss des Maestros zu kritisieren, zumal er gerade rührend Beifall heischend Neles Blick suchte, worauf diese ihm den Gefallen tat und »Bravo!« rief. Außerdem war die Textkritik stets der Part von Dörthe Andresen, die sich als passionierte Deutschlehrerin regelrecht dazu berufen fühlte, Uwes Dichtkunst kritisch unter die Lupe zu nehmen. Das tat sie dann auch ausgiebig, blieb jedoch mit ihren Änderungsvorschlägen wie so oft auf der Strecke, weil die anderen Uwe für seine Zeilen ausschließlich Bewunderung zollten.

Es wurde nun noch ein wenig hin und her diskutiert, bevor Uwe Textzettel verteilte und mit der Probe begann. Da das Lied keine großen Anforderungen an ihre Musikalität stellte, war das für Inken eine willkommene Gelegenheit, ihren Gedanken nachzuhängen. Eben war sie einem Blick ihrer Tochter ausgewichen, die auch dem Ensemble angehörte. Zum Glück war Beeke zu spät gekommen, sodass sie keine Gelegenheit gefunden hatten, vor Probenbeginn miteinander zu plaudern. Seit zwei Wochen vermied Inken nun schon jedes intensivere Gespräch mit ihrer Tochter. Und dass Beeke dringend mit ihr reden wollte, war mehr als offensichtlich. Inken kam sich total schäbig vor, ihre Tochter derart auf Abstand zu halten. So konnte das wirklich nicht weitergehen! Es war doch nur noch eine Frage der Zeit, bis Beeke ihr trotz allem die Frage stellen würde, ob ihre Mutter ihr das Geld zum Umbau ihres Ladens leihen könnte. Und dann? Sollte sie ihrer Tochter ins Gesicht lügen, dass sie ihr das Geld nicht geben wollte? Und nur weil sie Beeke damit verschonen wollte, dass ihr Vater das gesamte

Vermögen kurz vor seinem Tod restlos verspielt und sie das erst nach Harrys Tod kurz vor seiner Beerdigung erfahren hatte? Und dass dies der Grund dafür gewesen war, dass sie bei Harrys Trauerfeier wie versteinert und zu keiner Träne in der Lage gewesen war? Dass sie von dem Ganzen nur durch Zufall Kenntnis erlangt hatte, als sie Geld hatte abheben wollen und der Automat ihre Karte unverrichteter Dinge wieder ausgespuckt hatte? Und sie daraufhin in die Filiale gestürmt war, um sich zu beschweren? Beeke hatte natürlich registriert, dass ihre Mutter am Grab zu keiner Regung in der Lage gewesen war, und ihr diese vermeintliche Gefühlskälte später unter vier Augen an den Kopf geworfen. Sie aber hatte dazu eisern geschwiegen. Wie auch zu dem Vorwurf ihrer Tochter, sie könne die Spuren ihres Vaters wohl gar nicht schnell genug auslöschen, nachdem sie nur zwei Monate nach Harrys Tod von dem überstürzten Hausverkauf erfahren hatte. Leider – und das war die Crux – nicht einmal von ihr persönlich. Nein, das war Beeke in ihrem Teeladen über die Husumer Gerüchteküche zu Ohren gekommen. Sie konnte sich lebhaft vorstellen, wie das auf Beeke hatte wirken müssen. Natürlich musste ihre Tochter sie für total herzlos halten, weil sie kaum zwei Monate nach Harrys Tod seine Schränke ausgeräumt, die Sachen in die Altkleidersammlung gegeben und dann das ganze Haus in Windeseile einem Makler übergeben hatte. Und sie war auch nicht stolz darauf, dass sie Beeke erst nach dem Notartermin mit dem Käufer davon hatte erzählen wollen, sich aber letztendlich nicht getraut hatte. Sie hatte damit nicht gerade zur Entspannung zwischen Mutter und Tochter beigetragen. Im Gegenteil, Beeke sah in alledem die Bestätigung, dass ihre Mutter sich gnadenlos über Harrys Willen hinwegsetzte. Er hatte sich immer gern vorgestellt, dass eines Tages seine Enkelkinder im Garten toben würden, nachdem er mit Inken in eine der hübschen Stadtwohnungen direkt am Hafen gezogen war. Inken verspürte einen

Stich bei dem Gedanken, dass sie nun niemals mit Harry in so eine Wohnung ziehen und dass sie nie mit ihm gemeinsam den Enkelkindern beim Spielen zusehen würde. Natürlich war es auch ihr Traum gewesen, dass Beeke später einmal mit ihrer Familie in das Haus zog, wenn sie denn einmal Kinder haben würde … Die Wehmut schlug aber sofort wieder in kalten Zorn um bei dem Gedanken, dass sie seinen Irrsinn jetzt ganz allein ausbaden musste und ihre Tochter sie nun für eine kalte und egoistische Person hielt.

»Inken, träumst du? Du singst eine Oktave tiefer als der Rest«, hörte sie wie von Ferne ihren Bruder mahnen. Erschrocken sah sie auf. Alle Blicke waren auf sie gerichtet, besonders einer, von dem sie sich regelrecht durchbohrt fühlte. Der entschlossene Gesichtsausdruck ihrer Tochter machte ihr Angst. Beeke vermittelte den Eindruck, als würde sie sich nicht mehr länger von ihrer Mutter auf Abstand halten lassen. Inken kannte diese Miene ihrer Tochter nur zu gut. So hatte sie schon als kleines Mädchen geschaut, wenn sie unbedingt etwas haben wollte.

Inken wechselte problemlos in die richtige Tonart und versuchte starr geradeaus zu gucken, doch nun unterbrach Uwe die Probe erneut und trat lächelnd auf Nele zu, die neben Inken stand. »Das ist schon fast richtig. Aber es ist ein C.« Er sang Nele geduldig die erste Strophe vor, die sie etwas holprig mitsang, doch Uwe gab nicht auf, bis sie in ihrer unvergleichlich wohlklingenden Altstimme den Ton traf. Die anderen Damen verdrehten genervt die Augen über diese intensive Hilfestellung ihres Chorleiters. Nele hatte eine wunderschöne Stimme, war nur leider schrecklich unmusikalisch, aber dank des langmütigen Uwe war sie dann, wenn sie mit Mühen richtig sang, auch eine Bereicherung für die Gruppe.

Schließlich klang das neue Lied schon recht hübsch, und Uwe platzte förmlich vor Stolz, als er verkündete, damit würden sie sich beim Hafenfest in die Herzen der Husumer singen.

Inken war allerdings schon wieder nicht mehr ganz bei der Sache, weil sie sich fragte, wie es ihr nach der Probe wohl gelingen konnte, einer Begegnung mit ihrer zu allem entschlossenen Tochter zu entkommen. Sie hatte während des Singens den Entschluss gefasst, sich in den nächsten Tagen für Beeke eine plausible Erklärung zurechtzulegen, warum sie ihr zurzeit finanziell nicht unter die Arme greifen konnte. Wie diese konkret aussehen sollte, war ihr allerdings noch nicht einmal annähernd klar, aber sie würde die Tage in Sanremo dazu nutzen, sich etwas Glaubwürdiges auszudenken. Dass sie ihre Tochter mit der ganzen hässlichen Wahrheit konfrontierte, schloss sie allerdings rigoros aus. Nicht auszudenken, wenn Beekes Vaterbild jämmerlich zusammenbrach. Natürlich konnte Inken dann nichts dafür, aber sie wäre immerhin die Überbringerin der schlechten Nachricht … Sie litt unter einer lähmenden Angst, dann womöglich auch noch ihre Tochter zu verlieren. Nein, sie hatte keine Wahl, als sich eine Notlüge zurechtzubasteln, bei der nicht Harry der Schuldige war, aber wer dann? Sie wollte eigentlich auch nicht länger den Kopf für ihn hinhalten.

Inken stieß einen tiefen Seufzer aus und freute sich zum ersten Mal seit Neles verrückter Einladung darauf, morgen früh im Zug nach Hamburg und dann im Flieger nach Nizza zu sitzen. Diese kleine Auszeit würde ihr bestimmt dabei helfen, Beekes Bitte abzulehnen, ohne Harry ans Messer zu liefern und ohne selbst als böse Mutter dazustehen. Dabei tat es Inken in der Seele weh, ihrer Tochter nicht helfen zu können. Gerade Beeke, die ihren Laden aus eigener Kraft aufgezogen und niemals zuvor nach Geld gefragt hatte. Harry, ich könnte dich in der Luft zerreißen, ging es ihr erbost durch den Kopf.

## 6. Gewitterwolken

Inken war so tief in Gedanken versunken, dass sie das Ende der Probe gar nicht mitbekommen hatte. Erst als eine fordernde Stimme neben ihr erklärte: »Mutti, ich muss dringend mit dir reden!«, war ihr klar, dass sie nun in der Falle saß.

Ihre Tochter hatte wieder diese zu allem entschlossene Miene aufgesetzt, sodass Inken den Blick abwenden musste, weil sie ebenso wie ihre Tochter zu den Menschen gehörte, denen man sämtliche Gefühle vom Gesicht ablesen konnte. Und in Inkens stand gerade die nackte Panik geschrieben!

»Können wir kurz um die Ecke noch einen Tee trinken gehen?«, insistierte Beeke. Das klang nicht nach einer Bitte, sondern einem Befehl.

Inken schüttelte energisch ihr langes, immer noch dichtes Haar. »Du, das passt heute gar nicht. Wir müssen doch morgen früh schon um halb sechs den Zug nach Hamburg nehmen, damit wir rechtzeitig am Flughafen sind.«

»Mutti, hör auf mit diesen fadenscheinigen Ausreden! Du gehst mir jetzt bereits seit Wochen aus dem Weg, und ich muss dich dringend sprechen.« Beekes Stimme klang nun zu allem entschlossen. Noch länger würde sie sich wohl nicht hinhalten lassen. Wie gern hätte Inken ihrer Tochter versichert, dass sie gar nicht lange um Geld fragen müsse, sondern alles bekäme, was sie benötige, um ihren Laden zu vergrößern. Wenn das Geld denn noch da wäre …

»Hat das nicht Zeit bis Dienstag? Da sind wir doch schon wieder zurück«, versuchte Inken ihre Tochter stattdessen abzuwimmeln. »Denn ich kann Nele jetzt unmöglich warten lassen. Sie fährt uns heute.«

»Dann bringe ich dich eben gleich nachhause, Mutti! Lass mich jetzt bitte nicht länger um eine Audienz betteln. Paps hatte immer für mich Zeit. Der hätte sich mir nie so entzogen. Ich habe doch bloß eine Frage. Das muss doch möglich sein!« Beeke funkelte ihre Mutter aufgebracht an.

»Beeke, es passt mir aber gerade wirklich nicht. Ich muss doch noch packen«, entgegnete Inken mit Nachdruck in der Hoffnung, ihre Tochter mit diesem unfreundlichen Ton abzuschrecken.

»Nee, Mutti, ich kann keinen Tag länger warten. Dann gehen wir eben nur mal kurz vor die Tür. Ich bin sicher, deine Freundinnen warten auf dich.«

»Nein, das möchte ich nicht …« Weiter kam sie nicht, weil sich Beeke nun direkt an Nele wandte, die noch mit Wiete und ein paar anderen Frauen um Uwe herumstand. »Nele, wäre das okay, wenn ich Mutti mal eben entführe und mit ihr vor der Tür kurz schnacke?«

Inken wollte schon ein eindeutiges Signal in Richtung der Freundin schicken, dass das gar nicht in ihrem Sinne wäre, aber da hatte Nele Beeke bereits versichert, sie würde in jedem Fall auf Inken warten.

»Tja, dann komm! Lass uns draußen schnacken!« Inken aber blieb wie angewurzelt stehen. Ihr wurde übel bei dem Gedanken, Beeke belügen zu müssen. Übel, das war es! Sie legte sich theatralisch die Hände auf den Bauch. »Oh Gott, ja, ich komme ja schon … aua … Ich habe fürchterliche Bauchschmerzen …«, stammelte sie. Als Wiete das sah, eilte sie besorgt herbei und legte den Arm um Inken. »Komm, hier zu einem Stuhl. Und da musst du dann schnell mal das rechte Bein anziehen. Du hast doch deinen Blinddarm noch, oder?« Inken konnte gar nichts erwidern, so hastig hatte ihre Freundin sie auf einen Stuhl geschubst. Im Nu waren sie von den übrigen Chorschwestern und Uwe umringt.

»Bitte kein Blinddarm jetzt vor der Reise. Das ist nicht fair«, stöhnte Nele, was ihr einen kräftigen Rippenstoß von Wiete einbrachte.

Und schon hatte sich Meike, Inkens Hausärztin, nach vorne geschoben. »Wo genau tut es weh?«, fragte sie. »Aber am besten, du kommst gleich mit in die Praxis. Dann kann ich dir den Bauch gründlich abtasten.«

Inken wusste kaum, wie ihr geschah. Das war doch ein Alptraum.

Abrupt stand sie auf. »Kinder, das war nichts!« Die anderen musterten sie skeptisch.

»Nun schaut doch nicht so dramatisch. Habt ihr noch nie Blähungen gehabt?«, fauchte sie in die Runde.

»Mensch, Mutti, das hättest du doch gleich sagen können«, entgegnete Beeke empört und zog ihre Mutter unsanft vom Stuhl und schob sie in Richtung Tür.

Dort drehte sich Inken noch einmal um. »Ich warte dann draußen auf Wiete und dich!«, rief sie Nele zu, bemüht, dabei möglichst locker zu klingen, während es in ihrem Inneren brodelte. Was hast du nur aus mir gemacht, Harry, durchfuhr es sie zornig. Wenn sie etwas hasste, war es Unaufrichtigkeit! Und nun spielte sie ihrer Tochter und überhaupt allen, die ihr lieb und teuer waren, so eine verlogene Nummer vor. Und nur damit alle weiterhin brav daran glaubten, dass ihr Harry der beste Mann auf Erden gewesen war. Am liebsten würde sie die Wahrheit herausschreien nach dem Motto: Seht her! Ich stehe vor euch mit leeren Händen, weil mein herzallerliebster Harry zwei Tage vor seinem Tod unser gesamtes Vermögen bei der Hamburger Spielbank verzockt hat!

Doch bevor sie auch nur annähernd in Versuchung kam, dem ganzen Spuk ein solch dramatisches Ende zu bereiten, hatte Beeke sie ins Freie gezogen. Kaum war die Tür hinter ihnen ins Schloss gefallen, brach es wütend aus Beeke hervor: »Mutti? Was sollte diese miese Show? Wie kommst du dazu, deinen Freundinnen vorzugaukeln, du hättest noch einen Blinddarm? Ich war zwar noch klein, aber das vergesse ich nie, wie Paps dich im letzten Moment in die Klinik gebracht hat!«

Inken wollte schier im Boden versinken. Sie spürte, wie ihre Wangen vor Scham glühten.

»Ich, ich habe doch gar nicht behauptet, dass, dass ich noch einen habe«, stammelte sie.

Beeke schüttelte fassungslos den Kopf. »Komm, setzen wir uns!« Sie deutete auf eine Bank, die sich vor dem Probenraum und schräg gegenüber dem Storm-Haus befand. Zunächst herrschte Schweigen, bis Beeke herausplatzte: »Mutti, was ist bloß los mit dir? Nach Paps' Tod erkenne ich dich kaum wieder. Du bist mir so entsetzlich fremd, dass ich dich gar nicht richtig fragen mag, aber ich muss. Ich habe schon bei Onkel Uwe vorgefühlt, aber der ist wie immer so was von blank … Mutti! Ich möchte den Laden neben meinem Geschäft mieten und mich vergrößern.«

Erschöpft hielt Beeke inne und musterte ihre Mutter fordernd. Inken wusste partout nicht, wie sie sich verhalten sollte. Am liebsten wäre sie weggelaufen, aber das konnte sie nicht bringen, ohne ihre Tochter völlig zu verstören.

»Ach so, du willst deinen Laden vergrößern … Ja, das ist schön, das ist eine gute Idee … Das bietet sich ja förmlich an … Die Leute kaufen ja Tee, also Tee geht immer«, versuchte sie nun, das peinliche Schweigen zu überspielen, aber mit ihrem Gestammel erreichte sie nur das Gegenteil.

Beeke warf ihr einen Blick zu, als würde sie am Verstand ihrer Mutter zweifeln.

»Mutti, ist alles in Ordnung mit dir?«

»Alles gut, ich meine, ich, ich bin eben noch völlig durcheinander wegen deines Vaters, und glaub mir, ich, ich bin nicht so kalt, wie du denkst …« Mit diesen Worten erhob sich Inken hastig. »Schön, dass du mir von deinen Plänen erzählst, aber ich muss jetzt wirklich los.«

»Mutti, jetzt lauf doch nicht weg. Du bist doch sonst nicht so schwer von Begriff. Die Geschäfte laufen zwar prima, aber für den Umbau benötige ich dringend Geld, und da wollte ich dich fragen, ob du bei der Bank für mich bürgst, wenn ich einen Kredit aufnehme. Ich meine, jetzt, nachdem du das Haus verkauft hast, ist das sicher ein Leichtes für dich.«

Hatte sie richtig gehört? Bürgen? Inken fiel ein Stein vom Herzen. Bürgen, nicht leihen! Wenn sie das geahnt hätte, sie hätte sich doch gar nicht so das Hirn zermartern und hier derart herumstottern müssen.

Eine Bürgschaft würde sie natürlich, ohne mit der Wimper zu zucken, für ihre Tochter übernehmen.

»Klar doch, mein Schatz, da gehe ich gleich nach meiner Reise zu Petersen und unterschreib das. Wie hoch soll denn dein Kredit sein?«, sagte Inken erleichtert.

»Ich denke, mit zwanzigtausend komme ich leicht aus«, erwiderte Beeke, der die Erleichterung ebenfalls anzumerken war. »Und ich dachte schon, du wirst jetzt nach Paps' Tod ein bisschen komisch mit dem Geld. Ich meine, das war schon ein starkes Stück, dass du mein Elternhaus …« Beeke unterbrach sich hastig. »Na ja, Schwamm drüber!«, fügte sie rasch hinzu.

Inken schluckte. Natürlich schwang in Beekes Worten die latente Frage mit, warum ihre Mutter so gar nicht auf den Gedanken kam, ihr das Geld zu schenken. Und schon begann sich Inken zu rechtfertigen.

»Ich, ich würde es dir natürlich lieber schenken, wenn ich es nicht bräuchte, um, um, um …« Inken stockte. Verdammt, wozu könnte sie das ganze Geld denn bloß benötigen, wenn sie es wirklich auf dem Konto hätte?

»Wahrscheinlich für den Außenbereich, oder? Der muss doch noch vor dem Beginn der Saison dringend renoviert werden. Das wollte Paps schon im letzten Jahr machen. Und ich würde wohl auch gar nicht in euer Häuschen ziehen wollen. Erstens, weil ich wahrscheinlich gar keine Familie gründen werde, und zweitens, ich hätte zum Wohnen lieber was Modernes …« Beeke hatte das in forschem Ton gesagt, aber ihre Augen sprachen eine andere Sprache. Sie ist traurig und fühlt sich von mir im Stich gelassen, keine Frage, dachte Inken betrübt. Doch schon im nächsten Augenblick wurde Inken klar, was das konkret für sie bedeutete. An die dringend nötige Überholung des Außendecks hatte sie gar nicht mehr gedacht! Dabei hatte Harry sogar schon seinen Freund Hein von der Husumer Werft gebeten vorbeizukommen, um einen Kostenvoranschlag zu machen. Glücklicherweise war er bislang noch nicht zur Besichtigung an Bord gewesen. Inken hoffte inständig, das Ganze noch bis zum nächsten Jahr hinauszögern zu können.

»Ja, ja, das wird leider sehr teuer. Sonst hätte ich dir das Geld wirklich gern gegeben.«

»Okay, dann hat es ja sogar sein Gutes, dass du unser Haus verkauft hast«, seufzte Beeke.

Eigentlich konnte Inken gegen diese Bemerkung nichts einwenden, wenn Beeke das »unser« nicht so komisch betont hätte. Sie hält mich für einen kalten Fisch, da kann ich machen, was ich will, ging es Inken betrübt durch den Kopf.

»Kannst du mir nicht endlich verzeihen, dass ich das Haus verkauft habe?«, stieß sie verärgert hervor.

»Habe ich doch. Hast du mir nicht zugehört? Ich sage doch, es hat auch sein Gutes.«

»Das sagst du zwar, aber dein Ton, der spricht eine andere Sprache!«

Beeke verdrehte die Augen. »Dir kann man es auch wirklich

nie recht machen. Nun sag ich schon, es ist in Ordnung, und du bist immer noch nicht zufrieden. Soll ich mich für deinen Alleingang etwa noch bei dir bedanken? Aber das kennen wir ja schon, dass wir alle nur nach deiner Pfeife tanzen!«

Das traf Inken wie ein Messerstich.

»So dominant bin ich in deinen Augen?«, fragte sie fassungslos.

»Mutti, nun tu doch nicht so. Du weißt doch, dass du gern der Boss bist. Und Paps konnte damit wunderbar umgehen …«

»Du stellst das ja so dar, als hätte dein Vater unter meinem Pantoffel gestanden!«

»Nein, aber sei doch mal ehrlich. Im Grunde hast du alles entschieden und Paps nur pro forma mal den Vortritt gelassen. Bei dem Preis fürs Krabbenbrötchen zum Beispiel, aber das machst du doch alles schon wieder rückgängig.«

Inken atmete einmal tief durch und schluckte ihre Widerworte hinunter. Ihr lag ein feuriges Plädoyer auf der Zunge, dass sie alles andere war als eine Frau, die ihren Mann unterdrückt hatte, aber nicht jetzt. Kein Streit, dachte sie. Nicht jetzt, wo sich ihr größtes Problem gerade in Luft aufgelöst hatte.

Beeke musterte ihre Mutter prüfend. »Jetzt bist du beleidigt, oder?«

»Nein, nein, kann schon sein, dass ich oftmals Dinge bestimmt habe, aber das hat nichts daran geändert, dass dein Vater und ich eine glückliche Ehe geführt haben.«

Statt eine Antwort zu geben, musterte Beeke ihre Mutter kritisch. »Das habe ich eigentlich auch immer gedacht, aber da bin ich mir nicht mehr so sicher. Auf seinen Tod hast du jedenfalls wie ein Kühlschrank reagiert!«

Inken krallte sich an der Bank fest, um auf keinen Fall auszuflippen. Das wäre nämlich so einer dieser Momente, in dem ihr innerer Vulkan nach Ausbruch drängte, aber sie konnte sich gerade noch beherrschen. Allerdings wäre es für alle Beteiligten besser, das Mutter-Tochter-Gespräch an dieser Stelle zu beenden, entschied Inken.

»Ich kläre das mit der Bürgschaft gleich nach unserer Rückkehr. Ist ja nur eine Formsache«, erklärte sie kühl und erhob sich eilig.

# 7. Ligurien lockt

Der Flieger landete in Nizza bei allerschönstem Wetter. Trotz der gleißenden Sommersonne und des wolkenlosen blauen Himmels hatte Nele gemischte Gefühle, als sie am Band auf ihren Koffer wartete. Ihre Freundinnen, die nur ihr Handgepäck mitgenommen hatten, waren schon nach draußen geeilt. Was Nele sehr freute, war die Tatsache, dass die zwei Skeptikerinnen im Zug regelrecht aufgetaut waren und sämtliche Bedenken gegen diese Reise über Bord geworfen hatten. Besonders Inken wirkte wie ausgewechselt. Das war ihr bereits gestern Abend aufgefallen, als sie ihre Freundinnen nach Nordstrand chauffiert hatte. Inken schien eine große Last von der Seele genommen zu sein. Nele vermutete, dass nun ein länger schwelender Streit mit ihrer Tochter beigelegt war. Schon bei Harrys Trauerfeier hatten die beiden ihre Spannung nicht verbergen können. Beeke hatte ihre Verzweiflung über den Tod ihres Vaters offen gezeigt, während Inken merkwürdig distanziert gewirkt hatte. Als hätte sie eine Überdosis an Tranquilizern geschluckt. So hatten weder Beeke noch Wiete und sie die Mauer durchbrechen können, die Inken um sich errichtet hatte. Vorhin im Flugzeug hatte sie ihre Freundin zu ihrer großen Freude das erste Mal nach Harrys Tod wieder lachen hören. Auch Wiete schien nicht mehr so belastet, wie Nele die Freundin in der letzten Zeit häufig wahrgenommen hatte. Vielleicht könnte man sie beim Wein mal locker auf den Brief der Anwältin ansprechen, dachte Nele, als sich ihr auffällig golden glänzender Rimowakoffer näherte – auch noch so ein Überbleibsel aus Ehezeiten.

Vor dem Ankunftsterminal wartete Wiete auf sie, während Inken den Mietwagen abholen gegangen war, den Nele reserviert hatte, um ihre Freundinnen damit nach Sanremo zu kutschieren. Es gab zwar auch eine Bahnverbindung nach Ligurien, aber Nele wollte lieber mit dem eigenen Auto fahren. Da ihre Freundinnen noch nie in Nizza oder an der Riviera di Ponente gewesen waren, wollte sie ihnen auf dem Weg noch das eine oder andere zeigen. Es waren zwar nur fünfundfünfzig Kilometer bis nach Sanremo, aber sie würden auf der kurvigen Küstenstraße bestimmt eine Stunde brauchen bis zum Hotel. Und wieder schlich sich die bange Frage in ihre Gedanken ein, die sie seit ihrer Abfahrt aus Husum verfolgte: War es wirklich eine gute Idee, im *Esplanade* abzusteigen? Was, wenn Luigi sie erkannte und seinem Entsetzen über dieses Wiedersehen offen Ausdruck verlieh? Und das womöglich in Gegenwart ihrer Freundinnen? Jetzt war es aber zu spät, das Unternehmen abzublasen und doch noch auf Sylt ihren runden Geburtstag zu feiern. Nein, nun musste sie mit aufrechter Haltung da durch. Bestimmt würde es ihr ein wenig von ihrer Panik nehmen, wenn sie ihre Freundinnen doch noch in ihren verrückten Plan einweihte, einen letzten diskreten Blick auf ihren Kellner zu werfen, aber auch für so ein Outing schien es ihr nun ein wenig zu spät. Und noch etwas machte ihr schwer zu schaffen: So cool, dass sie nur einen einzigen Blick riskieren wollte, war sie ja gar nicht. Die Vorstellung, Luigi wirklich zu sehen, und wenn auch nur von fern, machte sie entsetzlich nervös. Was, wenn sie das Bedürfnis überkam, wieder dort anzuknüpfen, wo es damals geendet hatte? Und überhaupt, warum hatte sie damals bloß aufgehört, ihn zu treffen? Damals vor neun Jahren, als sie ihm ihren makellosen Körper noch stolz hätte präsentieren können? Es war doch so wunderschön gewesen, in seinen Armen zu liegen. Auch nach dem Sex. Luigi war nämlich nicht nur ein heißblütiger Liebhaber mit braunen Glutaugen, nein, er war auch ein anregender Gesprächspartner, zumal er recht gut Deutsch sprach, und ein echter Kerl mit einem Herzen aus Gold. Wenn sie nur daran dachte, wie es damals zwischen ihnen angefangen hatte. Manne war an jenem Tag nach Genua gefahren, um sich die Stadt anzusehen, wie er behauptet hatte. Warum er fand, dieser Ausflug wäre partout nichts für sie, hatte sich ihr erst im Nachhinein erschlossen. Jedenfalls hatte sie am Abend vergeblich auf ihn gewartet, bis Luigi ihr zusammen mit der Vorspeise die Nachricht ihres Gatten servierte, er müsse wegen einer Reifenpanne leider über Nacht in Genua bleiben. In dem Augenblick war es Nele wie Schuppen von den Augen gefallen: Das war die dümmste Lüge unter der Sonne! In Luigis Blick hatte sie gelesen, dass er mehr wusste, vor allem über die weibliche Begleitung ihres untreuen Gatten. Dass er es mit der Treue nicht so genau nahm, das ahnte sie längst, aber dass er derart dreist vorging, das war neu. Mehr als so eine fadenscheinige Ausrede war sie ihm offenbar nicht wert gewesen. Sie erinnerte sich noch genau an das Gespräch, das sie danach mit Luigi geführt hatte, während die Luft zwischen ihnen bereits lichterloh brannte.

»Und, kennen Sie die Dame?«

»*Scusi*, aber ich weiß nicht, wovon Sie sprechen.«

»Von der jungen Frau, die meinen Mann nach Genua begleitet hat.«

»Meine Lippen sind tot.«

»Das hoffe ich nicht. Darf ich Ihnen ein Angebot machen, das Sie nicht ablehnen können?«

»Bitteschön!«

»Ich erkläre Ihnen heute Abend nach Feierabend in der Bar den Unterschied zwischen ›versiegelt‹ und ›tot‹. Und ich frage Sie nicht mehr nach der Dame. Okay?«

Den feurigen und vielversprechenden Blick, den Luigi ihr daraufhin geschenkt hatte, würde sie im Leben nicht vergessen. Dabei hatte sie zunächst befürchtet, dass er nicht auf ihre schräge Einladung eingehen würde. Schließlich war das eine ganz unverblümte Anmache gewesen … Aber er hatte nur genickt, ohne diesen gewissen Blick von ihr zu lassen, und ihr seine zehn Finger gezeigt. Pünktlich um zweiundzwanzig Uhr war er in der Bar aufgetaucht, und von der ersten Sekunde an hätte es eines Feuerlöschers bedurft, um diesen Flächenbrand zwischen ihnen einzudämmen. Schließlich waren sie in seiner kleinen Wohnung in der Altstadt La Pigna gelandet. Es war ein unbeschreiblich romantisches Erlebnis gewesen, Arm in Arm mit dem attraktiven Italiener durch die pittoresken engen Gassen den Hügel hinaufzuschlendern und mit dem regen nächtlichen Dolce Vita zu verschmelzen. Eine Trattoria oder Osteria an jeder Ecke, manchmal nur mit zwei, drei Tischen, aber einem Leben für zehn. Luigis Wohnung war in der Nähe der Kirche Santuario della Madonna della Costa, von der aus man einen wunderschönen Blick über ganz Sanremo genießen konnte. Nele war bereits als Touristin auf dem Kirchturm gewesen und hatte sich schon vorher öfter in das Gewühl der malerischen Altstadt gestürzt, aber in dieser lauen Nacht war alles ganz anders gewesen. Wie in einem Märchen, einem Traum, einem Film. Wie sie mit Luigi auf seiner Dachterrasse gesessen und Wein getrunken hatte, bis er sie schließlich zauberhaft verführt hatte. Und was dann geschehen war, war so einzigartig gewesen, dass es bei Nele noch heute das gewisse Prickeln im Bauch auslöste. In diesem Moment verfluchte Nele ihre verdammte Eitelkeit. Was würde sie darum geben, wenn sie nur noch einmal eine Nacht mit dem Liebesgott verbringen könnte … Ach, und wenn sie an den Morgen danach dachte, als die Sonne sie geweckt und er ihr einen Espresso ans zerwühlte Bett gebracht hatte. Nein, eine kleine, belanglose Affäre war das von Anfang an nicht gewesen, sondern der wahr gewordene Traum einer unbefriedigten Frau. Im Gegenteil, belanglos war es gewesen, nach dieser Nacht zu ihrem untreuen Ehemann zurückzukehren und sich darauf zu beschränken, ihren Luigi fortan nur einmal im Jahr zu treffen. Und sich mit der Hoffnung zu begnügen, dass ihr Gatte auch im kommenden Sommer wieder einmal eine Autopanne vorschieben würde, um die Nacht mit seiner Geliebten verbringen zu können, damit sie Zeit für Luigi hatte.

»Süße, von wem träumst du denn gerade? Gibt es da was, das deine Freundinnen wissen sollten?«, riss Wiete sie mit einem Grinsen aus ihren Gedanken.

»Nein, nein, es ist nichts, es ist …« Nele war froh, als in diesem Augenblick Inken mit dem Mietwagen vor ihnen hielt. »Schau, da ist sie ja schon«, sagte sie hastig und verstaute ihren Koffer in dem Minigepäckraum des französischen Kleinwagens. Wiete hatte sich derweil auf die hintere Bank gequetscht, während Inken auf den Beifahrersitz wechselte, damit Nele das Steuer übernehmen konnte.

Jetzt konzentrier dich aufs Fahren und denk nicht mehr an das, was dir entgangen ist, weil du nicht den Mumm hattest, den besten Sex deines Lebens zu zelebrieren, solange du noch nicht alt und schrumpelig warst, redete sich Nele gut zu. Doch als sie Nizza verließen und Nele gerade auf die Küstenstraße in Richtung Ventimiglia bog, überkam sie jene Frage erneut mit aller Macht: Warum hatte sie sich bloß nicht getraut, auch nach der Scheidung einmal im Jahr eine italienische Auszeit zu nehmen? Und überhaupt, warum hatte sie sich nicht viel eher von Manne getrennt? Wahrscheinlich würde kein Mensch – nicht einmal ihre Freundinnen – je verstehen, warum sie bis zuletzt an einer Liebe festgehalten hatte, die es schon lange nicht mehr gab. Genauso wenig wie den Mann, in den sie sich einst verliebt hatte, den attraktiven, ehrgeizigen Kerl, der sich mit Fleiß und Energie aus seiner ärmlichen Herkunft befreit und nach oben gestrampelt hatte. Trotzdem war Manne in jungen Jahren kein eiskalter Karrieremensch gewesen, der über Leichen ging. In dem Punkt war er erst später falsch abgebogen. In den letzten Ehejahren hatte Nele ihn nur noch als Karikatur eines Neureichen empfunden. Und trotzdem war sie bei ihm geblieben. Obwohl er zahlreiche Affären hatte, die er irgendwann nicht einmal mehr zu verbergen versuchte.

Sie war derart in Gedanken versunken, dass das Gespräch ihrer Freundinnen völlig an ihr vorbeirauschte. Erst als Inken sie direkt ansprach, horchte sie auf.

»Du glaubst doch bestimmt an ein Leben nach dem Tod, oder?«

»Was habt ihr denn da für Themen am Start?«, fragte Nele leicht belustigt.

»Ich habe Inken gerade von einer ehemaligen Kollegin erzählt, die allen Ernstes daran glaubte, mit ihrem Mann im Jenseits in Kontakt treten zu können«, berichtete Wiete, und ihr Ton verriet, was sie von so etwas hielt, nämlich gar nichts!

»Was die Leute so alles glauben«, bemerkte Inken kopfschüttelnd. »Dieser ganze Unsinn mit der Reinkarnation. Das ist doch Humbug. Es gibt kein Leben nach dem Tod. Leider!«

Nele überlegte kurz, ob sie es wagen sollte, ihren Freundinnen zu verraten, dass sie sogar schon einmal bei so einem Medium gewesen war, das mit den Toten Kontakt aufnahm, selbst auf die Gefahr hin, dass sie dann von ihnen mal wieder als Esotante verspottet wurde.

»Ich weiß ja, dass ihr nicht daran glaubt, aber ich habe es in der Rückführungs-Session bei meiner Heilerin selbst erlebt«, gab sie zögernd zu.

»Oh Himmel, auch das noch!«, unterbrach Inken die Freundin unwirsch. »Das ist ja noch absurder als deine Tarotkarten.«

»Du kannst nicht leugnen, dass du das eine Mal, als du dich überwunden hast mitzumachen, den ›Tod‹ gezogen hast. Na ja, und das war ein paar Wochen vor …«

»Jetzt komm mir nicht mit der Nummer, das wäre ein Zeichen gewesen und es gäbe keine Zufälle«, schnaubte Inken.

Nele zog es vor, darauf nicht zu antworten. Sie kannte Inkens Ablehnung aller Dinge, die auch nur entfernt nach Esoterik rochen, allzu gut. Dabei würde sie die Freundin liebend gern mal mit zu dem Medium nehmen. Nele war der Frau nämlich auch mit großem Misstrauen begegnet, doch dann … Egal, wahrscheinlich würde das bei Inken gar nicht funktionieren, weil ihre Widerstände gegen alles Übersinnliche so mächtig waren. Sie schluckte ihren Ärger herunter, sofort wieder als Spinnerin abgetan zu werden. Ich bin einfach nur offener für Dinge zwischen Himmel und Erde, die ich mir nicht erklären kann, dachte sie, und das täte Inken auch mal ganz gut!

Jedenfalls herrschte im Wagen nun Schweigen. Und das war Nele nicht unrecht. So konnte sie sich völlig ungestört ganz irdischen Gedanken an ihren einstigen Liebhaber hingeben. Ihr klopfte das Herz bis zum Hals, als vor ihnen das prächtige Luxusresort auftauchte, das an der Strandpromenade lag und von einem riesigen tropischen Garten umgeben war. Sie nahm die prächtige Auffahrt, ließ ihren Wagen dort stehen und bat die Freundinnen, auszusteigen und ihr zur Rezeption zu folgen. Dort wollte sie den Schlüssel abgeben, damit ein Page den Wagen in die Garage fahren konnte. Die Freundinnen bat sie, derweil auf einem der eleganten roten Sofas in der Lobby auf sie zu warten. Sie hatte ihre riesige Sonnenbrille auf der Nase und trug einen Sonnenhut, über den die Freundinnen geteilter Ansicht waren. Inken fand, er passte zu Neles teurem Sommerkostüm, während Wiete den Riesenteller auf dem Kopf der Freundin für arg deplatziert hielt.

Nun denn, dachte Nele, nun gibt es kein Zurück mehr, und sie näherte sich hoch erhobenen Hauptes der Rezeption.

# 8. Ligurien schockt

Als Nele vor der Rezeption stand, stockte ihr förmlich der Atem. Sie befürchtete, unter Halluzinationen zu leiden, denn der junge Mann hinter dem Tresen war Luigi wie aus dem Gesicht geschnitten. Dasselbe dunkle Haar, die römische Nase, die braunen Augen … Aber es musste eine Täuschung sein, denn es war kaum möglich, dass Luigi sich in dem Maß verjüngt hatte, in dem sie gealtert war. Der Mann war keine fünfundzwanzig. Statt zu einem Mitarbeiter zu wechseln, trat sie wie hypnotisiert auf ihn zu. Er begrüßte sie formvollendet auf Italienisch. Nele war einer Ohnmacht nahe, denn auch die Stimme, dieser vibrierende Bass, war original Luigis.

Nele hatte es schier die Sprache verschlagen. Dabei konnte sie eigentlich gut Italienisch, denn sie hatte einige Kurse absolviert, damit Luigi mit ihr in seiner Muttersprache reden konnte, weil sie verführerisches Liebesgeflüster auf Italienisch ziemlich anmachte. Dabei sprach er recht gut Deutsch, mit einem entzückenden italienischen Einschlag, aber Nele fand es exotisch, wenn sie einander neckische Dinge auf Italienisch ins Ohr flüsterten. Sie hatte ihre Lehrerin damals extra einmal beiseitegenommen und unter vier Augen um die einschlägigen Amore-Vokabeln gebeten. Nele starrte den jungen Mann jedenfalls wie einen Geist an. Er schien das zu bemerken und war zunächst etwas irritiert, doch dann erhellte sich seine Miene, und er lächelte wissend.

»Kann es sein, dass ich Sie an jemanden erinnere?«

Nele war so erschrocken, dass sie das glattweg leugnete. »Nein, wie kommen Sie darauf?«

»Ach, nur so, ich dachte nur, aber ich will Ihnen ja nicht zu nahe treten, Signora«, erwiderte er verlegen.

»Nein, nein. An wen könnten Sie mich denn erinnern?«

»Das ist mir jetzt etwas peinlich, aber an meinen Vater. Wir sehen uns sehr ähnlich, und einige Damen, die unser Haus von früher kennen, sprechen mich sogar mit seinem Namen an. Ich bezweifle, dass ich bei der Damenwelt einen so bleibenden Eindruck hinterlasse werde.« Er lächelte entwaffnend.

Nele wich alle Farbe aus dem Gesicht: Vater? Damenwelt? Ihr wurde so schwindlig, dass sie sich an der Rezeption festhalten musste. Luigi hatte einen Sohn von Mitte Zwanzig, den es also schon gegeben haben musste, als sie beide es in seiner Wohnung in La Pigna wild getrieben hatten … Oh Gott, warum war sie nicht schon damals darauf gekommen, dass der schöne Luigi irgendwo in einem ligurischen Bergdörfchen eine Familie hatte und sie nur sein Liebesnest kannte, in das er die Damenwelt lockte? Kein Wunder, dass die ihn in bleibender Erinnerung behalten hatte. Was hatte sie sich da bloß eingebildet? Dass sich dieser Liebesgott damit begnügt hätte, nur sie zu beglücken? Und das nur einmal pro Jahr? Natürlich war sie nur eine von vielen gewesen …

»Ist Ihnen nicht gut? Brauchen Sie ein Glas Wasser oder einen Arzt?«, fragte der Luigi-Lookalike besorgt.

Nele straffte die Schultern und atmete einmal tief durch. »Nein, schon gut. Die Hitze. Ich komme gerade aus Deutschland.«

»Ach, da ist es inzwischen kühler geworden? Ich habe gerade gelesen, dass es im Norden für den Frühling auch ganz schön heiß ist dieses Jahr.«

Obwohl Nele jedes Wort verstand, das er auf Italienisch sagte, und sie ihm auch auf Italienisch geantwortet hatte, tat sie nun so, als hätte sie Probleme mit der Sprache. Sie hoffte, dass sie ihn damit geschickt von den Symptomen ihres kleinen

Schocks ablenken konnte. Sie wollte unbedingt vermeiden, dass er sie für eine der Damen aus Luigis Fanclub hielt.

»Ich kann auch Deutsch mit Ihnen sprechen. Habe ich gelernt in die Schule. Ist Ihnen nicht gut? Brauchen Sie Hilfe?«, bot er ihr an.

»Doch … nein … doch … äh … ganz prima«, stammelte Nele und nannte ihm die Zimmernummern für das Einzelzimmer und das Doppelzimmer. Wer wo schlafen würde, wollten sie später auslosen, obwohl Wiete und Inken ihr natürlich bei dem Einzelzimmer den Vortritt lassen wollten.

Am liebsten hätte sie die Zimmerkarten geschnappt und die Rezeption auf der Stelle verlassen, aber nun legte er ihr einen Meldezettel hin.

Während sie ihn ausfüllte, arbeitete es fieberhaft in ihrem Kopf. Auf keinen Fall wollte sie ihn jetzt auf seinen Vater ansprechen, auch wenn ihr die Fragen förmlich auf der Zunge brannten. Doch nachdem sie die Zimmerkarten an sich genommen hatte, konnte sie ihre Neugier nicht länger im Zaum halten.

»Und wer ist Ihr Vater, wenn ich mal fragen darf? Vielleicht kenne ich ihn ja wirklich von früher«, erkundigte sie sich betont sachlich.

»Luigi Russo. Er war lange Jahre Kellner im Hotelrestaurant.«

War? Der nächste eisige Schreck durchfuhr sie. Daran hatte sie bislang noch keinen Gedanken verschwendet. Dass Luigi schon tot sein könnte. Einfach so umgekippt wie Harry an seiner Pfanne. Im selben Alter waren die beiden ja schließlich. In Neles Brust kämpften zwei Seelen. Die eine wollte nichts wissen, die andere alles!

»Luigi Russo?«, wiederholte Nele, als hätte sie diesen Namen noch nie gehört. »Ich kann mich nicht mehr erinnern. Aber Sie sagen, er war Kellner hier. Lebt Ihr Vater denn nicht mehr?« Sie hoffte, dass er ihr lautes Herzklopfen nicht hören konnte.

»Doch, er erfreut sich sogar außerordentlich guter Gesundheit. Er arbeitet nur nicht mehr als Kellner. Sie haben ihn in die Zentrale nach Mailand ins Management abgeworben. Er kommt nur noch her, um mich zu besuchen.«

»Aha.« Nele versuchte, völlig unbeteiligt zu klingen.

»Ich bräuchte nur noch Ihren Ausweis«, sagte Luigis Sohn nun in geschäftsmäßigem Ton.

Nele hoffte, ihre leicht zitternde Hand würde ihm nicht verraten, wie sehr sie seine Worte innerlich aufgewühlt hatten. Sie reichte ihm ihren Ausweis. Nach der Scheidung hatte sie ihren Mädchennamen wieder angenommen. Eine Cornelia Hansen dürfte in diesem Hause wohl kaum jemand kennen. Selbst wenn der Sohn dem Vater ihren Namen nannte, würde bei ihm sicher nichts klingeln.

Nele war froh, als Luigis Sohn ihr den Ausweis schließlich zurückgab, mit formvollendeter Höflichkeit, wie es sich für einen Mitarbeiter des Hotels gehörte. Da hörte sie plötzlich eine ihr wohlbekannte Stimme heiser fragen. »Nele?«

Nele fuhr herum und blickte geradewegs in Luigis überraschtes Gesicht.

»Nele, bist du das?«, wiederholte er ungläubig auf Deutsch.

Obwohl Nele wie erstarrt war, musste sie sich etwas einfallen lassen, wenn sie nicht wollte, dass ihre Scharade augenblicklich aufflog.

»Entschuldigen Sie, aber ich wüsste nicht, dass wir uns kennen. Ich habe Sie noch nie gesehen. Nein, Sie müssen mich wohl verwechseln«, entgegnete sie in einer leicht verstellten Stimmlage.

»Aber das kann doch nicht …« Luigi musterte sie irritiert. Dieser Blick reichte, um in Nele die alten körperlichen Reaktionen auf diesen Mann auszulösen: weiche Knie, Prickeln im

Bauch und die unbändige Lust, ihn sofort in ihre Höhle zu schleifen. Aber sie schaffte es, so auszusehen, als hätte sie auf eine Zitrone gebissen.

»Vater, lass gut sein. Die Dame kennt dich wirklich nicht«, mischte sich der Sohn in strengem Ton an Luigi gewandt auf Italienisch ein. Das nutzte Nele, um blitzschnell zu ihren Freundinnen zu eilen.

»Kommt, lasst uns die Zimmer beziehen. Ich würde sehr gern freiwillig im Doppel schlafen«, erklärte sie so gehetzt, als wäre der Teufel hinter ihr her.

Inken und Wiete warfen sich angesichts dieser Hektik einen fragenden Blick zu.

»Was wollte denn der attraktive ältere Herr von dir?«, wollte Wiete auf dem Weg zum Fahrstuhl wissen. Nele war so hastig vorangeeilt, dass sie ihr kaum folgen konnten. Inken fügte nicht minder neckisch hinzu: »Sie sehen aber auch wirklich unverschämt gut aus, diese Italiener.«

Nele ignorierte die unverhohlene Neugier ihrer Freundinnen komplett und war froh, als sich die Fahrstuhltür hinter ihnen schloss. Nun hatte sie wenigstens die Gewissheit, dass es der dümmste Plan unter der Sonne gewesen war, in diesem Hotel einzuchecken, um den scharfen Luigi noch einmal von fern zu sehen. Und überdies im Ernst zu glauben, dass er sie mit Eulenbrille auf der Nase und Wagenrad auf dem Kopf nicht erkennen würde. Sie hatte ihn ja auch gleich erkannt, obwohl sein dunkles Haar inzwischen eisgrau geworden war. Er war auch gealtert, keine Frage, aber bei ihm wirkte das verdammt attraktiv. Luigi hatte von seiner Anziehungskraft auf Frauen nicht das Geringste verloren. Und sie hatte allen Ernstes die ganzen Jahre über geglaubt, dass ihre Affäre etwas ganz Besonderes gewesen war. Wahrscheinlich hatte er mit sämtlichen halbwegs attraktiven frustrierten weiblichen Gästen seine Romantiknummer in Pigna abgezogen … Am liebsten hätte sie das Hotel gewechselt, aber nun war ja das Schlimmste überstanden, redete sie sich ein.

Inzwischen waren sie vor den Zimmern angekommen. Sie lagen direkt nebeneinander. Nele wiederholte ihre Bitte, das Zimmer mit einer der beiden zu teilen. Sie befürchtete nämlich, dass sie allein in einem Zimmer in trübe Gedanken versinken würde. Oder noch schlimmer: dass sie sich nach dem Genuss einiger Prosecchi zu viel beim Sohn an der Rezeption telefonisch den Vater aufs Zimmer bestellen würde …

»Ich teile es gern mit dir«, bot Inken an, aber auch Wiete versicherte ihr, dass sie das gern täte.

»Einigt euch«, stöhnte Nele und ging voran in das geräumige Doppelzimmer mit Blick aufs Meer. Als sie auf den Balkon trat, blickte sie mit einer gewissen Wehmut aufs Wasser hinaus und beschloss, keinen einzigen Gedanken mehr an Luigi zu verschwenden. Sie nahm sich fest vor, ihren Freundinnen irgendwann einmal zu beichten, dass sie den attraktiven Italiener weitaus näher kannte, als sie vorhin hatte zugeben können. Aber nicht auf dieser Reise, entschied sie und machte sich daran, ihren Koffer auszupacken. Tja, morgen ist es so weit, mein Schatz, dann kannst du das Thema Liebe für dieses Leben endgültig ad acta legen, denn wie heißt es so schön? Für eine reife Frau ist es wahrscheinlicher, vom Blitz erschlagen zu werden, als noch einmal dem Mann fürs Leben zu begegnen …

Aber sie wäre nicht Nele, wenn sie sich dadurch den Spaß vermiesen ließe. Wenn sie heute Abend erst einmal Paolo Conte auf der Bühne erlebte und im Klang seiner rauchigen Stimme badete, dann gehörte Luigi längst der Vergangenheit an. Und wehe, er schlich sich noch einmal in ihre Träume ein! Dann würde sie ihn mit einem Tritt in den Hintern in die Realität zurückbefördern!

Als sie einen Blick in den Spiegel warf, musste sie zu ihrer großen Überraschung feststellen, dass sie überhaupt nicht aussah wie jene alte knittrige Schachtel, zu der sie sich mit ihren markigen Sprüchen gern selbst degradierte. Im Gegenteil, wenn sie ehrlich war, konnte sie ihrem eisgrauen Exlover rein optisch durchaus noch das Wasser reichen!

## 9. Plausch mit Wiete

Inken fand in ihrem Doppelzimmer eine scheinbar bestens gelaunte Nele vor und traute sich nicht, sie zu fragen, welche Laus ihr denn vorhin über die Leber gelaufen war. Auch auf den Mann wollte sie die Freundin lieber nicht noch einmal ansprechen, obwohl sie den Gedanken nicht loswurde, dass der attraktive ältere Herr und ihre Freundin einander sehr wohl kannten – so unverwandt, wie er Nele angestarrt hatte, mit einer Mischung aus Erstaunen und Wiedersehensfreude. Vielleicht würde ihnen Nele nach dem Konzert mehr verraten. Dann nämlich würden sie, wie Nele angekündigt hatte, in der Hotelbar in ihren runden Geburtstag hineinfeiern. Inken spürte, wie gut ihr die Luftveränderung tat. Zum ersten Mal seit Harrys Tod hatte sie länger als eine Stunde weder an den schrecklichsten Tag ihres Lebens, Harry Todestag, gedacht, noch an den zweitschrecklichsten, an dem sie ihn am liebsten noch einmal hätte sterben lassen …

Beschwingt trat sie auf den Balkon und ließ ihren Blick über das Meer schweifen. Dabei atmete sie die von schwerem Blütenduft erfüllte Luft ein. Vom tropischen Garten zog eine regelrechte Wolke an exotischen Düften bis hier nach oben. Inken hätte auf Anhieb nicht einmal sagen können, wonach es im Einzelnen duftete, doch dann atmete sie noch einmal tief ein. Da war ein Hauch von Hibiskus, Anemonen, Thymian, Minze, Salz und Meer. Doch so wunderschön es an diesem Ort auch war, Inken zog selbst diesem Paradies den Geruch von Nordsee, Schlick und Wattenmeer vor. Sie war eben doch eine Nordseekrabbe durch und durch.

Und trotzdem genoss Inken diese warme, weiche Luft, die ihre Haut streichelte, und fühlte in diesem Augenblick zumindest wieder so etwas wie eine Spur von Glück.

Wiete war als erste der drei Freundinnen ausgehbereit und wartete unten in der Lobby auf die beiden. Sie trug ein Etuikleid, das sie immer wieder glattzog, weil es für sie ungewohnt war, so einen engen Rock zu tragen. Es weckte gemischte Gefühle in ihr, sie hatte es nämlich in Lübeck auf Rat des falschen Dr. Julius gekauft. Er hatte das dunkelblaue und teure Kleid in einem Schaufenster entdeckt. Offenbar hatte er ihre Schwäche für klassische Mode erahnt. Er hatte sie jedenfalls nicht lange überreden müssen, das Geschäft zu betreten und das Kleid anzuprobieren.

»Das steht Ihrer Frau hervorragend!«, hatte die Verkäuferin geschwärmt, nachdem Wiete sich ihm in dem eleganten Kleid gezeigt hatte. Julius hatte ihr aufmunternd zugenickt und die Meinung der Verkäuferin charmant bestätigt. »Ja, das kann meine Frau wirklich gut tragen.«

Wiete hatte derart im siebten Himmel geschwebt, dass sie nicht einmal stutzig geworden war, als er ein sündhaft teures Tweedjackett für sich entdeckt und dann behauptet hatte, er habe dummerweise seine Geldbörse zuhause vergessen. Im Gegenteil, sie hatte ihn regelrecht dazu gedrängt, das Jackett zu kaufen, und ihm das Geld geliehen. Das war bei ihrem letzten Date gewesen. Wahrscheinlich hatte er sich bei der Gelegenheit für sein nächstes Opfer standesgemäß einkleiden lassen, mutmaßte Wiete, denn schließlich hatte er an jenem Tag auch noch einen Mantel und ein Paar handgenähte Schuhe entdeckt, die geradezu für ihn gemacht waren.

Aber was hätte sie jetzt tun sollen? Ihr Kleid zerschnippeln, weil es sie an ihre große Dummheit erinnerte? Nein, dazu war Wiete viel zu pragmatisch. Bislang hatte es ein Schattendasein im Kleiderschrank gefristet, aber sie hatte damit gerechnet, dass es irgendwann einen Anlass geben würde, es zu tragen. Und wenn nicht zu einem Konzert von Paolo Conte an diesem wunderschönen Flecken Erde, wann dann?

Ungeduldig blickte Wiete zum Fahrstuhl. Ihre Freundinnen waren bereits fünf Minuten über der verabredeten Zeit. Wahrscheinlich probiert sich Nele erst einmal durch den ganzen Goldkoffer, weil sie an jedem Outfit etwas auszusetzen hat, dachte Wiete, als der attraktive Italiener, der Nele vorhin wie einen Alien angestarrt hatte, auf sie zusteuerte. Er trug eine Reisetasche in der Hand. Offenbar war er auch Gast des Hotels und reiste gerade ab. Weiter kam Wiete mit ihren Spekulationen nicht, weil er jetzt direkt vor ihr stehen blieb und sie entschuldigend musterte.

»*Scusi*, dass ich Sie störe. Ich habe nur eine Frage«, sagte er jetzt in gutem Deutsch. »Ich habe vorhin gesehen, dass Sie zu den drei Damen gehören, die eben im Hotel eingecheckt haben. Und vielleicht haben Sie gesehen, dass ich mit Ihrer Freundin gesprochen habe. Ich kenne sie von früheren Aufenthalten in diesem Haus. Nur leider fiel mir ihr Name nicht mehr ein. Hieß sie nicht Signora Jessen? Nele Jessen?«

Wiete nickte. »Ja, so hieß sie jedenfalls noch, als sie in diesem Hotel jedes Jahr mit ihrem Mann abgestiegen ist. Eigentlich ist ihr Name Cornelia Hansen.«

Er nickte eifrig. »Ob Sie mir den Gefallen tun könnten, sie von mir zu grüßen?«

»Aber warum sprechen Sie Nele nicht selber an? Sie muss jeden Augenblick von oben kommen. Wir sind hier verabredet.«

»Leider bin ich in Eile.« Er deutete auf seinen Koffer. »Muss zum Zug nach Milano. Das Taxi wartet schon. Und dann bin ich wieder zum tristen Leben am Schreibtisch verdammt.« Er lächelte schief. »*Scusi*, sollte ein Scherz sein, mir fällt es nur schwer, nach Milano zu fahren. Habe hier so lang gearbeitet, und nun wohne ich hier nur als Gast, um meinen Sohn zu besuchen.«

»Glücklich scheint Sie das nicht gerade zu machen«, erwiderte Wiete mitfühlend.

»Wenn Ihr Herz eigentlich für die Küche schlägt, Sie aber ein ganzes Leben gekellnert haben, weil es keinen Job als Koch für Sie gab, und Sie nun nur mit kalten Zahlen zu tun haben statt mit heißen Speisen, das ist traurig«, entgegnete er bekümmert und in fast perfektem Deutsch. »Aber verstehen Sie mich nicht falsch. Ich wollte mich nicht bei Ihnen über mein Leben beschweren.«

»Also, ich wäre froh, wenn ich am Schreibtisch sitzen dürfte und nicht kellnern müsste«, gestand Wiete ihm aus vollem Herzen.

»Sie arbeiten im Service?« Seine Augen leuchteten.

»Leider!«, stöhnte Wiete.

»Und warum machen Sie das, wenn Sie das nicht mögen, wenn ich mal fragen darf?«

»Für das liebe Geld.«

»Das geht mir genauso. Von so einem Gehalt konnte ich vorher nur träumen. Und besser, als wenn sie mich gebeten hätten zu gehen.« Er beugte sich vertraulich zu ihr hinüber. »Die im Hotel da oben, die Chefs meinen, Gäste wollen im Service nur noch junge Gesichter.«

»Da habe ich ja Glück, dass meine Chefin das anders sieht«, entgegnete Wiete. Sie konnte sich nicht helfen, sie fand diesen Mann außerordentlich charmant. Merkwürdig, dass Nele, die ansonsten attraktiven Silver Agern stets zugeneigt war, so gar kein Interesse an ihm bezeugte. Sonst war sie doch auch nicht so zimperlich. Wie oft hatte Nele Inken und sie schon auf einen ansehnlichen Kerl in ihrer Nähe aufmerksam gemacht, der ihnen sonst nicht aufgefallen wäre? Und ihn als *Sahneschnitte* angepriesen? Und soweit Wiete das für einen Mann überhaupt passend fand, auf diesen Italiener traf es jedenfalls durchaus zu.

»Wo arbeiten Sie denn?«, erkundigte er sich nun neugierig.

»Im *Wattparadies* in Husum. Also, wenn Sie wieder zurück zu Ihren Wurzeln wollen, können Sie sich ja bei Inken bewerben …«

Wietes Scherz wurde durch die strenge Stimme des jungen Mannes unterbrochen, der hinter seiner Rezeption hervorgekommen war und den charmanten Ex-Kellner am Ärmel zupfte. Er sprach Italienisch mit ihm, aber so viel verstand Wiete, dass er ihn aufforderte, endlich ins Taxi zu steigen. Und offensichtlich waren die beiden Vater und Sohn, denn sie sahen sich nicht nur ähnlich, sondern umarmten sich kurz und herzlich.

Als der junge Mann wieder zu seinem Platz ging, wiederholte der Vater seine Bitte, Nele von ihm zu grüßen.

»Mache ich. Aber kennt Sie denn überhaupt Ihren Namen?«

»Das nehme ich an. Ich bin Luigi Russo. Und ich würde ihr auch gern eine Postkarte schreiben. Mich entschuldigen, dass mir an der Rezeption nicht gleich ihr Name wieder eingefallen ist. Wohnt sie immer noch in Hamburg?«

Wiete schüttelte den Kopf. »Nein, nach der Scheidung ist sie in ihr Elternhaus nach Nordstrand gezogen.«

»Ob Sie mir ihre Adresse …?«

Das ging für Wietes Empfinden entschieden zu weit. Überhaupt hatte sie ihm schon viel zu viel verraten. Wie kam sie nur dazu, einem Fremden persönliche Auskünfte über Nele zu geben? Und im selben Moment konnte sich Wiete diese Frage beantworten. Der Kerl hatte sie mit seinem Charme genauso eingewickelt wie der Fake-Doktor.

»Nein, tut mir leid, da müssten Sie dann doch lieber warten, bis sie kommt.« Wiete deutete auf den Fahrstuhl, aus dem gerade ihre Freundinnen stiegen, doch da war der Mann schon verschwunden. Das muss ich unbedingt sofort Nele erzählen, ging es ihr durch den Kopf, dann kann sie ihn vielleicht noch draußen einholen. Aber die Freundin war etwas in Hektik, weil sie wohl nicht zu spät zum Konzert kommen wollte. Nele sah auf jeden Fall atemberaubend aus in ihrem fließenden Seidenkleid mit dem passenden Sommerschal. Wie einem Zwanziger-Jahre-Film entsprungen, dachte Wiete bewundernd. Aber auch Inken trug ein hübsches Kleid, das sie noch nie an ihrer Freundin gesehen hatte. Dass sie überhaupt auf ihre geliebten Jeans verzichtet hatte, war schon ein kleines Wunder. Das enge Oberteil mit dem knielangen, weit schwingenden Rock in einem Bordeauxton stand ihr wirklich hervorragend. Und es gab einen raffinierten Blick auf ihre wunderschönen Beine frei. Wiete hatte nie verstanden, warum Inken nur Jeans trug, weil sie schon früher die hübschesten Beine der ganzen Klasse besessen hatte. Aber nun blieb keine Zeit mehr für Komplimente, weil Nele bereits auf ein Taxi zustürzte. Auf dem Weg dorthin rief sie ihr zu, dass ihr das Etuikleid ausgezeichnet stand. Aus dem Mund der modebewussten Freundin wog das natürlich doppelt! Wiete sah sich noch einmal suchend um, aber der charmante Italiener war verschwunden. Ich darf auf keinen Fall vergessen, Nele von dieser Begegnung zu erzählen, dachte sie noch, als sie ins Taxi stiegen.

## 10. Reinfeiern auf Italienisch

Im Konzert vergaßen die drei Frauen ihre Sorgen und ließen sich von Contes rauer Stimme und seinem umwerfenden Charme verzaubern. Er besaß auf der Bühne eine Ausstrahlung, als ob er für jede Frau im Publikum ganz persönlich performte. Und jede von ihnen liebte einen anderen Song. Nele konnte bei *Ludmilla* nicht mehr stillsitzen, sondern wippte mit dem ganzen Körper, Inken träumte davon, wie sie mit Harry bei ihrem letzten Hochzeitstag zu *Blue Haways* in einer Bar auf Sylt in den Morgen hineingetanzt war, während Wiete dem charismatischen, singenden Rechtsanwalt bei all seinen Songs wie gebannt an den Lippen hing und leise mitsang. Bei den Zugaben hielt es dann im Teatro Ariston keinen mehr auf seinem Stuhl.

Nele ließ es sich nach dem Konzert nicht nehmen, ein Autogramm vom Künstler zu ergattern, die er am Hinterausgang an die vorwiegend weiblichen Fans verteilte. Als Nele ihm verzückt das Programmheft reichte, damit er sich darauf verewigte, rief Wiete ihm zu, dass Nele Geburtstag hätte. Daraufhin fragte der Sänger sie nach ihrem Namen, und nachdem sie ihn genannt hatte, kritzelte er ein paar Zeilen und schenkte ihr ein ganz besonderes Lächeln. Nele schmolz förmlich dahin, und als sie ihren Freundinnen den Text vorlas, nachdem sie sich aus dem Pulk der Fans gelöst hatten, waren alle drei gleichermaßen hingerissen. *Tanti auguri, bella signora Nele.* Inken und Wiete bereuten, dass sie nicht auch um ein Autogramm ihres Idols gebeten hatten.

Beschwingt ließen sich die Damen in einem Taxi zu einer Trattoria in der Nähe des Konzertsaals bringen, in der Nele einen Tisch reserviert hatte. Da es schon recht spät am Abend war, begnügten sie sich mit einem kleinen Imbiss, bevor es zurück zum Hotel ging. In der Bar war ebenfalls alles für ihre Ankunft vorbereitet, und der Chef servierte um Mitternacht eine Flasche edlen Prosecco. Gerade als die drei Freundinnen miteinander anstoßen wollten, stimmte der Barpianist *Happy Birthday* auf Italienisch an.

Nele war einen Augenblick lang irritiert. Das hatte sie nämlich nicht bestellt, aber als sich alle Gäste erhoben und ihr *Tanti auguri* sangen, ließ sie sich von der Stimmung mitreißen und verscheuchte den Gedanken, dass womöglich bekannt war, wie alt sie gerade geworden war.

Nele war schließlich so gerührt, dass sie sich verstohlen eine Träne aus dem Augenwinkel wischte. Sie bedankte sich bei dem Barpianisten und allen Gästen und lud jeden Gast zu einem Glas Prosecco ein. Während sie diese großzügige Bestellung aufgab, drängte sich ihr für den Bruchteil einer Sekunde der Gedanke an die Rechnungen auf, die zuhause dringend auf Bezahlung warteten, aber sie schüttelte ihn lässig wieder ab. Man nullt schließlich nur einmal, sagte sie sich trotzig und prostete ihren Freundinnen übermütig zu.

Nachdem sich die übrigen Gäste wieder abgewandt hatten, überreichten Wiete und Inken Nele einen Umschlag. Wiete hatte ihrer Freundin drei Karten für ein Konzert in der Elbphilharmonie ersteigert. Nele strahlte vor Glück, während Inken betonte, sie könne zum Konzert mitnehmen, wen immer sie wolle. Nele prostete ihren Freundinnen lachend zu und verkündete, das müsste sie sich gründlich überlegen, von welchen zwei Personen sie sich begleiten ließe, um sie dann einzeln zu umarmen und ihnen zu versichern, wie sehr sie sich auf dieses Event mit den beiden freue.

Inken beeilte sich zu sagen, dass Wiete und sie selbstverständlich auch die Übernachtung in Hamburg übernehmen würden und am folgenden Vormittag eine Hafenrundfahrt eingeplant war. Dabei hatte es Wiete einige Überredungskunst gekostet, Inken von diesem Geschenk zu begeistern, weil das Konzert an einem Sonntag stattfand und Inken der Meinung war, sie wäre im *Wattparadies* unabkömmlich. Doch Wiete hatte vorab alles mit Uwe abgeklärt, sodass Inken schließlich zugestimmt hatte. Außerdem war am Montag ohnehin der Pul-Tag, an dem Inkens Anwesenheit nicht unbedingt erforderlich war. Mit nichts hätten sie Nele mehr Freude bereiten können als mit einem Freundinnenausflug. Und auch mit dem Konzert selbst. Nele war ein erklärter Rossinifan und hatte die *Petite Messe solennelle* schon immer einmal live erleben wollen. Sie konnte ihr Glück gar nicht fassen und umarmte ihre Freundinnen immer und immer wieder.

»Ihr seid so wunderbar«, schwärmte sie. »Die besten Freundinnen, die ich je hatte«, fügte sie euphorisch hinzu.

»Nun übertreib mal nicht«, wiegelte Wiete ab, die Lob nicht gut annehmen konnte. »Ich konnte dich am Anfang gar nicht leiden.«

Nele lachte laut und herzlich. »Ich dich auch nicht, aber das hat sich schnell ins Gegenteil verkehrt. Aber mal ehrlich, ich hatte früher einen großen Kreis, wie man das nannte, wenn man viele Leute kannte. Und ich habe ernsthaft gedacht, die Mädels aus dem Golfclub seien meine Freundinnen, aber kaum hatte sich mein Gatte verkrümelt, wurde ich nicht mal mehr zu Gesellschaften eingeladen. Ich hätte ja den anderen Damen die Ehemänner ausspannen können!«

»Die Gefahr besteht ja bei uns dreien nicht mehr«, versuchte Inken zu scherzen, aber ihre Augen lachten nicht mit.

Nele nahm Inken in den Arm und drückte sie fest. »Um deinen Harry hättest du dir nicht eine Sekunde lang Sorgen machen müssen. Der hat nur dich geliebt. Ich habe mal mit eigenen Augen gesehen, wie ihn so eine Tusse im *Wattparadies* angemacht hat. ›Soll ich die Scholle mit den Krabben essen oder lieber den Zander? Was meinen Sie?‹« Nele hatte dabei ihre Stimme verstellt und klang wie eine Mickymaus. »Und dabei ist die Frau dann ganz nah an deinen Mann herangerückt. Und was macht Harry? Sagt kühl: ›Ich schicke Ihnen mal meine Frau, die kann Sie besser beraten, denn ich muss zurück in die Küche.‹ Und weg war er. Was hat die Tante blöd geguckt!«

Nele war erleichtert, dass auch Inken über ihre kleine Anekdote lachen konnte. Übermütig bestellte sie eine zweite Flasche. Ihr war wohl bewusst, dass sie sehr schnell trank, aber mit dem kleinen Rausch, den sie langsam verspürte, fiel es ihr leichter, die verunglückte Begegnung mit Luigi zu vergessen.

Bis Wiete zu später Stunde und bei der dritten Flasche leicht beschwipst krähte, dass sie sie von einem attraktiven Italiener grüßen solle.

»Aha, und wer soll das sein?«, fragte Nele, obwohl ihr bereits schwante, von wem hier die Rede war.

»Moment, sein Name war, lass mich überlegen, Luigi, ja Luigi Russo. Du musst ihn kennen. Es ist der attraktive Italiener, der dich vorhin an der Rezeption angesprochen hat und dem dein Name auf Anhieb nicht mehr eingefallen ist. Und das tut ihm ganz doll leid.«

Nele, die gerade noch einmal ihr Glas erhoben hatte, trank daraufhin den Inhalt mit einem einzigen großen Schluck aus.

»Kenn ich nicht«, behauptete sie mit nicht mehr ganz klarer Stimme.

»Doch, das ist der Typ, der heute Mittag mit dir an der Rezeption stand. Ein echt charmanter Kerl. Zu charmant für meinen Geschmack. Das ist der Typ Romance Scammer, der Frauen die große Liebe vorgaukelt und sie dann um ihr Geld erleichtert.«

»Romance Scammer. Was ist das denn?«, fragte Inken, die am wenigstens getrunken hatte.

»Auf Deutsch gesagt, ein Heiratsschwindler«, entgegnete Wiete entschieden, doch dann fügte sie hastig hinzu: »Also, so genau weiß ich das auch nicht. Ich habe das neulich mal in der Zeitung gelesen. Jedenfalls hat dieser Luigi sich entschuldigt, dass ihm nicht sofort dein Name eingefallen ist. Als er mich in der Lobby angesprochen hat, wusste er ihn nämlich wieder. Ich glaube, du hast einen unvergesslichen Eindruck bei ihm hinterlassen. Kanntest du ihn näher?«

»Um Gottes willen, nein! Hat er das etwa behauptet? Und wieso hast du überhaupt mit dem Kerl geredet?«, fauchte Nele sie an.

Wiete schilderte ihrer Freundin in knappen Worten, wie der Mann sie vorhin im Foyer angesprochen hatte.

»Und du hast ihm bestätigt, dass ich Nele Jessen bin?«

»Ja, und dass du eigentlich Cornelia Hansen heißt«, gab Wiete freimütig zu.

»Oh Mist, das hättest du nicht tun dürfen!«

Wiete schluckte, bevor sie trotzig konterte: »Das tut mir leid, aber sollte ich vielleicht sagen, dass du nicht Nele Jessen bist, obwohl es ihm selbst wieder eingefallen war?«

»Gott, hoffentlich läuft er mir nicht noch mal über den Weg«, stöhnte Nele.

»Keine Sorge, er war auf dem Weg nach Mailand. An den Schreibtisch. Er arbeitet im Management des Hotels …«

»Sag mal, habt ihr euch etwa eure ganze Lebensgeschichte erzählt?«, fauchte Nele, die sich auf einmal wieder ganz nüchtern fühlte und der ihre stümperhafte Maskerade im Nachhinein entsetzlich peinlich war.

»Was bist du denn so zickig? Wir haben einfach nur nett geplaudert. Aber dann habe ich schließlich eisern geschwiegen, als er deine Adresse wollte.«

»Meine Adresse? Bist du verrückt?«

»Ich habe sie ihm doch gar nicht gegeben! Habe ich doch gerade gesagt!«, entgegnete Wiete verärgert.

»Aber was hast du denn eigentlich gegen diesen Mann, Nele? Wenn ich richtig gesehen habe, ist er doch ein recht attraktiver Kerl«, mischte sich Inken eifrig ein.

Nele machte eine abwehrende Handbewegung. »Gut, wenn ihr es genau wissen wollt: Ich weiß, wer das ist. Einer von diesen italienischen Gigolos, die glauben, dass sie frustrierte Ehefrauen abschleppen können …«

»Also doch so ein Romance Scammer, ja, die sind doch alle gleich! Und dich hat er also auch abgeschleppt?«, rief Wiete aus.

»Nicht so laut!«, zischte Nele. »Nein, hat er nicht! Er versucht das aber bei jeder, die ihm über den Weg läuft.« Sie war fest entschlossen, den Freundinnen eine Räuberpistole aufzutischen.

»Ein Heiratsschwindler! Hätte ich es mir doch denken können«, bemerkte Wiete kopfschüttelnd.

»Nein, so auch nicht«, widersprach Nele ihr energisch. Auch wenn sie Luigi nach dem, was sein Sohn bei ihrer Ankunft über ihn erzählt hatte, für einen Gigolo hielt, sperrte sich alles in ihr, mit den Freundinnen über ihn abzulästern. Sie trank ein Glas Prosecco auf ex und verspürte das Bedürfnis, ihn zu verteidigen. Unter dem Einfluss des hastig hinuntergestürzten Drinks wurde sie plötzlich furchtbar sentimental, und Details aus ihren schönen Stunden wurden plötzlich so lebendig, als wären sie erst gestern gewesen. Sie war plötzlich mehr als bereit, ihr Geheimnis mit den Freundinnen zu teilen.

Mit nicht mehr ganz exakt artikulierten Worten schilderte sie den beiden, wer Luigi wirklich war, dass er und sie, also, dass sie beide sich doch etwas näher kannten und dass sie ihn nur noch ein letztes Mal von fern hatte sehen wollen. Während ihrer Erzählung genehmigte sie sich noch diverse weitere

Drinks, bis die dritte Flasche leer war. Dabei wurde sie immer redseliger.

Die Freundinnen reagierten sehr unterschiedlich auf dieses Geständnis. Wiete schien förmlich besessen von dem Verdacht, dass ein so charmanter Kerl wie Luigi doch in Wirklichkeit nur ein ausgebuffter Heiratsschwindler sein konnte, und sie betonte in einem fort, es wäre ein Wunder, dass er Nele nicht noch um ihr Geld gebracht hatte.

»Aber er war soooo süß. Verstehst du, ein Schatz und ein Wahnsinnsliebhaber. Ein Liebesgott! Der konnte mich vielleicht in Fahrt bringen, also in einer Nacht …«, widersprach Nele ihr heftig.

»So genau wollen wir das gar nicht wissen«, unterbrach Wiete die detaillierte Schilderung ihrer Freundin. »So einer ist es doch nicht wert. Das ist doch alles nur Masche. Betrüger bleibt Betrüger! Und dann kommt er mit einer Zwischenfinanzierung um die Ecke, weil er mit dir in euer Traumhaus ziehen möchte. Und kein Wort ist wahr. Sein treuer Blick ist nur gespielt. Solchen Kerlen darfst du kein Wort glauben.« Wiete hatte sich regelrecht in Rage geredet, und ihre Wangen glühten vor Eifer.

Inken warf Wiete einen strafenden Blick zu. »Wiete, was ist denn in dich gefahren? Man könnte ja meinen, du wärst zu einer Männerhasserin mutiert«, zischte sie ihr zu.

Wiete lief knallrot an. »Nein, das, das bin ich nicht. Ich, ich habe doch gar keine Erfahrungen …«, stammelte sie.

»Genau, du hast doch keine Ahnung von Männern«, kommentierte Nele Wietes abschätzige Meinung über Luigi. Und vielleicht ist wirklich alles ganz anders, dachte Nele in ihrem Rausch. Die Tatsache, dass er sich noch bei Wiete vergewissert hatte, dass sie tatsächlich Nele war, schien ihr eher ein Hinweis zu sein, dass es ihn ernsthaft interessierte. Wäre sie nur eine austauschbare Ferienaffäre gewesen, hätte er die Sache doch auf sich beruhen lassen, statt ihre Freundin über sie auszufragen. Sogar ihre Adresse hatte er von Wiete haben wollen. Luigi war doch kein Betrüger, im Gegenteil, wer so gut küssen konnte und mehr ... Das muss ich unbedingt in allen Einzelheiten noch meinen Freundinnen erzählen, dachte sie, doch dann begann sich alles in ihrem Kopf zu drehen.

»Ich glaube, eine Frau in meinem Alter braucht jetzt unbedingt ihren Schönheitsschlaf«, lallte sie.

Die Freundinnen stimmten ihr lachend zu, und so näherte sich das Kleeblatt wenig später leicht schwankend dem Fahrstuhl. Wiete und Inken hatten Nele, die gehörig Schlagseite hatte, in die Mitte genommen und untergehakt.

»Ob ich ihn morgen einfach ansprechen soll? Scheiß auf meine Orangenhaut. Soll er doch vor Schreck in Ohnmacht fallen, wenn ich nur noch einmal über seinen sexy Po streichen könnte«, seufzte Nele, kaum dass sich die Fahrstuhltür hinter ihnen geschlossen hatte.

Wiete lag auf der Zunge, dass sich ihr diese Gelegenheit nicht mehr bieten würde, weil Luigi fort war. Sie behielt das allerdings in diesem Moment für sich, weil sie nicht schuld daran sein wollte, dass das Geburtstagskind von Wolke Sieben wieder unsanft auf dem Boden landete.

»Vielleicht noch einen letzten Kuss, und dann ist Schluss«, zwitscherte Nele mit verwaschener Stimme.

»Ja, meine Süße, das sehen wir dann alles morgen«, bemerkte Inken streng, während sie versuchte, die Zimmertür zu öffnen, ohne Nele an ihrer Seite loszulassen.

»Soll ich euch mal erzählen, wie das alles angefangen hat mit dem schnuckeligen Luigi und mir? Und wie wir beide das erste Mal in der Kiste gelandet sind? Ich habe gedacht, der Mann hat hundert Hände. Er war überall auf meinem Körper zugleich«, machte Nele noch einen letzten Anlauf, die Freundinnen in intime Einzelheiten dieser einzigartigen Liebe einzuweihen.

»Morgen, Süße. Jetzt sind wir alle sehr müde«, erklärte Inken energisch. Nele befreite sich nun aus der Umklammerung ihrer Freundinnen und wankte zum Bett, auf das sie sich mit einem lauten Juchzen warf.

»Ich möchte, dass ihr jetzt meinen Luigi holt. Nur für eine Nacht. Und wir dämmen das Licht, damit er meine Cellulitis nicht sieht. Quasi als Geschenk mit Schleife«, kicherte sie.

»Na, das kann ja eine lustige Nacht werden«, raunte Wiete Inken zu. »Wenn sie dir dann ein Ohr abkaut und dich womöglich mit dem Typen verwechselt. Soll ich lieber hierbleiben?«, fügte sie hinzu, doch da erklang vom Bett bereits ein lautes Schnarchen.

# 11. Casino Fatale

Inken ließ sich nur widerwillig dazu bewegen, die Freundinnen ins Spielcasino zu begleiten. Doch Nele hatte all ihre Überredungskunst eingesetzt, und so hatte sie schließlich kapituliert. Ihre Freundin war erstaunlich fit an diesem Tag und schien ihren Rausch komplett ausgeschlafen zu haben. Von Luigi kein Wort mehr!

Kaum hatte Inken einen Fuß in das Innere der Spielhölle gesetzt, bestätigten sich ihre schlimmsten Vorurteile. Allein das Publikum – nichts als braungebrannte, alternde Playboys mit jungen, leichtbekleideten Damen im Arm! Sich einem Spieltisch mehr als drei Schritte zu nähern kam für sie nicht in Frage. Schon vor Harrys frevelhafter Tat hatte Inken Spielcasinos nichts abgewinnen können, aber jetzt hasste sie diese Dinger abgrundtief. Dementsprechend mies war ihre Laune, seit sie mit ihren fröhlichen Freundinnen über den roten Teppich die Treppe zum Eingang der Spielhölle emporgestiegen war. In ihren Augen benahmen sich ihre Freundinnen höchst albern. Schon beim Frühstück hatten sie sich gegenseitig mit utopischen Zahlen übertrumpft, die sie im Casino einzuspielen gedachten. Inken hatte missmutig geschwiegen. Natürlich wäre das auch für sie zumindest theoretisch eine Chance, wieder zu Geld zu kommen, aber sie verband das Roulette mit Untergang und Ruin. Das ließ sie den Freundinnen gegenüber jedoch nicht durchblicken.

Kichernd wie die Teenies kamen Wiete und Nele nun je mit einer Handvoll bunter Chips von der Kasse zurück. Inken hatte sich geweigert, sich mit in die Schlange zu stellen.

»Ich habe das Gefühl, diese Jetons bringen mir heute Glück«, frohlockte Nele, die aussah, als hätte sie die letzte Nacht im Kosmetiksalon verbracht. Beim Frühstück hatte Inken noch geglaubt, das wäre den heißen Gedanken an diesen Luigi geschuldet. Doch als sie Nele darauf angesprochen hatte, hatte die so getan, als hätte sie den attraktiven Italiener ihren Freundinnen gegenüber nie erwähnt.

»Sag bloß, du weißt nicht mehr, was du uns da gestern alles erzählt hast?«, hatte Wiete fassungslos nachgehakt.

»Ich weiß nicht, wovon ihr redet«, hatte Nele daraufhin mit todernster Miene verkündet.

»Der sexy Hintern, die sprühenden braunen Augen und die Stimme zum Niederknien?«

»Na, ihr beiden habt vielleicht eine blühende Fantasie. Ich habe doch nur gesagt, dass ich ihn von früher kenne. Mehr nicht!«

Mit Rücksicht auf den runden Geburtstag der Freundin hatten Wiete und Inken nicht weiter nachgebohrt, zumal sie ziemlich sicher waren, dass sich Nele sehr wohl noch erinnerte, in welch hohen Tönen sie in der Bar *von dem süßesten aller Männer* geschwärmt hatte.

»Inken, lächeln!«, zischte Nele ihr zu. »Du siehst aus, als würdest du zu einer Beerdigung gehen!« Kaum hatte sie das ausgesprochen, entschuldigte sie sich wortreich bei der Freundin. Sie hätte für einen Augenblick einfach vergessen, was mit Harry geschehen war.

Inken hob abwehrend die Hände. »Schon gut, ich will euch nicht den Spaß verderben. Ich warte irgendwo auf euch.« Inken sah sich suchend um. »Da vorn ist eine Bar. Ihr könnt mich nachher am Tresen einsammeln.«

»Ach, Süße, es tut mir so leid, dass dir das gar keinen Spaß macht. Ich verspreche, wir beeilen uns und kommen ziemlich bald mit unserer Million zurück«, lachte Nele. »Außerdem brauchst du ja nicht so dringend Geld wie ich«, fügte sie gut gelaunt hinzu.

Wenn du dich da mal nicht irrst, ging es Inken brummig durch den Kopf. »Viel Spaß euch beiden. Übertreibt es nicht und geht kein Risiko ein.«

»Auf keinen Fall. Leute, die im Casino das letzte Hemd verzocken, sind arme Idioten!«, entgegnete Wiete im Brustton der Überzeugung.

Hör mal schön hin da oben, Harry, dachte Inken bitter.

»Gut, ich werde mich dann sinnlos betrinken und mir an der Bar einen reichen Kerl anlachen«, brummte Inken.

»Da friert eher die Hölle zu«, sagte Nele. »Wetten, du hältst dich an einem Wasser fest und hast keinen Blick für fremde Kerle?«

»Tja, ich bin eben langweilig«, entgegnete Inken leicht beleidigt und drehte sich auf dem Absatz um.

Wiete und Nele sahen ihr verunsichert nach. »Ich habe ein ganz schlechtes Gewissen, sie da allein hocken zu lassen«, seufzte Nele.

»Ja, sie wird wahrscheinlich nur daran denken, wie schön es wäre, wenn Harry mit dabei wäre. Es muss schrecklich sein, einen Partner zu verlieren, mit dem man die perfekte Ehe geführt …«, ergänzte Wiete, doch da blieb ihr Blick an einem älteren Herrn hängen, der in diesem Moment an ihnen vorbeieilte. Für den Bruchteil einer Sekunde glaubte sie, in ihm ihren einstigen Verlobten wiederzuerkennen, aber das passierte ihr nicht zum ersten Mal. Das war in den Jahren immer mal wieder vorgekommen, sodass sie ihm nicht einmal hinterhersah.

»Komm, wir beeilen uns.« Nele zog Wiete mit sich an einen Roulettetisch, an dem noch reichlich Platz war. Am Spieltisch angekommen, holte Wiete schüchtern ihre Jetons hervor. Fünfundzwanzig Chips für je zwei Euro.

Nele warf ihr einen etwas mitleidigen Blick zu. »Damit kannst du aber keinen Blumentopf gewinnen«, meinte sie.

»Aber ich muss auch nichts bereuen, wenn ich alles verliere. Fünfzig Euro soll mir der Spaß wert sein. Mehr verzocke ich nicht!«

»Vielleicht sollte ich mir ein Beispiel an dir nehmen«, lachte Nele und öffnete die Hand, in der zehn Chips zu jeweils zehn Euro und zwei zu fünfzig Euro darauf warteten, sich am Spieltisch zu vermehren.

An der Bar war es recht voll, und überall hockten irgendwelche Angeber mit ihren blutjungen Anhängseln. So jedenfalls nahm Inken die Gäste um sich herum wahr. Sie überlegte, ob sie wirklich nur Wasser trinken sollte, allein um diesem affigen Bestellzirkus von kompliziert klingenden Cocktails etwas Simples entgegenzusetzen. Doch gerade als sie das tun wollte, hörte sie eine männliche Stimme neben sich auf Deutsch fragen: »Darf ich Sie zu einem Drink einladen?«

Inken fuhr herum. Wer war das, und meinte er wirklich sie? Sie blickte in die freundlichen Augen eines grauhaarigen Herrn, den sie auf etwa in ihrem Alter schätzte. Er trug einen vornehmen Anzug und schien eine gute Kinderstube zu besitzen. Wie eine billige Anmache wirkte seine Frage jedenfalls nicht. Dazu machte er einen viel zu distinguierten Eindruck. Und dass er keine der drei jungen Damen einlud, die ohne männliche Begleitung auf seiner anderen Seite saßen und es offenbar darauf angelegt hatten, einen Drink spendiert zu bekommen, sprach für ihn.

Deshalb zierte sich Inken auch nicht lange und sagte: »Gern, ein Wasser.«

Der Fremde verdrehte die Augen. »Bitte, tun Sie mir das nicht an.« Er senkte die Stimme und näherte sich ihrem Ohr. »Die Klientel in Casinos kann man nüchtern nicht ertragen. Glauben Sie mir. Ich weiß, wovon ich rede. Casinos sind so was wie mein Wohnzimmer. Da lernt man Menschen richtig kennen. Ihre Abgründe zumindest.«

Ein Lächeln erhellte ihre Miene. »Das ist ein überzeugendes Argument für einen Drink. Ich meine, die Leute, die hier verkehren, kann man wirklich nur im Rausch ertragen. Die sehen alle so aus, als wüssten sie nicht wohin mit ihrem Geld.«

»Tja, das ist ja auch nicht immer einfach«, erwiderte der Herr mit ernster Miene.

Inken tippte sich an die Stirn. »Die Sorgen möchte ich mal haben.«

»Was darf ich Ihnen bestellen?«

Inken zuckte mit den Achseln. »Keine Ahnung, was man hier so konsumiert.«

»Darf ich Ihnen etwas aussuchen?«

Sie nickte und beobachtete aus den Augenwinkeln, wie die jungen Damen auf der anderen Seite des netten Herrn die Hälse nach ihr reckten. Wahrscheinlich vermuteten sie jetzt, sie sei wenigstens reich und berühmt, wenn sie schon nicht mehr jung und knackig war.

Als der Barkeeper ihr einen Campari Soda in einem derart intensiven Rotton hinstellte, dass man denken konnte, er habe das Wasser vergessen, bereute sie, dem edlen Spender die Wahl der Getränke überlassen zu haben. Doch sie kommentierte das nicht, sondern nahm einen kräftigen Schluck, nachdem sie sich zugeprostet hatten.

»Woher wussten Sie, dass ich Deutsche bin?«, fragte sie den Mann.

»Ich hatte es gehofft«, entgegnete er lächelnd.

»Warum? Sprechen Sie kein Italienisch?«

»Oh doch, Italienisch, Spanisch, Portugiesisch und natürlich Englisch«, erwiderte er.

»Wow!«

Er machte eine abwehrende Handbewegung. »Ich wollte

nicht damit angeben. Nur sagen, dass es nicht an meinen mangelnden Sprachkenntnissen liegt, wenn ich Sie auf Deutsch angesprochen habe, und dass das auch keine Zauberei ist. Ich habe Sie vorhin im Vorbeigehen mit zwei anderen Damen hitzig diskutieren hören.«

»Ja, meine Freundinnen wollten mich an den Spieltisch schleppen, aber da bekommen mich keine zehn Pferde hin!« Inken griff zu ihrem Glas und stellte überrascht fest, dass sie ihren Campari schon fast ausgetrunken hatte.

»Nehmen Sie noch einen?«, fragte er lauernd.

»Ausnahmsweise, damit ich mir meine Gesellschaft schöntrinken kann.«

Der spendable Herr zog eine Augenbraue hoch. »So schlimm?«

Inken wurde rot. »Ich meine doch nicht Sie«, beeilte sie sich das vermeintliche Missverständnis auszuräumen, doch da grinste er bereits über das ganze Gesicht.

»Ich glaub, ich weiß, wie Sie das meinen, und nehme das gar nicht persönlich.« Dann bestellte er noch zwei Drinks. »Und was haben Sie nun gegen die Spieltische? Ich meine, darüber, dass die Klientel gewöhnungsbedürftig ist, sind wir uns ja einig, aber was haben Sie gegen das Roulettespiel?«

»Alles!«, stieß Inken heftig hervor und nahm einen Schluck von dem neuen Drink, der das Soda offenbar auch wieder nur von Weitem gesehen hatte.

»Das müssen Sie mir erklären. Klingt ja wie eine Kampfansage.«

»Ist es auch, aber darüber möchte ich nicht reden«, entgegnete Inken schroff.

»Gut, gut, dann plaudern wir über das Wetter«, sagte er schmunzelnd.

»Nein, nein, also gut, ich werde versuchen, Ihnen das zu erklären. Ich, ich, war noch nie zuvor in einem Casino, aber mein Mann, der hat unser gesamtes Erspartes verspielt.« Inken erschrak kurz über ihre Offenheit, aber sie spürte auch sofort, wie gut es ihr tat, es endlich einmal auszusprechen. Wenigstens ganz anonym hier in der Fremde!

»Oh je, ein Spieler, dann kann ich Ihre Antipathie schon verstehen. Ich meine, ich spiele auch gern, aber bei mir ist die Gefahr, dass ich mich in den Ruin stürze, verhältnismäßig gering.«

»Weil Sie rechtzeitig aufhören, oder weil genug Geld da ist?« Kaum hatte Inken ihm diese Frage gestellt, wurde ihr klar, dass sie das nun wirklich nichts anging. Sie fügte hastig hinzu: »Entschuldigen Sie, das ist natürlich Ihre Sache, aber ich stand nach dem plötzlichen Tod meines Mannes vor dem Nichts und muss jetzt mühsam jeden Cent zusammenkratzen, um unser Geschäft zu retten. Alle denken, ich bin gut abgesichert, aber ich habe nichts mehr. Und wenn ich nicht rasch unser Haus verkauft hätte, hätte ich unser Restaurant schließen müssen.« Inken hielt erschöpft inne, setzte das Glas an und trank es erneut in einem Zug leer. Obwohl sie schon eine gewisse Wirkung spürte, tat es seltsam gut, endlich mal das Herz auszuschütten, und zwar bei jemandem, den sie niemals wiedersehen würde.

»Noch einen«, sagte sie zum Barkeeper. »Aber den zahle ich selbst«, fügte sie, an den netten Herrn gewandt, hinzu. »Und nun erzählen Sie doch mal von sich. Was treibt Sie hierher?«

Der Fremde zögerte, aber dann verriet er ihr, dass er die deutschen Casinos schon alle ausprobiert habe und etwas Abwechslung benötige.

»Sie leben in Deutschland?«

»Tja, bei meinem Sohn, aber Hamburg ist mir zu kalt.«

Inken lachte. »Dann kommen Sie erst einmal zu uns nach Husum, wenn an einem Wintertag der Nordseesturm über den Hafen pfeift.«

»Sie kommen aus Husum?«

»Kennen Sie das?«

»Nein, ich war noch nie weiter nördlich als in Kiel, aber neulich erzählte mir mal jemand von der grauen Stadt am grauen Meer.«

»Was natürlich ein Klischee ist, denn in Hamburg und an der Elbe ist es im Winter sicher nicht unbedingt heller als bei uns. Und Sie zieht es also in die Sonne?«

Er nickte, und in seinem Blick lag eine gewisse Wehmut.

»Ich bin erst kürzlich nach Deutschland zurückgekommen. Nach dem Tod meiner Frau, um es genau zu sagen. Wir haben in Brasilien gelebt. Sie kommt aus Santos, wo wir unser Anwesen und unsere Teeplantagen hatten. Unseren Sohn hat es schon nach dem Schulabschluss nach Deutschland getrieben. Ich bin ihm nach dem Tod meiner Frau gefolgt und bei ihm eingezogen, weil ich sonst keinen habe. Jetzt überlege ich allerdings, ob ich nicht doch wieder zurück nach Brasilien gehe, aber das darf mein Sohn nicht erfahren, denn der hält mich eh für verrückt im Kopf, und was soll ich auch in so einem Palast ganz allein?«

In der Stimme ihres attraktiven Gesprächspartners lag so viel Traurigkeit, dass Inken in diesem Moment der eigene Schmerz hochkam.

»Tja, mein Harry ist auch noch kein halbes Jahr tot«, seufzte sie. »Und meine Tochter findet meine Entscheidungen auch nicht immer besonders gut.«

Der Gesichtsausdruck ihres Gesprächspartners wechselte von Trauer zu Fassungslosigkeit.

»Ihr Mann hieß Harry?«

»Ja, eigentlich Harald Jenne, aber in Husum war er nur Harry oder der ›Schwabe‹. Das konnte ihn jedes Mal erneut auf die Palme bringen, denn seine Familien kommt aus Baden …«

»Harald Jenne?«, widerholte er mit einem merkwürdigen Unterton.

»Ja? Aber warum fragen Sie? Kennen Sie meinen Mann etwa?«

»Nein, nein, natürlich nicht. Woher denn? Und Ihr Mann hat tatsächlich Ihr ganzes Erspartes verspielt? Und wissen Sie, wie das passieren konnte? Hat er mit Ihnen darüber gesprochen?«

Inken musste plötzlich mächtig gegen die Tränen ankämpfen. »Er konnte mir nichts mehr erklären, denn ein paar Tage nachdem er von der angeblichen Tagung aus Hamburg zurückkam, ist er gestorben.«

»Und er hat es Ihnen nicht gebeichtet?«

»Nein, ich habe es von unserem Bankmenschen erfahren, aber jetzt …« Inken wischte sich hastig eine Träne aus dem Augenwinkel.

»Aber dann sollten Sie unbedingt eine Runde Roulette riskieren. Warten Sie …« Er holte aus einem Leinenbeutel, den er vor sich auf dem Bartresen abgelegt hatte, eine Handvoll Chips. »Ich schenke sie Ihnen. Versuchen Sie Ihr Glück«, ermutigte er sie.

»Auf keinen Fall! Soll ich etwa denselben Mist machen wie er? Ich rühre so etwas nicht an!« Demonstrativ verschränkte sie die Hände hinter dem Rücken.

»Aber bitte, tun Sie mir den Gefallen, bitte!« Er sah sie flehend an. »Wie heißen Sie eigentlich?«

»Inken, und Sie?«

»Nennen Sie mich Caio. So hieß ich in Brasilien, weil meine Frau Karsten nicht richtig aussprechen konnte.«

»Gut, Caio, bitte stecken Sie diese Dinger weg. Eher friert die Hölle zu, als dass ich die annehme.«

»Und wenn Sie mir damit eine Riesenfreude machen würden?«, insistierte er.

Inken verdrehte die Augen. »Meine Freundinnen haben auch schon versucht, mich zu überreden, damit ich ihnen den Spaß nicht verderbe. Vergeblich! Können Sie das nicht verstehen? Die Spielsucht meines Mannes hat mich in eine verdammt missliche Lage gebracht!«

»Das verstehe ich doch, aber ich glaube nicht, dass Ihr Mann spielsüchtig gewesen ist. Wahrscheinlich war das bloß aus einer Laune heraus, oder er hat dringend Geld gebraucht …«

»Geben Sie sich keine Mühe. Ich habe auch schon nächtelang wachgelegen und eine Entschuldigung für Harrys Verhalten gesucht. Es gibt keine!«

Caio rang sichtlich nach Worten, doch Inken wollte dieses unschöne Gespräch schnellstens beenden. Sie machte Anstalten, vom Barhocker zu rutschen und zu gehen, doch er hielt sie sanft am Arm fest.

»Versuchen Sie doch wenigstens, sich einmal in Ihren Mann hineinzuversetzen!«

»Nein, danke. Kein Bedarf«, erwiderte sie trotzig.

Caio aber hielt ihr erneut die Jetons vor die Nase. »Bitte, tun Sie es nur ein einziges Mal, damit Sie sich wenigstens einfühlen können in die Hoffnung, die Ihr Mann wahrscheinlich in diese Kugel gesetzt hat.«

»Was soll der Unsinn?«, fauchte sie ihn an. »Es interessiert mich nicht, was er gefühlt hat, als er unser Geld verspielt hat!«

»Bitte, nur ein einziges Mal!«

Er wollte ihr die Chips in die Hand drücken, aber sie verweigerte das.

»Wissen Sie was? Ich gehe jetzt. Und überhaupt, was haben Sie davon, wenn ich mich jetzt der Erfahrung stelle und an den Spieltisch gehe? Sind Sie Therapeut?«

Inken hatte das Gefühl, nicht mehr ganz deutlich zu artikulieren, aber ihr Gegenüber schien nichts Ungewöhnliches zu bemerken.

Caio lachte nur laut und herzlich. »Um Gottes willen, ich habe Tee exportiert, aber nun bin ich Privatier. Inken, wollen wir eine Wette abschließen?«

»Sie geben wohl nie auf, oder?«

»Nein, ich sehe doch, dass Sie unglücklich sind. Und ich glaube, wenn Sie einmal die Erfahrung gemacht haben, wie es ist, beim Roulette zu gewinnen, sieht das alles ganz anders aus.«

»Ich glaube nicht daran, dass ich gewinne. Und meinem Mann hat es auch kein Glück gebracht. Unser Konto ist leer. Wissen Sie, wie traurig das ist, wenn Sie die Beerdigung nur zahlen können, weil die Bank Ihnen einen Überziehungskredit gewährt, und das auch nur, weil Sie versichern, dass Sie zeitnah Ihr Haus verkaufen werden?«

Caio legte ihr tröstend die Hand auf den Unterarm. »Ich weiß, aber ich würde Sie gern lächeln sehen, weil Sie gewonnen haben.«

Wieder hielt er ihr die Jetons hin. Inken riskierte einen flüchtigen Blick.

»Was bedeutet die fünfhundert?«

»Jeder dieser Jetons ist fünfhundert Euro wert.«

»Aber das sind ja mindestens fünfzehn.«

»Zwanzig«, korrigierte er sie lächelnd und deutete auf den Beutel.

»Das heißt, Sie wollen mir zehntausend Euro an die Hand geben?«

Caio nickte. »Genau, versuchen Sie Ihr Glück. Vielleicht spielen Sie etwas von dem ein, was Ihr Mann verzockt hat. Und ich möchte, dass Sie alles bei einem einzigen Spiel einsetzen. Alle zwanzig Chips!«

»Und was, wenn dann das ganze Geld auf einmal weg ist?«

»Das kann nicht passieren, wenn Sie sich strikt an meine Anweisungen halten.«

»Caio, Sie tun ja gerade so, als hätten Sie mich schon rumgekriegt. Haben Sie aber nicht. Das war eine rein theoretische Frage.« Inken war sich sicher, dass sie sich anders verhalten hätte, wenn sie nüchtern gewesen wäre. Dass sie sich überhaupt auf dieses Gespräch einließ, bewies ja, dass sie nicht mehr ganz bei Sinnen sein konnte.

»Gut, dann eine rein theoretische Antwort. Wissen Sie überhaupt, wie so ein Roulette aussieht?«

Inken schüttelte den Kopf.

»Dann hören Sie gut zu …«

Caio schilderte Inken nun geduldig, wie ein Roulettefeld aufgebaut war und was für Möglichkeiten der Spieler besaß, um seine Jetons zu setzen.

»Also, das meiste Geld bekommt man, wenn man auf eine Zahl setzt?«, fragte Inken nach. Ohne es zu merken, begann ihr Widerstand gegen dieses Glücksspiel zu bröckeln. Sie hatte ihm aufmerksam zugehört und fragte sich, ob Harry wohl schon einschlägige Erfahrungen im Roulette hatte, bevor er in Hamburg ihr Vermögen verzockt hatte.

»Ja, offenbar haben Sie alles verstanden. Nun hören Sie gut zu. Wir haben also sechsunddreißig Zahlen, wenn man die Null mal vergisst. Sie legen nun auf fünfzehn Zahlen je einen Chip. Und die restlichen fünf an die Ränder von Reihen, am besten an die, in denen Sie auf keine Zahl gesetzt haben.«

»Moment mal, wenn ich Sie richtig verstanden habe, kann nur eine Zahl gewinnen. Dann wäre auf jeden Fall viel Geld verloren, wenn ich das wirklich so machen würde.«

»Wow, Sie sind ja ein Rechengenie!«, scherzte er.

Inken brach in lautes Gelächter aus. »Hihi, das Mathegenie ist unsere Wiete, die könnte Ihnen das auf den Euro genau ausrechnen …«

»Wiete? Sieht sie zufällig wie ein Engel aus und hat tizianrote Locken?« Er sah sie mit einem beinahe sehnsüchtigen Blick an.

»Nein, unsere Wiete trägt einen karottenroten Raspelschnitt und einen eher burschikosen Look«, entgegnete Inken. »Kennen Sie eine Wiete?«

»Ja, früher mal. Ich dachte nur, der Name ist ja nicht so häufig, aber so, wie Sie die Dame beschreiben, hat sie nichts mit meiner Wiete gemein.«

Plötzlich musste Inken daran denken, wie aus Wiete, dem eher unscheinbaren Mädchen, nach der Pubertät ein schöner Schwan geworden war. Damals hatte sie das Haar lang getragen … Dass sie sich so burschikos gab, hatte sich erst in den letzten Jahren entwickelt. Sie wollte das gerade Caio erzählen, als sie ihn energisch fragen hörte: »Und, machen Sie es jetzt?« Und wieder hielt er ihr die Jetons hin.

Inken zuckte die Achseln. »Ich weiß nicht. Das ist doch recht unklug, darauf zu hoffen, dass eine der Zahlen gewinnt. Wenn man schon so ein Risiko eingeht, sollte man doch lieber gleich alles auf eine Zahl setzen, oder?«

»Einmal abgesehen, dass es für einen Plein eine Maximalgrenze von fünfhundert Euro am Tisch gibt, wäre das Risiko ungleich größer. So haben wir eine wesentlich größere Gewinnchance. Pech ist nur, wenn die Kugel auf eine der Zahlen fällt, auf die wir nicht gesetzt haben, und auch nicht auf die Reihe. Aber Moment, da gebe ich Ihnen noch die mit. Dann haben wir alles abgedeckt.« Er kramte noch weitere Jetons aus seiner Jackentasche und reichte ihr eine Handvoll.

»Sie sind ja verrückt«, stieß Inken in einer Mischung aus Bewunderung und Fassungslosigkeit hervor.

»Und nicht vergessen, am Rand einen Jeton pro Reihe. Das ist die Nummer sicher. Die anderen Chips auf Zahlen verteilen.«

»Aber was bekommen Sie denn nun, wenn eine der Zahlen gewinnt?«

»Das Fünfunddreißigfache, weil Sie den Einsatzchip dem Croupier geben sollten. Als Trinkgeld quasi.«

»Ja, gut, aber Sie hätten dann doch trotzdem eine ganze Menge Geld verloren«, wandte Inken ein.

»Das rechnet sich, denn Sie haben damit die große Chance,

einen beachtlichen Gewinn zu machen«, erwiderte er. »Sind Sie bereit?«, fragte er ungeduldig.

»Sie glauben doch nicht im Ernst, dass ich mit Ihrem Geld spiele und es mir im Gewinnfall in die eigene Tasche stecke? Hören Sie mal. Wenn, dann mache ich das für Sie, und für mich nur, um mich ein bisschen zu therapieren.«

»Aber Ihr Mann hat doch ungefähr so viel verloren, und da dachte ich …«

»Ich habe Ihnen nicht verraten, wie viel mein Mann verloren hat. Gut geschätzt! Aber für wen halten Sie mich denn? Ich nehme doch kein Geld von Fremden! Ist doch nicht Ihre Schuld, dass mein Mann so einen Irrsinn verzapft hat!«, konterte Inken empört.

»Sind wir nicht alle ein bisschen schuldig?«, murmelte er mehr zu sich. Inken ließ das unkommentiert. Sie hatte den Eindruck, der Mann wolle etwas wiedergutmachen, was er selbst einmal verbockt hatte. Ob er selbst schon einmal ein Vermögen verzockt hatte? Und schon fragte sie ihn: »Haben Sie schon mal Ihr ganzes Geld verspielt, weil Sie mir jetzt unbedingt helfen wollen?«

Caio stieß einen tiefen Seufzer aus. »Nein, so oft kann ich gar nicht verlieren. Ich spiele ja auch nicht jeden Tag. Aber Sie würden mir wirklich einen großen Gefallen tun, wenn Sie den Gewinn behalten würden.«

»Auf keinen Fall!«, widersprach sie ihm energisch. »Ich bin nicht der Typ Frau, der sich von Männern etwas schenken lässt. Schon gar nicht von Fremden. Ich bin doch nicht käuflich!«

»Ich weiß. Und ich wollte Sie damit auch nicht beleidigen. Das müssen Sie mir glauben«, versicherte er ihr treuherzig.

»Schon gut, Caio. Ich wollte Sie auch nicht beleidigen. Sie machen mir nicht wirklich den Eindruck, als wollten Sie mich mit Geld bestechen.«

»Danke. Freut mich, dass Sie mich nicht für einen sabbernden Greis halten, der sich hier eine Frau aufreißen will. Vor allem nicht in der Trauerzeit. Sie glauben gar nicht, wie mir meine Mercedes fehlt.« Er wischte sich eine Träne aus dem Augenwinkel.

»Mein Beileid! Oh je, das geht mir genauso, obwohl ich Harry zwischendurch immer wieder zur Hölle wünsche«, gestand Inken ihm freimütig.

Caio musterte sie mitfühlend.

»Ich befürchte, wir werden sie immer vermissen. Aber lassen Sie uns das Thema wechseln. Sonst fange ich noch an zu heulen, und das macht sich hier gar nicht gut. Und, wie sieht es aus? Würden Sie für mich wenigstens einmal die Glücksgöttin spielen?«

Inken kämpfte mit sich. Sie verstand nicht so ganz, warum er sein gewagtes Spiel nicht selbst machte, sondern sie an den Tisch schicken wollte.

Bevor sie weiter darüber nachdenken konnte, hatte sie ihn bereits nach dem Grund gefragt.

»Warum gehen Sie denn nicht selbst?«

»Weil ich glaube, es würde Ihnen guttun und …« Er senkte die Stimme. »Ich habe gerade eine neue Hüfte. Ich möchte eigentlich nicht wie mein eigener Großvater durch den Saal humpeln.«

Das klang aus seinem Munde so glaubwürdig, dass Inken gar nicht auf den Gedanken kam, am Wahrheitsgehalt seiner Worte zu zweifeln.

»Gut, dann geben Sie her. Ich spiele jetzt mal für Sie die Zockerin.« Sie rutschte von ihrem Barhocker und nahm die Jetons zögernd entgegen. »Aber Sie warten hier!«, befahl sie streng.

»Natürlich, ich will ja mein Geld«, lachte er und klopfte ihr aufmunternd auf die Schulter. »Sie schaffen das schon.« Mit den Worten: »Den werden Sie bestimmt brauchen«, reichte er ihr auch das Beutelchen.

Inken schnappte es sich und stutzte. Es war gar nicht leer. Offenbar hatte er immer noch Jetons in dem Beutel. »Nehmen Sie doch wenigstens die alten Jetons da raus!« schlug sie vor, aber er schüttelte mit dem Kopf.

»Die und das Geld, das hole ich mir nachher aus dem Beutel«, entgegnete er mit einem verschmitzten Lächeln. Das Geld? Welches Geld? Sie unterdrückte den Impuls, ihm den ganzen Beutel mit Inhalt zurückzugeben. Wohl war ihr nicht, aber nun war es auch schon egal, ob sie seine Jetons und sein Geld durch das Casino transportierte. Die Chips, mit denen sie für ihn spielen sollte, ließ sie in das Täschchen ihrer Abendjacke gleiten.

Sie atmete einmal tief durch und durchquerte den Saal mit gemischten Gefühlen. Sieh nur her, in was für eine Lage du mich gebracht hast, Harry, dachte sie. Als sie an den Kassenschaltern vorbeikam, durchzuckte sie der verwegene Gedanke, diese – wenn sie richtig gezählt hatte – mittlerweile siebenundzwanzig Jetons zu Bargeld zu machen und mit den dreizehntausendfünfhundert Euro das Weite zu suchen. Diese Summe würde ihre finanziellen Probleme zwar nicht gänzlich beheben, aber es wäre immerhin ein Anfang.

Doch dazu war sie viel zu aufrichtig. Lieber gehe ich nebenbei im Hotel putzen wie die arme Heike, dachte sie entschieden und näherte sich dann zögernd einem der Spieltische.

# 12. Alles auf die Fünfzehn

Mit einem prüfenden Blick auf die bunte Gesellschaft, die sich um diesen Tisch versammelt hatte, vergewisserte sich Inken, dass ihre Freundinnen nicht dabei waren. Sie atmete auf. Das kam ihr nämlich sehr entgegen. Schon ohne neugierige Zuschauerinnen war es für sie eine ziemliche Herausforderung, sich zwischen diesen selbstbewussten Zockern, die allesamt ein Pokerface aufgesetzt hatten, einen Platz zu erkämpfen. Offenbar gehörte diese coole Fassade zum Roulettespielen wie zu den Damen, die sich hier tummelten, die Highheels.

Gebannt fixierte Inken den Croupier, dem die unbeteiligte Miene offenbar ins Gesicht zementiert war. Er zeigte keine Regung, selbst nicht, als einer der Spieler ihm ohne ein Lächeln einen Hunderteuro-Jeton hinschob, weil er gerade eine große Summe gewonnen hatte. Sie ließ ein paar Runden vergehen, ohne zu setzen. Dabei prägte sie sich ein, wie sich die anderen Spieler verhielten. Besonders lässig war es wohl, im letzten Moment zu setzen, bevor der Croupier sein Sprüchlein *Rien ne va plus* brachte, oder besser noch kurz danach, bis er das Setzen explizit verbot. Bis zu dem Moment tobte am Roulettetisch der Bär. Nicht nur die Herrschaften, die an diesem Tisch spielten, überzogen das Feld mit bunten Chips. Auch Spieler, die wie aus dem Nichts auftauchten, warfen mit betonter Lässigkeit ihre Jetons ab und machten sich dann wieder unsichtbar. Inken bezweifelte, dass sie sich in dem Chaos überhaupt merken könnte, was sie gesetzt hatte, aber da es nur um eine Zahl und die Randposition einer jeden Querreihe ging, würde sie das wohl schaffen.

Inken wollte es nun endlich hinter sich bringen. Noch hatte sich bei ihr nicht die geringste Spur von Lust am Glücksspiel eingestellt, und sie wäre am liebsten unverrichteter Dinge an die Bar zurückgekehrt, aber Caio war so ein netter Kerl, dass sie ihm diesen Gefallen tun wollte. Schließlich war das Schlimmste überstanden, als sie sich überhaupt an diesen Tisch getraut hatte. Ihr Platz war zwischen einer uralten Lady mit lila Haar und einem toten Tier um die Schultern und einem turbogebräunten Schmierlappen mit Lackschuhen und Gel in den Haaren, dessen Rasierwasser in Inkens Augen den Preis für den besten Kloduft verdient hätte, obwohl es bestimmt sauteuer gewesen war.

Gerade waren die beiden Geier zu ihrer Linken und Rechten dabei, wieder Chips im Dutzend vom Spielfeld zu raffen. Und sie benutzten beide offenbar ausschließlich Fünfhunderter, was an diesem Tisch nichts Besonderes zu sein schien. Inken konnte sich nicht helfen, das ganze Umfeld war nicht ihre Welt. Nachdem sie ihre Pflicht getan hätte, würde sie schnellstens die Flucht ergreifen. Gerade begann das Spiel erneut, nachdem die Chips abgeräumt und die Gewinne ausgezahlt worden waren.

Jetzt oder nie, dachte Inken und wollte die fünfzehn Jetons über das Feld verteilen, wie Caio ihr aufgetragen hatte, aber bevor sie den ersten auf einer Zahl platzieren konnte, kamen ihr arge Bedenken. Es sträubte sich alles in ihr, auf einen Schlag fünfzehn mal fünfhundert Euro zu verspielen. Was, wenn die Kugel auf keine der fünfzehn Zahlen fiel? Dann waren siebentausendfünfhundert Euro einfach futsch. Nein, so viel Leichtsinn konnte sie nicht verantworten. Sie würde erst einmal auf eine einzige Zahl setzen, und in der nächsten Runde vielleicht auf eine andere … und wenn sie dann nichts gewonnen hatte, Caio flugs seine restlichen Jetons zurückbringen. Inken warf einen prüfenden Blick auf die Anzeige mit den Zahlen, die in den vergangenen Runden gewonnen hatten. Sie hatte keine

Idee, welche Zahl sie nun ganz bewusst setzen sollte. Ihren Geburtstag, Beekes Geburtstag oder Neles? Auf jeden Fall eine andere Zahl als jene, die auf der Tafel angezeigt wurden. In dem Moment meinte sie ganz deutlich Harrys Stimme flüstern zu hören. *Setz auf die Fünfzehn, Schatz*! Blödsinn, Harry, dachte sie, du bist am fünfzehnten gestorben. *Eben*, erwiderte Harry so lebensecht, als würde er wirklich neben ihr stehen. Ein eiskalter Schauer durchrieselte sie. Vorsichtig griff sie nach ihm, aber dabei berührte sie nur flüchtig die Hand ihres Nachbarn. Erschrocken zuckte sie zurück. Ob ich jetzt langsam durchdrehe, fragte sie sich, doch dann war der Spuk auch schon wieder vorbei, und sie stierte auf das Spielfeld. Mit zitternden Fingern – wegen der Geisterstimme, nicht weil sie wegen des Spiels aufgeregt war – platzierte sie ihren Chip auf die Fünfzehn! Niemals hätte sie auf die Fünfzehn gesetzt, wenn Harry ihr das nicht geflüstert hätte, und als der Croupier sie aufgefordert hatte, das Spiel zu machen, war sie wie ferngesteuert dem Tipp aus dem Jenseits gefolgt. Hektisch verteilte sie nun nach Anweisung ihre zwölf Jetons an den Rändern. Keiner ihrer Mitspieler verzog auch nur eine Miene, auch der Croupier nicht. Allerdings zuckte sein Augenlid verdächtig. Inken nahm ihren Mut zusammen und fragte ihn, was sie für ihre sichere Gewinnerreihe bekäme. »Transversale pleine. Das Elffache«, erwiderte er knapp auf Französisch. Inken war keine besonders gute Geschäftsfrau. Jedenfalls hatte Harry das immer behauptet, aber dass dieser Zug wirtschaftlich unsinnig war, begriff selbst sie. Mit hochrotem Kopf räumte sie alle Jetons wieder ab bis auf einen, aber auch das schien keinen der Mitspieler zu interessieren. Sie waren alle konzentriert auf ihr eigenes Spiel. Die einzige Reaktion kam von ihrer Nachbarin, der lila Dame mit dem toten Tier. Sie murmelte etwas wie »blutige Anfängerin« mit sächsischem Zungenschlag. Inken blieb die Einzige, die auf die Fünfzehn gesetzt hatte. Als der Croupier die Kugel zum Rollen brachte, spürte sie, wie sich ihr Herzschlag tatsächlich beschleunigte. Da war es also, das Fieber, das angeblich jeden früher oder später am Roulettetisch ergriff. Wie in Trance verfolgte sie die Kugel und betete, als sie immer langsamer wurde, sie möge auf der Fünfzehn liegen bleiben. Als genau das geschah, starrte sie die Kugel wie einen Alien an. Aus dem Augenwinkel nahm sie die Harke wahr, mit der der Croupier voll Todesverachtung all die bunten Chips wie lästige Krümel vom Tisch fegte.

Nur die Gewinner-Jetons blieben liegen, auch auf der Fünfzehn. Der Croupier schob ihr einen Stapel Jetons hin.

Inken war sprachlos. Die Stimmung am Tisch aber war merklich gekippt. Plötzlich erwachten die toten Blicke zum Leben. Sie konnte alles in ihnen erkennen: von Neid bis zu Anerkennung. Inken aber fixierte die Plastikchips in einer Mischung aus Freude und Fassungslosigkeit.

Da hörte sie eine ihr bekannte Stimme juchzen: »Das ist ja der Hammer. Inken hat gewonnen!« Sie blickte erschrocken auf und entdeckte ihre Freundinnen am anderen Ende des Tisches, und schon kamen sie jubelnd auf sie zugeeilt und umarmten sie.

Bevor sie Inken vom Tisch fortziehen konnten, reichte sie dem Croupier noch einen Fünfhunderter-Chip, und wenn sie sich nicht täuschte, zuckte es in dem Moment um den Mundwinkel des Casinoangestellten leicht.

»Kommt, jetzt tauschen wir unsere Beute um und entern eine Bar«, rief Nele euphorisch aus. »Im Gegensatz zu dir habe ich nur ein Taschengeld eingespielt, aber für mich ist das wie ein Hauptgewinn.« Nele schien außer sich vor Glück, während Wiete etwas angestrengt wirkte.

»Tja, Pech im Spiel …«, murmelte sie frustriert. »Aber lasst euch von mir die Stimmung nicht verderben. Ich wollte immer schon mal so reiche Freundinnen haben«. Sie rang sich zu einem Lächeln durch.

In dem Augenblick rief der Croupier auf Deutsch: »Madame in die rote Kleid!« Inken fuhr erschrocken herum. Meinte er sie? Hatte sie etwas falsch gemacht? Ein Lächeln huschte über das Gesicht des Croupiers, als er auf einen Jeton deutete, auf dem ein Berg neuer Chips gestapelt war. Er befand sich am Rand einer Dreierreihe, in der eine der Zahlen die Fünfzehn war. Inken durchfuhr es wie der Blitz. Hatte *sie* den etwa dort platziert? Da fiel ihr ein, dass sie in ihrer Aufregung nichts anderes getan hatte, als die Fünfzehn zu fixieren. Sie konnte es kaum glauben, aber der Croupier machte ihr nun ungeduldig ein Zeichen, den Gewinn vom Spielfeld zu räumen. Wie berauscht schaufelte sie die Jetons in ihren Leinenbeutel, aber nicht, ohne dem Croupier noch einen Jeton zu geben.

»Das gibt es doch nicht«, raunte Wiete. »*The winner takes it all.* Das ist ja Wahnsinn! Der Teufel schei…« Sie unterbrach sich hastig.

»Einfach irre. Unser Spielmuffel zockt sie alle ab«, lachte Nele übermütig.

»Kommt erst mal weg hier in eine ruhige Ecke«, bat Inken.

Als sie sich weit genug vom Spieltisch entfernt hatte, erwachte Inken langsam aus ihrem entrückten Zustand. Sie blickte voller Skepsis in den Beutel und fuhr einmal mit der Hand durch ihren Gewinn.

»Um Himmels willen, was ist das denn?« Inken zog erschrocken ein Bündel Fünfhundert-Euro-Scheine hervor.

»Mein Gott, das sind mindestens fünfzig Scheine. Macht noch einmal fünfundzwanzigtausend Euro plus die, lass mich kurz rechnen, siebzehntausendfünfhundert plus die fünftausendfünfhundert, macht dreiundzwanzigtausend, sind achtundvierzigtausend! Wahnsinn!«, stieß Wiete bewundernd aus.

»Du hast die fünfundzwanzig Jetons vergessen, die ich nicht verspielt habe«, ergänzte Inken trocken.

»Wow!«, stieß Nele voller Bewunderung hervor.

»Das Geld gehört mir aber nicht«, widersprach Inken energisch. »Ich habe für einen Herrn gespielt, der kürzlich eine neue Hüfte bekommen hat. Und dem bringe ich jetzt sein Geld. Die Scheine waren in seinem Beutel. Alles seins! Und es sind seine Chips, und es ist sein Gewinn!«

»Hallo, du hast mit der Zahl Fünfzehn gewonnen. Nicht er! Und ich dachte schon, dich hat das Spielfieber jetzt doch noch gepackt«, bemerkte Nele in allerbester Laune.

»Nein, ich find das immer noch total bekloppt«, konterte Inken. »Aber jetzt muss ich die Dinger und die Kohle loswerden, und dann möchte ich gern raus hier!«

»Ich auch«, pflichtete ihr Wiete bei. »Meine fünfzig Euro waren schon nach zehn Minuten perdu«, fügte sie bedauernd hinzu.

»Mach dir nichts draus. Auf Wettgewinnen liegt kein Segen.« Inken deutete auf ihren Beutel.

Nele stieß einen Unmutslaut aus. »Du kannst aber auch eine Spielverderberin sein! Ich kann die tausend Euro, die ich eingefahren habe, wunderbar gebrauchen. Das ist natürlich nicht zu vergleichen mit dem, was du für den Herrn gewonnen hast. Eigentlich muss er dir mindestens einen Chip schenken. Eher zwei. Einen für Plein, und einen für Transversale pleine.«

»Nein danke, ich will das Zeug nur noch loswerden, und dann werdet ihr mich in diesem Leben in kein Casino mehr kriegen.«

Forschen Schrittes eilte sie in Richtung Bar. Die Freundinnen hatten Mühe, ihr zu folgen.

»Was hat sie bloß für ein Problem mit dem Roulette? Das ist doch ein Riesenspaß«, bemerkte Nele kopfschüttelnd.

»Wie man's nimmt«, knurrte Wiete.

## 13. Der verschwundene Spender

Inken steuerte auf ihren Platz an der Bar zu, doch der war von einem fremden Pärchen besetzt. »Entschuldigen Sie, aber hier sitzt eigentlich ein älterer Herr«, sagte sie empört. Das Paar blickte sich irritiert an und redete in einer Sprache auf sie ein, die Inken noch nie gehört hatte und die sie überhaupt nicht einordnen konnte. Sie entschuldigte sich auf Englisch und ließ ihren Blick über jeden einzelnen Platz schweifen, aber von Caio gab es keine Spur.

»Und? Wo ist der Herr abgeblieben?«, fragte Nele neugierig.

»Das wüsste ich auch gern«, stöhnte Inken und wandte sich an den Barkeeper. Auf Englisch machte sie ihm klar, dass sie den Mann suchte, mit dem sie hier Campari getrunken hatte.

Der Barkeeper zuckte die Schultern und erwiderte ihr knapp, dass der Herr bezahlt habe und gegangen sei.

»Das verstehe ich nicht«, murmelte Inken. »Hat er keine Nachricht für mich hinterlassen?«

Der Barkeeper schüttelte bedauernd den Kopf. Inken drehte sich verärgert um.

»Das gibt es doch nicht. Der kann sich doch nicht einfach in Luft aufgelöst haben!«, zischte Inken ihren Freundinnen zu.

»Na und? Wo ist das Problem?«, bemerkte Nele fröhlich. »Wenn er gegangen ist, dann gehört die Kohle dir.«

Inken tippte sich gegen die Stirn. »Du spinnst wohl! Das kommt gar nicht in Frage. Ich muss den Kerl finden.«

»Gut, dann setzen wir uns derweil in eine ruhige Ecke und trinken noch einmal auf meinen Geburtstag. Dort ist gerade was frei geworden.« Und schon hatte Nele Wiete in Richtung eines der wenigen Tische geschoben.

Inken atmete ein paarmal tief durch. Was hatte sich der Kerl nur dabei gedacht, sich einfach aus dem Staub zu machen? Nach seinen vehementen Versuchen, ihr den Gewinn schon im Vorwege aufzudrängen, hielt sie sein Verschwinden für keinen dummen Zufall. Nun hatte er seinen Willen doch noch bekommen, und sie stand da mit über sechzigtausend Euro im Beutelchen und … Egal, wie viel es ist, dachte Inken entschlossen, ich werde es um keinen Preis der Welt annehmen! Noch einmal blickte sie sich suchend um, aber von Caio keine Spur. Inken legte den Beutel vor ihren Freundinnen auf den Tisch.

»Passt schön darauf auf. Ich sehe mich noch einmal um.« Systematisch durchquerte sie jeden Saal und inspizierte jeden einzelnen Spieltisch in der Hoffnung, ihn dort irgendwo aufzuspüren. Doch er blieb verschwunden. Stattdessen begegnete sie dem Herrn mit dem gruseligen Duft und den Lackschuhen. Sie rechnete nicht damit, dass er sie erkannte, aber sie hatte sich geirrt. Er musterte sie, als hätte sie das Casino ausgeraubt, und sagte in schönstem Wienerisch: »Anfängerglück, gnä' Frau.«

Du mich auch, dachte Inken genervt und durchsuchte nun den hinteren Saal, an dem die Spieler auf Barhockern vor einarmigen Banditen fieberten.

Frustriert kehrte sie zu ihren Freundinnen an den Tisch zurück.

»Was mache ich denn jetzt?«, fragte sie verzweifelt in die Runde. »Der Typ ist spurlos verschwunden.«

»An der Kasse umtauschen in Bares, selbst auf die Gefahr hin, dass du mir für den Vorschlag den Kopf abreißt, und das Bargeld mitnehmen!«, erwiderte Nele ungerührt.

»Nein! Ich nehme das Geld nicht. Es gehört dem Mann! Wie oft soll ich das noch sagen?«, schnaubte Inken.

»Das kann ich ja verstehen«, pflichtete ihr Wiete zögernd

bei. »Aber du musst etwas unternehmen. Am besten, du gehst zur Kasse und …«

»Danke. Kasse ist eine gute Idee. Ich gebe die Dinger dort einfach ab«, unterbrach Inken sie eifrig.

»Ohne sie einzulösen? Dich haben sie ja wohl gebissen!«, widersprach Nele empört. »Dann ist das Geld weg!«

Inken dachte nach. »Gut, das ist sicher die schlechteste Lösung, aber ich kann die Chips doch nicht einfach eintauschen und das Geld mitnehmen. Wie stellst du dir das vor?«

»Kennst du denn wenigstens seinen Namen?«, fragte Wiete.

»Caio, aber mehr weiß ich nicht. Vielleicht kann man den über Lautsprecher ausrufen lassen?«

»Das ist ein diskretes Casino und kein Möbelgeschäft, wo man verkündet, der kleine Caio ist im Kinderparadies abzuholen«, konterte Nele.

»Aber ich kann das Geld doch nicht einfach an mich nehmen!«

»Dir wird gar nichts anderes übrigbleiben!« Nele öffnete das Säckchen und fuhr mit den Fingerspitzen genüsslich durch die Jetons. »Also, ich würde mich nicht so zieren. Was man damit alles machen könnte! Du träumst doch von einer Sauna auf dem Hof …«

»Nele! Stopp!«, fauchte Inken, denn sie hatte nur noch einen Wunsch: Die Chips samt Geldbündel schnellstens loszuwerden, damit sie nicht doch noch in Versuchung geriet, den Gewinn einfach zu behalten.

»Und was, wenn du ihm eine Notiz dalässt, damit er dich kontaktieren kann?«, schlug Wiete vor.

»Das ist mal eine echt gute Idee!«, rief Inken begeistert aus. Und schon kramte sie auf der Suche nach Papier und Stift in ihrer Handtasche. Sie hatte stets ein kleines Notizbuch bei sich. Aus dem riss sie hastig eine Seite heraus und schrieb ihm eine Nachricht. Befriedigt las sie den Freundinnen den Text vor.

*Lieber Caio, als ich mit dem Gewinn zurückkam, waren Sie verschwunden. Mir bleibt jetzt wohl nichts anderes übrig, als die Jetons einzulösen und Ihr Geld mit nach Husum zu nehmen, um es dort für Sie zu verwahren. Bitte melden Sie sich telefonisch unter der Nummer des Restaurants »Wattparadies« und geben dort Ihre Kontonummer an, damit ich Ihnen Ihr Geld überweisen kann. Ich lasse mir kein Geld schenken. Das hatte ich Ihnen, glaube ich, mehr als deutlich zu verstehen gegeben. Bitte nehmen Sie das ernst!*
*Inken*

»Willst du nicht lieber noch deine Nummer angeben?«, schlug Wiete vor.

»Ja, ist besser.« Und schon hatte Inken die Nummer des *Wattparadieses* hinzugefügt und wollte gerade aufstehen, als Nele in strengem Ton: »Einen Moment noch!« rief.

»Je schneller die Sache erledigt ist, desto besser. Was gibt es denn noch?«, fragte Inken genervt.

»Heißt das, der Mann wollte dir das Geld schenken?«

Inken nickte.

»Aber das ändert doch alles. Dann gehört das Geld ja dir! Du willst das doch nicht etwa ablehnen?« Nele war sichtlich geschockt.

»Ich lasse mir doch nicht von einem Fremden über sechzigtausend Euro schenken«, entgegnete Inken.

»Die heilige Inken! Ich fasse es nicht«, stieß Nele ungläubig hervor.

»Also, das ändert natürlich alles. Ich meine, der Mann hat es dir ja förmlich aufgedrängt. Da würde ich mir das an deiner Stelle unter diesen speziellen Umständen wohl doch noch einmal überlegen«, warf Wiete zaghaft ein.

Inken funkelte ihre Freundinnen wütend an. »Was ist denn los? Ihr würdet also von einem Fremden Geld annehmen?«

»Nicht um jeden Preis, meine Liebe«, fauchte Nele. »Aber er verlangt ja offenbar keine Gegenleistung, sondern hat sich aus dem Staub gemacht!«

»Ich finde auch, also, hier laufen eben ein paar Verrückte rum, die nicht wissen, wohin sie mit ihrem Geld sollen …«, ergänzte Wiete eifrig.

»Ich brauche das verdammte Geld nicht! Mein Mann hat mich bestens versorgt!«, schrie Inken. »Sagt mal, was denkt ihr eigentlich von mir? Dass ich es nötig habe, von einem Fremden Kohle zu nehmen? Was seid ihr denn für Freundinnen? Auf so hirnverbrannte Ratschläge, dass ich zur Kriminellen werden soll, kann ich echt verzichten!« Mit diesen Worten sprang Inken auf, schnappte sich den Zettel und den Beutel und stob damit in Richtung Bartresen davon. Schon nach den ersten Schritten bedauerte sie zutiefst, die Freundinnen dermaßen angefahren zu haben. Ihnen gegenüber war sie noch nie zuvor derart aus der Rolle gefallen. So kannten Wiete und Nele sie gar nicht. Entsprechend entsetzt hatten die beiden sie dann auch angesehen, als sie so aus der Haut gefahren war. Dabei hatte sie sich doch nur so cholerisch aufgeführt, weil ihr diese ganze Geschichte noch einmal schmerzlich bewusst gemacht hatte, in was für einem Dilemma sie eigentlich steckte! Sie benötigte nichts dringender als dieses verdammte Geld, würde es aber nicht mit ihrem Gewissen vereinbaren können, es zu nehmen. Aber sollte sie in ihrer Lage wirklich die große Heldin spielen? Warum konnte sie nicht so locker sein wie ihre Freundinnen? Die hätten sich das Geld ohne Skrupel von dem Kerl aufdrängen lassen. Aber Inkens Stolz ließ so ein Almosen einfach nicht zu! Nur, was hatte sie von ihrem Stolz, wenn eines Tages Hein mit dem Kostenvoranschlag für den Außenbereich des Schiffes daherkam? Trotzdem, von einem wildfremden Mann wollte sie kein Geld annehmen, nur weil sie so leichtsinnig gewesen war, ihm ihr Leid zu klagen! Inken spürte, wie ihr die ganze Sache gerade mächtig über den Kopf wuchs. Dieser Stress machte sich sofort körperlich bemerkbar. Seit sie in der Bank von diesem Mist erfahren hatte, kämpfte sie ständig mit diffusen Kopfschmerzen.

Als sie am Tresen angekommen war, zögerte sie noch einmal kurz, dem Barkeeper den Zettel auszuhändigen. Was, wenn sie den Gewinn einfach als Wiedergutmachung betrachtete, als Geschenk des Himmels, als Fügung? Nein und noch einmal nein, sprach sie sich energisch zu, ich bin doch keine Esotante wie Nele, die sich eine Unterschlagung mit übersinnlichem Zauber schönredet. Fehlt nur noch, dass ich den Kerl als Götterboten Harrys ansehe, der ihn von da oben mit der Mission betraut hat, mir das verzockte Geld zurückzugeben.

Entschieden reichte Inken dem Barkeeper den Zettel und bat ihn, die Nachricht dem Herrn auszuhändigen, mit dem sie an der Bar gesessen hatte, wenn er das nächste Mal wiederkäme. An dem zweifelnden Blick des Mannes konnte sie ablesen, wie gering die Chance war, dass das passierte. Und dass dann ausgerechnet dieser Barkeeper Dienst hatte. Hatte Caio ihr nicht erzählt, er käme eigentlich aus Hamburg? Also alles höchst unwahrscheinlich.

»Kannten Sie den Mann?«, fragte Inken ihn jetzt ganz direkt.

»Kennen ist übertrieben. Er war in den letzten Tagen öfter mal bei uns zu Gast. Ich weiß nur, dass er jedes Mal größere Summen verspielt hat …«

Er unterbrach sich hastig. Offenbar hatte er bemerkt, wie gespannt Inken ihm an den Lippen hing.

»Verzeihen Sie. Das sind nur Gerüchte, und es steht mir nicht zu, Interna über Gäste preiszugeben«, fügte er bedauernd hinzu.

»Aber meine Nachricht geben Sie schon weiter, oder?«, fragte sie, während sie auf den Zettel deutete.

»Aber sicher!« Der Barkeeper nickte.

Inken konnte nur hoffen, dass Caio ihre Nachricht bekäme und schließlich auch noch ernst nähme. Wenn nicht, muss ich das Geld eben früher oder später bei der Polizei abgeben, dachte sie trotzig, während sie zurück zu ihren Freundinnen ging, die sie nun ihrerseits finster musterten. Offenbar erwarteten sie eine Entschuldigung für ihren Ausraster, aber das war das Letzte, was Inken jetzt über die Lippen bringen würde, zumal es in ihrem Kopf schmerzhaft hämmerte.

Statt eines versöhnlichen Wortes streckte sie nur die Hand aus und verlangte Wietes Zimmernummer. Die Freundin war so perplex, dass sie sie ihr widerstandlos nannte.

»Ich möchte heute Nacht allein sein. Ich räume deine Sachen ins Doppelzimmer, wenn du nichts dagegen hast! Meinen Schlüssel lasse ich in eurem Zimmer liegen.«

Wiete schien es die Sprache verschlagen zu haben. Sie nickte nur, und auch Nele, die sonst selten auf den Mund gefallen war, murmelte nur: »Ich glaub's ja nicht!«

Doch Inken drehte sich auf dem Absatz um und eilte zur Kasse. Dort ließ sie die Jetons umtauschen und stopfte das viele Geld in ihre Handtasche. Dann verließ sie fluchtartig das Casino. Dunkel erinnerte sie sich, dass das Hotel ganz in der Nähe sein musste. Sie schlug den Weg zur Promenade ein, aber das Hotel kam nicht. Sie war in die falsche Richtung gelaufen. Aber das merkte sie erst, als die Promenade nach gefühlten zehn Kilometern zu Ende war. Also kehrte sie um und betrat endlich nach einer dreiviertel Stunde das Hotel. Das einzig Gute an diesem unfreiwilligen Marsch war die Tatsache, dass sich der Kopfschmerz an der guten Seeluft und mit der Bewegung gänzlich verflüchtigt hat.

An der Rezeption verlangte Inken Wietes und ihren Schlüssel, die man ihr beide, ohne zu zögern, aushändigte.

Oben angekommen, packte sie rasch ihre Sachen und

brachte sie in Wietes Zimmer. Dort kümmerte sie sich um Wietes Gepäck, das sie zum Doppelzimmer schleppte und dort ordentlich im Schrank und im Bad verstaute.

Sie tat das alles, ohne nachzudenken und ohne Emotionen. In ihr herrschte komplette Leere. Natürlich wusste sie, dass sie völlig irrational handelte und dass ihre Freundinnen die Letzten waren, die etwas für ihre verfahrene Lage konnten. Und dass es besser wäre, auf sie zu warten und sich zu entschuldigen, um ihnen dann endlich zu offenbaren, was ihr wirklich auf der Seele brannte. Natürlich würde Nele dann noch vehementer die Meinung vertreten, dass es vor dem Hintergrund doch viel vernünftiger von ihr wäre, das Geld anzunehmen. Aber das war gar nicht der Grund, warum sie dieses Outing nicht ernsthaft in Erwägung zog. Nein, niemand sollte erfahren, dass sie nur Harrys wegen so bedürftig war, um sich Geld von einem Fremden schenken zu lassen. Sie brachte es einfach nicht fertig, ihn zu verraten, obwohl er doch an allem schuld war! Die Loyalität ihm gegenüber brachte sie gerade hart an ihre Grenzen. Jetzt belastete diese leidige Sache auch schon ihre Freundschaft zu Wiete und Nele!

Inken schaltete das Licht aus, legte sich angezogen auf ihr Bett und starrte an die Decke. Von ferne hörte sie die vergnügten Stimmen der Gäste auf der Terrasse, die diesen warmen italienischen Frühlingsabend in vollen Zügen genossen. Ja, wenn sie mit Harry hier gewesen wäre, hätten sie jetzt auch noch auf der Terrasse gesessen und den Abend ausklingen lassen … Aber sie war mit Harry die letzten Jahre niemals im Urlaub gewesen. Das *Wattparadies* und *Krabbes Bude* hatten keine Ferien zugelassen.

Dieser Gedanke ließ alle Dämme brechen. Die Tränen brachen aus ihr hervor wie eine Sturzflut. Inken schluchzte verzweifelt auf. Endlich konnte sie ihrer Trauer und ihrer Wut hemmungslos freien Lauf lassen. Liebesschwüre wechselten sich ab mit Beschimpfungen auf Harry. Und immer wieder wurde sie von Heulkrämpfen geschüttelt, bis sie endlich erschöpft einschlief.

# 14. Katerstimmung

Die Stimmung auf der Rückreise von Sanremo nach Husum war sehr gedrückt gewesen. Inken hatte sich zwar am nächsten Morgen beim Frühstück für ihren Ausbruch bei den Freundinnen entschuldigt, aber so eine ausgelassene Freude wie an den Tagen davor war bei dem restlichen Mädelsausflug nicht mehr aufgekommen.

Wiete hatte in der Nacht nach dem Vorfall im Casino im Hotelbett noch lange mit Nele geplaudert, und sie hatten sich den Kopf darüber zerbrochen, wie sie ihrer Freundin am besten helfen konnten. Sie schoben deren Verhalten auf ihre unterdrückte Trauer über Harrys Tod, die sich auf diese Weise wohl Bahn gebrochen hatte. Aber so ehrlich betroffen Inken auch gewirkt hatte, seitdem umgab sie eine unsichtbare Mauer, die es Wiete und Nele zusätzlich erschwerte, mit ihr wirklich in Kontakt zu kommen. Sie hatten sich zwar am Sonntag noch Sanremo angesehen, aber wenn Wiete daran zurückdachte, war bei diesem Ausflug nicht ein einziges Mal gelacht worden. Im Gegensatz zu den vergnügten Abenden davor war das eher einem Totentanz gleichgekommen. Aber vielleicht war es auch nicht klug gewesen, Inken so kurz nach Harrys Tod zu einem Spaßwochenende zu nötigen. Wahrscheinlich hätte sie ihre und Neles Gesellschaft liebend gern gegen Harrys Anwesenheit getauscht, mutmaßte Wiete. Insgeheim hatte sie darauf gehofft, dass die Stimmung wieder heiterer würde, sobald sie in Husum zurück waren, aber dieser Wunsch schien sich nicht zu erfüllen.

Die Spannung zwischen den Freundinnen war trotz Inkens demonstrativer Freundlichkeit auch an ihrem ersten Arbeitstag noch spürbar. Sie vermittelte zwar nach außen beste Laune, aber ihr Blick drückte das krasse Gegenteil aus. Uwe und seine Frau hatten großartige Arbeit geleistet, und die Chordamen hatten am Montag unter seiner Anleitung im Akkord gepult, weil sich in der Woche mehrere Reisegruppen angekündigt hatten.

Doch obwohl Inken sich überschwänglich bei ihrem Bruder bedankt hatte und dann versuchte, fröhliche Stimmung zu verbreiten, spürte Wiete dennoch ganz deutlich ihre innere Zerrissenheit. Wie gern hätte Wiete ihr eine Last abgenommen, aber was sollte sie tun, wenn Inken sich dermaßen verschloss? Über das Geld hatten sie kein Wort mehr verloren. Wiete nahm an, dass Inken es am frühen Nachmittag zur Bank bringen würde, denn sie hatte bereits angekündigt, dass sie nach dem Mittagsgeschäft einen Termin bei der Sparkasse hatte.

Bei dem Gedanken daran, dass ihre eigenen Sorgen mit so einem Geldsegen aus der Welt geschafft wären, wurde Wiete ganz anders. Mit einem solchen Sümmchen auf dem Konto würde sie ganz sicher nicht weiter kellnern.

An diesem Tag aber fiel es ihr noch aus anderen Gründen schwer, sich auf die unzähligen Fischteller zu konzentrieren, denn das *Wattparadies* war bis auf den letzten Platz besetzt. Ein Touristenbus aus Bayern. Nur Männer! Schlimmer noch als das Essen waren die Tabletts voller Biergläser, die sie von der Zapfanlage im Oberdeck heil ins Unterdeck jonglieren musste. Neben den Sorgen um die Freundin schweiften ihre Gedanken aber auch immer wieder zu dem offiziellen Schreiben ab, das sie nach ihrer Rückkehr aus Sanremo im Briefkasten vorgefunden hatte. Das Amtsgericht Hamburg hatte ihr darin mitgeteilt, dass sie im Prozess gegen Horst Freybier wegen Betrugs als Zeugin geladen war. Nicht nur die Ladung selbst hatte sie in Angst und Schrecken versetzt, sondern auch die Tatsache, dass der Prozess an dem Tag stattfand, an dem sie mit ihren Freundinnen in Hamburg die Hafenrundfahrt machen wollte. Da konnte sie schon einmal anfangen, sich eine plausible Ausrede einfallen zu lassen, warum sie die Freundinnen allein auf die Barkasse schicken musste. Sie hatte dummerweise die einzig günstige Gelegenheit, sich als Opfer eines Betrügers zu outen, ungenutzt verstreichen lassen. Einen idealeren Zeitpunkt als Neles Geständnis, auf diesen Italiener reingefallen zu sein, hätte es für die Wahrheit gar nicht geben können. Dagegen hatte nur gesprochen, dass sie an dem Abend durch den Alkohol im Blut, den sie überhaupt nicht vertrug, nicht mehr ganz Herrin ihrer Sinne gewesen war. Aber nun war es definitiv zu spät. Sie musste allein da durch, ob sie es wollte oder nicht. Wenn sie jetzt mit ihrer Freybier-Geschichte ankäme, wären die Freundinnen mit Recht sauer, dass sie nicht schon früher damit herausgerückt war. Es war wirklich wie verhext. Es passte ihr überhaupt nicht, sich schon jetzt eine Notlüge zurechtzuzimmern, warum sie die Hafenrundfahrt schwänzte. Positiv an dem Zeitpunkt des Prozesses war nur, dass sie dann nicht noch einmal extra freinehmen musste, weil sie ohnehin schon in Hamburg war …

Das Geräusch von klirrenden Scherben riss sie aus ihren Gedanken. Mist, durchfuhr es sie erschrocken. Sie war mit dem Tablett gegen das Geländer der schmalen Bootstreppe, die nach unten führte, gestoßen, wodurch sich mindestens vier der Gläser selbstständig gemacht hatten. Aus dem Unterdeck kam lautes Gejohle. Obwohl die Herrschaften nicht mehr die Jüngsten waren, kommentierten sie ihr Missgeschick wie die Schuljungen.

Nur einer der Männer war aufgesprungen und bot ihr seine Hilfe an. Mutig machte er sich daran, große Scherben mit der Hand aufzusammeln. Inzwischen war auch Inken herbeigeeilt, bewaffnet mit einem Handfeger und dem Kehrblech. Sie hatte ein Lächeln aufgesetzt, aber ihr Blick sagte etwas anderes. Keine Frage, Inken war genervt! Das konnte Wiete sogar verstehen, aber sie biss sich tapfer auf die Lippen. Wenn sie jetzt zu jammern anfing und sich entschuldigte, würde Inken womöglich die Fassung verlieren. Dass sie dazu in der Lage war, das hatte sie ja gerade erst in Sanremo bewiesen. Inken hatte den Freundinnen zwar früher schon einmal erzählt, dass sie richtig ausflippen könne, aber Wiete und Nele hatten sie in dem Punkt nicht wirklich ernst genommen. Ein unkontrollierter Wutausbruch wollte so gar nicht zu der stets beherrschten Inken passen.

Wortlos brachte Wiete erst einmal die noch heilen Gläser an den Tisch und entschuldigte sich für das Missgeschick. Bis auf einen der Männer lachte nun auch keiner mehr.

Wiete ließ Inken die Scherben zusammenfegen, während sie neues Bier von oben holte. Dann half sie Inken, die Spuren des Missgeschicks zu beseitigen, indem sie das stinkende Zeug am Fuß der Treppe vorsichtig aufwischte.

»Sorry«, murmelte sie.

Inken sah hektisch auf die Uhr. »Meinst du, du schaffst das allein? Ich meine, mit dem Abkassieren, denn der Bus ist in einer halben Stunde weg, und zum Kaffeegeschäft bin ich zurück.«

»Kein Problem«, versicherte Wiete und wischte noch einmal über den Boden, damit später keine Bierwolke über den Kaffeetischen waberte. Dann folgte sie Inken aufs Oberdeck. Dort schnappte sich ihre Freundin die Handtasche und wollte das Schiff verlassen, doch sie drehte sich noch einmal um und trat ganz dicht auf Wiete zu. »Du bist mir eine größere Hilfe, als du glaubst«, flüsterte sie. Das klang zutiefst ehrlich und schien von Herzen zu kommen.

»Danke, das tut mir sehr gut«, entgegnete Wiete gerührt. Stumm umarmten sich die beiden Frauen.

»Es tut mir so leid, dass ich euch im Casino die gute Stimmung verdorben habe«, raunte Inken.

»Hast du doch gar nicht«, schwindelte Wiete, während sich Inken aus der Umarmung löste und von Bord ging.

Es blieb Wiete nun keine Zeit mehr, ihre Gedanken weiter schweifen zu lassen, denn man rief an fast allen Tischen gleichzeitig nach der Rechnung oder der Dessertkarte. Wiete wusste gar nicht, wo sie anfangen sollte. Sie hatte den Mund einfach zu voll genommen, als sie Inken zugesichert hatte, den Laden allein zu schmeißen. Aber hätte sie Inken bitten sollen, den Termin sausen zu lassen? Dass die Freundin überhaupt während der Arbeitszeit zur Bank ging, war per se schon ungewöhnlich, aber angesichts des vielen Geldes, das sie sicherlich nicht unter dem Kopfkissen aufbewahren wollte, verständlich. Nein, es wäre Inken gegenüber nicht fair gewesen, ihr zu verraten, dass sie sich überfordert fühlte. Und das nicht nur in diesem Moment. Nein, diese nervigen Sonderwünsche der Gäste nach dem Motto: Ich hätte gern die Scholle mit Krabben, aber ohne Krabben, und eine Frage: Gibt es das auch vegan? Dieser permanente Lärmpegel und nicht zuletzt das Jonglieren mit dem zerbrechlichen Geschirr stressten Wiete über die Maßen. Was würde sie darum geben, an einem ruhigen Schreibtisch zu sitzen und sich intensiv mit Inkens Zahlen zu beschäftigten! Aber nach Inkens schroffer Reaktion auf Neles Wink, dass sie für den Job doch geradezu prädestiniert sei, traute sich Wiete nicht mehr, sie direkt darauf anzusprechen. Es rührte sie natürlich, wie großmütig Inken ihr diese Ungeschicklichkeiten stets verzieh, aber das konnte auch auf Dauer nicht gut gehen. Daran konnte auch Inkens gut gemeinte Versicherung, sie sei ihr eine große Hilfe, nicht wirklich etwas ändern. Das sagt sie doch nur, weil ich ihr leidtue, dachte Wiete, während sie auf den Tisch zueilte, an dem am lautesten nach ihr verlangt wurde. Ein sehr alter Herr am Tisch rief ungeduldig: »Fräulein, nun kommen Sie doch endlich!«

Wenn mich noch einer *Fräulein* nennt, renne ich schreiend von Bord, dachte Wiete erbost, doch in diesem Moment verstummte das nervige Geschrei, und ein erstauntes Raunen ging durch den Raum. Wiete fuhr herum. Ein Lächeln erhellte ihre angestrengte Miene. Der Stimmungsumschwung hatte einen Namen: Nele! Sie schwebte an Bord in einem atemberaubend schönen Kleid, das andere allenfalls zu hohen Feiertagen tragen würden und bestimmt nicht an einem schnöden Dienstag. Doch dann verfinsterte sich Wietes Miene, weil sie keine Sekunde Zeit für einen Plausch mit der Freundin hatte, doch die fragte nur: »Wo ist denn die Chefin?«

»Bei der Bank.«

»Und du bist ganz allein?«, hakte Nele ungläubig nach.

Wiete nickte knapp und wandte sich wieder den Herren zu, die nun alle etwas anderes bestellten. Der eine wollte die Grütze mit Sahne, der andere mit Milch, ein Dritter mit Vanilleeis, und der Vierte verlangte nach den Waffeln …

»Pass auf. Du kümmerst dich um das Dessert, und ich räume die Tische ab, oder?«, raunte Nele ihr zu.

»Besser ist«, lachte Wiete erleichtert. »Dann gibt es keine Scherben. Aber in dem Kleid?«

Nele machte eine wegwerfende Bewegung, zog unter den bewundernden Blicken der gesamten Busgesellschaft ihre Highheels aus und machte sich barfuß daran, die Tische abzuräumen.

Wiete war wieder einmal fasziniert von Neles unkomplizierter Art. Dass sie im Mai grundsätzlich keine Strümpfe mehr trug, sondern ihre schönen Beine mittels Selbstbräuner wie eine Strumpfhose schimmern ließ, war in Husum einzigartig. Schon allein wegen des Wetters, aber Nele zeigte ihre nackten Beine auch gern einmal unter dem Friesennerz, wenn es sein musste.

»Pass bitte auf, ich habe an der Treppe ein Glas zerdeppert«, warnte Wiete sie, aber da holte Nele schon ein Paar Ballerinas aus der Handtasche und hielt sie hoch. »Ich bin auf alles vorbereitet«, erklärte sie grinsend.

Wiete konnte nun entspannt die Nachtisch-Bestellungen aufnehmen, die Inkens Küchenhilfe zügig zubereitete. In die Küche setzte Wiete nämlich keinen Fuß. Das Kellnern forderte ihr schon das Äußerste ab. Aber Kochen, nein, da musste sie passen.

Mitten in dem Trubel tauchte plötzlich Herr Petersen von der Nordfriesenbank in Begleitung eines jungen Schnösels auf. Wiete befürchtete schon, die beiden würden den Mittagstisch verlangen, doch Petersen winkte ab.

»Dürfen wir uns wohl mal kurz umsehen?«

Wiete runzelte die Stirn. »Wozu?«

Petersen schien noch nach einer Antwort zu suchen, als Hein von der Reparaturfirma an Bord kam.

»Ich würde mal eben das Außendeck begutachten. Da steht ja eine kleine Renovierung an, und Inken braucht einen Kostenvoranschlag.«

Petersen, der das mit angehört hatte, versicherte Wiete nun, genau das wäre der Grund seines Kommens, weil Inken dafür eine Finanzierung benötige. Da wolle er sich mal selbst ein Bild von dem Zustand des Dampfers machen.

Statt dem Handwerker nach draußen zu folgen, verschwanden Petersen und sein Begleiter allerdings in Richtung Unterdeck.

Wiete blickte ihnen ratlos hinterher. Nele, die das Ganze schweigend verfolgt hatte, schüttelte den Kopf. »Merkwürdig. Das sollten wir Inken nachher unbedingt erzählen.«

»Sehr merkwürdig. Vor allem, weil sie mir gesagt hat, sie hätte einen Banktermin, und der ist gewöhnlich bei Petersen«, raunt Wiete Nele zu.

»Wir behalten die Kerle im Auge«, sagte Nele kämpferisch.

Als Hein wenig später von draußen zurückkehrte, hatte er seine Stirn in Falten gelegt.

»So schlimm?«, fragte Nele.

»Schlimmer«, murmelte Hein. »Wird nicht billig, wenn wir das in einer Woche schaffen sollen. Von wegen Gäste, die da draußen sitzen wollen. Wir haben Mai. Soll ich das mit Express-Aufschlag berechnen?«

»Na klar!«, bestätigte Nele. Offenbar teilte sie seine Einschätzung, dass es schnell gehen solle.

Kaum hatte Hein das Schiff verlassen, seufzte Wiete: »Tja, das Geld für eine Luxussanierung hatte sie ja bar auf der Kralle.«

»Wieso hatte? Ist die Kohle weg?«, fragte Nele erschrocken.

»Na ja, ich nehme mal an, sie ist deshalb auf der Bank, um das Geld sicher zur Seite zu legen, bis der Typ sich meldet und sie es ihm zurückgeben kann.«

»Und wenn er sich nie meldet?«

»Dann nimmt es unsere Heilige mit ins Grab«, rutschte es Wiete heraus, und sie schlug sich erschrocken die Hand vor den Mund.

Doch statt mit Empörung zu reagieren, brach Nele in einen Lachkrampf aus. Es war so ansteckend, dass Wiete ins Gelächter einfiel, aber dann wurde sie schnell wieder ernst.

»Ich wüsste schon, was ich mit so viel Geld anfangen würde«, sinnierte sie verträumt.

»Aber du hast doch selbst genug. Deine Abfindung war doch nicht von schlechten Eltern. Ich an deiner Stelle wüsste eins ganz sicher: Mit der Kohle auf der hohen Kante würde ich bestimmt nicht kellnern!«

Wiete stieß einen tiefen Seufzer aus. »Ach, fang nicht schon wieder damit an. Erst einmal tausend Dank für deine Hilfe.« Sie blickte sich noch einmal begeistert um. Die Herren waren ziemlich hektisch zu ihrem Reisebus aufgebrochen, und die Tische glänzten vor Sauberkeit. Und nicht nur das. Die Herren vom Kegelclub Rosenheim hatten eine Menge Trinkgeld hinterlassen und dabei stets betont, Wiete solle auf jeden Fall dem anderen netten Fräulein etwas abgeben …

»Ich decke noch mal eben die Tische fürs Kaffeetrinken ein«, flötete Nele und war schon dabei, die Milchkännchen für den Tee und den Kandiszucker hinzustellen.

Wiete war fasziniert von Neles Geschicklichkeit, doch plötzlich fiel ihr etwas Wichtiges ein: Wo war Petersen abgeblieben?

»Nele, hier stinkt was«, rief sie Nele aufgeregt zu, doch in diesem Augenblick kehrten die beiden Männer vom Unterdeck zurück und fragten, ob sie mal die Küche besichtigen dürften.

»Dürfen Sie nicht ohne Erlaubnis der Chefin!«, fauchte Wiete und stellte sich vor den Tresen, sodass keiner an ihr vorbeikam.

Petersen drängte seinen Begleiter nun zum Gehen, doch der sah fasziniert zu, wie Nele alles vom Mittagstisch geschickt für das Nachmittagsgeschäft umdekorierte. Er näherte sich ihr unauffällig.

»Würden Sie auch für uns arbeiten?«, fragte er leise. »An Ihrer kratzbürstigen Kollegin habe ich kein Interesse, aber Sie könnten wir zur Restaurantchefin machen«, fügte er schmeichelnd hinzu.

»Wer sind sie denn überhaupt?«, fragte sie zurück. Der Mann griff in seine Jackentasche und reichte ihr eine Visitenkarte, die sie mehrfach lesen musste, weil sie nicht so recht glauben wollte, um wen es sich bei dem jungen Schnösel handelte. IFR? Aber waren das nicht diese Heuschrecken, die Fischrestaurants aufkauften und sie zu Einheitsläden machten? Wenn so einer das *Wattparadies* zusammen mit dem Bank-Fuzzi inspizierte, konnte das doch nur mit Inkens Einwilligung geschehen sein! Ein schrecklicher Verdacht beschlich sie.

# 15. Ein unmoralisches Angebot

Inken saß nun bereits gefühlte Stunden im feinen Besprechungszimmer der Bank und wartete auf Herrn Petersen. Der Bankberater hatte ausrichten lassen, dass ihm etwas Wichtiges dazwischengekommen sei und er sie darum bitte, sich kurz in Geduld zu fassen. Normalerweise wäre Inken auf schnellstem Weg zurück ins *Wattparadies* geeilt, um Wiete bei den Bayern zu unterstützen, aber ihr Kopf schmerzte so sehr, dass sie es vorzog, still in dem Raum sitzen zu bleiben. Eine junge Mitarbeiterin der Bank hatte ihr Kaffee und Wasser gebracht. Inken massierte sich wiederholt die Stirn. Diese Schmerzen waren zum ersten Mal in exakt diesem Raum aufgetreten, nachdem Petersen sie mit dem geplünderten Konto konfrontiert hatte. Seitdem waren sie periodisch zurückgekehrt und immer dann besonders heftig, wenn sie im Stress war. Und Sanremo hatte sie verdammt unter Stress gesetzt. Andere in ihrer Lage würden wahrscheinlich über den unverhofften Geldsegen jubeln, aber sie reagierte angespannt und nervös. Und sie konnte sich auch denken, was sie am meisten belastete: die verdammte Versuchung, sich nicht länger zu sträuben und dieses blöde Geld endlich anzunehmen. Das schlich sich immer wieder in ihre Gedanken und lieferte sich einen erbitterten Kampf mit ihrem Gewissen. Kein Wunder, dass ihr der Kopf zu platzen drohte!

Inken war vorhin mit gesenktem Haupt durch die Innenstadt geeilt, weil sie keine Energie hatte, Bekannte zu grüßen. Und um die Mittagszeit in der Stadt keine zu treffen war nicht mehr als ein frommer Wunsch. Da half es wirklich nur, so zu tun, als sähe man weder nach links noch nach rechts. Hier kannte nämlich jeder jeden, und eigentlich wurde erwartet, dass man sich zumindest grüßte und ein oder zwei persönliche Worte austauschte. Doch danach war Inken wahrhaftig nicht zumute. Einmal abgesehen davon, dass es in ihrem Kopf entsetzlich hämmerte, befürchtete sie, man könne ihr an der Nasenspitze ansehen, wie intensiv sie mit ihren eigenen Prinzipien im Clinch lag. Ja, die verlockenden Scheine, die sie mittlerweile unter ihrer Wäsche im Schrank geparkt hatte, lasteten ihr wirklich schwer auf der Seele. Inken hatte heftig mit sich gerungen, ob sie das Geld zur Sicherheit nicht doch lieber auf die Bank bringen sollte, aber sie hatte Sorge, dass Petersen dann neugierige Fragen nach der Herkunft dieser nicht geringen Summe stellen würde. Selbst wenn sie ihm die Wahrheit sagte, hielt sie es für unwahrscheinlich, dass er ihr glaubte. Keine Frage, das Ganze musste für Außenstehende auch höchst unglaubwürdig klingen.

Inken hätte nicht auf Petersen gewartet, wenn sie nicht gleich zwei Anliegen gehabt hätte. Zum einen wollte sie für Beekes Kredit bürgen, zum anderen wollte sie sich nach Möglichkeiten erkundigen, einen eigenen Kredit aufzunehmen. Nur für den Fall, dass unvorhergesehene Kosten auf sie zukämen wie die Sanierung des Außendecks … Außerdem tat es ganz gut, für einen Augenblick einfach nur einmal still dazusitzen und zu warten. Die bedrückenden Gedanken verschwanden zwar leider nicht, aber immerhin herrschte wenigstens im Außen für einen Moment lang völlige Ruhe.

In diesem Augenblick, als sie dieses süße Nichtstun gerade ein wenig genießen konnte, hörte sie draußen auf dem Flur erregte Männerstimmen, und gleich darauf wurde die Tür aufgerissen. Petersen war nicht allein, sondern in Begleitung eines Mittdreißigers in einem derart feinen Zwirn, wie ihr Harry ihn überhaupt nur einmal im Leben getragen hatte: zu ihrer Hochzeit! Und der war nur geliehen!

Petersen setzte ein, wie Inken fand, recht übertriebenes Lächeln auf und entschuldigte sich überschwänglich bei ihr, bevor er ihr den Fremden vorstellte. Er rappelte das allerdings so schnell herunter, dass Inken nur die Hälfte verstand, aber immerhin so viel: Der Mann, wer das auch immer mochte, hatte bei ihrem Termin mit Petersen nichts zu suchen, denn von der Sparkasse war er nicht!

Inken war überhaupt nicht in der Stimmung, höfliche Floskeln auszutauschen und ihre kostbare Zeit zu verschwenden.

»Herr, äh … schön, Sie kennenzulernen, aber ich würde gern mit Herrn Petersen ein paar wichtige Dinge klären, die meine Finanzen betreffen«, sagte sie in höflichem Ton, der allerdings keine Zweifel daran ließ, dass sie ihn damit hinauskomplimentierte.

Der Mann aber ignorierte den Rausschmiss und streckte ihr die Hand entgegen. »Schön, Sie kennenzulernen, Frau Jenne, ich habe schon viel Gutes von Ihrem *Wattparadies* gehört. Und wir freuen uns wirklich darauf, mit Ihnen ein Geschäft zu unser aller Nutzen abzuschließen.«

Inken gab ihm nicht die Hand, sondern musterte ihn fassungslos. Das war also der Kerl, den Petersen ihr schon neulich als Käufer für das *Wattparadies* angedient hatte. »Ich wüsste weder, dass wir beide einen Termin haben, noch, dass wir Geschäftspartner sind«, sagte sie in schneidendem Ton.

»Noch nicht«, lachte er schmierig. »Was nicht ist …«

»Herr Petersen, ich würde Sie jetzt gern unter vier Augen sprechen!«, wiederholte Inken beinahe drohend.

Er hob abwehrend die Hände. »Werte gnädige Frau, natürlich besprechen wir Ihr Anliegen unter vier Augen. Ich habe mir viel Zeit für unser Gespräch genommen, aber ich wollte die einmalige Gelegenheit, die Herrschaften einander vorzustellen, nicht versäumen«, erklärte er gestelzt.

Der Herr, dessen Namen sie nicht verstanden hatte, nickte

zustimmend. »Ich würde wirklich nur fünf Minuten Ihrer kostbaren Zeit in Anspruch nehmen«, schleimte er.

Inken lag eine gepfefferte Widerrede auf der Zunge, aber sie war zu angegriffen, um wegen läppischer fünf Minuten weiter zu kämpfen.

»Gut, dann machen Sie schnell. Ich habe nämlich nicht so viel Zeit. Gleich beginnt das Kaffee-Geschäft, und wir haben wieder volles Haus.« Während sie sprach, hatte der geschniegelte Jungspund ohne Namen etwas in sein Smartphone getippt. Inken musterte ihn abfällig. »Nun sagen Sie schon, was Sie wollen, statt hier in meiner kostbaren Zeit Handynachrichten zu verfassen«, fauchte sie.

Er grinste breit. »Nein, ich habe nicht gedaddelt, ich war ganz bei Ihnen und habe nur mitgeschrieben, was Sie über die Auslastung Ihres Dampfers gesagt haben …«

»Sie haben was?«, unterbrach Inken ihn fassungslos.

»Na ja, das interessiert meine Chefs natürlich«, erklärte er ungerührt.

Inken warf Petersen einen Killerblick zu. »Sie sagen mir jetzt augenblicklich, was der Kerl hier zu suchen hat und wer das ist.«

»Kellermann von der *IFR*-Kette«, kam der junge Mann dem Bankberater zuvor. »Ich bin gekommen, um Ihnen ein Angebot zu machen, das Sie nicht ablehnen können.« Er lachte über sein Filmzitat.

Inken aber würdigte ihn keines Blickes mehr, sondern funkelte ihren Bankberater wütend an. »Herr Petersen, würden Sie so freundlich sein und den Paten von der *Internationalen-Fisch-Restaurant*-Kette definitiv bitten zu gehen! Ich hatte Ihnen bei unserer letzten Begegnung ja bereits deutlich gemacht, dass ich kein Interesse an diesem Deal habe!«

Petersen fingerte nervös an seiner Krawatte herum. »Das habe ich natürlich nicht vergessen, aber Herr Kellermann ist heute zufällig aus Hamburg zu uns gekommen, weil er mit unserem Herrn Direktor verabredet war, und da wäre es doch unklug gewesen, Sie einander nicht wenigstens kurz vorzustellen, oder?«

Auch Herr Kellermann wirkte etwas irritiert. »Sie haben doch vorhin im Hotel gesagt, die Dame muss verkaufen«, raunte er ihm zu.

»Sie haben dem Mann *was* gesagt?«, schnaubte Inken.

Wieder hob Petersen abwehrend die Hände. »Meine Herrschaften, ich glaube, das ist alles ein großes Missverständnis. Ich habe es doch nur gut gemeint, gnädige Frau. Es ist doch nur noch eine Frage der Zeit, wann Sie mit dem *Wattparadies* in die Insolvenz rutschen, und da wäre es doch leichtsinnig, nicht einmal zuzuhören, was für ein tolles Angebot Ihnen Herr Kellermann im Namen seiner Auftraggeber machen möchte.«

Inken kochte innerlich vor Zorn. Trotzdem wollte sie jetzt auf keinen Fall ausrasten. Es war ihr noch im Nachhinein entsetzlich peinlich, dass sie sich vor Petersen schon einmal wie ein Rumpelstilzchen gebärdet hatte.

»Ich höre, Herr Kellermann«, flötete sie.

»Ich wusste doch, dass Sie nicht so unklug sind, sich dieses einmalige Angebot entgehen zu lassen«, erwiderte Petersen hocherfreut, als hätte Inken ihr *Wattparadies* damit bereits an die Restaurantkette verscherbelt.

»Also, wir haben großes Interesse, auch auf dem nordfriesischen Markt aktiv zu werden, nachdem wir gerade einen Abschluss in Flensburg getätigt haben. Nun fehlt uns nur noch die Nordsee. Und Ihr Objekt ist ideal für uns. Zwar etwas heruntergekommen, aber das lässt sich beheben. Und voll und ganz unser Segment, da wir durch unser maritimes Ambiente bekannt sind …«

»Ein paar Fischernetze an der Decke machen aber noch

keine maritime Atmosphäre«, unterbrach Inken ihn. Sie hatte zwar noch nie ein Restaurant dieser Kette betreten, aber viel in den einschlägigen Zeitschriften über diesen Gastroneuling gelesen, der nun mit Macht in den Markt drängte. Seine abfällige Bemerkung über den Zustand des *Wattparadieses* ignorierte sie lieber ganz.

»Aber das wäre doch wunderbar, wenn Sie uns bei der Einrichtung behilflich sein könnten. Wir haben zwar einheitliches Mobiliar in allen Häusern, aber die alte Deko können wir sicher aus dem *Wattparadies* übernehmen. Und wir würden sogar den Namen behalten.« Kellermann musterte Inken Beifall heischend.

»Ach, das wäre ja wirklich traumhaft«, säuselte Inken, was den Vertreter der Restaurantkette sichtlich freute.

»Ich sehe schon, wir beide sprechen dieselbe Sprache«, äußerte er anbiedernd.

Mit einem Seitenblick stellte Inken belustigt fest, dass Petersen ihr diese Show ganz und gar nicht abnahm und sich offenbar eher vor dem drohenden Ausbruch fürchtete. Ihm stand jedenfalls eine gewisse Panik ins Gesicht geschrieben, aber davon merkte Kellermann rein gar nichts. Er witterte offenbar ein lukratives Geschäft.

»Gut, kommen wir zum Wesentlichen, dem Kaufpreis. Also, wie ich schon sagte, es muss einiges getan werden, damit uns der Kahn nicht unter dem Hintern wegrostet. Aber keine Sorge, der Preis wird fair. Sie bekommen nächste Woche das verbindliche Angebot zugeschickt. Und wir würden Sie gern für die Fischbude behalten. Ihre Krabbenbrötchen sollen ja legendär sein. Da brauchen wir im Verkauf ein Original, aber die Arbeitskleidung wie Fischerhemd und Halstuch müssen Sie selbst mitbringen …«

Statt ihm an die Gurgel zu gehen, brach Inken in lautes Gelächter aus. »Fischerhemd?«, wiederholte sie, doch dann wurde sie wieder ernst und fasste sich an die Stirn. »Lieber Herr Kellermann, jetzt beenden wir diese Farce mal ganz fix. Ich verkaufe weder mein Lokal noch meine Fischbude, geschweige denn meine Arbeitskraft!«

»Ist das Ihr letztes Wort?«, fragte Kellermann fast flehend.

Inken stellte verwundert fest, dass ihre Kopfschmerzen trotz dieser ungeheuerlichen Angebote des Fischkettenkerls nachgelassen hatten. Sie musterte ihren Bankberater durchdringend. »Wir beide hatten einen Termin, falls Sie das vergessen haben sollten. Und es war schon unverschämt genug, dass Sie mich so lange haben warten lassen, aber dass Sie mir dieses Gespräch aufgedrängt haben, das geht zu weit. Ich werde wohl mal direkt bei Herrn Direktor Winter vorsprechen«, schnaubte sie und stand auf. Sie fand, sie hatte angesichts dieser Vorstellung der beiden Herren lange genug die Contenance bewahrt. Wenn Petersen den Typen nicht auf der Stelle rauswarf, würde sie ihre Empörung allerdings nicht mehr allzu lange unter dem Deckel halten können.

Aber auch der geschniegelte Vertreter der Restaurantkette ließ jetzt die Maske der Jovialität fallen und zeigte sein wahres Gesicht. »Petersen, Sie sind eine Flachpfeife. Ich glaube, ich werde mich lieber mit Klaus persönlich über dieses Geschäft einigen!« Als der Vorname des Direktors fiel, zuckte Petersen sichtlich zusammen.

Er warf Inken einen flehenden Blick zu. »Sie haben gar keine Wahl, gnädige Frau. Früher oder später müssen Sie das *Wattparadies* aufgeben. Dann warten Sie doch nicht, bis es zu spät ist.«

»Petersen! Kommen Sie mal mit vor die Tür. Muss mit Ihnen unter vier Augen reden«, befahl Kellermann und schob den Bankberater förmlich aus der Tür. Dort blieb er stehen und sagte drohend: »Man sieht sich immer zweimal, gnädige Frau!«

Inken atmete auf, als sie allein im Raum war. Was für eine Frechheit, dachte sie, doch dann richtete sich ihr Zorn statt auf Petersen wieder auf den eigentlichen Verursacher dieser Misere: Harry! »Und? Da siehst du mal, was du mir angetan hast!«, murmelte sie. »Aber verkaufen tue ich nicht. Nur über meine Leiche!« Doch dann stutzte sie. Wäre es nicht an der Zeit herauszufinden, was wirklich in Hamburg geschehen war? Bislang hatte sie ihre Informationen nur über Petersen erhalten, und dass der Typ ein krummer Hund war, das hatte er ja gerade hinlänglich bewiesen.

Als Petersen in den Raum zurückkehrte, war er so blass um die Nase, dass Inken fast Mitleid mit ihm bekam. Der junge Mann hätte ihr Sohn sein können. Doch zeigen wollte sie ihm das nicht. Schließlich hatte er sie dieser Heuschrecke zum Fraß vorwerfen wollen. Diese Kette war bekannt dafür, traditionelle Fischlokale zum Dumpingpreis aufzukaufen. Inken hegte allerdings den leisen Verdacht, dass Petersen möglicherweise auf Druck des Direktors Klaus Winter gehandelt hatte. Dass ihr Bankberater sie aus eigenem Antrieb zu einem Verkauf nötigen wollte, konnte sie sich jedenfalls schwerlich vorstellen.

»Hat Ihr Chef das eingefädelt, oder ist diese Zusammenkunft auf Ihrem Mist gewachsen?«

Petersen schien ein wenig erschrocken über ihre direkte Frage, doch dann straffte er die Schultern und setzte sein Bankerlächeln auf. »Ich habe es wirklich nur gut gemeint«, verkündete er.

Inken holte einmal tief Luft, um angesichts dieser schnöseligen Arroganz nicht zu explodieren. »Schön wäre es, wenn Sie mich das nächste Mal fragen, bevor Sie mir was Gutes tun wollen«, erwiderte sie. »Aber könnten wir jetzt endlich mal zu dem kommen, was ich mit Ihnen besprechen wollte? Ich habe schließlich nicht ewig Zeit!«

»Gut, dann legen Sie los«, sagte er säuerlich.

»Ich würde gern für einen Kredit bürgen, den meine Tochter Beeke für die Vergrößerung ihres Ladens benötigt. Und ich würde gern eine schriftliche Erklärung abgeben.«

»Entschuldigen Sie, aber da muss ich erst einmal nachsehen.« Petersen beschäftigte sich nun quälend langsam mit dem Rechner, der vor ihm auf dem Tisch stand.

»Tja, ich habe hier Ihre Tochter gefunden, aber sie hat noch keinen Kredit beantragt.«

Inken verdrehte die Augen. »Das weiß ich, aber sie wird es tun, sobald ich Ihnen mitgeteilt habe, dass ich für sie bürgen werde.«

»Wie hoch soll der Kredit denn sein?« Petersen hob nicht einmal den Kopf, sondern starrte auf den Monitor.

»Sie kommt wohl mit zwanzigtausend aus«, klärte Inken ihn auf.

»Hm, ich glaube aber kaum, dass wir ihr den Kredit gewähren können. Sie kann ja keinerlei Einkommensnachweise erbringen, und der aktuelle Kontostand …« Er lachte schadenfroh.

In diesem Augenblick merkte Inken, dass sie sich einen Feind gemacht hatte, der ihr trotzig keinen Cent mehr geben wollte, aber sie war immer noch optimistisch hinsichtlich der Fakten.

»Deshalb werde ich ja auch für meine Tochter bürgen«, entgegnete sie freundlich.

Nun sah er sie wenigstens an.

»Tja, das ist absolut ehrenwert, liebe Frau Jenne, aber das geben Ihre aktuellen Daten nicht her. Sie sind ja gerade mächtig im Dispo. Und Vermögen haben Sie nicht.«

»Verdammt, Sie wissen doch, was passiert ist!«, stieß sie erzürnt hervor.

Er zuckte die Schultern. »Ja, sicher. Das ist ein Trauerspiel, und persönlich würde ich ja nichts lieber tun, als Ihnen zu helfen …«

Heuchler, dachte Inken, so ein Heuchler. Mistkerl! Was soll ich denn jetzt bloß tun? Den Direktor holen? Aber was, wenn der die treibende Kraft in diesem Spielchen war? Dann ging der Schuss nach hinten los.

»Herr Petersen, wie lange bin ich jetzt Kundin dieser Bank? Hat es jemals Probleme gegeben? Oder ist das *Wattparadies* nicht Sicherheit genug?«

»Gut, wenn Sie uns an dem ollen Kahn eine Schiffshypothek übertragen, könnten wir zumindest darüber nachdenken.«

Inken tippte sich gegen die Stirn. »Das werde ich natürlich nicht tun, nachdem ich weiß, welche Pläne Sie für mein Restaurant verfolgen! Petersen, machen Sie sich nicht lächerlich und lassen Sie mich für meine Tochter eine Bürgschaftserklärung unterzeichnen!«

Der Bankberater schüttelte mit dem Kopf. »Tut mir leid!«

Nur nicht provozieren lassen, dachte Inken, obwohl dieser Raum sie geradezu herausforderte, die Beherrschung zu verlieren.

»Gut, Herr Petersen, ich habe verstanden. Das ist die Retourkutsche. Dann machen wir es eben ganz anders. Sie geben mir einen Kredit in Höhe von, sagen wir mal, vierzigtausend Euro!«

Wieder brach Petersen in dieses unnatürliche Lachen aus, das sich in Inkens Ohren anhörte, als würde eine Ziege meckern.

»Das ist wirklich dreist«, bemerkte er. »Ich gebe Ihnen doch keinen Kredit ohne die kleinste Sicherheit. Ach ja, wir müssen Ihre Dispo-Kreditlinie natürlich auf null setzen. Aber ich will mal nicht so sein. Ich mache Ihnen ein Angebot: Sie geben uns eine Hypothek auf das Schiff!«

Inken wollte gerade noch einmal tief durchatmen, als sie,

ohne darüber nachzudenken, ob das vernünftig wäre, aufsprang und zu fluchen anfing. Aber das war nicht alles. In ihrem Zorn griff sie nach seinem Filofax und pfefferte es mit Karacho gegen die Wand. Dasselbe Schicksal erlitt der Kaffeebecher, den ihr die freundliche Mitarbeiterin vorhin gebracht hatte. Vorhin, als sie noch an das Gute im Menschen geglaubt hatte und die Welt nicht voller Geier war, die aus ihrem Unglück Kapital schlagen wollten.

»Sie sind ein Arschloch, Petersen!«, war die letzte Beschimpfung aus ihrem Mund, bevor sie den Raum verließ und die Tür zuknallte. Das Gute ist, dass meine Kopfschmerzen völlig weg sind, dachte Inken, das Schlechte, dass ich bei dieser Bank wohl nie wieder einen Kredit bekommen werde!

In diesem Augenblick ging die Tür hinter ihr wieder auf. »Warten Sie!«

Inken fuhr herum. Da stand der kleine Bankberater wie ein Rambo mit in die Hüften gestützten Armen, und ein triumphierendes Grinsen ging über sein Gesicht.

»Ach, Frau Jenne, es wäre doch sicher nicht in Ihrem Sinn, wenn bald ganz Husum erführe, was Ihr Mann getan hat, oder?«

Inken konnte sich gerade noch beherrschen, dem unverschämten Bürschchen eine Ohrfeige zu verpassen. »Sie stehen unter Schweigepflicht, junger Mann«, bellte sie. »Winter wird Ihnen kündigen müssen, wenn er erfährt, dass Sie Bankgeheimnisse unter die Leute bringen!«

»Ach, zerbrechen Sie sich mal nicht meinen Kopf, gnädige Frau. Wer weiß, ob er in dem Punkt wirklich so streng mit mir verfahren würde. Herr Kellermann und mein Boss duzen sich«, sagte er in süffisantem Ton.

»Sollte das eine Erpressung sein, sind Sie bei mir an der falschen Adresse!«, zischte sie. Dann drehte sie sich auf dem Absatz um und rauschte grußlos durch die Halle der Bank hinaus auf die Straße. Dort ließ sie sich auf den Rand des Tine-Brunnens fallen und versuchte, ihr pochendes Herz zu beruhigen. Für den Bruchteil einer Sekunde spielte sie mit dem Gedanken aufzugeben, aber da drang wie im Casino Harrys klare Stimme an ihr Ohr: *Ich habe dir den Schiet eingebrockt. Ich löffle ihn mit dir aus! Klein beigeben gilt nicht!*

»Harry! Jetzt schlau reden, nachdem das Kind in den Brunnen gefallen ist. Hau bloß ab!«, rief sie verzweifelt aus und sah geradewegs in das Gesicht ihres alten Pastors, der sie schon getraut und sich ihr nun offenbar auf leisen Sohlen genähert hatte. Er sah aus, als habe ihn der Schlag getroffen. »Liebe Frau Jenne, wenn Sie Hilfe brauchen, können Sie jederzeit im Pastorat vorbeikommen. Und an seinem Grab, da können Sie dann auch gern mal mit ihm schnacken, aber hier lieber nicht …« Er ließ den Blick ängstlich über den Marktplatz schweifen.

»Danke«, hauchte sie und erhob sich, um sich schnellstens an ihm vorbeizudrücken. Was ist bloß schlimmer: dass die Leute mich für verrückt halten oder dass bald jedermann in Husum weiß, was Harry mir angetan hat? Mit dieser Frage marterte sie sich auf dem Weg zum Schiff, doch in einem hatte sie eine unerschütterliche Klarheit gewonnen: Sie würde auf Harrys Rat hören und sich niemals erpressen lassen!

Ja, mein Lieber, dann löffle den Schiet mal wieder aus, dachte sie entschlossen und mit einer Spur von Zärtlichkeit für diesen Mann, der im Leben immer zu ihr gestanden und ihr dann so ein Schiet-Erbe hinterlassen hatte. Trotzdem hatte er es verdient, dass sie nun doch ein bisschen recherchieren würde, wenn sie mit den Freundinnen nach Hamburg fuhr. Aber wäre es dazu nicht erforderlich, sie vorher einzuweihen? Später vielleicht, beruhigte sie sich. Erst einmal würde sie ihrer Tochter ganz unbürokratisch unter die Arme greifen und auf ihren Stolz pfeifen. Den Luxus, das Geld im Kleiderschrank verschimmeln zu lassen, konnte sie sich jedenfalls nicht mehr leisten. Und schließlich war es für einen guten Zweck, redete sie sich ein, um die Skrupel, die sofort von allen Seiten über sie herfielen, im Zaum zu halten.

# 16. Spekulationen um das Sorgenkind

Wiete und Nele steckten die Köpfe zusammen und diskutierten angeregt über ihr Sorgenkind Inken. Dieses Mal saßen sie am großen WG-Tisch und beratschlagten, was sie bloß tun sollten, um die Mauer zu überwinden, die ihre Freundin um sich herum errichtet hatte.

Sie hatte ganz entsetzlich ausgesehen, als sie von der Bank zurückgekommen war, doch weder Wiete noch Nele hatten sie mit Fragen gelöchert, weil das *Wattparadies* bis zum letzten Platz gefüllt war. Es war so viel zu tun gewesen, dass Nele gleich dortgeblieben war und ausgeholfen hatte. Inken hatte sich mehrfach überschwänglich bei der Freundin bedankt dafür, dass sie ihnen bei diesem Andrang so tatkräftig zur Seite stand. Sie betonte mehrfach, dass sie unbedingt noch eine zusätzliche Servierkraft würde einstellen müssen. Nele spielte ernsthaft mit dem Gedanken, ob sie wohl bis dahin regelmäßig im *Wattparadies* aushelfen sollte, zumindest abends.

Denn auch das Abendgeschäft war für einen normalen Wochentag überdurchschnittlich lebendig gewesen. Immerhin hatte Inken das Restaurant gleich geschlossen, nachdem der letzte Gast aus der Tür gewesen war. Offiziell gab es warmes Essen bis zweiundzwanzig Uhr, aber es wurde selten vor Mitternacht Feierabend gemacht. Doch Inken, die seit ihrer Rückkehr von der Bank äußerst nervös und fahrig wirkte, hatte gemeint, es sei jetzt Zeit, nachhause zu gehen.

Wiete hatte sich an diesem Abend selbst übertroffen. Geschickt wie eine Zirkuskünstlerin hatte sie vollgepackte Tabletts hin und her jongliert, und es hatte keine einzige kritische Situation gegeben. Vielleicht war es der Schock über Inkens potenzielle Verkaufspläne, dass ihr keine einzige Ungeschicklichkeit unterlief. Denn für Nele und Wiete warf der Überfall von Petersen und diesem Billig-Fisch-Fuzzi schon diverse Fragen auf. Natürlich konnten sie sich kaum vorstellen, dass Inken das *Wattparadies* verscherbeln wollte, ohne es mit ihnen zu besprechen, und schon gar nicht an die umstrittene Fastfood-Fischkette, deren Ruf in der Gastrobranche nicht gerade der allerbeste war. Böse Zungen behaupteten, dort würde der Fisch zweimal umgebracht, das zweite Mal, weil er in Panade erstickt wurde. Weder Wiete noch Nele hatte so ein Restaurant je von innen gesehen, aber es war bekannt, dass das Mobiliar aus hellblauen und weißen Plastiktischen und -stühlen bestand. Inkens Mitbewohnerinnen wollten das jedenfalls nicht auf sich beruhen lassen, sondern gleich nach ihrer Rückkehr nach Nordstrand ein klärendes Gespräch mit ihrer Freundin suchen.

Doch kaum hatte Wiete ihren Wagen auf dem Hof geparkt, war Inken wortlos aus dem Auto gesprungen, ins Haus geeilt, mit diesem Beutel aus Sanremo in der Hand zurückgekehrt und dann ohne weitere Erklärung mit ihrem eigenen Wagen davongebraust.

Entsprechend frustriert waren Wiete und Nele, als sie nun allein an dem großen Esstisch saßen. Nele kämpfte mit sich, ob sie sich auf den ganzen Schrecken nicht doch ein Glas Wein genehmigen sollte, denn eigentlich hatten sie auf ihre Initiative hin nach Sanremo eine längere Alkoholpause beschlossen.

»Ich mache uns mal einen Schlaftee«, sagte Wiete in dem Moment, in dem Nele mit dem Gedanken spielte, ihre Abstinenz noch um einen weiteren Tag nach hinten zu verschieben. Sie überlegte kurz, aber dann nickte sie eifrig. Ihre Lust auf den Wein hatte sich bereits verflüchtigt. Nicht dass sie wieder im Rausch haltlos von Luigi schwärmte. Sie erinnerte sich zwar nicht mehr genau an jedes einzelne Wort, aber das, was ihr im Kopf geblieben war, war ihr peinlich genug. Es hätte nicht viel gefehlt, und sie hätte den Freundinnen noch in allen Einzelheiten geschildert, wie Luigi und sie sich einmal unter der Dusche geliebt hatten. Zum Glück waren die Freundinnen so nett gewesen, ihre indiskrete Plauderlust am folgenden Morgen nicht weiter zu thematisieren. Trotzdem ging Nele die Begegnung mit Luigi in der Hotellobby nicht mehr aus dem Kopf. Wie ein Teenie, der sich vor seinem Freund versteckte, weil er an dem Tag einen Pickel auf der Nase hatte, hatte sie sich benommen. Nele war sich sehr wohl bewusst, dass sie einen veritablen Knall hatte, was das Thema Altern anging. Allein ihrer panischen Angst vor Spritzen war es zu verdanken, dass sie Botox mied. Dafür benutzte sie immer noch den Inhalt der sündhaft teuren Kosmetiktiegel, die sie in Ehezeiten gehortet hatte.

Sie war in dem Punkt sehr gespalten. Bei anderen Frauen liebte sie Gesichter, in denen sich gelebtes Leben widerspiegelte. Bei anderen mochte sie Falten und sogar graues Haar. Sie beneidete ihre Freundinnen glühend darum, dass sie nicht derart von Selbstzweifeln zerfressen waren. Und die beiden sahen blendend aus. Wiete war nahezu faltenfrei und wirkte mindestens zehn Jahre jünger, als sie war. Neles Meinung nach hätte sie allerdings mehr aus sich machen können, aber mit solchen Tipps würde sie bei der Freundin wohl eher auf taube Ohren stoßen. Dabei war Wiete früher einmal eine echte Bella gewesen, wie Nele auf alten Fotos erstaunt festgestellt hatte. Was war bloß mit Wiete geschehen, dass sie ihre weiblichen Reize heute so versteckte? Sie war doch immer noch eine Naturschönheit, wie Nele fand. Und in dem Kleid in Sanremo hatte sie bezaubernd ausgesehen. Trotz ihrer unmöglichen Frisur, dem raspelkurzen, abstehenden Haar. Nele verstand nicht, warum sie es sich hatte abschneiden lassen, nachdem sie es vor nicht allzu langer Zeit sogar noch kinnlang getragen hatte. Alle waren begeistert gewesen von ihrer vollen Mähne, aber dann war sie plötzlich mit diesem Karottenkopf aufgetaucht. Nele hatte sich sehr zusammenreißen müssen, Wiete nicht zu beleidigen. Also hatte sie lieber geschwiegen.

Und auch Inken war in Neles Augen wahnsinnig attraktiv. Manchmal, wenn sie ihre blonde Mähne schüttelte, wirkte sie wie ein junges Mädchen. Nur ihre Falten um den Mund herum waren neu. Nele befürchtete, dass Inkens Gesicht, wenn sie weiterhin alles in sich hineinfraß, bald nur noch aus Sorgenfalten bestand.

Wiete riss sie aus ihren Gedanken.

»Ich habe die Kanne deiner Urgroßmutter heil hergebracht«, lachte sie und stellte Kanne und Tassen auf den Tisch. »Salbei«, fügte sie hinzu.

Nele goss sich ein. »Hast du eine Idee, wie wir an Inken herankommen können?«

»Ich denke, wir müssen auf sie warten und sie direkt ansprechen«, schlug Wiete vor.

»Tja, so kann es ja nicht weitergehen«, seufzte Nele.

»Auf keinen Fall! Ich meine, ihr Verhalten ist doch nicht mehr normal. Allein, wie sie eben ohne ein Wort in ihr Auto gesprungen ist.« Wiete warf einen Blick auf ihre Armbanduhr. »Es ist gleich elf. Wohin will sie denn um diese Zeit?«

»Na ja, ein Mann wird es nicht sein«, entgegnete Nele mit einem schiefen Grinsen.

»Es passt jedenfalls nicht zu ihr, dass sie sich diese Fischkette ins Haus geholt hat«, sinnierte Wiete.

»Es passt so vieles nicht zusammen. Das stinkt doch gen Himmel.«

»Und wenn sie tatsächlich verkauft, muss ich mir einen neuen Job suchen«, murmelte Wiete.

»Aber nicht im Service!«, stieß Nele spontan hervor.

»Ich bin doch nicht blöd. Bei meinen zwei linken Händen kann das nur unter Freunden funktionieren. Nein, ich finde hoffentlich bald irgendwo einen Bürojob.«

Nele musterte sie prüfend. »Sag mal, warum arbeitest du überhaupt unter deinen Möglichkeiten? Du könntest doch entspannt deine Abfindung verprassen.«

»Ach, was soll ich denn den ganzen Tag allein zuhause rumhocken?«

»Habe ich es mir doch gedacht. Du brauchst eine Beschäftigung, weil dir die Decke auf den Kopf fällt, oder? Aber da gibt es doch weitaus Spannenderes als irgendeinen stinklangweiligen Bürojob.«

Wiete verdrehte die Augen. »Ich finde das gar nicht so langweilig, mich mit Zahlen zu beschäftigen.«

»Wenn ich was höre, sage ich dir jedenfalls Bescheid. Ich weiß nicht, wie es dir geht, aber ich fühle mich sehr unwohl bei dem Gedanken, dass wir nicht mehr wirklich offen zueinander sind. Dass wir Inken überhaupt so was zutrauen. Meinst du nicht auch?«

Wiete hob die Schultern. »Ja, ist wirklich schade. Aber manchmal gibt es eben auch Dinge, die einem sehr unangenehm sind. Du hast uns deinen italienischen Dauerlover ja auch lange vorenthalten.«

»Ich wusste doch nicht, wie ihr reagieren würdet. Inken mit ihrer glücklichen Ehe und du mit deiner Abneigung gegen Männer …«

»So siehst du mich also?«

»Nein, ja, also, du machst schon den Eindruck, als hättest du mit dem Thema abgeschlossen.«

»Habe ich ja auch! Ich wusste nur nicht, dass mir meine Meinung über Männer auf der Stirn geschrieben steht.«

»Nein, so ist es ja auch nicht ganz. Das merkt man erst, wenn man dich gut kennt. Sonst hättest du bestimmt nicht so cool reagiert, als dich die Opas von allen Seiten Fräulein gerufen haben«, lachte Nele.

»Cool? Danke! Ich hatte die Faust in der Tasche geballt und habe mitgezählt. Den zehnten hätte ich zur Schnecke gemacht, aber es ist bei neun geblieben«, scherzte sie.

»Und, was glaubst du? Wohin ist Inken mitten in der Nacht gefahren?«

»Ich nehme an, zu Beeke. Vielleicht hat sie wieder mal Liebeskummer«, mutmaßte Wiete.

»Auf jeden Fall sollten wir wach bleiben, um mit Inken heute noch zu klären, was an unserem Verdacht dran ist! Und wir sollten ihr unbedingt versichern, dass wir ihr das eigentlich nicht zutrauen, aber dass sich die Kerle einfach so benommen hätten, als wäre der Verkauf beschlossene Sache«, schlug Nele vor.

»Glaubst du, dass die Kette auch auf die Fischbude scharf ist?«

»Keine Ahnung. Ich weiß nur, dass es dann die besten Krabbenbrötchen der Stadt nicht mehr geben würde!«

»Nicht auszudenken! *Krabbes Bude* ist weit über die Grenzen Nordfrieslands beliebt, und einige kommen extra her, um ihre Krabbenbrötchen zu essen. Was wohl Harry dazu sagen würde, dass sie diese Leute an Bord gelassen hat?«

»Das möchte ich mir lieber gar nicht vorstellen. Vielleicht hat sie ja deswegen Stress mit Beeke. Sie war doch immer Papas Tochter und war schon sehr sauer auf sie, als sie das Haus verkauft hat, ohne das mit ihr abzusprechen. Und wenn sie jetzt wirklich mit dem Gedanken spielt, das *Wattparadies* zu verkaufen …«

Wiete blickte Nele plötzlich erschrocken an. »Hältst du es für möglich, dass Inken ihre Zelte in Husum womöglich abbrechen will? Denn das ist alles so untypisch für sie. Das mit dem Haus war doch schon merkwürdig genug. Wie oft hat sie mir in den Ohren gelegen damit, dass sie davon träumt, ihre Enkelkinder im Garten spielen zu sehen.«

»Ja, genau. Für sie hat Beeke immer an erster Stelle gestanden. Das passt nicht, dass sie das Haus über ihren Kopf hinweg verkauft hat, und dann noch zu einem viel zu niedrigen Preis. Tja, das werden wir wohl nicht ergründen können, ohne Inken direkt zu fragen.«

»Aber vielleicht doch lieber nicht mehr heute Nacht. Mir tun die Füße weh vom vielen Rumrennen, und ich brauche dringend ein bisschen Schlaf.« Wiete trank Ihren Tee aus und erhob sich schwerfällig. »Wenn das morgen wieder so hektisch wird, weiß ich nicht, wie ich das schaffen soll«, seufzte sie.

»Ich befürchte, das haben wir dem neuen Nordfriesland-Reiseführer zu verdanken. Dort ist das *Wattparadies* mit Lob überschüttet worden.«

»Na, das lässt ja hoffen«, spottete Wiete.

»Keine Sorge, ich helfe dir wieder«, bot Nele an.

»Das ist süß von dir. Aber dann bleibt deine Arbeit hier doch liegen.«

»Im Moment ist Ruhe. Die nächsten Gäste reisen erst am Freitag an. Und die Zimmer habe ich schon fertig. Also geh ich dir morgen wieder zur Hand«, versprach Nele der Freundin.

»Du bist ein Schatz. Da sage ich nicht nein, und wir sprechen Inken beim Frühstück an, oder?«

»Versprochen!«

Nele blieb noch eine Weile allein am großen Tisch sitzen. Rasch wanderten ihre Gedanken wieder zu Luigi. Zwei Seelen kämpften in ihrer Brust. Einerseits wäre es vernünftig, die Sache auf sich beruhen zu lassen, andererseits wurmte es sie, dass er sie jetzt für eine durchgeknallte Zicke halten musste, die so getan hatte, als würde sie ihn nicht kennen. Wie hatte sie nur eine Sekunde annehmen können, er würde ihr Schmierentheater nicht sofort durchschauen? Aber war das nicht völlig gleichgültig, da sie ihn ja ohnehin nie wiedersehen würde?

Die Gedanken gingen eine Zeitlang in ihrem Kopf hin und her. Sie schwankte zwischen: *bloß nie mehr daran denken* und *sich bei ihm entschuldigen*. Schließlich kam sie zu dem Entschluss, ihm einen Brief zu schreiben. Und zwar mit entwaffnender Ehrlichkeit! Was hatte sie schon zu verlieren? Er sollte sie einfach in guter Erinnerung behalten. Es mochte ja angehen, dass sie ihn angezogen noch entfernt an jene attraktive Frau erinnert hätte, die heiße Nächte in seinen Armen verbracht hatte, aber im Badeanzug hätte er sie wahrscheinlich nicht erkannt. Trotzdem wollte sie nicht, dass er sie für eine Spinnerin hielt, die ihre eigene Identität verleugnete. Nein, sie wollte Größe zeigen und ihm in aller Offenheit gestehen, warum sie noch einmal in das Hotel zurückgekommen war und dass sie ihn unter Tausenden wiedererkannt hätte.

Ohne zu überlegen stand sie auf und holte aus einer Schublade ihres Sekretärs die inzwischen bezahlten Rechnungen hervor. Dank ihres kleinen Gewinns beim Roulette hatte sie alle ihre Schulden begleichen und das Hotel zahlen können. Und auf der Rechnung stand die Telefonnummer, die sie jetzt hektisch wählte. Als sich eine Dame meldete, bat sie, bitte mit Signore Russo verbunden zu werden. Während sie wartete, war sie mehrfach versucht aufzulegen. Denn einmal davon abgesehen, dass Luigis Sohn so spät sicher gar nicht mehr im Dienst war, kam sie sich komplett blöd vor.

Sie hatte sich gerade entschieden aufzugeben, als sich Luigis Sohn meldete. Beim Klang seiner Stimme bekam sie weiche Knie. Er sprach genauso wie sein Vater.

»Ich, äh, ich, äh, hätte gern die Adresse Ihres Vaters«, stammelte Nele auf Englisch.

»Signora Hansen?«, hörte sie ihn da fragen.

Nele zuckte zusammen. Daran hatte sie in diesem Augenblick gar nicht gedacht: dass auch sie eine äußerst prägnante Stimme besaß. Sie war tief, rauchig und unverwechselbar. Da blieb ihr gar keine andere Wahl, als ihre Identität preiszugeben. Der junge Mann war schließlich Zeuge ihrer kleinen Show an der Rezeption geworden.

»Sie erinnern sich vielleicht daran, dass ich in der Lobby neulich auf Ihren Vater traf.«

»Ganz genau. Das war doch, lassen Sie mich überlegen, erst vor vier Tagen. Sie sind doch mit zwei Freundinnen angereist.«

Nele schluckte. Der Mann hatte ein Gedächtnis wie ein Elefant. Gut, dass sie nicht versuchte, ihn zu beschwindeln.

»Dann können Sie sich vielleicht daran erinnern, dass Ihr Vater mich erkannt hatte, ich ihn aber leider nicht.«

Täuschte sie sich oder lachte Luigis Sohn am anderen Ende der Leitung? »Ich habe mir schon ausgemalt, dass Sie ihn nicht erkennen wollten …«

Nele unterbrach ihn hastig, weil sie sich durchschaut fühlte. »Nein, nein, Sie irren sich, warum sollte ich ihm was vorspielen?«

»Welche Dame mag es schon, wenn sie von einem Herrn in Gegenwart seines Sohnes angeschwärmt wird?«, lachte er.

»Ihr Vater hat mich nicht angeschwärmt. Da haben Sie etwas missverstanden. Aber wie dem auch sei, ich weiß jetzt wieder, woher ich ihn kenne, und würde ihm gern einen Brief schreiben. Haben Sie vielleicht seine Adresse?«

»Aber sicher, Signora … Moment, ich gebe Ihnen seine Mailadresse. Würden Sie damit vorliebnehmen?«

»Kein Problem«, erwiderte Nele und hoffte, dass das Gespräch bald vorüber sein würde. Ihr wurde nämlich abwechselnd heiß und kalt vor lauter Anspannung. Sie notierte rasch Luigis Mailadresse.

»Ja, dann vielen Dank.«

»Darf ich Ihnen noch eine Frage stellen?«

Sie hätte das am liebsten verneint, wollte aber nicht unhöflich erscheinen. Zwar ging sie nicht davon aus, dass sie je wieder in dem Hotel absteigen würde, aber man konnte ja nie wissen, wie das Leben spielte.

»Bitte«, erwiderte sie knapp.

»Sind Sie jene Dame, von der mein Vater einmal regelrecht geschwärmt hatte? Er hat mir mal vor Jahren gebeichtet, dass es da eine Frau gab, die es ihm verdammt angetan hatte. Und als er Sie an der Rezeption erkannt hat, da lag ein Glanz in seinem Blick, den ich so nicht an ihm kenne.«

»Ich befürchte, da haben Sie zu viel hineininterpretiert. Ich kenne ihn nicht so gut, wie Sie meinen, also wir beide, also Ihr Vater und ich, wir, wir waren nie ein Liebespaar, wenn Sie das meinen, nur, äh … gute Freunde.« Oh Gott, ging es Nele durch den Kopf, das ist das Dümmste, was ich von mir geben konnte. Gute Freunde?

Nele konnte nur hoffen, dass der Sohn seinem Vater niemals etwas von diesem Unsinn weitergeben würde. Langsam wurde ihr die Sache zu heiß, und sie bereute zutiefst, dass sie überhaupt Kontakt zu seinem Sohn aufgenommen hatte.

Sie verabschiedete sich überstützt von Russo junior und legte den Zettel mit den Daten in ihre Schublade zu den Rechnungen. Dass sie nun Luigis Mailadresse hatte, bedeutete ja noch lange nicht, dass sie ihn auch wirklich jemals kontaktieren würde.

# 17. Großzügiges Geschenk

Inken hatte vor dem Weihnachtshaus, einem über die Grenzen der Stadt hinaus bekannten Museum, in dem sich alles nur um das Weihnachtsfest drehte, einen Parkplatz bekommen. Beeke war gar nicht begeistert gewesen von der Ankündigung ihrer Mutter, sie käme zwischen zweiundzwanzig und dreiundzwanzig Uhr noch einmal kurz bei ihr vorbei. Ja, sie hatte sogar versucht, ihre Mutter von diesem nächtlichen Besuch abzubringen, aber Inkens Hartnäckigkeit hatte schließlich gesiegt. Sie griff nach dem Beutel und stellte mit einem Blick auf die Uhr in ihrem Wagen fest, dass es zwei Minuten vor elf war. Wie hatte Beeke gesagt? Mutti, aber nicht später als elf! Von hier zu Beekes Wohnung war es nur ein Katzensprung. Inken beeilte sich und stand zwei Minuten später keuchend vor Beekes Haustür. In dem Moment begann die Glocke der St.-Marienkirche elfmal zu schlagen. Inken drückte hastig den Klingelknopf. Erst kürzlich waren in das alte Backsteingebäude eine Gegensprechanlage und eine automatische Türöffnung eingebaut worden. Als der Summer erklang, stemmte sich Inken gegen die Tür und betrat das Haus. Ihr war alles andere als wohl bei dem Gedanken, ihrer Tochter die benötigte Summe von dem Gewinn zu geben, aber Petersen ließ ihr keine andere Wahl. Wie sollte sie ihrer Tochter ansonsten wohl plausibel erklären, dass die Bank sie nicht als Bürgin akzeptierte? Natürlich wäre das der richtige Zeitpunkt gewesen, ihrer Tochter endlich die ganze Wahrheit zu gestehen. Wie sie die aufrichtige Beeke kannte, würde sie von dem Geld des fremden Herrn aus Sanremo keinen Cent haben wollen. In dem Punkt kommt sie ganz nach mir, dachte Inken.

Beeke stand bereits oben im Flur und erwartete sie ungeduldig. Sie war offenbar gerade vom Ausgehen zurück, denn sie war nicht nur für ihre Verhältnisse aufwändig geschminkt und perfekt frisiert, nein, sie trug auch ein hübsches Kleid, das Inken noch nie zuvor an ihr gesehen hatte.

»Hallo, Mutti, na endlich!«, sagte sie reichlich genervt. Immer wenn Inken ihre Tochter sah, fragte sie sich, was um Himmels willen mit den jungen Männern nicht stimmte. Um so eine hübsche Frau müssten sie sich doch alle reißen. Beeke war groß und sehr schlank, ohne bei ihrer Größe dürr zu wirken. Sie besaß ein hübsches, ebenmäßiges Gesicht mit schönen braunen Augen, was hier oben im Norden zu dem weizenblonden Haar auffiel. Die dunklen Augen hatte sie von Harry geerbt. Ja, sie war eine gelungene Mischung, fand Inken. Das Haar und den Mund von ihr, die Augen und die Nase von ihrem Vater. Und ausgerechnet diese Zauberfrau hatte jahrelang ihr Herz an einen verheirateten Mann gehängt, der ihr etliche Male geschworen hatte, seine Frau für sie zu verlassen. Es war Sven Kramer, der Chef der Firma, die Beekes Teehaus, wie ihr Geschäft hieß, mit Tee belieferte. Er lebte in Hamburg und hatte während ihrer langjährigen Beziehung in der Regel ein Wochenende im Monat in Husum bei seiner Geliebten verbracht. Inken hatte das natürlich außerordentlich missfallen, aber sie war stets bemüht gewesen, sich nicht einzumischen, während Harry da weniger zimperlich gewesen war. Er hatte Beeke mehr als einmal versichert, er wünsche ihren Liebhaber zum Teufel. Ihrem Vater hatte Beeke diese Einmischung nicht übelgenommen. Aber als Inken ein einziges Mal an Heiligabend gewagt hatte, ihrer Tochter vor Augen zu führen, dass sie, wenn sie so weitermachte, Weihnachten auch noch mit vierzig allein mit ihren Eltern verbringen würde, da war Beeke wütend geworden. Allerdings hatte sie dann kurz darauf am Silvesternachmittag, als Sven kurzfristig doch nicht wie versprochen nach Husum zum Feiern hatte kommen können, und das unter fadenscheinigen Ausreden, endgültig Schluss gemacht. Doch statt ihrer Mutter dankbar zu sein, gab sie ihr seitdem das Gefühl, dass sie ihr Lebensglück zerstört hätte.

Keine Frage, Inkens und Beekes Verhältnis war äußerst kompliziert. Inken ahnte auch, warum. Ihre Tochter hatte sich wohl bereits in ihrer Kindheit häufig zurückgesetzt gefühlt. Schon damals war Inken im *Wattparadies* unabkömmlich gewesen. In der Anfangszeit war sie manchmal sogar erst um Mitternacht von Bord gekommen. Beeke war quasi bei ihren Großeltern aufgewachsen. Es hatte sich irgendwann so eingespielt, dass Harry, nachdem er alles in der Küche vorbereitet hatte, einen kleinen Abstecher zu Inkens Eltern machte, um dort seiner Tochter noch eine Gutenachtgeschichte vorzulesen. Daraus war in Beekes Erinnerung das Bild von der ständig abwesenden Mutter und dem liebevollen und sich kümmernden Vater entstanden. Und nicht nur ihre Tochter hatte Inken spüren lassen, was für eine lausige Mutter sie war, nein, auch ihre eigene Mutter hatte ihr ständig Vorwürfe gemacht, dass sie ihre Pflichten vernachlässigen würde. Nur ihr Vater, der hatte sie verstanden. Der ahnte, dass das *Wattparadies* nur so gut funktionierte, weil Inken und Harry gleichermaßen alles für das Restaurant gaben. Und nun war Beeke genauso ein Papakind geworden, wie sie selbst eines gewesen war!

Inken blieb auf dem letzten Treppenabsatz kurz stehen und atmete einmal tief durch. Nein, sie hatte wirklich keine andere Wahl, als zum Wohl ihrer Tochter über ihren Schatten zu springen und ihr einen Teil des Geldes zu schenken. Insgeheim rechnete sie auch nicht mehr damit, dass der rechtmäßige Eigentümer sich je bei ihr melden würde. Sie straffte die Schultern, während sie die letzten Stufen bis zu Beekes Dachwohnung emporstieg. Beeke ließ sich von ihrer Mutter umarmen, aber sie machte nicht den Eindruck, als freue sie sich über das Wiedersehen. Als Inken die Wohnung betrat, ahnte sie, warum. Dort stand ein Paar Banfi-Slipper, genau von der Sorte, wie Sven Kramer sie zu tragen pflegte. Inkens angewiderter Blick blieb eine Sekunde zu lang an den verdächtigen Tretern hängen, wie ihr ein leichter Stoß in die Seite bewies. »Mutti, und kein böses Wort zu ihm!« Am liebsten wäre Inken auf der Stelle umgekehrt. Hätte sie gewusst, dass der Kerl bei ihrer Tochter war, sie hätte mit der Geldübergabe noch gewartet, aber jetzt konnte sie nicht mehr zurück.

Sven Kramer saß brav auf dem Sofa, und es gab keine Anzeichen, dass die beiden gerade übereinander hergefallen waren. Die Flasche Wein auf dem Sofatisch verriet allerdings auch, dass der Mann sich in dieser Nacht nicht mehr auf den Rückweg nach Hamburg machen würde.

Bevor Inken sich setzen konnte, sprang Sven auf, streckte ihr die Hand hin und kondolierte ihr formvollendet. Inken bedankte sich steif und bemühte sich, ihm nicht allzu deutlich zu zeigen, dass sie gehofft hatte, er wäre endgültig aus dem Leben, jedenfalls dem privaten, ihrer Tochter verschwunden.

»Wir hatten einen beruflichen Termin. Der hat länger gedauert«, erklärte Beeke entschuldigend.

Inken hob abwehrend die Hände. »Schön, aber ich bin nicht gekommen, um dir vorzuschreiben, wer dich besuchen darf und wer nicht«, bemerkte sie spitz. »Aber eigentlich hätte ich dich gern unter vier Augen gesprochen«, fügte sie hastig hinzu.

»Das ist doch gar kein Problem«, sagte Sven verständnisvoll. »Ich gehe dann schon mal nach nebenan.« Im Vorbeigehen strich er Beeke wie zufällig über den Handrücken.

Inken schluckte. Sie hätte wirklich alles erwartet, aber nicht diesen Mann. Und dass er mit »nebenan« nicht die Küche meinte, lag auf der Hand.

»Ja, ich komme gleich nach«, flötete Beeke und konnte vor

ihrer Mutter nicht verbergen, dass sie mit dem Typen immer noch nicht abgeschlossen hatte. Kaum hatte Inken sich fest vorgenommen, Svens Anwesenheit in Beekes Wohnung nicht weiter zu kommentieren, hörte sie sich auch schon lauernd fragen: »Na, ist er inzwischen geschieden?«

Beeke funkelte sie wütend an und schloss energisch die Wohnzimmertür. »War das für seine Ohren bestimmt?«

»Nein, natürlich nicht. Ich wollte mich ja auch gar nicht einmischen!«

»Gut, dann lass es bleiben!«

»Aber ich verstehe wirklich nicht, was das soll. Geht das alles wieder von vorne los? Meine Güte, so viele Tränen, wie du um ihn geweint hast, das ist dieser Typ doch nicht wert.«

»Mutti! Ich glaube, ich bin alt genug, um zu wissen, mit wem ich schlafe und mit wem nicht.«

Inken schüttelte sich allein bei dem Gedanken, schaffte es aber gerade noch, sich jede weitere übergriffige Bemerkung zu verkneifen.

»Und was führt dich zu mir?«, fragte Beeke sachlich.

Inken reichte ihr den Beutel mit den Worten: »Das ist das Geld für deinen Umbau.«

Beeke nahm ihn etwas irritiert entgegen und zog ein Bündel Scheine hervor. »Wolltest du nicht bürgen?«, fragte sie konsterniert.

»Ja, aber ich habe es mir anders überlegt. Ich schenke dir das Geld.«

»Und warum hast du es mir nicht einfach überwiesen?«

»Ich fand es netter, es persönlich vorbeizubringen.«

»In einem Leinenbeutelchen? Mutti, so kenne ich dich ja gar nicht. Ich meine, ich weiß gar nicht, was ich sagen soll …«

»Danke würde genügen«, entgegnete Inken erleichtert, weil Beeke keine neugierigen Fragen über die Herkunft des Geldes stellte.

Beeke stand auf und umarmte ihre Mutter. »Das ist so süß von dir! Dann kann ich morgen gleich den Handwerker für den Mauerdurchbruch bestellen. Da wird sich Petersen ja wundern, wenn ich morgen so viel Geld auf die Bank … wie viel ist es denn?«

»Ich dachte, ich gebe dir lieber ein bisschen mehr. Es sind genau fünfundzwanzigtausend.«

»Oh, Mutti, du bist ein Schatz. Aber auch ein bisschen verrückt. So eine Aktion hätte eher zu Paps gepasst.« Beeke setzte sich wieder und drückte sich den Beutel inbrünstig an die Brust. Dann beugte sie sich verschwörerisch zu ihrer Mutter hinüber. »Sven hat mich überrascht. Du weißt doch, er ist immer noch mein Teelieferant, und er hat mir ein sehr gutes Angebot gemacht. Deshalb ist er auch persönlich gekommen.«

»Aha, und du zahlst jetzt in Naturalien. Oder wie darf ich das verstehen?«

»Mutti! Das hat sich so ergeben. Es ist vorbei. Wir haben einfach ein bisschen Spaß. Was meinst du, wie lange ich keinen Sex mehr hatte?«

»Schatz, das will ich auch gar nicht so genau wissen!«, konterte Inken prompt. »Aber dann gehe ich mal lieber. Und hast du dir mal überlegt, den Lieferanten zu wechseln?«

Beeke hob die Schultern. »Das ist nicht so einfach, aber bitte mach dir keine Sorgen. Und vielleicht trennt er sich ja noch, weil er merkt, dass er ohne mich nicht leben kann.«

»Genau, und morgen kommt der Weihnachtsmann«, spottete Inken. Sie erhob sich vom Sofa.

»Ach, Mutti, ich weiß gar nicht, wie ich dir danken soll. Und ich freue mich auf Petersens dummes Gesicht …«

»Schatz! Nicht zur Bank bringen. Bitte! Ich habe gerade etwas Ärger mit ihm!«

»Warum? Hat er verwegene Ideen zu deiner Vermögensverwaltung, die dir zu unsicher sind?« Ein klarer Seitenhieb, weil Beeke ihre Mutter für eine wohlhabende Frau hielt.

»Nein, das nicht.« Inken überlegte kurz, aber es war ganz sicher nicht der richtige Zeitpunkt, Beeke von seinem unverschämten Benehmen zu berichten, vor allem, weil der Galan nebenan auf ihre Tochter wartete. Außerdem müsste sie ihr dann wohl oder übel die ganze Wahrheit sagen.

»Bring das Geld nicht zur Bank. Bitte!«

Für den Bruchteil einer Sekunde stellte sich Inken vor, Petersen würde Beeke verraten, was Harry getan hatte. Allein bei dem Gedanken wurde ihr übel.

»Mutti, was ist denn mit dir? Du bist ganz blass geworden.«

»Ach, gar nichts. Ich habe einfach zu viel Arbeit. Es ist der viele Stress ...«

Beeke musterte sie verblüfft. »Aber du bist doch erst gestern aus Sanremo zurückgekommen. Habt ihr euch denn gar nicht erholt?«

»Doch, doch, aber es war einfach zu kurz. Es war auch für mich alles zu viel in letzter Zeit. Und ich vermisse deinen Vater doch auch!«

Beeke nahm ihre Mutter in den Arm und drückte sie fest. »Wenn du Hilfe brauchst, dann sag mir Bescheid. Der Laden schließt doch unter der Woche um achtzehn Uhr. Da könnte ich noch abends bei euch aushelfen.«

»Das ist ganz lieb von dir, aber das kann ich dir nicht zumuten. Ich brauche dringend eine zweite Kraft im Service.«

»Kommst du heute noch mal?«, erklang jetzt eine verärgerte Stimme aus dem Schlafzimmer.

Beeke verdrehte die Augen. »Ich glaub, ich sollte mich doch langsam mal ernsthaft um einen neuen Lieferanten kümmern!«, flüsterte sie grinsend.

»Sehr gute Idee!«, lachte Inken. »Soll ich deinen ungebetenen Gast gleich mitnehmen und im Hotel absetzen?«

»Nein, nein, ich werde schon allein mit ihm fertig. Komm, ich bringe dich noch zur Tür.«

Zum Abschied umarmten sich Mutter und Tochter noch einmal. »Mutti, ich weiß gar nicht, wie ich dir danken soll.«

»Und kein Wort zu Petersen!«

»Versprochen, ich parke es unter der Matratze«, scherzte Beeke.

Inken atmete einmal tief durch, als sie aus dem Haus trat. Es wehte gerade eine steife Brise von der Nordsee herüber. Salzig und frisch, wie Inken es so sehr liebte. Obwohl ihr schlechtes Gewissen darüber, das Geld aus Sanremo genommen zu haben, immer noch nicht verstummt war, überlegte sie auf dem Weg zum Wagen, dass sie von dem Rest problemlos die Renovierung des Außendecks bezahlen könnte und mehr ... Sie malte sich überdies aus, wie sie sich beim besten Friseur in Husum frische Strähnen machen ließ, die sie seit Harrys Tod mit einem Billigprodukt selbst produzierte. Doch den Luxusgedanken verscheuchte sie sofort wieder. Nein, eigentlich sollte sie den Rest aufbewahren, falls der Spender sich doch noch bei ihr meldete. Dann konnte sie ihm wenigstens ihren guten Willen zeigen und den Rest übergeben, aber wenn sie ehrlich war, fand sie, er könne sich nun ruhig noch ein wenig Zeit lassen ... oder besser noch: Er ließ gar nichts mehr von sich hören!

## 18. Geisterstunde am WG-Tisch

Nele hatte versucht zu schlafen, aber es gelang ihr nicht. Sie wälzte sich von einer Seite auf die andere. Ständig ging ihr durch den Kopf, dass sie Luigi doch gern ein paar Zeilen schreiben würde. Ja, sie formulierte sie sogar schon vor, bis sie das Gefühl hatte, dass sie es einfach tun musste. Sie sprang aus dem Bett, schnappte sich ihren Laptop und schlich sich an den Esstisch. Und wieder focht sie einen inneren Kampf aus um die Frage, ob sie den Beginn der Abstinenz nicht doch noch zumindest einen Tag hinauszögern sollte, aber dann fiel ihr ein, dass sich nächtliche Nachrichten an Männer und Wein gar nicht so recht vertrugen. Ihr fielen da spontan ein paar nächtliche Mails ein, die sie damals dem Ex-Pfosten geschrieben hatte. Am nächsten Morgen hatte sie dann kaum glauben wollen, dass sie wirklich die Verfasserin dieser Pamphlete gewesen war. Sie hatte sich nämlich stets eingebildet, eine Dame zu sein, aber die würde einen Mann wohl kaum als »schwanzlosen Lurch« oder »kriminellen Eierfurz« bezeichnen.

Also verzichtete Nele auf den Wein, nahm sich ein Glas Wasser und tippte ihre bereits wohlformulierten Worte in den Rechner.

*Lieber Luigi,*
*ich möchte mich bei dir entschuldigen. Ja, ich habe dich an der Rezeption sehr wohl erkannt. Wie könnte ich das nicht? Du bist ergraut, aber unverkennbar mein Luigi. Ich bin nur nach Sanremo gekommen, um dich noch einmal aus der Ferne zu*

*sehen. Du solltest mich allerdings nicht zu Gesicht bekommen, denn der Zahn der Zeit hat natürlich auch an mir genagt. Ich wollte unbedingt vermeiden, dass du bei meinem Anblick das Gruseln bekommst, aber es war albern, dir eine solch schlechte Vorstellung zu geben. Und meine Freundin Wiete hat dir ja dann unfreiwillig gestanden, dass ich nur gespielt habe. Kindergarten, sagt man bei uns dazu, wenn sich Erwachsene so dumm benehmen. Und da ich gerade beim Beichten bin, noch etwas anderes hat mich dazu verleitet, meine Identität zu verleugnen. Als ich begriffen habe, dass der schöne junge Mann an der Rezeption dein Sohn ist, wurde mir klar, dass ich wohl nicht deine einzige Urlaubsliebe war, sondern dass du eher der charmanteste Ehefrauentröster Liguriens warst. Und wahrscheinlich warst du auch verheiratet, während wir in deinem Liebesnest den Himmel auf Erden hatten. Ich möchte dir natürlich nicht zu nahe treten mit meinen Spekulationen, aber von deinem Sohn hast du nie gesprochen, und in deiner Wohnung gab es keinen einzigen Hinweis, dass du Familie hast. Das kann ich dir nicht einmal übelnehmen, denn ich habe meinen Mann schließlich auch betrogen. Jedenfalls ist er längst mit einer Jüngeren auf und davon. Ich schreibe dir das alles in dem Wissen, dass wir uns niemals wiedersehen. Und ich möchte diese wunderbare Sommerliebe, die ich mit dir genießen durfte, nicht mit meiner Lüge an der Rezeption abschließen. Ich habe in letzter Zeit viel von dir geträumt, und das möchte ich mir in Zukunft auch wieder erlauben, ohne an meine Dummheit denken zu müssen. Du bist jedenfalls auch nach so vielen Jahren noch ein Mann, bei dem ich schwach werden könnte. Mann, bist du ein sexy Silver Ager! Bitte schreib mir nicht zurück. Ich möchte dein Mitleid nicht, sondern dich so in Erinnerung behalten …*

*Deine donna ribelle*

So hatte er sie stets zärtlich genannt, wenn sie sich gar nicht wie ein williges Weibchen benommen, sondern ihm Kontra gegeben hatte. Erst als eine Träne auf die Tastatur tropfte, merkte sie, dass sie weinte. Aber es war nicht nur aus Trauer darum, das Kapitel Luigi damit abzuschließen, sondern auch vor lauter Rührung. Sie fühlte sich dem Geliebten durch diese Zeilen sehr nahe. Seufzend gab sie seine Adresse ein und drückte auf Senden.

In diesem Augenblick hörte sie das Geräusch eines näher kommenden Wagens. Das muss Inken sein, dachte sie und kämpfte mit sich, ob sie rasch in ihrem Zimmer verschwinden oder auf die Freundin warten sollte. Sie entschied sich dafür, sitzen zu bleiben. Es wäre zwar sicherlich nicht der richtige Zeitpunkt, Inken mit dem Auftauchen von Petersen und dem Schnösel der Fisch-Kette zu konfrontieren, aber vielleicht erfuhr sie wenigstens, wohin sie so überstürzt mitten in der Nacht gefahren war. Sie klappte hastig ihren Rechner zu und starrte neugierig zur Tür. Inken wirkte müde und erschöpft.

»Du bist noch auf?«, fragte sie Nele überrascht.

Nele nickte. »Ja, ich konnte nicht schlafen. Und du? Wo warst du denn? Wir haben uns große Sorgen gemacht«, stieß sie leicht verärgert hervor.

»Bei Beeke. Wir mussten dringend etwas regeln.« Inken machte nicht gerade den Eindruck, als hätte sie Lust auf eine nächtliche Plauderei am WG-Tisch. Im Gegenteil, sie steuerte ziemlich zielsicher auf die Tür zu dem hinteren Flur zu, von dem ihr Zimmer abging.

»Inken, warte bitte! Ich würde gern noch ein paar Worte mit dir reden«, bat sie die Freundin.

»Ich habe mich doch bei dir bedankt für deine Hilfe, oder?«, entgegnete Inken unwirsch.

»Mehrfach. Deswegen bitte ich dich auch nicht, dich noch einen Moment zu mir zu setzen. Ich würde gern kurz mit dir plaudern.«

Inken zögerte. Da öffnete sich die Tür, und Wiete blinzelte verschlafen zum Esstisch herüber. »Ich bin von dem Motorenlärm wach geworden«, brummte sie. »Wollt ihr nicht endlich mal schlafen gehen?«

»Doch, das wollte ich ja gerade, aber Nele lässt mich ja nicht!«

»Genau! Wir müssen nämlich kurz was mit dir klären. Das hätten wir gern vorhin gleich nach unserer Rückkehr getan, aber da warst du ja wie der Blitz verschwunden!« Neles Stimme hatte jetzt einen energischen Ton angenommen. Vergessen waren ihre Vorsätze, das heikle Thema nicht mitten in der Nacht anzusprechen.

»Wo sie recht hat, hat sie recht«, bemerkte Wiete und schlurfte in ihren Hüttenschuhen zu einem Stuhl und ließ sich darauf fallen. Auch sie schien dieses unangenehme Thema gern zügig hinter sich bringen zu wollen.

Murrend setzte sich Inken zu ihnen. »Aber bitte macht schnell. Ich bin total erschöpft!«

»Dauert auch nicht lang. Ich komme auch gleich ohne Umschweife zum Punkt. Willst du das *Wattparadies* verkaufen?«, fragte Nele sie nun ganz direkt.

Inkens Augen weiteten sich vor Schreck. »Verkaufen? Wie kommt ihr denn auf so einen Schietkram?«

»Wir hatten gestern, während du angeblich einen Termin bei der Bank hattest, Besuch von Herrn Petersen und einem Vertreter des *IFR*, die das *Wattparadies* inspiziert haben.«

»Wie bitte? Das gibt es doch nicht! Und ich habe in der Bank auf Petersen gewartet. Das war kein Zufall. Die wollten mich von Bord haben, um den Kaufpreis auszuhandeln«, stieß sie empört hervor.

»Heißt das, du wusstest nichts davon?«

»Nein! Seid ihr bescheuert? Ich hätte nie erlaubt, dass die beiden auf meinem Schiff rumspionieren!«

»Also willst du nicht verkaufen?«

»Niemals! Wie kommt ihr denn auf so einen Unsinn?« Inken war vor lauter Erregung aufgesprungen und lief mit geballten Fäusten auf und ab.

»Na ja, wenn der Typ von der Restaurantkette Nele ein Angebot macht, für ihn im *Wattparadies* zu arbeiten …«, erklärte Wiete.

»Er hat dir ein Angebot gemacht?«

»Tja, mich wollte er nicht«, versuchte Wiete zu scherzen, aber Inken war komplett außer sich. »Verdammte Sauerei!«, schimpfte sie.

»So eine Unverschämtheit von diesem Petersen, dass er dich in die Bank lockt, um der Heuschrecke hinter deinem Rücken dein Restaurant zu zeigen!«, ereiferte sich Nele. »Das muss Klaus erfahren. Der Mann fliegt raus«, fügte sie kämpferisch hinzu.

»Wen meinst du mit Klaus?«, erkundigte sich Inken.

»Klaus Winter, sein Chef. Wenn der das erfährt, kann Petersen was erleben.«

Inken stieß einen tiefen Seufzer aus. »Ich bin mir da nicht so sicher, Nele. Was, wenn dein Klaus ihn beauftragt hat, bei mir an Bord zu schnüffeln?«

»Warum sollte er?«

»Dein Klaus ist ein Duzfreund vom Fischketten-Kellermann. Und überhaupt, woher kennst du den Direktor unserer Bank?«

»Woher wohl? Aus dem Internat. Klaus war sogar in meiner Klasse und immer sehr hinter mir her. Das hat sich nicht geändert. Immer wenn wir uns in der Stadt treffen, schlägt er vor, dass wir mal groß ausgehen in Westerland.«

»Wieso in Westerland?«

»Damit seine Frau keinen Wind davon bekommt. Mit der war er damals schon liiert. Ihr Vater war auch so ein einflussreicher Bankmensch. Einige Stufen über dem, was unser Klaus heute erreicht hat. Jedenfalls werde ich mich opfern.«

»Auf keinen Fall fährst du mit dem Typen nach Sylt«, empörte sich Inken.

Nele machte eine abwehrende Handbewegung. »Natürlich nicht. Aber ich werde mit ihm zum Mittagessen gehen und ihn über diese Schweinerei informieren.«

Wiete hatte bislang geschwiegen. »Natürlich ist das eine Frechheit, aber er kann dir ja nichts, Inken. Ich meine, soll er doch davon träumen, dass er bei einem Deal zwischen dem Fischschnösel und dir unter der Hand eine Provision abkassiert, aber Hauptsache, du verkaufst nicht. Ich meine, der kleine Bank-Fuzzi kann dir doch gar nichts!«

»Da hat Wiete recht. Eigentlich kannst du dich ruhig zurücklehnen und triumphierend zusehen, wie man den Petersen in die Zweigstelle Leck versetzt.« Nele grinste.

Es kostete Inken große Mühe, nicht die Fassung zu verlieren. Sie senkte den Kopf, weil sie befürchtete, die Freundinnen könnten ihr ansehen, dass sie in Wahrheit noch etwas viel Gravierenderes belastete als die Tatsache, dass Petersen sie zum Verkauf des *Wattparadieses* nötigen wollte. Wenn die Freundinnen wüssten, was der Kerl gegen sie in der Hand hätte, würde ihnen das Lachen vergehen. Inken hätte sich am liebsten ins Bett geflüchtet und nicht mehr an den grauenvollen Überfall der beiden Kerle gedacht und besonders nicht an die Drohung Petersens, ihr Geheimnis in Husum breitzutreten. Wenn der Bankdirektor in der Sache mit drinsteckte, würde sich der junge Mann auch durch seine Schweigepflicht nicht daran hindern lassen, in der ganzen Stadt das Gerücht zu verbreiten, dass Harry ein Spieler gewesen war. Was heißt Gerücht, dachte sie bitter. Wenn es doch nur eins wäre!

»Inken, was bedrückt dich wirklich?«, hörte sie wie von fern

Nele fragen. Inken hob erschrocken den Kopf. Die Freundinnen musterten sie gleichermaßen besorgt.

In diesem Moment überlegte Inken nicht mehr groß, sondern die Wahrheit sprudelte förmlich aus ihr heraus.

»Harry hat mich mittellos zurückgelassen. Aber bitte sagt jetzt nichts. Kein Wort! Nichts Böses über ihn. Ich habe es erst kurz vor der Beerdigung auf der Bank erfahren. Von Petersen. Harry hat ein paar Tage vor seinem Tod all unser Geld am Schalter einer Hamburger Sparkasse abgehoben. Es waren insgesamt an die sechzigtausend Euro, die er wohl in der Spielbank verzockt hat.«

»Aber woher weißt du denn, dass er das Geld verspielt hat?«

»Darauf hat mich Petersen gebracht, denn auf seinen Bankauszügen waren Belege von dem EC-Automaten in der Spielbank. Genau von den beiden Tagen, die er in Hamburg angeblich auf einer Gastrotagung war. Erst hat er Chips im Wert von Tausenden von Euro auf Karte gekauft. Und dann hat er größere Summen bei einer Bank in der Nähe abgeholt. Offenbar hat er bereits am ersten Tag eine Menge verspielt und am zweiten Tag dann den Rest.«

»Dieser blöde Petersen! Aber in dem Punkt hat er wohl recht. Harry wird das Geld nicht in die Alster geworfen haben«, meinte Nele.

»Ach, deshalb wolltest du nicht mit ins Casino!«, sagte Wiete mitfühlend. »Wenn wir das gewusst hätten.«

»Bitte, denkt jetzt nicht, dass Harry ein schlechter Mensch war.«

»Nein, natürlich nicht!«, entgegneten die Freundinnen wie aus einem Mund, während das blanke Entsetzen aus ihren Augen sprach.

»Was, wenn ihn jemand erpresst oder ihm seine Karte gestohlen hat?«, bemerkte Wiete zögernd.

»Oder wenn ihn einfach jemand betrunken gemacht hat?«, ergänzte Nele eifrig.

»Ihr seid süß! Das habe ich alles auch schon in Gedanken durchgespielt. Und ich sollte wohl endlich einmal herausfinden, was wirklich passiert ist!«

»Das können wir doch angehen, wenn wir in Hamburg sind«, schlug Nele vor.

»Das ist eine prima Idee. Dabei kann ich gut eure Unterstützung gebrauchen.«

»Und warum sagst du uns das erst jetzt?«, fragte Wiete vorsichtig.

Inken zuckte die Achseln. »Ich wollte nicht, dass ihr ihn für einen schlechten Kerl haltet.« Sie war jetzt den Tränen nahe. »Ich weiß doch auch nicht, was ihn da gebissen hat. Jedenfalls ist das der Grund, warum ich das Haus so übereilt und zum Dumpingpreis verkauft habe. Wir hatten doch gerade neue Geräte für die Küche bestellt, und die mussten sofort bezahlt werden …«

»Da kannst du ja nur froh sein, dass er nicht noch eurer Haus verzockt hat«, bemerkte Nele kopfschüttelnd.

»Nele, das hätte Harry nie getan!«, korrigierte Wiete Nele, während sie mitfühlend über Inkens Hand strich. »Aber was heißt das jetzt im Klartext? Ist jetzt kein Geld mehr da?«

»Fast nichts! Ich bekomme nicht mal einen Kredit bei der Bank, geschweige denn, dass ich für Beeke bürgen kann.«

»Mist! Also, das hätte ich nie gedacht, dass dein Harry so ein …« Nele unterbrach sich, als Wiete ihr ein Zeichen machte, nicht weiterzureden. Nele stand auf und nahm Inken in den Arm. »Dann verstehe ich endlich, warum du so schrecklich nervös bist«, seufzte sie.

»Und ich kapiere, warum du dich mit mir im Service abplagst«, fügte Wiete hinzu.

Inken ließ ihren Blick zwischen den Freundinnen hin und

her schweifen. »Ihr müsst mir versprechen, dass ihr Harry deshalb nicht verteufelt.«

»Nein, tun wir nicht«, erklärte Nele im Brustton der Überzeugung, obwohl ihr an der Nasenspitze anzusehen war, dass sie Harry in Gedanken am liebsten gekillt hätte. »Und nun erpresst dieser Schweinehund dich damit? Will das in Husum öffentlich machen und dir den Hahn abdrehen?«

Inken nickte. Einerseits war ihr das Herz furchtbar schwer bei dem Gedanken, Harry verraten zu haben, aber andererseits fühlte sie sich wie von einer Last befreit. Es tat so unendlich gut, sich das alles einmal von der Seele zu reden. Und was die moralische Verurteilung Harrys betraf, hielten sich ihre Freundinnen ja auch durchaus bedeckt. Wobei Inken natürlich nicht entging, dass Nele dabei mehr mit sich zu kämpfen hatte als Wiete.

»Du hast hoffentlich nichts dagegen, wenn ich Petersen übernehme und mich bei Klaus für seine sofortige Versetzung starkmache, oder?«, fragte Nele.

»Ich weiß nicht, ob das funktioniert. Was, wenn dein Schulfreund die treibende Kraft ist?«

»Dann wird er nach einem klärenden Gespräch mit mir seinen Mitarbeiter versetzen und den geschäftlichen Kontakt zum Fastfood-Fisch-Kellermann unverzüglich einstellen und dir überdies weiterhin eine Kreditlinie gewähren, die es dir ermöglicht, dein Restaurant am Laufen zu halten.«

Inken stieß einen tiefen Seufzer aus. Nele musterte sie irritiert. »Du spielst doch nicht mit dem Gedanken, auf das Angebot einzugehen und doch zu verkaufen, oder?«

»Nein, ich werde nicht verkaufen, ich werde kämpfen.« Das verkündete Inken im Ton eines zahnlosen Tigers. Von Kampfgeist keine Spur. Davon spürte sie auch gerade nichts. Es tat zwar gut, mit den Freundinnen zu reden, aber sie war skeptisch, ob Nele etwas gegen die krummen Machenschaften im Hintergrund würde ausrichten können.

»Das wird schon, Süße«, versuchte Wiete sie zu ermutigen. Da hellte ein triumphierendes Lächeln ihr Gesicht auf. »Nun kannst du gar nicht anders, als das Geld von dem Kerl aus Sanremo zu verbraten!«

»Genau! Du bist doch gar keine arme Frau«, pflichtete Nele ihr bei und warf Inken einen herausfordernden Blick zu.

»Ich habe Beeke gerade fünfundzwanzigtausend Euro in bar von der Kohle abgegeben, damit sie ihren Umbau wuppen kann«, gab Inken zögernd zu.

»Und weiß sie Bescheid?«

»Nein! Und das soll auch so bleiben!«, sagte Inken erschrocken. »Die würde nie befürworten, dass ich fremdes Geld verschenke!«

»Sie soll also nicht erfahren, in was für einer Scheiße ihr geliebter Papa dich zurückgelassen hat und dass du ihr das Geld gibst, das du gewonnen hast?«, fragte Nele aufgebracht.

»Und das mir nicht gehört, verdammt! Glaubt ihr, mir ist das leichtgefallen, was für Beeke davon zu nehmen? Dann muss ich doch wenigstens den Rest unangetastet im Kleiderschrank lassen …«

»Das kannst du gar nicht«, bemerkte Nele ungerührt. »Heute war Hein da und hat sich das Außendeck angesehen. Wird nicht billig, und wenn's schnell gehen soll, kostet es noch extra.«

Inken schlug die Hände vors Gesicht. Das war ein riesiger Berg, der da vor ihr auftauchte. Wie sollte sie den je bezwingen? Schlimm genug, dass sie in ihrer Verzweiflung sogar schon einen großen Teil des Geldes für Beeke unterschlagen hatte, aber was, wenn der Rest nun auch schneller ausgegeben war, als sie denken konnte? Und dann hatte sie nicht einmal einen Dispokredit zur Verfügung, um einzukaufen.

»Vielleicht ist es vernünftiger, aufzugeben«, stöhnte sie.

Wie aus einem Munde riefen ihre Freundinnen: »Auf keinen Fall!«

»Inken, pass auf. Ich übernehme unseren Klaus, und du gibst mir bis auf Weiteres den Job der Marketing-Leiterin für das *Wattparadies*«, schlug Nele forsch vor.

»Ich kann dich nicht bezahlen«, protestierte Inken.

»Habe ich was von Lohn gesagt? Nein! Das nennt man Freundschaftsdienst! Überdies helfe ich im Service, wenn ihr mich braucht. Bei der nächsten bayrischen Männertruppe werde ich mal für Ordnung an Bord sorgen.«

»Du bist toll, aber …«

»Kein Aber. Wir schaffen das schon!«

»Klar, wenn ich vielleicht zusätzlich kostenlos deine Buchführung machen dürfte«, sagte Wiete. »Also nur, wenn du mir das zutraust.«

»Aber natürlich. Das wäre für mich eine unfassbare Erleichterung«, stieß Inken ungläubig hervor.

»Ich dachte nur, weil du neulich nicht auf Neles Vorschlag eingegangen bist, dass ich ja den Job übernehmen könnte«, bemerkte Wiete schüchtern.

»Ach, Porre, dann hättest du die Misere auf den Konten doch auf einen Blick erkannt. Außerdem hatte ich kein Geld für zwei Stellen. Ich brauche dich dringend im Service.« Wie lange hatte Inken die Freundin nicht mehr bei ihrem Spitznamen genannt. Wiete schien jedenfalls deshalb gerührt zu sein, wie ihr Blick verriet.

»Das macht unsere Wiete jetzt auch alles erst mal umsonst für dich«, erklärte Nele nun im Brustton der Überzeugung.

Inken blickte dankbar zwischen ihren Freundinnen hin und her. Nele strahlte unternehmungslustig, während Wiete, die eben noch feuchte Augen vor lauter Rührung gehabt hatte, maskenhaft lächelte. Inken wusste nicht, was bei Wiete zu dieser Versteinerung geführt hatte, aber ihre Intuition sagte ihr, dass die Freundin das Geld, das sie ihr für den Kellnerjob zahlte, aus irgendeinem unerfindlichen Grund dringend benötigte.

»Das ist total lieb von euch«, erklärte Inken rasch. »Aber Wiete bekommt weiter ihr Geld wie bisher. Vielleicht kann sie nebenbei ein bisschen auf die Bücher sehen.«

Wiete schien förmlich ein Stein vom Herzen zu fallen. »Aber sicher mache ich die Buchführung dann für das Geld mit«, versicherte sie aufgeregt.

»Und du bekommst auch einen ganz normalen Lohn für die Stunden, die du im Service aushilfst«, beeilte sich Inken zu sagen, weil Nele Wiete skeptisch musterte. So als würde sie sagen wollen: Nun biete ihr doch endlich an, dass du es umsonst machst!

»Hauptsache ist doch, dass wir keine Geheimnisse mehr voreinander haben und uns jederzeit gegenseitig unterstützen«, verkündete Nele feierlich. »Also, wenn jetzt noch jemand etwas zu beichten hat, dann möge er sprechen oder für immer schwei…«

»Ich glaube, ich muss jetzt ins Bett!«, fiel Wiete ihr ins Wort. Auch Inken machte Anstalten aufzustehen, doch Nele hielt sie am Arm fest.

»Warte, denn eine Frage brennt mir noch unter den Nägeln. Warum willst du Beeke nicht die Wahrheit sagen?«

»Ich möchte nicht schuld daran sein, dass das Bild, das sie von ihrem Vater hat, einen Riss bekommt.« Ein gewisser Trotz in ihrer Stimme war nicht zu überhören.

»Ach so? Sie soll also weiterhin denken, dass Harry der Größte war?«, hakte Nele provozierend nach. »Sie war immer ein Papa-Kind. Und warum soll sie nicht erfahren, was du auf dich genommen hast, um allein mit dem Chaos klarzukommen, das er hinterlassen hat?«

»Verdammt, sie hängt doch so an ihm. Das verkraftet sie nicht. Sie wird es mir nicht glauben, oder sie wird ihn dann hassen.«

»Unsinn! Hasst du ihn denn?«, kam prompt Neles Gegenfrage.

Inken verdrehte die Augen. »Warum musst du immer Salz in die Wunden streuen, Nele?«, gab sie vorwurfsvoll zurück.

»Ich finde auch, du solltest Inkens Entscheidung, Beeke das alles zu verschweigen, einfach akzeptieren«, bemerkte Wiete nachdrücklich. Inken wunderte sich darüber, wie blass Wiete um die Nase war.

»Moment, hier ging es gerade nicht darum, dass ich Inken nötigen will, ihrer Tochter die Wahrheit über Harrys Vermächtnis zu sagen«, verkündete Nele kämpferisch. »Ich möchte nur den Grund verstehen. Und deshalb frage ich noch einmal: Hasst du Harry für all das, was er dir angetan hat?«

»Nein, natürlich nicht. Ich liebe ihn immer noch, obwohl ich ihn jeden Tag an die Wand klatschen könnte, ihm die Pest an den Hals wünsche, ihn gern einen Kopf kürzer machen würde, ihn verfluche, seine Stimme höre, wie er versucht, mir Tipps einzuflüstern, ich ihn auf der Straße so laut beschimpfe, dass unser alter Pastor mich für durchgeknallt hält …« Erschöpft hielt sie inne. Nele schien erschrocken über Inkens emotionalen Ausbruch. »Entschuldige, ich wollte dich doch nicht verletzen …«

»Das tust du auch nicht, aber genau diese Achterbahn möchte ich meiner Tochter ersparen, zumal ihr Ex wieder bei ihr am Start ist«, erklärte Inken bekümmert.

»Oh nein, deine hübsche Tochter hat weiß Gott was Besseres verdient, denn so toll sieht er nun auch nicht gerade aus. Er hat so furchtbar schmale Lippen.« Nele presste ihren Mund fest aufeinander, um zu demonstrieren, wie schmallippig Sven in ihren Augen war.

Und schon hatten die drei Frauen das Thema gewechselt, was Inken sehr gelegen kam. Sie hatte befürchtet, dass das Freundinnen-Gericht Harry wesentlich härter verurteilen würde. Gerade als sich Inken so richtig entspannen wollte, traf sie ein durchdringender Blick Neles.

»Und du hörst wirklich seine Stimme?«, fragte sie lauernd.

Inken machte eine abwehrende Handbewegung, denn sie ahnte, dass das Wasser auf Neles esoterische Mühlen war. »Ach, das bilde ich mir wahrscheinlich nur ein, wenn ich intensiv an ihn denke.« Und dann schilderte sie ihren Freundinnen verhalten, bei welchen Gelegenheiten ihr das schon passiert war.

»Ich glaube, er versucht ernsthaft, Kontakt mit dir aufzunehmen«, sinnierte Nele, was ihr von Wiete ein Grinsen und von Inken ein Kopfschütteln einbrachte.

»Da muss ich dir dringend mal eine Sitzung bei Frau Meiser schenken«, fuhr Nele eifrig fort.

»Was für eine Sitzung?«, erkundigte sich Inken skeptisch.

»Sie kann Kontakt zu Toten herstellen, und vielleicht sagt Harry ihr, warum er euer Geld verspielt hat. Das war doch sonst gar nicht seine Art. Wenn er Spieler gewesen wäre, hättest du das doch wohl schon früher gemerkt.«

Inken und Wiete warfen sich einen hilfesuchenden Blick zu. Für sie beide war es immer wieder ein Phänomen: Es verwunderte sie stets aufs Neue, dass eine so kluge Frau wie Nele an solche Dinge glauben konnte.

»Ja, ja, mache ich. Werde Harry mal ordentlich Bescheid sagen«, versuchte Inken zu scherzen, aber an Neles ernstem Blick konnte sie unschwer erkennen, dass sie das verdammt ernst meinte. Doch es fehlte Inken die Kraft, richtigzustellen, dass sie lieber drei Nächte hintereinander allein über den Friedhof spazieren als einmal Frau Meiser aufsuchen würde, von der die einen schwärmten, sie habe hellseherische Fähigkeiten, und die anderen munkelten, sie sei ein weiblicher Scharlatan.

Wiete verabschiedete sich nun hastig von ihren Freundinnen und verschwand in ihrem Zimmer. Sie fühlte sich gar nicht wohl in ihrer Haut. Warum hatte sie die Gelegenheit bloß nicht beim Schopf gepackt und endlich auch ihr Geheimnis mit den Freundinnen geteilt? Nele hatte doch regelrecht an die Offenheit unter ihnen appelliert. Aber sie hatte sich einfach nicht getraut. Es hatte ihr wirklich ein paar Mal förmlich auf der Zunge gelegen, aber sie hatte es partout nicht über sich gebracht!

## 19. Stunde der Wahrheit

An diesem späten Mai-Nachmittag schien die Sonne vom knallblauen Himmel auf das frisch renovierte und bis eben noch vollbesetzte Außendeck des *Wattparadieses*. Um diese Zeit tranken dort nur vereinzelte Gäste ein Feierabendbier unter dem neuen Sonnendach, das Inken nach Fertigstellung der Arbeiten auf Neles Rat hin angeschafft hatte.

Nele hat wirklich nicht zu viel versprochen, dachte Inken voller Dankbarkeit, während sie sich mit schlechtem Gewissen zum Gehen bereitmachte. Sie verließ das Schiff nicht gern. Das tat sie nur Nele zu Gefallen. Die Freundin hatte sich nämlich mit Feuereifer in die Marketingarbeit für das Restaurantschiff gestürzt. Sie hatte in diversen Blättern mehrere redaktionelle Beiträge über das *Wattparadies* lanciert, hatte bei etlichen Firmen erfolgreich das Schiff als Ort für Betriebsfeiern angeboten und am Wochenende mit einer Happy Hour zwischen Kaffee- und Abendgeschäft junge Leute an Bord gelockt. Überdies war ihr Plan, Klaus auf Kurs zu bringen, auf der ganzen Linie geglückt. Der Bankdirektor wies weit von sich, mit diesem Fisch-Deal auch nur das Geringste zu tun zu haben, und leugnete sogar, ein Duzfreund von Kellermann zu sein. Und er hatte Petersen tatsächlich versetzt, und zwar nach Viöl, einer kuscheligen Gemeinde an der Bundesstraße nach Flensburg. Inken hatte lieber gar nicht so genau wissen wollen, wie Nele es zudem geschafft hatte, ihren ehemaligen Schulkameraden dazu zu bringen, Inken einen großzügigen Dispo-Kredit einzuräumen und die Zusage zu geben, ihr jederzeit einen Kredit zu gewähren.

Nele hatte jedenfalls ganze Arbeit geleistet, und angesichts dieser Unterstützung hatte Inken unmöglich ihr Geschenk ablehnen können, mit ihr zusammen zu Frau Meiser zu gehen. Nele hatte ihre Drohung nämlich wahrgemacht und eine Stunde bei der Dame gebucht. Beim bloßen Gedanken daran stellten sich bei Inken die Nackenhaare auf. Erst hatte Nele Inken allein dort hinschicken wollen, aber das hatte Inken strikt abgelehnt. Nun wollten sie sich gleich vor dem »kleinen Hexenhaus« treffen, wie es böse Zungen auch nannten.

Inken versicherte Wiete zum wiederholten Mal, dass sie sich beeilen würde, um zum Abendgeschäft rechtzeitig zurück zu sein, aber Wiete schob sie energisch von Bord. »Komm, bring den Spuk hinter dich«, scherzte sie.

»Mir ist das gar nicht recht«, jammerte Inken.

»Ach komm, lass das einfach an dir vorbeirauschen. Das ist eh nur Humbug. Einfach nicht hinhören.«

»Ich werde es versuchen«, murmelte Inken und machte sich unwillig auf zur Marktstraße.

Unterwegs traf Inken überraschend auf ihre Tochter, die ihr ganz aufgeregt von dem Fortschritt der Umbauarbeiten im Laden berichtete. Seit Inkens nächtlichem Überraschungsbesuch bei Beeke war ihr Verhältnis lockerer geworden. Inken durfte sogar ungestraft nach dem Hamburger Tee-Fuzzi fragen, was sie weidlich ausnutzte.

»Und wie sieht es mit Mister Hamburg aus?«, fragte sie.

»Er sagt, er hat die Scheidung eingereicht.« So richtig glücklich wirkte Beeke nicht, als sie ihrer Mutter diese Neuigkeit verkündete.

»Heißt das, er will eine verbindliche Beziehung zu dir?«

»Sieht fast so aus.«

»Und du? Was willst du?«

Beeke hob die Schultern. »Ich weiß auch nicht. Mein Bauch signalisiert mir, ich sollte vorsichtig sein.«

»Süße, dann korrespondiert er mit meinem Hirn. Lass ihn bloß ziehen. Im Übrigen hat er viel zu schmale Lippen …«

»Mutti, wie kommst du denn jetzt darauf?«

Inken dachte nicht daran, ihrer Tochter zu verraten, dass Neles Adlerauge diese Macke erspäht hatte. »Na ja, also so blind bin ich auch nicht«, sagte sie hastig. »Aber ich muss jetzt weiter.«

»Wohin gehst du eigentlich? Du bist doch um diese Zeit immer an Bord. Was machst du hier?«

Inken verdrehte die Augen. »Mich mit Nele treffen.«

»Und was habt ihr vor?«

Inken kämpfte mit sich. Es war ihr ein wenig peinlich, ihrer Tochter die Wahrheit zu sagen, aber ihr fiel auf die Schnelle auch keine Ausrede ein.

»Ach, Nele will unbedingt, dass ich bei Frau Meiser eine Stunde mache.«

»Frau Meiser? Dem Medium? Du willst doch nicht etwa mit Paps Kontakt aufnehmen, oder?« Beekes Stimme überschlug sich vor lauter Aufregung.

Inken tippte sich gegen die Stirn. »Ach, Schatz, das ist doch Unsinn. Nele glaubt an so einen Quatsch. Und weil sie mich gerade so wahnsinnig unterstützt, tue ich ihr jetzt den Gefallen.«

»Wow. Mutti, wenn du nichts dagegen hast, begleite ich dich. Nicht auszudenken, wenn das klappt. Du kennst doch meine alte Freundin Jule. Die hat neulich über Frau Meiser mit ihrer Oma kommuniziert. Das ist doch irre, oder? Ich muss mit. Unbedingt. Bitte!«

»Süße, das ist Unsinn. Die saugt sich was aus den Fingern über deinen Vater.« Inken war gar nicht begeistert von der unverhofften Begleitung und konnte nur hoffen, dass Nele sich zurückhielt. Vor allem betete sie, dass die Freundin Frau Meiser nicht im Vorwege gebrieft hatte, dem angeblichen Geist Fragen zu dem Geld zu stellen, das er verspielt hatte.

»Hast du nichts Besseres vor?«, versuchte Inken Beeke davon abzubringen.

»Also, ich habe gerade das Geschäft geschlossen. Und Sven kommt erst am Wochenende wieder. Bitte, Mutti.«

»Du glaubst doch nicht etwa an so etwas, oder?«

Beeke zögerte. »Ich weiß nicht so recht. Jule war jedenfalls total fasziniert, dass ihre Oma über ihren neuen Freund Bescheid wusste …«

»Das ist nun wirklich keine Zauberei. Inzwischen hat sich doch in ganz Husum rumgesprochen, dass Jule mit dem Eigentümer des Strandhotels liiert ist.«

»Ach, Mutti, das war jetzt vielleicht kein gutes Beispiel, aber sie wusste auch, dass Jule schwanger ist, und das hatte sie zu dem Zeitpunkt noch nicht mal ihrem Freund gesagt.«

»Dann hat sie eben einen guten Draht zu Jules Gynäkologen«, erwiderte Inken trocken. Nein, sie glaubte partout nicht daran, dass sich die Verstorbenen dazu herabließen, Frau Meiser aus Husum zu erscheinen.

Als sie vor dem Haus des Mediums ankamen, wartete Nele schon ungeduldig auf ihre Freundin. Beekes Anblick überraschte sie sichtlich.

»Hallo, Beeke, hast du deine Mutter bis hierher begleitet?«, fragte sie.

»Ja und nein. Wir haben uns unten am Hafen getroffen, und Mutti erzählte, dass sie einen Termin bei Frau Meiser hat, die vielleicht mit Paps Kontakt aufnehmen kann, und das interessiert mich riesig.«

»Ja, genau, wir sind uns rein zufällig begegnet«, bekräftigte Inken, um Nele ein Signal zu geben, dass es überhaupt nicht geplant war, bei Frau Meiser mit Beeke im Schlepptau aufzukreuzen.

»Schön, dann kannst du ja im Flur warten, und wir berichten dir, was dein, äh, also, was Frau Meiser erreichen konnte.«

»Oh, schade, ich dachte, ich könnte vielleicht dabei sein«, sagte Beeke enttäuscht.

»Nein, das geht leider nicht. Zu viele Leute im Raum, das schreckt die Geister ab. Aber kommt, wir müssen jetzt rein. Wir haben eine Stunde gebucht.« Und schon hatte sie geklingelt.

Inken erwartete eine in die Jahre gekommene Esotante im Wallegewand. Stattdessen öffnete ihnen eine alterslose Frau in Jeans, die sie zur Begrüßung hinreißend anlächelte. Zu ihr hätte vielleicht der Name Eva oder Tine gepasst, aber nicht Frau Meiser, ging es Inken durch den Kopf.

»Guten Tag, Sie müssen Inken sein.« Sie gab Inken die Hand. Dass sie nicht Nele oder Beeke mit ihrem Namen ansprach, hatte in Inkens Augen noch gar nichts mit Hellseherei zu tun, weil sie Nele schließlich kannte und Beeke sich etwas schüchtern im Hintergrund hielt.

»Und Sie sind sicher Inkens Tochter, oder?« Nun ging sie auf Beeke zu.

»Und dich kenne ich ja.« Nele und die Frau umarmten sich. Inken hätte sich wirklich nicht gewundert, wenn Nele ihr längst Informationen über Harry und seinen unrühmlichen Abgang zugesteckt hätte. Umso wichtiger war es, dass Beeke nicht Zeugin wurde, wenn Frau Meiser sich etwas aus den Fingern sog, um Inken zu erklären, was ihr Mann in jenen Tagen in Hamburg getrieben hatte.

»Ich bin Eva«, stellte sich Frau Meiser jetzt vor. Inken konnte nicht leugnen, dass sie eine überaus sympathische Ausstrahlung besaß und es so überhaupt nicht zu ihr passen wollte, dass sie gutgläubigen Trauernden das Geld aus der Tasche zog, weil sie ihnen ein Treffen mit dem werten Verstorbenen vorgaukelte.

»Folgen Sie mir. Wollen Sie einen Tee?« Bei dieser Frage fixierte sie Beeke ganz intensiv. »Ich glaube, ich bin Kundin bei Ihnen. Sie kamen mir gleich so bekannt vor.«

»Ja, ich meinte auch, Ihr Gesicht schon einmal gesehen zu haben. Ich kenne zwar nicht alle Kundinnen mit Namen, aber Gesichter, die kann ich mir merken. Und eine Freundin hat sehr von Ihnen geschwärmt«, entgegnete Beeke erfreut. »Ja, und ich würde gern einen Tee nehmen. Dann kann ich mir damit beim Warten etwas die Zeit vertreiben«, fügte sie hinzu.

»Meist dauert es gar nicht so schrecklich lange, bis ich die Verstorbenen sehe. Gut, manchmal tauchen sie auch gar nicht auf.«

»Ja, schade, dass ich nicht dabei sein kann und draußen warten muss«, seufzte Beeke.

»Wie Sie wollen. Das ist allein Ihre Entscheidung!«.

»Heißt das, ich muss gar nicht auf dem Flur warten? Ich darf doch mit rein?«, fragte Beeke überrascht.

»Aber natürlich. Ich nehme mal an, der Verstorbene ist Ihr Vater, oder?«

Beeke nickte und kämpfte dabei mit den Tränen, während Inken Nele einen warnenden Blick zuwarf.

»Willst du dir das wirklich antun, Beeke? Ich meine, ich sollte, also du, das, das würde ich nicht tun an deiner Stelle«, stammelte Nele, um das Schlimmste zu verhindern.

Beeke schien zu zögern. »Das kannst du sicher nicht verkraften. Wir berichten dir auch alles, was dein Vater so erzählt«, fügte Inken hektisch hinzu.

»Genau. Hier wird keiner zu irgendetwas gezwungen. Wenn dir das zu krass ist, kannst du auch mitkommen und dann leise rausgehen«, bot die arglose Eva Beeke an, während sie die Tür zu einem ganz normalen Wohnzimmer öffnete und ihnen Plätze in der Sofaecke anbot. Dann verschwand sie in der Küche und kam mit einem Tablett voller Teebecher und einer Schüssel mit offenbar selbstgebackenen Keksen zurück.

Mit großer Sorge nahm Inken wahr, dass Beeke sich entschlossen auf das Sofa gesetzt hatte. Offenbar wollte sie sich die Vorstellung um keinen Preis entgehen lassen. Im Übrigen war Inken von dem Ambiente fast ein bisschen enttäuscht. Zumindest hätte sie einen runden Seance-Tisch erwartet, auf dem Gläser standen, die sich dann wie von Geisterhand bewegen sollten.

»Woher wussten Sie überhaupt, dass es um meinen Vater geht?«, fragte Beeke Eva.

»Weil Nele ihr unsere ganze Lebensgeschichte erzählt hat und sie uns nun mit diesen Fakten in Erstaunen zu versetzen versucht«, stieß Inken genervt hervor.

»Nein, Inken, Eva weiß gar nichts über dich!«, widersprach Nele entschieden.

»Sie wissen nicht, wer ich bin?«, hakte Inken ungläubig nach.

»Nein, Nele hat mir nur Ihren Vornamen genannt. Mehr möchte ich auch gar nicht wissen. Mich interessiert gleich nur noch der Name Ihres verstorbenen Mannes«, erwiderte Eva in ernstem Ton.

»Aha, und woher wollen Sie wissen, dass er mein Mann war?«, fragte Inken.

»Das hat nichts mit Hellseherei zu tun. Das habe ich mir einfach gedacht. Und überhaupt, ich bin keine Wahrsagerin. Ich bin einfach nur ein Medium. Das hört sich verrückt an, aber ich hatte das schon als Kind, dass ich plötzlich Geister gesehen habe wie diese eine Frau in der friesischen Tracht. Und als ich die meiner Mutter beschrieben habe, erkannte sie darin ihre Urgroßmutter wieder.«

»Okay, okay, ja, es ist mein Mann, aber ich möchte Ihnen meinerseits nicht vorgaukeln, dass ich an Geister glaube.«

Eva lachte herzerfrischend. »Ich muss kein Medium sein, um das zu erkennen.«

Inken senkte den Blick, als Nele und Beeke sie gleichermaßen vorwurfsvoll musterten.

»Wenn es Sie nervt, was ich hier vorhabe, dann blasen Sie das Ganze doch rechtzeitig ab. Ich nehme dann auch kein Geld. Dann ersparen Sie es mir, mich in Trance zu versetzen«, schlug ihr Eva in freundlichem Ton vor.

Inken schüttelte den Kopf. »Nein, nein, ich habe es meiner Freundin versprochen. Und nun bin ich auch neugierig auf das, was hier geschehen wird. Sie können gern anfangen.«

»Gut, dann möchte ich um völlige Ruhe bitten, während ich mich auf die Energien aus dem Jenseits konzentriere. Sobald ich etwas sehe, werde ich Ihnen das mitteilen. Ich halte die Augen geschlossen, und Sie beantworten mir dann bitte die Fragen, die ich Ihnen stelle. Und wenn ich in Kontakt mit Ihrem Mann bin, können Sie mir mitteilen, was Sie von ihm wissen wollen, Inken. Ich kann Ihnen jedoch nicht versprechen, dass er sich überhaupt äußert. Das ist von Fall zu Fall verschieden. Ich bräuchte nur noch seinen Namen.«

»Harald Jenne.«

Eva schloss wie angekündigt die Augen, begab sich in eine Art Meditationsposition und bewegte nach einer Weile die Lippen, aber es drang kein Laut nach außen. Aus den Augenwinkeln beobachtete Inken, dass Nele und Beeke das vermeintliche Medium wie gebannt anstarrten. Inken konnte sich nicht helfen. Für sie war das Ganze nichts anderes als die einstudierte Show einer Frau, die damit ihr Geld verdiente.

Plötzlich begann Eva wie in Trance zu flüstern. »Es ist eine Gestalt da, die behauptet, Harald Jenne zu sein. Der Mann ist sehr groß und hat breite Schultern. Er sagt, er sei noch nicht lange tot.«

»Paps!«, stieß Beeke fassungslos hervor.

Eva hob die Hand zum Zeichen, dass sie bitte schweigen möge. Inken wollte es fast das Herz brechen, als Beeke daraufhin dicke Tränen über die Wangen kullerten. Sie verfluchte sich insgeheim dafür, dass sie entgegen ihrer Überzeugung Neles

Einladung gefolgt war. Es traf sie mitten ins Herz, Beeke so bekümmert zu erleben. Ohne sie wäre das Ganze unter Umständen noch zu ertragen gewesen, aber so? Nein, die Sache stand unter einem ganz schlechten Stern. Wer hätte aber auch gedacht, dass ihr auch noch Beeke über den Weg laufen würde und sie unbedingt begleiten wollte? Sie war so in Gedanken versunken, dass sie erst aufhorchte, als Nele ihr einen leichten Rippenstoß versetzte.

»Er möchte euch um Verzeihung bitten, weil er euch ohne Vorwarnung allein zurückgelassen hat«, verkündete Eva mit monotoner Stimme. Sie wirkte, als sei sie völlig weggetreten.

»Wie hätte er uns denn auch warnen sollen? Sein Herz hat einfach aufgehört zu schlagen«, murmelte Beeke leise schluchzend.

»Ist das eine Frage? Dann gebe ich sie weiter. Einverstanden, Beeke?«

»Ja, bitte!«

»Harald, hättest du deine Familie vorwarnen können?«

Es folgte eine gespenstische Stille. Nur Evas Atem, der nun etwas schneller ging, war leise zu hören. »Er sagt, er hat es gewusst und wollte euch mit der Wahrheit verschonen.«

Inken spürte, wie sich ihr Herzschlag beschleunigte. Was, wenn Harald tatsächlich geahnt hatte, dass er sterben würde, und es ihnen verheimlicht hatte? Aber hätte er dann das Geld verspielt? Im Gegenteil, dann hätte er wahrscheinlich dafür gesorgt, dass sie nach seinem Tod abgesichert gewesen wären. Wenn Beeke nicht im Raum gewesen wäre, hätte Inken Eva ihren Geist aus reiner Neugier fragen lassen, was ihn geritten hatte, ins Spielcasino zu gehen …

»Ich glaube, er will jetzt gehen, aber es bedrückt ihn etwas«, raunte Eva in diesem Moment voller Empathie.

»Fragen Sie ihn bitte, was ihn quält«, bat Beeke das Medium inständig.

»Harald, was bedrückt dich?«

Wieder folgte eine angespannte Stille. Dann begannen Evas Augenlider unkontrolliert zu zucken.

»Ich kann dich nicht verstehen, Harald. Du sprichst zu leise. Was hast du zurückzahlen wollen? Wem hast du Geld gestohlen? Was soll Inken dir verzeihen?«, fragte sie ihn mit sanfter Stimme.

Ohne zu überlegen sprang Inken auf. »Stopp!«, befahl sie ungehalten, während ihr das Herz bis zum Hals klopfte. Es gab nur eine Erklärung für dieses Theater: Nele hatte Eva entgegen aller gegenteiligen Schwüre vorher in die Geschichte eingeweiht und sie wahrscheinlich gebeten, Harry als zutiefst zerknirschten Geist zu präsentieren, damit Inken die Sache endlich loslassen konnte und wieder zur Ruhe kam.

Zu ihrer großen Überraschung stimmte Beeke ihr zu. »Das ist nicht mein Vater!«, erklärte sie entschieden. »Der hat wirklich keinen Grund, sich zu entschuldigen. Und Geld klauen? Ich glaube es ja wohl nicht! Ich weiß nicht, mit wem Sie da gerade kommunizieren, mein Vater ist es jedenfalls nicht. Sorry, dass ich euch den Spaß verdorben habe. Ich gehe nachhause!« Mit diesen Worten stand sie abrupt auf und verließ wutentbrannt Evas Wohnzimmer.

# 20. Und noch mehr Wahrheit

»Warum hast du das Ganze gestoppt, als es gerade spannend wurde?«, zischte Nele Inken zu.

»Warum wohl? Beinahe hätte Beeke es auf diesem Weg erfahren. War es das, was ihr mit eurem Budenzauber beabsichtigt habt?«, fauchte sie zurück. Sie wandte sich an Eva, die immer noch wie in Trance dasaß. »Und Sie können sich jetzt auch wieder normal benehmen. Die Show ist vorbei!«

Zu ihrer großen Verwunderung schien Eva ihre Worte gar nicht wahrzunehmen. »Bitte bleiben Sie doch. Ihre Frau hat doch noch so viele Fragen an Sie.« Das klang flehend.

Eines musste Inken diesem sogenannten Medium lassen. Es beherrschte seinen Part perfekt. Menschen, die dem Übersinnlichen nicht so ablehnend wie sie gegenüberstanden, fielen mit Sicherheit auf diese Nummer herein.

»Willst du deiner Frau und deiner Tochter nicht zum Abschied etwas mit auf den Weg geben?«

»Meine Güte, Sie können damit aufhören, Eva«, stieß Inken verärgert hervor, aber die Frau reagierte gar nicht darauf. Mit geschlossenen Augen saß sie auf ihrem Stuhl und verzog ihr Gesicht nun zu unheimlichen Fratzen.

»Du hast ihr das mit dem Casino gesteckt! Gib es doch endlich zu!«, zischte Inken Nele wütend zu.

»Ich habe vorher nicht ein Wort mit ihr gewechselt«, widersprach Nele ihr entschieden.

Eva war immer noch nicht wieder in der Welt der Lebenden angekommen. Sie mahlte plötzlich mit den Zähnen, bevor sie die Augen groß aufriss. »Es tut mir leid, er war einfach fort«, erklärte Eva und rieb sich die Augen. »Wo ist Ihre Tochter?«

»Hatte genug von dem Theater«, erwiderte Inken schroff. »Geben Sie es doch zu. Meine Freundin hat Sie vorher gebrieft. Sie wussten genau, was Sie sagen sollten.«

Evas Miene verfinsterte sich. »Inken, ich habe Ihnen angeboten, das Ganze abzublasen, aber ich glaube, Sie haben keine Ahnung, wie anstrengend das für mich ist.« Erst als Eva sich den Schweiß von der Stirn wischte, bemerkte Inken, dass sie offenbar geschwitzt hatte. »Und was die Absprache mit Nele angeht, wir haben kein Wort über Sie geredet. Ich habe Nele das letzte Mal vor einem Jahr gesehen! Und am Telefon hat sie nur gesagt, sie möchte einen Termin für ihre Freundin Inken.«

»Und wenn du es genau wissen willst, ich hatte Eva letztes Jahr gebeten, Kontakt zu meinem Vater aufzunehmen. Und da kam heraus, dass meine Mutter damals gar nicht gestorben war, sondern nur für ihn, weil sie mit einem Fremden fortgegangen ist. Und stell dir vor, ich habe tatsächlich Beweise im Haus gefunden, dass das die Wahrheit ist. Ich habe wirklich geglaubt, das könnte dir was bringen! Aber du mit deiner verdammten Skepsis gegen alles, was du nicht unter Kontrolle hast!«

Mit diesen Worten stand Nele auf und drückte Eva einen Schein in die Hand. »Danke und Entschuldigung, dass es so nervig für dich war«, erklärte sie. »Ich muss dann mal. Wir sehen uns spätestens Montag früh am Bahnhof.« Und schon hatte Nele das Zimmer verlassen, ohne Inken eine Chance zu geben, sie zu begleiten.

»Jetzt habe ich sie wohl alle gegen mich aufgebracht. Dabei wollte ich Nele doch nur nicht enttäuschen, weil sie so viel für mich tut und mir die Stunde bei Ihnen geschenkt hat«, vertraute Inken Eva mit schlechtem Gewissen an.

»Tja, tut mir leid. Es ist gar nicht meine Art, die Arbeit, die ich mache, anzupreisen. Ich kann Ihnen nur sagen, dass ich jemanden gesehen habe, der offenbar schwer an einem Geheimnis getragen hat.«

»Das Schlimme ist, dass es tatsächlich etwas gab bei seinem Tod, was ihn belastet hat, und vielleicht ist er sogar zusammengebrochen, weil er keinen Ausweg sah«, gab Inken zögernd zu.

Eva legte ihr mitfühlend die Hand auf den Arm. »Lassen Sie das alles auf sich wirken. Und wenn sich Ihre innere Abwehr auflöst, können Sie vielleicht annehmen, was ich gesehen habe.«

»Das ist lieb von Ihnen«, sagte Inken und verließ nach einer herzlichen Verabschiedung das kleine Häuschen. Es nagte an ihr, dass sie an diese angebliche Kontaktaufnahme mit Harry nicht so offen herangehen konnte wie Nele. Und was ihr auch Kummer bereitete, war die Tatsache, dass Beeke so frustriert aus der Sitzung geflüchtet war. Daran merkte Inken noch einmal mehr, wie empfindlich ihre Tochter an dem Punkt war. Kaum sagte jemand etwas, was womöglich am Image ihres Vaters kratzen könnte, fühlte sie sich berufen, ihn zu verteidigen. Damit fühlte sie sich komplett bestätigt in ihrer Entscheidung, Beeke mit der Wahrheit zu verschonen.

Am liebsten hätte sie ihrer Tochter noch einen kurzen Besuch abgestattet, aber einmal abgesehen davon, dass sie nicht wusste, ob sie wirklich nachhause gefahren war oder einen Spaziergang auf dem Deich machte, wie immer, wenn ihr etwas auf der Seele lag, was sollte sie ihr Tröstendes sagen? Es ist Unsinn, was das Medium da geredet hat? Dein Vater war ein Mann ohne Furcht und Tadel, der sich für gar nichts bei uns entschuldigen müsste? Nein, das würde Inken nicht über die Lippen bringen. Natürlich war sie selbst auch ein wenig verunsichert, ob an der ganzen Kontaktaufnahme mit Harry nicht doch etwas dran gewesen war. Schließlich hörte sie ja auch seine Stimme aus dem

Jenseits. Oder bildete sie sich das nur ein und war auf dem besten Weg, abzudrehen?

Inken war so tief in Gedanken versunken, dass sie Nele, die auf einer Bank auf sie wartete, beinahe übersehen hätte.

»Hallo, Inken, sorry, dass ich mich aus dem Staub gemacht habe, aber ich war so sauer auf dich, weil du so unglaublich stur sein kannst.«

Inken setzte sich stöhnend neben die Freundin: »Ich weiß, aber ich kann auch nicht aus meiner Haut. Aber sag mal, woher zum Teufel konnte Eva wissen, dass Harry etwas zurückzuzahlen hat? Oder hast du doch …?«

»Nein, verdammt! Zum letzten Mal: habe ich nicht!«

»Vielleicht kennt sie ja Petersen?«

Nele warf ihr einen tadelnden Blick zu. »Ich glaube langsam, du leidest unter Verfolgungswahn«, zischte sie.

»Du hast ja recht. Ich hätte nicht mitgehen dürfen.«

»Aha. Und es hat dich kein bisschen in deiner kritischen Haltung erschüttert, dass Eva so nahe an der Wahrheit lag?«

»Falsche Frage! Ich kann es nicht leiden, wenn mir die Kontrolle über mein Leben entgleitet. Und wenn du es genau wissen willst, mir macht es doch schon Angst, wenn ich mir ab und an einbilde, seine Stimme zu hören …«

»Gib es zu! Du hast Harrys Anwesenheit doch eben auch gespürt, oder?«

»Nein, um Himmels willen, so auch wieder nicht! Ich weiß doch genau, dass es sich, wenn Harry mit mir redet, allein in meiner Fantasie abspielt!«

Nele griff nach ihrer Hand und drückte sie fest. »Du musst keine Angst haben. Es gibt etwas zwischen Himmel und Erde, das wir nicht immer erklären können.«

Inken zog hastig ihre Hand weg. Dieses Gespräch wurde ihr nun doch zu heikel. Nicht dass sie noch anfing, Tarotkarten zu legen.

»Jedenfalls danke, dass du mir was Gutes tun wolltest. Ich bin froh, dass wir beide uns ausgesprochen haben, bevor wir Sonntagmorgen nach Hamburg fahren. Aber ich muss mich beeilen. Sonst ist die arme Wiete allein, wenn die Abendgäste kommen«, sagte Inken mit Nachdruck und ließ keinen Zweifel daran, dass sie an einer Fortführung dieses Diskurses nicht interessiert war.

»Wiete hat übrigens lange nichts mehr zerdeppert. Jedenfalls nicht, wenn ich mit ihr im Service gearbeitet habe«, bemerkte Nele übergangslos.

»Das ist wahr. Sie ist tatsächlich unglaublich vorsichtig geworden.«

»Wahrscheinlich wäre ihr das peinlich, wenn sie so viel Scherben produzieren würde, während du sie ja weiterhin bezahlst, obwohl sie doch nun weiß, dass du es nicht so dicke hast.«

Inken überlegte kurz, ob sie Nele in ihre Mutmaßungen einweihen sollte, dass Wiete das Geld für das Kellnern aus irgendeinem unerfindlichen Grund tatsächlich benötigte, doch da hörte sie sich bereits sagen: »Ich habe den Eindruck, dass sie das Geld wirklich braucht.«

»Aber sie hat doch eine Superabfindung bekommen und wohnt preiswert in der WG.«

»Sicher, aber ich spüre, dass sie uns etwas verheimlicht«, gab Inken schließlich zu.

»Aber wofür sollte Wiete Geld brauchen? Sie hat keine Kinder, keine Männer …«

Inken zuckte die Schultern. »Ich weiß es nicht. Vielleicht liege ich auch falsch, aber sie ist sonst eine so unterstützende Person, die mir immer selbstlos helfen würde. Ja, und wenn es so positiv weitergeht, kann ich bald euch beide entsprechend eurem Einsatz ordentlich bezahlen. Das wäre mir das Liebste.«

»Das wird schon. Und mir macht es einen Höllenspaß«, versicherte ihr Nele.

»Dann werde ich Wiete und dich zu Teilhaberinnen machen, sobald finanziell alles wieder im grünen Bereich ist.«

»Wow! Superidee!«

Inken aber musterte Nele nachdenklich. »Ich hätte da noch eine Frage. Wie hast du Klaus Winter handzahm gemacht? Du bist doch nicht etwa …«

»Mit ihm in die Kiste? Spinnst du? Von dem habe ich mich als Teenie schon nicht küssen lassen. Allein die Vorstellung …« Nele schüttelte sich übertrieben.

»War es Zauberei?«, hakte Inken nach.

»Nein. Erpressung!«, entgegnete sie trocken.

Inken schnappte nach Luft. »Das ist jetzt ein Witz, oder?«

»Ich würde dir raten, es einfach so hinzunehmen«, erklärte Nele geheimnisvoll.

»Jetzt will ich es aber genau wissen!«, erwiderte sie entschieden.

»Okay. Der Ex-Pfosten hatte mal einen betrügerischen Konkurs hingelegt, und Winter war damals bei einer Hamburger Bank ein wichtiger Mann. Tja, und er hat vor Gericht nicht ganz die Wahrheit gesagt. Zugunsten meines Ex. Man konnte es Klaus nicht nachweisen, aber die Bank hat ihm nahegelegt zu gehen. So kam er zurück nach Husum. Ist doch weich gefallen, der Junge«, sagte Nele ungerührt.

»Und du hast ihm gedroht, das der Nordfriesenbank mitzuteilen?«

»Inken! Was denkst du von mir? Natürlich nicht! Ich musste gar nichts sagen. Wir haben nur von alten Zeiten geplaudert …«

»Du bist unmöglich«, lachte Inken und gab der Freundin noch einen Kuss auf die Wange, bevor sie erleichtert über die Versöhnung zum *Wattparadies* eilte.

Kurz bevor sie am Hafen ankam, hörte sie plötzlich wieder die bekannte Stimme nahe an ihrem Ohr. *Du schaffst es, Inken. Ich bin bei dir!*

Erschrocken blieb sie stehen und blickte sich um, aber da war keiner: weder Harry noch sein Geist!

## 21. Sightseeing mal anders

Die Stimmung im Zug nach Hamburg-Altona war ausgelassen. Jedenfalls bei Inken und Nele. Wiete hingegen war innerlich total angespannt. Zum Glück hatten sie die Hafenrundfahrt inzwischen gestrichen, weil Inken der Meinung war, das wäre zu viel Programm für einen Tag. Stattdessen hatten sie verabredet, einen Bummel über den Jungfernstieg zu machen, bevor sie nachmittags im Casino vorbeischauen wollten, um etwas über Harrys »Spielsucht« herauszubekommen. Trotzdem würde es für Wiete nicht ganz einfach werden, sich abzusondern, um rechtzeitig vor Gericht als Zeugin zu erscheinen. Sie würde drei Kreuze machen, wenn das Ganze erledigt war. Die Vorstellung, dem Mistkerl heute Auge in Auge gegenüberzusitzen, setzte ihr mächtig zu. Doch sie bemühte sich nach Kräften, sich ihren Stress nicht anmerken zu lassen. Beneidenswert, wie ausgeglichen Inken nach ihrem Outing wirkt, dachte Wiete. Sie wünschte sich so sehr, den Mut aufzubringen, die Freundinnen endlich einzuweihen, aber es war wie verhext. Immer wenn sie sich dazu entschlossen hatte, es endlich hinter sich zu bringen, wurde ihr der Mund so trocken, dass sie keinen Ton hervorbringen konnte. Wahrscheinlich hätte sie weniger Bedenken, wenn sie ihre Abfindung verspielt hätte, aber die Tatsache, das Geld einem Betrüger in den Rachen geworfen zu haben, war so entsetzlich demütigend.

Außerdem hatte sie den Eindruck, Nele nahm ihr übel, dass sie weiterhin ihren Lohn von Inken bekam. Aus Neles Sicht sogar verständlich, denn die Freundin musste ja denken, dass sie im Geld schwamm.

Wietes Anspannung wuchs, als der Zug in den Bahnhof Altona einlief. Sie hatten sich für die eine Nacht im Hotel direkt am Bahnhof eingemietet. Wieder hatten sie ein Doppel- und ein Einzelzimmer genommen. Dieses Mal aber hatte sich Wiete schon im Vorwege das Einzelzimmer gesichert, denn zur Not würde sie behaupten, sie sei müde und müsse einen Mittagsschlaf machen.

Die Freundinnen wollten nur schnell ihre Koffer loswerden, um dann mit der S-oder U-Bahn in die Innenstadt zu fahren. Sie waren gegen elf Uhr im Hotel angekommen, sodass Wiete beschloss mitzugehen, um sich dann später rechtzeitig abzusetzen.

Obwohl sich Hamburg wettermäßig von der allerbesten Seite zeigte und sie im Pavillon am Jungfernstieg einen Platz mit einem bezaubernden Blick über die Binnenalster fanden, saß Wiete wie auf Kohlen. Ihr war die Nervosität schon derart auf den Magen geschlagen, dass sie von ihrem bestellten Salat keinen Bissen herunterbekam.

»Ist dir nicht wohl?«, fragte Inken besorgt. »Du bist so blass.«

»Werd uns bloß nicht krank«, fügte Nele hinzu.

»Nein, nein, das geht schon«, erwiderte Wiete und warf einen verstohlenen Blick auf ihre Uhr. Es war inzwischen kurz vor dreizehn Uhr. Nach der Routenplanung, die sie eben in den Waschräumen in ihrem Telefon abgecheckt hatte, hatte sie noch mindestens eine halbe Stunde Zeit, bevor sie sich verdrücken musste. Vom Restaurant an der Alster war sie binnen zwanzig Minuten am Sievekingplatz, wo der Prozess gegen Freybier im Strafjustizgebäude stattfand. Doch vielleicht war es ein Wink des Schicksals, dass die Freundinnen sie für kränkelnd hielten, dachte sie in diesem Moment.

»Ihr habt recht. Ich darf heute Abend auf keinen Fall ausfallen. Deshalb lege ich mich jetzt einfach mal im Hotel ab.« Hastig kramte sie das Geld für ihre Cola und den nicht angerührten Salat aus der Tasche und legte es auf den Tisch, bevor sie hektisch aufsprang.

»Süße, wir lassen dich doch nicht allein gehen«, protestierte Inken, doch da war Wiete schon davongestolpert.

Nele und Inken sahen einander fassungslos an.

»Denkst du dasselbe wie ich?«, fragte Nele besorgt.

»Ich denke schon. Schnell hinterher! Nicht, dass sie uns noch kollabiert. Sie sah eben aus, als würde sie keine drei Schritte allein schaffen«, erwiderte Inken panisch und drückte dem Kellner, der mit einem Gerät die Rechnung sofort abrufen konnte, den Betrag für die Zeche plus reichlich Trinkgeld in die Hand.

Und schon waren sie aufgesprungen und nach draußen auf den Jungfernstieg geeilt. Sie wollten gerade nach links zur U-Bahn-Station gehen, als Inken Wiete auf der anderen Straßenseite erblickte. Sie ging geradewegs in die entgegengesetzte Richtung. Und zwar energischen Schrittes und keinesfalls so, als würde sie auf der Stelle zusammenbrechen.

Inken wollte nach ihr rufen, doch Nele hielt sie davon ab. »Hier stimmt was nicht. Ich glaube nicht, dass sie sich so einfach verirren kann. Nicht Wiete. Sie hat ein dermaßen gutes Ortsgedächtnis. Selbst wenn du sie im Watt aussetzen würdest, weiß sie noch, in welche Richtung sie muss, um vor der Flut an Land zu sein!«

»Und jetzt?«

»Komm, wir folgen ihr in gebührendem Abstand«, befahl Nele. Nach wenigen Schritten waren sie auf dem Gänsemarkt angelangt, wie die ortskundige Nele ihrer Freundin zuraunte. Mitten auf dem Platz befand sich ein Denkmal, gegen das Wiete sich gelehnt hatte, anscheinend, um zu verschnaufen.

»Was macht sie denn da beim ollen Lessing?«, murmelte Nele ungeduldig.

Inken hob ratlos die Schultern. »Da, sie holt einen Brief aus der Tasche und liest ihn. Sie hat doch wohl kein Date, oder?«

»Wiete? Ein Date in Hamburg? Das halte ich für ausgeschlossen«, entgegnete Nele, ohne Wiete aus den Augen zu lassen. Selbst mit einigem Abstand konnte sie erkennen, dass Wiete einen angeschlagenen Eindruck machte. Jetzt faltete sie das Schriftstück wieder zusammen und stopfte es energisch zurück in die Tasche.

Dafür holte sie eine Sonnenbrille hervor und machte sich wieder auf den Weg.

»Wenn ich nur wüsste, wohin sie geht«, sinnierte Nele, bevor Inken und sie aus der Deckung kamen, um ihr weiter zu folgen. »Was ist ihr Ziel?«, fügte sie aufgeregt hinzu. »Dort oben am Ende der Straße ist die Laeiszhalle, aber sie wird sich kaum ein zweites Konzert anhören, und schon gar nicht ohne uns … Ich verstehe das nicht!«

»Ich auch nicht, aber ich habe irgendwie geahnt, dass sie auch ein Geheimnis vor uns hat«, gab Inken seufzend zu.

»Wieso auch? Ich hatte keins«, entgegnete Nele im Brustton der Überzeugung.

»Aha, und was war mit deinem italienischen Dauerlover?«, hakte Inken grinsend nach.

»Ach, der«, erwiderte sie betont desinteressiert, denn sie fühlte sich ertappt. Von der Nachricht, die sie Luigi geschickt hatte, hatte sie den Freundinnen noch nichts erzählt und war sich auch unsicher, ob sie das je tun sollte. Denn er hatte bis heute nicht geantwortet, was zweifelsohne an Neles Ego nagte. Nun hatte sie ihm auf so bezaubernde Weise gestanden, wie wichtig er ihr einmal gewesen war, und er antwortete mit eisigem Schweigen. Dass sie ihm untersagt hatte, ihr zu schreiben, das verdrängte sie immer wieder erfolgreich. Überdies sollte er doch wohl wissen, dass eine Frau, die so ein Geständnis mit dem Satz beendete: *Und bitte schreib mir nicht zurück*, sich nichts sehnlicher als eine Antwort wünschte …

Ein sanfter Stoß in die Rippen riss Nele aus ihren Gedanken. Mit den Worten: »Nele, du bewegst dich in Zeitlupe. So verlieren wir Wiete. Schau, die ist schon ganz da vorn an der Kreuzung«, trieb Inken ihre Freundin zur Eile an.

Nele beschleunigte daraufhin ihr Tempo, und so erreichten sie ein paar Minuten später die Kreuzung, an der Wiete eben noch gestanden hatte.

Nele sah sich nach allen Seiten um. »Mist, jetzt haben wir sie verloren. Links geht es in die Wallanlagen und zum Museum am Holstenwall. Rechts auch zu den Wallanlagen und der Spielbank …«

Wider Willen brachen die Freundinnen in albernes Gekicher aus. Sie versicherten einander, dass das sicherlich nichts mit Wietes Geheimnis zu tun hatte.

»Schau, dahinten. Ich sehe sie«, rief Inken aufgeregt.

»Okay, geradeaus geht es zu den Gerichten«, bemerkte Nele trocken, doch dann stutzte sie. »Sie hat neulich einen Brief bekommen von einer Hamburger Anwältin. Ich habe vergessen, sie zu fragen, was das zu bedeuten hat. Ob sie in einen Rechtsstreit verwickelt ist?«

»Das werden wie nie erfahren, wenn wir uns jetzt nicht beeilen!« Inken nahm Nele an die Hand, und sie überquerten in einem abenteuerlichen Parcours die Straße. »Schau, sie ist schon da vorn«, keuchte Nele. »Nicht dass sie uns doch noch abhängt.«

»Ich sehe sie nicht mehr. Sie ist spurlos verschwunden«, stieß Inken fassungslos hervor.

»Nein, sie ist ins Strafjustizgebäude gegangen«, entgegnete Nele ungerührt.

»Aber was hat Wiete dort zu suchen?«

»Das finden wir jetzt raus!«

Aber so einfach ließ sich das Gebäude nicht entern. Sie mussten es durch eine Schleuse betreten, an deren Ende sie kontrolliert wurden. Inken fand das ziemlich aufregend. So etwas kannte sie bislang nur aus Filmen, während in Nele unangenehme Erinnerungen an den Prozess ihres Ex-Pfostens hochkamen, die sie am liebsten aus ihrem Gedächtnis gestrichen hätte. Denn spätestens da wusste sie, dass er unsaubere Geschäfte tätigte, und hätte ihn sofort verlassen müssen! Tja, hätte, hätte, dachte Nele, das war nun nicht mehr zu ändern. Wichtig war doch an diesem Tag nur noch die eine Frage: Was trieb Wiete im Hamburger Strafjustizgebäude?

# 22. Im Labyrinth der Justiz

In der großen Eingangshalle angekommen, atmeten Inken und Nele erst einmal tief durch, bevor sie beratschlagten, welchen Treppenaufgang sie nehmen sollten. Sie entschieden sich für die steinerne Treppe zu ihrer rechten Seite und fanden sich kurz darauf in der ersten Etage in einem Labyrinth von weiten Fluren, gesäumt von riesigen Türen, wieder.

»Ich war noch nie in einem Gerichtsgebäude«, raunte Inken eingeschüchtert. »Ob hier auch Mordsachen verhandelt werden? So richtig große Fälle? Ich meine, wenn man schon im Eingang auf Waffen untersucht wird.«

»Was denkst du denn? Hier wird alles verhandelt, was du dir vorstellen kannst, und im Erdgeschoss gibt es eine Tür, die in die Katakomben des Untersuchungsgefängnisses führt.«

»Du scheinst dich ja auszukennen«, lachte Inken.

»Der Ex-Pfosten hatte mal kurz das Vergnügen, weil er sich seine Kohle bei einem zahlungsunwilligen Geschäftspartner auf Mafia-Art geholt hat. Aber er hat damals seinen Kopf aus der Schlinge ziehen können, wie immer.«

Nele näherte sich aufgeregt dem Aushang neben einer Tür.

»Wir müssen die Ladungen vor den Sitzungssälen inspizieren, bis wir sie gefunden haben. Ich kann nur hoffen, dass wir ihren Namen nicht als den der Angeklagten wiederfinden.«

»Wollen wir nicht doch lieber draußen vor dem Eingang warten? Ich meine, irgendwann muss sie das Gebäude doch wieder verlassen«, schlug Inken vor. Ihr war äußerst unwohl bei dieser Verfolgungsjagd. Trotzdem schloss sie sich zögernd

Nele an, die nun jede Terminrolle überflog. Vergeblich, der Name Wiete Novak tauchte nirgends auf.

Als die beiden Frauen schließlich wieder bei der Treppe ankamen, mussten sie sich frustriert eingestehen, dass sie einmal rundherum gerannt waren. Inken hätte an dieser Stelle liebend gern aufgegeben, aber Nele trieb sie an, die Suche im zweiten Stock fortzusetzen. Unwillig folgte Inken ihr nach oben. Dort fanden sie dasselbe Bild wie im ersten Stock vor. Doch als sie im hinteren Teil des Flurs ankamen, hielt Nele ihre Freundin plötzlich aufgeregt am Ärmel fest und zog sie hinter eine der Säulen.

»Da ist sie«, zischte Nele und deutete auf eine Bank, auf der Wiete mit einer jungen Frau in ein angeregtes Gespräch vertieft war.

»Und was nun? Gehen wir zu ihr?«, flüsterte Inken aufgeregt.

»Auf keinen Fall! Wir müssen uns unauffällig in den Zuschauerraum schleichen«, erwiderte Nele. »Aber dazu müssten die beiden da mal verschwinden.«

»Man kann da einfach zugucken?«, fragte Inken verwundert nach.

»Ja, im Prinzip schon, wenn die beiden nicht ausgerechnet auf der Bank neben der Tür zum Zuschauerraum hocken würden.«

»Du meinst, Wiete soll das lieber nicht bemerken, dass wir sie aufgespürt haben?«

»Auf keinen Fall. Was sie da auch zu suchen hat, ich fühle es bis hier, dass ihr der Popo auf Grundeis geht.«

Inken musste wider Willen schmunzeln. Nele vermied es stets penibel, Vulgärausdrücke in den Mund zu nehmen, und wählte ein harmloseres Synonym, meinte aber dasselbe, als wenn sie es drastisch ausgedrückt hätte.

»Ja, entspannt sieht sie nicht gerade aus, aber schau mal, die elegante Dame mit der Robe über dem Arm, die neben ihr sitzt. Das muss wohl ihre Anwältin sein.«

»Oh Gott, ob Wiete wohl was auf dem Kerbholz hat? Vielleicht wurde ihr gar nicht betriebsbedingt gekündigt, sondern weil sie in die Kasse gegriffen hat oder so«, murmelte Inken betroffen.

Neles Antwort war ein breites Grinsen. »Oder sie ist eine männermordende Serienkillerin. Huch, das hätte jetzt von Wiete kommen können. Immer das Schlimmste vermuten … Ich befürchte eher, sie hat sich be… beschei…ummeln lassen.«

»Du, das kann sein. Kannst du dich erinnern, dass sie nach ihrer Kündigung plötzlich eine neue Kaffeemaschine aus dem Internet hatte, die gar keinen Kaffee machen konnte, und diesen Wecker, der wie ein Hahn auf dem Mist gekräht hat?«

»Genau! Und da ist sie an einen Betrüger gera… Moment, komm schnell, sie geht mit ihrer Anwältin den Gang runter. Unsere Chance!«

»Meinst du wirklich?«

»Nun komm schon.«

Nele und Inken traten hinter ihrer Säule hervor und mussten sich den Weg durch einen Pulk von Menschen bahnen, die sich mittlerweile vor dem Sitzungssaal versammelt hatten. Vor allem Frauen in ihrem Alter, wie Inken im Vorbeieilen registrierte.

Vorsichtig öffnete Nele die Tür zum Zuschauerraum und schob ihre Freundin in die letzte Bank. Der Zuschauerraum war gähnend leer, doch kaum saßen sie auf ihrem Platz, füllte sich der Raum mit Schaulustigen.

Mittlerweile hatte sich vorne auf den Platz mit dem Rücken zum Fenster ein Herr in Robe gesetzt.

»Der Staatsanwalt«, klärte Nele Inken auf.

In dem Augenblick setzte sich auf die gegenüberliegende Seite eine ältere Dame in Robe, während sich die Anwältin, die sich eben draußen im Gang mit Wiete unterhalten hatte, auf einem Stuhl vor dem erhöhten Podium niederließ.

Sekunden später öffnete sich dahinter eine Tür, und eine Richterin trat ein, flankiert von zwei Personen ohne Robe. Nele zupfte Inken am Arm, damit sie sich erhob, wie sie es auch gerade tat.

»Du siehst, es sind Schöffen anwesend«, flüsterte Nele aufgeregt. »Das heißt, das zu erwartende Strafmaß ist zwei bis vier Jahre. War beim Prozess gegen den Ex-Pfosten auch so«, erklärte Nele Inken aufgeregt.

»Und wie viel hat er bekommen?«

»Gar nichts! Leider!«

Nun betrat ein Justizvollzugsbeamter den Saal und begleitete einen älteren, äußerst gepflegt wirkenden Herrn auf den Platz neben der älteren Anwältin.

»Das ist der Angeklagte«, raunte Nele.

Gut, das hätte sich Inken auch so denken können. Ihr Blick blieb an dem weißen Einstecktuch in der Brusttasche seines dunkelblauen Zweireihers hängen. Einen Internetbetrüger hatte sie sich allerdings anders vorgestellt. Dieser Mann sah eher aus wie ein Heirats… Inken traute sich gar nicht, den Gedanken zu Ende zu führen. Natürlich, die vielen Damen in den besten Jahren da draußen vor der Tür … Wiete war doch nicht etwa auf diesen Kerl reingefallen? Nein, niemals! Nicht Wiete, die Männern gegenüber schon per se eine gewisse Skepsis an den Tag legte.

»Der Typ sieht aus wie ein Heiratsschwindler. Findest du nicht auch?«, flüsterte Nele in diesem Moment. »Aber was sollte Wiete mit so einem Kerl zu tun haben?«, fügte sie im Brustton der Überzeugung hinzu.

# 23. Die Strafsache Freybier

Die Wartezeit im Gerichtsflur kam Wiete wie Stunden vor. Zwar versuchte ihre Anwältin Frau Wagner, ihr die Aufregung zu nehmen, aber ohne Erfolg. Wiete schwitzte und fror abwechselnd im Minutentakt, ihr Magen rebellierte, und ihr Kopf dröhnte. Die anderen Geschädigten, die ihre Anwältin einander inzwischen vorgestellt hatte, schienen ebenso mit den Nerven am Ende zu sein wie sie selbst. Die Justitiarin einer großen Firma strich sich ständig eine nicht vorhandene Strähne aus dem Gesicht, die Lehrerin murmelte in einem fort: »Hoffentlich sieht mich hier keiner«, die verheiratete Dame drehte ununterbrochen an ihrem Ehering, und die Zahnärztin wandelte ihre Aufregung in Wut um. »Wenn der gleich um die Ecke kommt, kann ich für nichts garantieren«, drohte sie mit geballten Fäusten. Doch als Horst Freybier dann von einem Justizvollzugsbeamten an ihnen vorbeigeführt wurde, verstummte die Rachegöttin. Dafür packte Wiete beim Anblick des miesen Betrügers, der es tatsächlich wagte, in ihre Richtung zu lächeln, der nackte Zorn.

»Ihnen wird das Grinsen noch vergehen«, fauchte sie, und sie hätte wohl auch nachgelegt, wenn sie nicht die beschwichtigende Hand der Anwältin auf ihrem Unterarm gespürt hätte. Gleich darauf verabschiedete sich Frau Wagner entschuldigend von ihren Mandantinnen, um vor dem Angeklagten im Sitzungssaal zu sein.

Nun blieben die vier Nebenklägerinnen allein zurück. »Wie haben Sie ihn denn kennengelernt?«, fragte die Juristin Wiete.

»Über ein Forum für einsame Herzen«, gab sie seufzend zu.

»Das ist wohl seine Masche. Und als was hat er sich Ihnen vorgestellt?«

»Dr. Julius Kant, der Arzt, dem die Frauen ihr Geld anvertrauen«, spottete Wiete.

»Bei mir war er Professor. Und ich dumme Kuh war so auf den Titel fixiert, dass ich nicht einmal ansatzweise gemerkt habe, was das für eine Ratte ist. Wie hat er Ihnen das Geld …«

Wietes Plausch mit der geprellten Juristin wurde von der durchdringenden Stimme des Gerichtsdieners unterbrochen: »Die Zeuginnen werden in den Saal gebeten.«

Wiete betrat den Gerichtssaal als Erste. Sie wünschte sich in diesem Augenblick, es würde sich im Boden ein Loch auftun und sie verschlucken. Wenn sie geahnt hätte, wie traumatisch so ein Auftritt vor Gericht für sie sein würde, sie hätte darauf verzichtet. Da half ihr auch nicht, dass ihr Frau Wagner ermunternd zulächelte und die anderen Frauen nicht minder nervös waren.

Es war eine große Erleichterung, als man sie nun, da man ihr Erscheinen protokolliert hatte, vorerst wieder hinausschickte. Wiete spielte kurz mit dem Gedanken, draußen auf der Stelle die Flucht zu ergreifen und auf ihre Aussage zu verzichten. Als Wiete an der Tür angekommen war, warf sie einen Blick in den Zuschauerraum. Er blieb an einer auch nicht mehr ganz jungen Dame hängen, weil die wie verklärt in Richtung des Angeklagten stierte. Hinter ihr entdeckte Wiete plötzlich zwei wohlbekannte Gesichter, deren Anblick ihr förmlich das Blut in den Adern gefrieren ließ. Doch als Nele und Inken ihr durch die Geste des erhobenen Daumens signalisierten, dass sie ihr viel Kraft wünschten, begann Wiete zu lächeln. Hätte ich mich ihnen doch bloß schon längst anvertraut, dachte sie, denn auf einmal hatte sich der ganz große Kloß in ihrem Hals aufgelöst. Dic Vorstellung, dass ihre Freundinnen bei ihr waren und mitfieberten, damit der Typ seine gerechte Strafe bekäme, gab ihr enorm viel Kraft. Sie schaffte es anschließend sogar, draußen auf dem Flur ihren völlig nervösen Mitstreiterinnen Mut zu machen und ihnen zu versichern, dass ihnen nichts peinlich sein müsste.

»Sie haben völlig recht«, pflichtete ihr die Justitiarin bei. »So etwas wie uns passiert selbst in den allerbesten Kreisen. Sogar der reichsten Frau Deutschlands. Wer hätte das je von einer so taffen Person wie der Klatten gedacht, dass sie auf so einen schmierigen Mistkerl reinfällt.«

»Ganz ehrlich, da finde ich, dass unser Betrüger mehr hermacht als dieser Widerling, dem sie damals auf den Leim gegangen ist«, warf die Lehrerin ein, worauf die vier Frauen unisono in albernes Gelächter ausbrachen. Auf jeden Fall war das Eis gebrochen, und die Stimmung war eher die von vier Freundinnen beim Prosecco-Frühstück als von vier Zeuginnen vor ihrer Vernehmung. Sie vertrieben sich die Wartezeit mit kleinen Scherzen über Männer. Dabei umschifften sie allerdings das Thema, um das es hier ging. Zwei der Frauen wollten nicht verraten, wie der Heiratsschwindler sie dazu gekriegt hatte, ihm ihr Geld zu geben. Nur die Juristin und Wiete gingen ganz offen damit um.

Als der Gerichtsdiener Wiete als Erste in den Saal bat, war sie erstaunlich guter Stimmung. Es waren ihr gleich mehrere Steine vom Herzen gefallen. Sie hatte die Gewissheit, dass die Freundinnen, statt sie zu verurteilen, wie eine Eins hinter ihr standen. Sie schickte ihren moralischen Unterstützerinnen auf der Zuschauerbank ein verstohlenes Lächeln und setzte sich neben ihre Anwältin, ohne den Angeklagten auch nur eines Blickes zu würdigen.

Nach der Belehrung, dass sie als Zeugin die Wahrheit zu sagen habe, wurde sie zur Sache befragt. Bei den ersten Worten hatte sie noch einen trockenen Mund, aber dann schilderte sie fließend und lebendig, wie ihr der angebliche Dr. Kant Liebe vorgegaukelt und sie ausgenommen hatte.

Wiete wurde etwas mulmig, als nun die Verteidigerin ankündigte, ihr Mandant habe etwas zu sagen. Sie befürchtete, dass Freybier dem Gericht womöglich in allen Einzelheiten schildern könnte, wie leichtgläubig sie gewesen sei, aber zu ihrer großen Überraschung räumte er mit monotoner Stimme kurz und bündig ein, sich ihr gegenüber als Arzt ausgegeben und sich ihr Vertrauen erschlichen zu haben, um ihr das Geld aus der Tasche zu ziehen.

Wiete warf ihm einen erleichterten Blick zu und erschrak. Von dem Charisma eines Dr. Kant war Horst Freybier meilenweit entfernt. Auf der Anklagebank war er nicht mehr als ein älterer Herr, der sich zerknirscht gab und in diesem Saal alles sagen würde, um eine Bewährung herauszuschlagen.

Er erwiderte Wietes Blick. In seinen Augen lag dabei allerdings nicht die Spur von aufrichtigem Bedauern, aber das war ihr völlig egal. Sie wollte keine Rache, sondern nur ihr Geld zurück. Natürlich wünschte sie sich von Herzen, dass ihm in Zukunft keine Frau mehr auf den Leim ging, aber sie fühlte seine Gier, es wieder und wieder zu tun, bis zu ihrem Platz. Aber sollte sie ihm deshalb das Gefängnis wünschen? Wahrscheinlich schaffte er es auch noch hinter Gittern, mit bedürftigen Frauen draußen in Kontakt zu treten und ihnen Liebe vorzugaukeln. Solche Fälle, dass sich Frauen in Kriminelle verliebten, gab es schließlich mehr als genug.

Wiete wandte sich angewidert von dem unverbesserlichen Betrüger ab.

»Ich habe das Geld, das ich von Wislawa …« Er schnurrte ihren Geburtsnamen förmlich.

Ohne zu überlegen, sprang Wiete auf, zeigte mit dem Finger auf den Angeklagten und brüllte: »Sie nennen mich nicht noch einmal Wislawa, Sie Nullnummer! Verstanden?«

Bevor sich die Richterin und die übrigen Prozessbeteiligten von dem Schrecken erholt hatten, saß Wiete bereits wieder lammfromm und mit gefalteten Händen vor der Richterin, als hätte es den Vorfall eben gar nicht gegeben.

So entschied sich wohl auch die Richterin, das nicht weiter zu kommentieren, sondern bat den Angeklagten fortzufahren, nachdem auch seine Verteidigerin großzügig über Wietes kleinen Ausbruch hinweggegangen war. Freybier hatte den Kopf gesenkt und murmelte: »Ihr Geld habe ich noch gar nicht angerührt. Es ist auf einem Schweizer Nummernkonto, und ich habe meine Anwältin beauftragt, es an die Geschädigte zurückzuzahlen.«

Wietes Herz machte förmlich einen Sprung. Dass sie alles wiederbekam war mehr, als sie je zu hoffen gewagt hatte.

Im Saal erhob sich daraufhin großes Gemurmel, aber die Richterin rief die Zuschauer zur Ordnung und fragte die Anwältin, ob ihr Mandant gedenke, auch die vier weiteren Taten zu gestehen. Horst Freybier erklärte, dass er sich in allen Punkten für schuldig bekenne und auch den anderen Geschädigten das Geld in voller Höhe zurückerstatten wolle und könne.

Die Richterin verzichtete daraufhin auf die Vernehmung der anderen Geschädigten und erklärte die Beweisaufnahme für abgeschlossen. Es folgte ein ausführliches und trockenes Plädoyer des Staatsanwalts, der drei Jahre Freiheitsstrafe forderte, weil er dem Angeklagten trotz seines Geständnisses und der Rückzahlungsversprechen keinerlei Reue abnahm.

Wiete teilte diese Einschätzung. Der Mann spielte den reumütigen Übeltäter genauso gut oder schlecht, wie er den verliebten Dr. Kant gegeben hatte. Da sie inzwischen wusste, dass er ein notorischer Lügner war, nahm sie ihm keine Sekunde ab, dass er ihnen die Rückgabe ihres Geldes aus lauteren Motiven versprach, sondern allein, um der Freiheitsstrafe zu entgehen. Ob er so viel Geld mit den vielen anderen Frauen verdient hatte, die vor Scham im Dunklen bleiben wollten, dass er großzügig auf seine Beute in den zur Verhandlung stehenden Fällen verzichten konnte, fragte sie sich.

Das Plädoyer seiner Verteidigerin nahm Wiete nur mit halbem Ohr wahr. Danach war er ein richtig guter Kerl. So eine Art Robin Hood unter den Heiratsschwindlern. Eigentlich ein Horst, der die Frauen liebte. Wiete musste unwillkürlich grinsen. Wollte man den Worten der Anwältin Glauben schenken, dann hätte der Mann eher einen Orden verdient als eine Gefängnisstrafe. So war es nur logisch, dass sie einen Freispruch forderte, weil den Frauen ja gar kein Schaden entstanden sei.

Die Richterin sah das anders und verurteilte Horst Freybier zu zwei Jahren auf Bewährung. Wegen Betruges ... Wiete fragte sich, ob sie dieses Ergebnis wirklich zufrieden machte. In mancher schlaflosen Nacht hatte sie sich ausgemalt, wie man diesen Mistkerl bei Wasser und Brot in eine Strafkolonie schickte. Doch in diesem Moment war ihr die Strafe nicht mehr wichtig. Sie hatte insgeheim befürchtet, dass ein Wiedersehen mit ihm die alten Wunden wieder aufriss, aber da war nichts, gar nichts. Ihr taten nur die Frauen leid, die ihm, wenn er auf freiem Fuß war, von Neuem ihre Liebe, ihre Würde und ihr Geld zu Füßen legen würden.

Nach Ende des Prozesses bedankte Wiete sich bei der Anwältin und wünschte den Mitstreiterinnen alles Gute. Sie hatte nur noch einen Wunsch: ihre Freundinnen zu umarmen. Die kamen ihr bereits juchzend auf dem Flur entgegen.

»Süße, herzlichen Glückwunsch zum Sieg!«, lachte Inken.

»Glückspilz, jetzt musst du kein Geschirr mehr zer...« Nele unterbrach sich hastig, aber Wiete viel war zu erleichtert, um ihr böse zu sein.

»Wie habt ihr mich gefunden?«

»Wir sind dir gefolgt. Hatten Angst, du kippst auf dem Weg

zum Hotel um. Das hättest du uns ruhig früher sagen können«, ereiferte sich Nele.

»Es war mir so unendlich peinlich, dass ich auf diese hässliche Knalltüte reingefallen bin«, gestand Wiete zerknirscht.

»Aber das kann doch jeder mal passieren. Schau mich an. Ich bin doch auch dem Tröster der vernachlässigten Ehefrauen von Sanremo in die Falle gegangen«, kicherte Nele.

»Aber der Kerl ist eine echte Sahneschnitte und nicht so ein alter Zausel wie Doktor Horst«, erwiderte Wiete fast entschuldigend.

»So unattraktiv finde ich den Mistkerl gar nicht. Gut, aber wahrscheinlich hat ihn der Dr. Kant schon ein bisschen interessanter gemacht«, lachte Inken.

»Wir sind ja vielleicht so drei Grazien. Stehen auf Betrüger und Spieler!« Mit diesen Worten umarmte Wiete die beiden Freundinnen.

Plötzlich löste sich Inken aus dem Umarmungsknäuel. »Das gibt es doch wohl nicht!«

Sie deutete auf die Tür zum Gerichtsaal direkt hinter ihnen, aus der just in diesem Augenblick ein triumphierender Freybier getreten war, dem sich die Dame, die vor Inken und Nele im Zuschauerraum gesessen hatte, nun mit einem lauten Freudenschrei an den Hals warf.

»Oh Gott, die rennt sehenden Auges in ihr Unglück«, murmelte Wiete entsetzt, und da hatte Nele bereits ihr Telefon gezückt, um ein Foto von den beiden zu machen.

»Wag das ja nicht, du dumme Kuh!«, zischte ihr Freybier wenig gentlemanlike zu.

Da packte Inken Nele entschieden und zog sie mit sich.

»Ach, schade, der Spaß ging doch gerade erst richtig los«, maulte Nele.

»Wir haben einen wichtigeren Plan«, bemerkte Inken mit ernster Miene. »Wir gehen jetzt ins Casino.«

»Du willst freiwillig in die Höhle des Löwen?«, fragte Nele ungläubig.

»Nein, sie will nur was über Harry rausbekommen!«, korrigierte Wiete sie. »Ach, ihr beiden, ihr glaubt gar nicht, wie froh ich bin, dass ihr jetzt Bescheid wisst«, fügte sie seufzend hinzu.

»Das hättest du uns gleich sagen müssen. Und überhaupt, wieso wussten wir nicht mal von seiner Existenz? Wenn du mir erzählt hättest, ein Typ will Geld von dir, da hätten bei mir aber alle Alarmglocken geklingelt«, erklärte Nele im Brustton der Überzeugung.

»Ach ja? Das sagt die Frau, deren Göttergatte einen betrügerischen Konkurs hingelegt hat«, konterte Wiete.

Inken hob beschwichtigend die Arme. »Bitte, nicht streiten! Wir sitzen alle drei im Glashaus, und da sollte bekanntlich keiner mit Steinen werfen, aber in einem Punkt hat Nele schon recht. Warum hast du uns nichts von dem Horst erzählt, als er noch Dr. Julius gewesen ist?«

Wiete senkte den Blick. »Ihr werdet es nicht glauben, aber ich hatte mit ihm sogar schon verabredet, dass ich ihn demnächst meinen Freundinnen vorstellen will ...«

»Gut, dann können wir uns also darauf verständigen, dass uns in Zukunft nichts zu peinlich ist, um es miteinander zu teilen!«, verkündete Nele.

Die beiden anderen nickten zustimmend. Eingehakt verließen sie nun das Strafjustizgebäude und machten sich auf zum Casino am Dammtor. Unterwegs fiel Inkens Blick auf einen hoch aufragenden Turm zur Linken, auf dem in blauen Lettern *Radisson* prangte, und sie blieb abrupt stehen. Sie deutete auf das Gebäude.

»Dort hat Harry während seiner Hamburgreise gewohnt, weil dort angeblich dieses Seminar zur Molekularküche stattgefunden hat«, teilte sie den Freundinnen aufgeregt mit.

»Molekularküche? Schon mal verdächtig. Was soll er denn

im *Wattparadies* mit Schaum und Gel?«, stieß Nele verächtlich hervor.

Inken zuckte die Schultern. »Genau das gilt es ja herauszufinden, aber später!«, denn nun tauchte vor ihnen das Casino auf. Inken wunderte sich, wie forsch sie dieses Mal zum Eingang einer Spielhölle strebte.

# 24. Fragen über Fragen

Schon als Inken, Nele und Wiete in den Fahrstuhl nach oben zu der Etage mit den Roulettetischen stiegen, versuchte sich Inken in ihren Harry zu versetzen. Was hatte ihn überhaupt hierher getrieben? War es das erste Mal für ihn gewesen? Oder hatte er schon früher heimlich auf Sylt gespielt? Ihr fiel ein, dass er ein paarmal dorthin zu beruflichen Veranstaltungen gereist war. Allerdings hatte es jedes Mal eine Diskussion gegeben, wer von ihnen fahren sollte. Sie hatten sich nämlich beide nicht darum gerissen. Meist hatten sie gelost, und Inken hatte stets gewonnen und nicht zu den Tagungen fahren müssen. War sein Hang, Entscheidungen per Los zu finden, womöglich auch schon Anzeichen einer potenziellen Spielsucht gewesen? Was, wenn er sonst stets gewonnen hatte und sie ihm deshalb nie auf die Schliche gekommen war?

Und wenn es doch sein erstes Mal gewesen war? Warum hatte er dann an zwei aufeinanderfolgenden Tagen ihr ganzes Vermögen verspielt? Seminar zum Thema »Molekularküche«, was für ein Unsinn. Dass sie da nicht gleich skeptisch geworden war. Obwohl … Sie erinnerte sich mit einem Mal ganz dunkel, dass sie ihm ihre Meinung zu diesem Seminar ganz offen gesagt hatte, weil es so ungewöhnlich war, dass sie ihn bei einer Innovationsidee ausbremste. Sonst war es doch immer umgekehrt gewesen. Sie hörte sich noch sagen: »Dazu brauchst du einen Rotationsverdampfer, der für den Gastrobereich nicht unter dreitausend Euro kosten dürfte.« Und sie konnte sich ebenso gut entsinnen, wie uncharmant er ihr Argument beiseitegefegt und auf seiner Teilnahme an dem Seminar bestanden hatte. Je intensiver sie darüber nachdachte, ob er sie wohl von hinten bis vorne belogen hatte, desto mehr wuchs auch ihre Sorge, in einen dunklen Abgrund zu stürzen, wenn sie weiterforschte. Was hatte man nicht schon alles gehört: von braven Familienvätern, die ein Doppelleben führten, von Ehemännern, die eine Dauergeliebte besaßen, von Kerlen, die zur Vertuschung ihrer Spielsucht in die Firmenkasse griffen … Warum sollte ihr Harry nicht auch einer von jenen Typen sein, die Freunde, Familie und Kollegen ein Leben lang über ihren zweifelhaften Charakter zu täuschen verstanden hatten? Wer konnte ihr die Sicherheit geben, dass ihr Harry keines von diesen Chamäleons gewesen war? Nicht auszudenken, wenn es einen Dr. Harry und einen Mr. Hyde gegeben hätte!

Als der Fahrstuhl hielt, stieß Inken einen tiefen Seufzer aus und war heilfroh, dass ihre Freundinnen sich derart auf ein kleines Spielchen freuten, dass sie ihre inneren Qualen gar nicht bemerkten. Und dies war ganz bestimmt nicht der rechte Ort, sie in ihre Ängste einzuweihen, obwohl sie einander doch gerade eben noch geschworen hatten, dass sie einander blind vertrauen konnten. Aber das betraf sicher nicht jeden zweifelnden Gedanken, jeden Anflug von Angst, jede Unsicherheit. Nein, den Mut, unter Umständen auch in einen Höllenschlund zu blicken, musste sie schon allein aufbringen.

In der oberen Etage trennten sich die drei Frauen. Wiete und Nele boten Inken natürlich an, auf das Glücksspiel zu verzichten und an ihrer Seite zu bleiben, aber das wollte Inken nicht annehmen. Die drei Freundinnen umarmten sich. Inken schaute den beiden noch eine Weile nach, als sie in Richtung der Kasse gingen.

Dann atmete sie tief durch, bevor sie durch das halb leere Casino schlich, um sich erst einmal einen Eindruck zu verschaffen. Sie wunderte sich allerdings, dass sich um diese Tageszeit überhaupt Leute an den Spieltischen eingefunden hatten. Trotzdem konnte sie wohl kaum einfach auf die Tische zusteuern und den Croupier bei der Arbeit mit Fragen löchern. Sie machten alle einen gleichermaßen abweisenden Eindruck. Inken konnte sich kaum vorstellen, dass sie dem Foto von Harry überhaupt einen Blick schenkten. Inken flüchtete in die Bar und bestellte sich ein Wasser.

Als sie allerdings einen Croupier auf einem Barhocker sitzen sah, der dort offenbar eine kleine Pause einlegte, nutzte sie die Gunst der Stunde und setzte sich rasch neben ihn. Er aber würdigte sie keines Blickes, sondern plauderte weiter mit dem Barmann.

Inken räusperte sich so auffällig, dass die beiden Männer ihr Gespräch unterbrachen und kurz in ihre Richtung sahen.

»Entschuldigen Sie, meine Herren, kennen Sie diesen Mann?« Sie holte das Foto hervor, das einen braungebrannten Harry auf Uwes Kutter zeigte. Er sah aus wie ein Seebär und strahlte über das ganze Gesicht. Er war schon ein hübscher Kerl gewesen, ging es Inken wehmütig durch den Kopf.

Der Croupier warf nur einen flüchtigen Blick auf das Foto und schüttelte den Kopf, während Inken im Gesicht des Barmanns ein gewisses Wiedererkennen zu lesen glaubte. »Sie erinnern sich, oder?«, hakte Inken nach. Ihr entging nicht der warnende Blick, den der Barmann jetzt vom Croupier auffing.

»Nein, keine Ahnung. Hier sind so viele Gäste, da kann man sich keine Gesichter merken«, erklärte er nun hastig. Inken konnte sich nicht helfen, sie glaubte ihm nicht.

»Kommen Sie, Sie können mir alles sagen. Auch wenn er nicht allein hier war.« Das war Inken einfach so herausgerutscht. Bislang hatte sie noch keinen ernsthaften Gedanken daran verschwendet, dass ihr Harry in Begleitung einer fremden Frau im Casino gewesen war. Aber jetzt war es raus, und das Herz klopfte ihr bis zum Hals. Allein bei dem Gedanken.

»Tut mir leid«, erwiderte der Barmann und stürzte sich eifrig auf den einen Gast, der jetzt in die Bar kam.

»Sie werden hier nichts erfahren«, sagte der Croupier in höflichem und zugleich abweisendem Ton. »Wir haben nämlich eine gewisse Schweigepflicht. Also versuchen Sie erst gar nicht mehr, meine Kollegen zum Reden zu bringen.«

Diese Ermahnung aber stachelte Inken nur noch mehr an. Wenn Harry schon dem Barmann zumindest entfernt bekannt vorgekommen war, würde sie nicht gleich wieder aufgeben.

»Entschuldigung, aber mein Mann hat hier unser ganzes Geld verspielt, und da hätte ich gern ein paar Einzelheiten erfahren.«

Der Croupier schien mit sich zu kämpfen. »Dann kommen Sie mal mit«, knurrte er. »Ich bringe Sie zum Saalchef. Vielleicht kann der Ihnen helfen.«

Inken folgte ihm zurück in den Saal. Dort steuerte er auf einen großen Herrn in schwarzem Anzug mit Fliege und weißem Hemd zu.

»Die Dame hat eine Frage.« Der Croupier wartete gar keine Antwort ab, sondern hastete weiter.

»Was kann ich für Sie tun?«, fragte der Saalchef. Er reichte ihr die Hand. »Mein Name ist Mayer. Mit ay. Steht auf keinem Namensschild, weil wir generell sehr diskret sind. Deshalb hat mich der Kollege eben nicht mit Namen angesprochen. Das machen wir grundsätzlich nicht«, fügte er beinahe entschuldigend hinzu.

»Ich habe nur ein paar Fragen«, entgegnete sie schüchtern. Der Saalchef bat sie in eine ruhige Ecke mit zwei Sesseln und bot ihr einen Platz an. Inken reichte ihm Harrys Foto. »Das ist mein verstorbener Mann, der ein paar Tage vor seinem Tod unser Konto geplündert hat, um es in dieser Spielbank zu verzocken.«

Herr Mayer fixierte das Foto und runzelte die Stirn. »Ja, ich erinnere mich. Dieser Mann hatte einen Zusammenbruch am Roulettetisch, nachdem er viel Geld verloren hatte.«

Inken blickte ihn fassungslos an. Doch ein Abgrund, durchfuhr es sie eiskalt. »Und, wurde er in die Klinik gebracht?«

»Wir hatten den Notarzt bestellt, aber der Mann sagte, er könne wieder aufstehen, ging zu den Waschräumen und ist dann spurlos verschwunden.«

»Und wissen Sie, warum er gespielt hat, ich meine, war er allein oder in Begleitung?«

Der Saalchef wand sich. »Es tut mir leid. Ich habe Ihnen schon viel zu viel gesagt. Wir haben hier eine Schweigepflicht und äußern uns nur in Einzelfällen. Ich dachte nur, das mit dem Zusammenbruch, das sollten Sie wissen.«

Mit diesen Worten erhob sich Herr Mayer und verabschiedete sich höflich. Inken blieb wie betäubt zurück. Harry war zusammengebrochen und dann getürmt, statt sich ins Krankenhaus bringen zu lassen. Das alles war ihr so fremd. Schließlich stand sie mit weichen Knien auf und suchte die Freundinnen, doch als sie die beiden fröhlich an einem Tisch spielen sah, ging sie erneut in die Bar und bestellte sich einen großen Aquavit, den sie auf Ex leerte. Plötzlich bemerkte sie, wie der Barmann sie verstohlen musterte. Er wusste mehr. Keine Frage. Das hatte sie vorhin schon bemerkt.

»Ich weiß jetzt, dass mein Mann hier gespielt und am Roulettetisch zusammengebrochen ist«, sagte sie. »Wenn Sie noch was wissen, bitte sagen Sie es mir«, fügte sie flehend hinzu.

Der Mann zögerte, doch dann beugte er sich zu Inken hinüber. »Ja, er ist mir aufgefallen, denn ich hatte beide Abende Dienst. Da hatte er aber bereits viel Geld verspielt, als er an der Bar landete. Und sein Freund hat ihn dann auch etwas beruhigen können. Ihr Mann war ja völlig außer sich …«

»Sein Freund?«

»Oh Gott, ich habe schon viel zu viel gesagt. Das sieht man hier nicht gern.«

»Bitte, was war das für ein Mann? Wie sah er aus?«

»Da fragen Sie mich etwas. Ein sehr gepflegter älterer Herr, der eine Zeitlang Stammgast hier war.«

Inkens Herzschlag beschleunigte sich. »Bitte, sagen Sie mir seinen Namen.«

Doch nun trat der Barkeeper einen Schritt zurück. »Mehr kann ich Ihnen leider nicht verraten. Möchten Sie noch einen?«

Inken verneinte und wollte bezahlen, aber der Barkeeper winkte ab. »Geht aufs Haus.« Dann verschwand er ans andere Ende der Bar und ließ Inken ratlos zurück.

Nun hatte sie zwar Einzelheiten erfahren, war aber kaum schlauer als zuvor. Nur dass es Harry schon gesundheitlich sehr schlecht gegangen war und er nicht allein gewesen war, hatte sie bislang in Erfahrung gebracht. Doch die Beschreibung seiner Begleitung war so vage, dass sie auf ein Drittel der hier anwesenden Spieler zugetroffen hätte.

Inken rutschte von ihrem Barhocker und ging zu dem Tisch, an dem ihre Freundin Wiete gerade immerhin fünfzig Euro gewonnen hatte.

Sie brauchte gar nichts zu sagen. Die Freundinnen sahen ihr auf den ersten Blick an, dass es ihr nicht gutging.

»Wollen wir uns in die Bar setzen?«, fragte Nele.

»Nein, ich brauche frische Luft«, entgegnete Inken hastig.

Wenig später standen die drei vor dem Casino an der frischen Luft. Atemlos hatte Inken ihnen geschildert, was ihre Recherche ergeben hatte.

»Ich denke, ich muss herausbekommen, ob er wirklich nach Hamburg gereist ist, um an einem Seminar teilzunehmen, oder ob das bereits erstunken und erlogen war«, stöhnte sie.

»Meinst du wirklich? Ich glaube, es ist besser, wenn du dich nicht länger damit belastest«, meinte Wiete mitfühlend. »Du wirst eh nicht herausfinden, was an dem Abend wirklich mit ihm los gewesen ist.«

»Das befürchte ich auch. Was, wenn er ein Doppelleben geführt hat?«, gab Inken zu bedenken.

»Genau, und sein Begleiter war Mafioso oder der Ehemann seiner heimlicher Geliebten?«, versuchte Wiete zu scherzen.

»Oder der Zuhäl…« Nele unterbrach sich und schlug sich erschrocken die Hand vor den Mund.

»Nele!«, ermahnte Wiete sie.

»Alles gut, daran habe ich auch schon gedacht, aber das bleibt reine Spekulation. Kommt mit. Ich will es jetzt wissen!« Inken eilte so schnell voran, dass die Freundinnen nur mit Mühe Schritt halten konnten. Sie überquerten die befahrene Straße über eine Brücke, die zum Dammtor-Bahnhof führte, an dessen Rückseite sich der Eingang zu dem Kongresshotel befand.

## 25. Tee-Fuzzi auf Abwegen

Wiete und Nele setzten sich in eine Ecke der großzügigen Hotellobby, während sich Inken an der Rezeption nach dem Seminar erkundigte. Die freundliche Hotelmitarbeiterin sah in ihrem Computer nach, ob an dem von Inken genannten Datum eine Tagung zu dem Thema Molekularküche stattgefunden hatte.

Das Warten zermürbte Inken. Was, wenn er sie wirklich belogen hatte, was den Grund seiner Reise anging? Sie betete insgeheim, dass sie gleich die Bestätigung bekam, dass Harry zu diesem Seminar nach Hamburg angereist war. Dann nämlich gäbe es für sein Handeln vielleicht noch eine plausible Erklärung wie die, dass er sich mit dem Seminarleiter in der Hotelbar betrunken hatte, nachdem der ihm die realistischen Preise für einen anständigen Rotationsverdampfer genannt hatte … Und dann waren die beiden auf den verrückten Gedanken gekommen, das Geld für das Gerät beim Roulette zu gewinnen. Schließlich war das Casino gleich gegenüber … Ja, dieses Szenario gefiel Inken, weil es zumindest halbwegs einen Sinn ergeben würde …

»Tut mir leid. Ich finde dieses Seminar beim besten Willen nicht in unserem Plan«, sagte die Dame nun.

»Vielleicht hat man vergessen, es einzutragen?«

»Nein, das ist ausgeschlossen. Das ist noch nie passiert, dass eine Tagung nicht in unseren Rechner eingetragen wurde. Sehen Sie selbst.«

Die Frau drehte den Bildschirm ein wenig, sodass Inken

einen Blick darauf werfen konnte. Ein Zahnmedizinerkongress, eine IT-Tagung und mehr hatte an jenem Wochenende im *Radisson*-Hotel stattgefunden, nur keine Veranstaltung zum Thema Molekularküche.

Inken spürte, wie plötzlich ihr Kopfschmerz wieder aufflammte, der seit dem Tag, an dem Petersen sie in der Bank hatte warten lassen, verschwunden war. Doch in diesem Moment hämmerte er wieder erbarmungslos gegen ihre Schläfen. Sie bereute zutiefst, dass sie die ganze Sache nicht einfach auf sich hatte beruhen lassen. Doch nun gab es kein Zurück mehr.

»Könnten Sie mir noch einen Gefallen tun? Ich weiß, das dürfen Sie wahrscheinlich nicht, aber könnten Sie mir sagen, ob an dem Wochenende ein Harald Jenne bei Ihnen gewohnt hat …«

»Ich würde Ihnen wirklich gern helfen, aber …«

»Und ich würde nicht fragen, wenn ich …« Und schon schilderte Inken der wildfremden Dame in ein paar knappen Sätzen, was geschehen war.

Die Frau sah sich kurz prüfend um und sagte dann: »Warten Sie, wie war der Name?«

Inken wiederholte ihre Angaben.

»Der Herr hatte zwei Nächte bei uns gebucht und im Voraus bezahlt. Mehr weiß ich aber auch nicht«, erklärte die Dame an der Rezeption hastig.

»Ich danke Ihnen«, hauchte Inken.

»Gern geschehen!«, sagte sie.

Traurig kehrte Inken zu ihren Freundinnen zurück. Die Hoffnung, Harrys Ehre doch noch zu retten, schien endgültig dahin.

»Schlechte Nachrichten?«, wollte Nele wissen.

»Harry hat hier gewohnt, aber das Seminar hat es nie gegeben!«, stöhnte sie.

»Das gibt's ja wohl nicht, das ist …« Wiete unterbrach sich und raunte aufgeregt: »Seht jetzt bitte nicht so auffällig zur Tür!«

Doch wie aufs Stichwort taten die Freundinnen genau das und entdeckten Beekes Tee-Fuzzi, wie Inken ihn gern nannte, mit einer großen Blondine im Arm. Die beiden schienen sehr vertraut miteinander.

Als sie näher kamen, steckten die Freundinnen die Köpfe zusammen, damit er sie im Vorbeigehen nicht erkennen konnte. Doch Nele schaffte es trotzdem, ein Handyfoto der beiden zu machen.

Erst als das Paar längst an ihnen vorbeigegangen war, hoben sie die Köpfe.

»So viel ist klar, Beeke ist das nicht«, stellte Inken trocken fest.

»Und die werte Gattin scheidet auch aus. So, wie die beiden geturtelt haben«, fügte Wiete hinzu.

»Das müssen wir sofort deiner Tochter stecken«, schlug Nele vor.

»Nein, das tue ich nicht!«, protestierte Inken, aber Nele streckte die Hand aus. »Dann gib mir ihre Nummer! Ich schicke ihr das Beweisfoto.«

»Aber doch nicht per WhatsApp«, protestierte Wiete.

Nele legte die Stirn in Falten. »Stimmt, das ist nicht gut, aber wir erzählen es ihr sofort, wenn wir zurück sind«, erklärte sie in einer Stimme, die keinen Widerspruch duldete.

»Ich weiß nicht, ob wir ihr das antun können«, wandte Inken ein.

»Deine Tochter ist kein Kleinkind mehr. Wenn du ihr den spielsüchtigen Vater verschweigst, schön und gut, aber den Freund auf Abwegen, das geht zu weit …«

»Nele!«, ermahnte Wiete sie mit einem besorgten Blick auf die völlig erblasste Inken.

Doch die hob jetzt beschwichtigend die Hände. »Nele hat recht. Wir sagen es ihr natürlich, aber mir wäre es wirklich lieb, wenn ihr zu dem Gespräch mitkämt. Vielleicht könntest du ihr dann die Wahrheit sagen, Wiete. Auf dich hört sie, dir glaubt sie. Ich schaffe das nicht allein.«

»Aber natürlich«, erklärte Wiete gerührt. »Vielleicht könnte ich sie bei der Gelegenheit dann auch gleich über Harry aufklären …«

»Nein! Verdammt! Das muss ich doch erst mal selbst verarbeiten. Der Scheißkerl hat mich von Anfang an belogen. Es gab kein Seminar in Hamburg!«, stieß Inken empört hervor.

»Okay, dann werden wir erst einmal in Sachen Tee-Fuzzi aktiv«, ruderte Wiete zurück.

»Wir machen das natürlich ganz diplomatisch und zeigen ihr nicht, dass wir den Typen eh blöd finden«, bekräftigte Nele Wietes Vorschlag.

Inken blickte gerührt von einer Freundin zur anderen. »Ihr seid so wunderbar!«, raunte sie. Sie umarmte ihre beiden Freundinnen fest.

Danach verließen sie das Hotel und fuhren mit der S-Bahn zurück zu ihrem Hotel, um sich für das abendliche Event umzuziehen.

Bevor Wiete in ihrem Einzelzimmer verschwand, bedankte sie sich noch einmal ganz herzlich bei ihren Freundinnen für die moralische Unterstützung im Gerichtssaal.

»Sag mal, Wiete, eine Frage. Hast du eigentlich mit ihm oder nicht?«

»Nele! Das geht uns gar nichts an«, unterbrach Inken sie heftig.

Wiete aber schien die Neugier der Freundin nicht besonders unangenehm zu berühren. »Es ist nicht zum Äußersten gekommen, aber ich wäre durchaus mit ihm ins Bett gegangen, wenn der Typ es darauf angelegt hätte.«

»Wiete!«, lachte Nele. »Hätte ich nie gedacht, dass du mit einem Mann vö…«

»Nele!«

»Sie hat recht. Sex traut man mir nicht zu. Dabei hätte ich mit dem falschen Doc durchaus gevögelt, aber dazu kam es ja nicht. Der Herr hielt sich vornehm zurück. Küsschen Wange links, Küsschen Wange rechts. Aber nun ist das Thema wirklich durch. Nie wieder Männer! Ich bin einfach zu doof dafür. Außerdem lerne ich in diesem Leben keinen mehr kennen.«

»Tja, du hast früher mal so schöne Locken gehabt«, bemerkte Inken schwärmerisch.

Wiete fuhr sich über den Stoppelschnitt. »Und du meinst, wenn ich auf Rapunzel mache, laufen mir die Männer in meinem Alter die Bude ein und ich kann mir den attraktivsten aussuchen oder was?«

»Tu's für mich. Nicht richtig lang wie damals. Aber einmal noch deine schönen Locken zeigen«, bat Inken.

»Oh ja, das wäre wunderbar. Mein Reden seit dem Raspelschnitt. Ich habe mich nur nicht getraut, es auszusprechen«, bemerkte Nele schmunzelnd.

»Das würde ich mir aber an deiner Stelle nicht wünschen. Dann stehen die alten Herren nur noch auf mich«, lachte Wiete. »Dann sollten wir nächstes Mal in einen Singleclub für Best Ager fahren und es noch mal richtig krachen lassen.«

»Nee, also da bin ich raus«, sagte Inken entschieden. »Nie wieder Kerle!«

»Na ja, also, das werden wir dann mal sehen«, meinte Nele.

»Ihr könnt das nicht verstehen, dass ich ihm nachtrauere, oder? Jetzt, wo ich die Gewissheit habe, dass er mich bewusst belogen hat?«, gab Inken bekümmert zurück.

»Doch, natürlich, ihr seid doch immer ein so wunderbar harmonisches Paar gewesen«, entgegnete Wiete ausweichend.

»Genau, er war ein wunderbarer Mann, und dass er dich

belogen und mittellos zurückgelassen hat, das war doch sicher nur ein bedauerlicher Fehltritt oder quasi ein Blackout oder besser noch Alkohol, Filmriss …«

»Brich dir bloß keinen ab, Nele«, seufzte Inken. »Seinen Heiligenschein hat er spätestens am Roulettetisch abgegeben, aber ich kann ihn immer noch nicht hassen. Bekloppt, oder?«

»Ach, Inken, ich glaube, du musst ihn einfach loslassen. Du wirst seinem Geheimnis eh nicht auf die Spur kommen …«

»Genau, such dir die beste Variante aus. Die dir am besten tut. Als Karsten damals spurlos verschwunden war, habe ich ihn einfach für tot erklärt. Das hat geholfen.«

Nele lächelte gequält. »Tja, das wird Inken nur nicht so richtig helfen. Harry ist nämlich tot und hat sein Geheimnis mit ins Grab genommen.«

»Nein, nein, Wiete hat schon recht. Ich muss einen Dreh finden, meinen inneren Frieden trotz dieser Ungewissheit zurückzuerlangen.«

»Oder wir gehen noch mal zu Frau Meiser, und du fragst Harrys Geist einfach noch mal, was ihn geritten hat«, schlug Nele vor, was Inken mit einem freundschaftlichen Rippenstoß quittierte.

# 26. Lecker Friesentorte und nackte Wahrheit

Inken hatte den Besuch bei Beeke akribisch vorbereitet und ihn nicht auf die lange Bank geschoben. Schon am Sonntag nach ihrer Rückkehr aus Hamburg war es dann so weit. Inken hatte sich am Nachmittag zum Kaffeetrinken bei Beeke eingeladen und versprochen, eine selbstgebackene Friesentorte mitzubringen. Sie hatte ihrer Tochter angedeutet, dass sie wohl mit ihren Freundinnen zusammen vorbeikäme. Beeke hatte sich nicht wirklich begeistert über die Ankündigung dieses Besuchs gezeigt. Sie hatte ziemlich energisch darauf hingewiesen, dass sich Sven extra das ganze Wochenende für sie Zeit genommen habe. Doch Inken hatte frech behauptet, das wäre doch mal eine günstige Gelegenheit, mit dem jungen Mann Frieden zu schließen, da er nun vielleicht bald ihr Schwiegersohn würde.

»Na gut, Mutti, dagegen kann ich wohl nichts sagen«, hatte Beeke geseufzt. »Und stell dir vor, er hat es wirklich getan.«

»Was getan?«, hatte Inken erschrocken nachgefragt.

»Er hat die Scheidung eingereicht.«

»Sagt er …«

»Mutti, ich glaube, es wird wirklich Zeit, dass du ihn mit anderen Augen betrachtest.«

Dieses Telefonat hatte Inken ein wenig verunsichert. Was, wenn die Blondine in Hamburg womöglich nur seine Schwester oder Cousine gewesen war? Sie sollten auf jeden Fall sehr vorsichtig vorgehen.

Das versuchte Inken ihren Freundinnen auf dem Weg zu

Beekes Wohnung noch einmal einzuschärfen, ganz besonders Nele. Nicht dass die mit ihrem vorlauten Mundwerk gleich mit der Tür ins Haus fiel und ihn ohne Vorwarnung auf die fremde Blondine in seinem Arm ansprach. Nele schwor hoch und heilig, sich im Hintergrund zu halten.

»Das ist sehr löblich. Das Beste wird sein, ihr lasst mich reden. Und erst wenn es brenzlig wird und wir Beeke endlich sagen müssen, was wir wissen, sollte Wiete übernehmen. Und du, Nele, du solltest das Ganze möglichst stumm beobachten.«

»Ich weiß nicht, ob das überhaupt eine geniale Idee ist, gleich im Pulk aufzutauchen, um den Mistkerl zu überführen«, warf Wiete zweifelnd ein.

»Du brauchst uns als Zeugen für den nicht unwahrscheinlichen Fall, dass Beeke dir kein Wort glaubt«, widersprach Nele.

»Das ist wahr, aber ich sehe trotzdem die Gefahr, dass unser Auftritt nach hinten losgehen kann. Was, wenn diese Blondine eine Kollegin von ihm gewesen ist?«, gab Inken zu bedenken.

Nele tippte sich an die Stirn. »Hallo? Er hat ihr besitzergreifend eine Hand auf den Hintern gepackt. Ich glaube kaum, dass wir Zeuge einer sexuellen Belästigung geworden sind. Dann hätte sie sich wohl kaum so verliebt an ihn geschmiegt.«

»Stimmt. Das mit der Hand habe ich auch gesehen«, pflichtete Inken ihr bei. »Und ihr habt recht. Selbst auf die Gefahr hin, dass Beeke ihren Zorn dann gegen mich richtet, weil ich in ihren Augen ja eh alles falsch mache, wir haben keine andere Wahl, als es ihr zu stecken. Und dazu brauche ich euch.«

»Ich denke, ihr beiden habt euch wieder versöhnt?«

»Schon, aber wenn sie sich jetzt wegen dieser Sache von Sven trennt, was ich sehr hoffe, sucht sie unbewusst wahrscheinlich wieder einen Sündenbock«, erwiderte Inken nachdenklich. »Und das ist dann die Überbringerin der schlechten Nachricht. Deshalb muss ihr Wiete die Wahrheit sagen. Dann kann sie ihren Zorn nicht an mir auslassen.«

Nele hakte sich bei ihr unter. »Ach, Inken, vielleicht ist sie uns sogar dankbar, wenn sie den Kerl dann los ist.«

»Das hatte ich ja auch gehofft, aber am Telefon klang das gerade wieder nach großer Liebe.«

Sie waren jetzt vor Beekes Haus angekommen. »Ihr wisst Bescheid, ja? Ich rede als Erste.«

»Aye, aye, Käpt'n!«, spottete Nele, doch da ertönte bereits der Summer.

Beeke lächelte angestrengt, als ihre Mutter und deren zwei Freundinnen die letzten Stufen nach oben stiegen.

»Moin, Mädels, schön, dass ihr gekommen seid«, begrüßte sie die Gäste. Doch Inken konnte sie damit nicht darüber hinwegtäuschen, dass sie ihr ungelegen kamen.

»Guck, da hängt die Jacke, die er im Hotel anhatte«, flüsterte Nele Inken zu, als sie an der Garderobe vorbeigingen.

»Setzt euch drinnen schon mal an den Tisch«, sagte Beeke. »Wer möchte Kaffee und wer Tee?«

Nur Nele bat um einen Kaffee, die anderen wollten Tee.

Sven saß im Wohnzimmer vor dem Fernseher und drehte sich nicht einmal um, als sich die drei Besucherinnen an den bereits halb gedeckten Kaffeetisch setzten. Hastig holte Beeke noch zwei Gedecke aus dem Schrank und tippte Sven auf die Schulter. Der drehte sich erschrocken um und nahm die Ohrhörer ab.

»Entschuldigung, ich habe Sie nicht kommen hören.« Mit diesen Worten sprang er von seinem Sessel auf und begrüßte Inken und ihre Freundinnen mit ausgesuchter Höflichkeit. »Oh, was für eine wunderbare Torte. Die haben Sie doch nicht selbst gebacken, oder? Die ist ja perfekt.«

Da will sich aber einer einschleimen, dachte Inken amüsiert, aber dem wird seine aufgesetzte Freundlichkeit schon noch vergehen.

»Doch, das ist meine kleine Entschädigung dafür, dass wir Beeke und Sie so überfallen«, heuchelte Inken.

»Aber das ist doch gar kein Problem. Im Gegenteil, Sie sind uns doch immer willkommen. Und Ihre Freundinnen auch.«

»Das hört man gern«, flötete Nele.

»Ach, Beeke, du hast da aber wirklich Glück mit dem jungen Mann«, säuselte Wiete.

Inken verdrehte die Augen. Dass Nele den Bogen gern überspannte, kannte Inken ja nun zur Genüge, aber dass jetzt auch Wiete so maßlos übertreiben musste … Doch der Tee-Fuzzi schien die drohende Gefahr nicht zu spüren und voll in der Rolle des charmanten Gastgebers aufzugehen.

Was Inken allerdings missfiel, waren Beekes verliebte Blicke, die sie diesem schmallippigen Kerl ununterbrochen zuwarf, und die selbstgefällige Art, in der er sie erwiderte. Es wurde höchste Zeit, das Finale dieses Schmierentheaters einzuläuten.

Doch erst einmal plauderten sie bei Tee, Kaffee und Friesentorte über Belanglosigkeiten wie das Schönwetterhoch, das Husum zurzeit reichlich Sonne bescherte.

Sven überschlug sich noch einmal mit Komplimenten über die beste Friesentorte, die er jemals gegessen hatte.

»Verraten Sie mir das Rezept?«, bat er überschwänglich.

»Gern. Das ist ganz einfach. Sie backen zwei Blätterteigböden, bestreichen den Deckel mit Eigelb und Hagelzucker und den Boden mit Pflaumenmus. Dann verteilen Sie auf dem Pflaumenmus-Boden reichlich geschlagene Sahne. Nun schneiden Sie den Deckel in zwölf gleichmäßige Stücke …«

»Das Rezept müssen Sie unbedingt Beeke geben. Dann macht sie das mal für mich. Nicht wahr, Hase?«

»Hase kennt das Rezept seit Kindertagen«, stieß Inken ohne zu überlegen hervor, was ihr einen bitterbösen Blick ihrer Tochter einbrachte.

Es wird Zeit, dass wir zum Höhepunkt kommen, dachte Inken. Und schon hörte sie sich scheinbar wie nebenbei sagen:

»Wir waren ja am Montag in Ihrer Heimatstadt. Also, Hamburg ist wirklich eine Reise wert.«

»Ich habe es schon gehört. Sie waren in der Elphi. Hat Ihnen das Konzert gefallen?«

»Es war bezaubernd, aber auch sonst ist das eine schöne Stadt«, mischte sich Wiete ein.

»Genau, ich habe dort ja eine Zeitlang gelebt, aber es hat sich auch einiges verändert. Der Dammtor-Bahnhof ist ganz anders geworden und auch das *Radisson*. Da war früher ganz oben eine heiße Disco drin … Kennen Sie das Hotel?«, fügte Nele nun lauernd hinzu.

»Das kennt jeder Hamburger«, entgegnete Sven immer noch völlig arglos. Dabei signalisierten die Freundinnen einander gerade mit Blicken, dass sie nun zum finalen Angriff übergehen würden.

»Wissen Sie, dass Sie einen Doppelgänger haben?«, fragte Nele nun mit einem falschen Lächeln.

Svens Miene verfinsterte sich. »Nicht dass ich wüsste!«

»Also, mir war für einen Augenblick so, als würden Sie da durch die Lobby des *Radissons* stolzieren«, fügte Inken eifrig hinzu.

»Sie waren am Montag nicht zufällig dort?«, hakte Nele scheinheilig nach und musterte ihn prüfend. »Also, wenn ich Sie mir jetzt so ansehe – die Ähnlichkeit ist nahezu verblüffend.«

»Nein, ich war am Montag den ganzen Tag in meiner Firma«, sagte er unwirsch.

Beeke legte die Hand beschwichtigend auf seine. »Liebling, du musst dich nicht rechtfertigen für einen potenziellen Doppelgänger.« Sie warf ihrer Mutter einen warnenden Blick zu. »Mutti, ich würde dich gern mal unter vier Augen sprechen.« Das klang drohend.

»Ja, meine Süße, aber ich würde gern erst noch meine Torte

aufessen«, flötete Inken. Beeke schien mittlerweile zu spüren, dass der Besuch der drei Damen keine höfliche Sonntagnachmittag-Veranstaltung war, sondern etwas anderes dahintersteckte. Inzwischen merkte wohl auch Sven, dass hier etwas nicht stimmte.

Er wirkte seit der Erwähnung seines vermeintlichen Doppelgängers im Radisson äußerst nervös, ja, sogar sein rechtes Augenlid zuckte verdächtig. Inken wertete das als eindeutiges Zeichen, dass ihm das Gespräch nicht behagte.

»Entschuldigen Sie bitte, wir wollten Sie nicht langweilen mit unseren Hamburg-Geschichten. Vielleicht sah Ihnen der Mann, den wir dort bemerkt haben, auch gar nicht ähnlich. Und Sie sind auch wesentlich eleganter gekleidet als dieser Mann im Hotel. Stellen Sie sich mal vor, er trug eine weiße Lederjacke. Unter uns, das ist doch eine Geschmacksverirrung sondergleichen.«

Mit einem Seitenblick konnte Inken sehen, wie blass Beeke bei Wietes Worten geworden war. Sie tat ihr jetzt fast leid.

In diesem Moment erhob sich Sven hektisch. »Also, ich will die Damen dann mal allein lassen.«

»Sven! Bitte bleib!«, bat Beeke ihn und wandte sich zornig ihrer Mutter zu. »Mutti, was hat dieser Auftritt zu bedeuten? Ihr seid doch nicht aus lauter Freundlichkeit zu dritt hier aufgetaucht. Was wollt ihr wirklich?«

»Tja, wir wollen eigentlich von deinem Liebsten wissen, wer seine blonde Begleitung war.«

Sven lief rot an, und dann ließ er seine Faust auf die Tischplatte krachen. »Was soll der Mist? Ich lasse mich hier doch nicht von deiner Mutter ausfragen, wann ich am Montag wo und mit wem gewesen bin!«

»Von meiner Mutter sicher nicht, aber von mir vielleicht«, entgegnete Beeke mit belegter Stimme. »Wer war die blonde Begleitung, mit der dich die drei im *Radisson* gesehen haben?«

Sven kam jetzt mächtig ins Schwitzen. Er fuhr sich mehrfach mit der Hand über die Stirn. »Also, das muss ich mir wirklich nicht bieten lassen«, bellte er, bevor er fluchend das Zimmer verließ.

Beeke machte Anstalten, ihm zu folgen, aber Wiete legte ihr sanft die Hand auf den Unterarm. »Reisende soll man nicht aufhalten!« Beeke schien mit sich zu kämpfen. Inken war erleichtert, als sie sich wieder hinsetzte. Sie hatte allerdings große Sorge, dass sich ihre Wut auf Sven gegen sie richten würde, wenn sie der Kerl jetzt wirklich verließ.

Doch der hatte es sich offenbar anders überlegt. Mit vorwurfsvoller Miene kehrte er zurück und baute sich kämpferisch in der Tür auf. »Beeke, du glaubst den Klatschtanten doch wohl nicht, oder? Ich bin am Montag nicht im Hotel gewesen und kenne keine Blondine außer dir. Meine Frau ist dunkelhaarig. Und ich finde, Sie sollten jetzt gehen und Beeke und mich allein lassen!«

»Aber vorher sollte sie sich das hier vielleicht ansehen.« Nele sprang auf und hielt Beeke das Foto auf ihrem Handy unter die Nase. Es war nicht unbedingt gestochen scharf, aber es fing die verliebten Blicke des eng umschlungenen jungen Paars ein. Doch nachdem Beeke gerade einmal einen flüchtigen Blick darauf hatte werfen können, kam Sven hinzugestürzt und versuchte Nele das Handy zu entreißen. Es kam zu einem Gerangel, bei dem ihr Wiete und Inken zu Hilfe eilten, während Beeke wie betäubt danebenstand. Erst als das Telefon zu Boden fiel und das Display zersplitterte, erwachte sie aus ihrer Erstarrung und schrie nur zwei Worte: »Raus hier!«

Inken blickte erschrocken auf. Sie glaubte, dass der Rausschmiss ihren Freundinnen und ihr galt, doch Beeke packte jetzt den Tee-Fuzzi am Arm und brüllte ihn an. »Hau ab!«

»Das wirst du noch bereuen!«, schnaubte er, während er aus dem Zimmer rauschte.

»Es tut mir so leid«, murmelte Inken, der schier das Herz brechen wollte, als ihre Tochter ihr jetzt einen verzweifelten Blick zuwarf.

Beeke aber nahm ihre Mutter gar nicht wahr, sondern verließ ebenfalls das Zimmer.

»Das hätten wir nicht tun dürfen«, jammerte Inken.

»Was denn sonst? Hätten wir zusehen sollen, wie diese miese Ratte deine Tochter verschei… verschaukelt?«, knurrte Nele.

»Ich würde ihm liebend gern die Fresse polieren!«, stieß Wiete drohend hervor.

Aus dem Flur ertönten wilde Flüche, bis die Haustür mit einem lauten Knall ins Schloss fiel. Und dann war alles still.

Auch die Freundinnen schwiegen betreten. »Ich glaube, das ist mein Auftritt«, verkündete Wiete und verließ ebenfalls das Zimmer. Gebannt lauschten die beiden, um zu verstehen, was auf dem Flur gesprochen wurde, doch Wiete und Beeke sprachen so leise, dass kein Wort ins Zimmer drang.

Inken atmete ein paarmal tief durch vor lauter Anspannung. Sie befürchtete immer noch, dass ihre Tochter gleich wie eine Furie hereinstürmen und ihre Wut an ihr auslassen würde. Doch als die Tür schließlich aufging, geschah das leise, und Wiete und Beeke kehrten innig umarmt ins Zimmer zurück. Keine Frage, Beeke hatte geweint, aber sie wirkte allenfalls traurig, aber keinesfalls zornig.

»Danke, Wiete! Das hat mir sehr geholfen«, sagte Beeke leise.

Inken glaubte sich verhört zu haben, doch als ihre Tochter sie stürmisch in den Arm nahm und an ihrer Schulter ein paar Tränen vergoss, traute sie dem Frieden. Und als ihre Tochter schließlich eine Flasche Deichgrafen-Aquavit auf den Tisch stellte und vier gefrorene Gläser aus dem Kühlschrank holte, da konnte sich Inken endlich entspannen.

»Danke, dass du mir die Augen geöffnet hast, Wiete. Die Vorstellung, dass er für mich gestorben ist, erleichtert alles sehr …«

»Und du bist mir nicht böse, dass ich dir diese Botschaft überbracht habe?«, hakte Inken vorsichtig nach.

»Wie sollte ich? Du kannst doch nichts dafür. Und jetzt darfst du auch ungestraft über ihn lästern«, versuchte Beeke zu scherzen.

»Na ja, was soll ich sagen? Er hat einen kleinen Schönheitsfehler: Er ist verheiratet!«

»Und er hat keine Lippen«, ergänzte Nele und demonstrierte das, indem sie eine furchterregende Fratze zog.

»Vielleicht sollte ich mal bei seiner Frau anrufen …«, bemerkte Beeke mit einem diabolischen Grinsen auf den Lippen.

»Süße, nein, auf keinen Fall. Das gibt es meist nur im Film, dass die Ehefrau der Geliebten dankbar ist, weil sie ihr die Augen über den miesen Charakter des Ehemanns öffnet«, gab Nele zu bedenken.

»Wahrscheinlich hast du recht. Und für mich ist es auch nicht unbedingt eine Heldentat, eine Affäre mit einem verheirateten Mann zu beginnen«, pflichtete ihr Beeke zerknirscht bei.

»Aber, Schatz, das hast du doch anfangs gar nicht gewusst«, versuchte Inken ihre Tochter zu verteidigen.

»Stimmt, aber spätesten, als ich es herausbekommen habe, hätte ich den Eierkopp in den Wind schießen sollen«, sinnierte Beeke. »Aber erst einmal Prost! Und nun verratet mir bitte mal, was ihr im *Radisson* gemacht habt. Habt ihr nicht am Altonaer Bahnhof gewohnt?«

Inken wurde kreidebleich, weil sie sich ertappt fühlte und ihr auf die Schnelle kein plausibler Grund einfallen wollte.

»Ach, das war ein bisschen Nostalgie, weil ich dort in meiner Hamburg-Zeit ein- und ausgegangen bin«, schwindelte Nele.

Inken atmete auf, als ihre Tochter sich damit zufriedengab und nicht weiter nachfragte.

Beeke goss nun jedem einen Aquavit ein und prostete ihnen zu. »Auf dass es das war für mich mit den Kerlen.«

»Nein, darauf trinke ich nicht«, protestierte Wiete. »Du bist noch so jung. Da kommt noch der Richtige. Jede Wette! Darauf trinken wir. Prost!«

»Ach, Schatz, du findest noch einen, der zu dir passt …«, pflichtete Inken ihr bei.

»Du hast gut reden. Mit Paps hast du eben das ganz große Los gezogen. Aufrichtige Männer wie er, die sind wie Klos: entweder besetzt oder beschi…«

»Beeke!«, unterbrach Nele sie streng.

»Gut, dann versuche ich es mal mit einer dieser Datingbörsen im Internet«, verkündete Beeke.

»Nein, davon würde ich dir dringend abraten!«, warf Wiete energisch ein. »Das sind alles Betrüger.«

Als Beeke nachfragte, woher Wiete das wissen wolle, schilderte sie ihre persönliche Odyssee mit dem falschen Doc so komisch, dass sich alle vor Lachen bogen.

Inken, Nele und Wiete hätten noch stundenlang bei Beeke bleiben können, aber das Abendgeschäft rief.

Inken drückte ihre Tochter ganz fest an sich und flüsterte ihr zu, dass sie ihr Glück ganz bestimmt noch finden würde. Und sie vielleicht gut daran täte, in Zukunft nicht zu sehr von der Statur eines Mannes auf dessen Charakter zu schließen. Beekes Reaktion war ein schiefes Lächeln.

# 27. Ein großer Tag

Es war ein herrlicher Sommerabend, an dem die drei Freundinnen zur großen Feier ins *Wattparadies* geladen hatten. Dass der alte Name des Restaurantschiffs die etlichen Neuerungen überlebt hatte, war einer der beiden neuen Inhaberinnen zu verdanken: Nele! Sie war der Meinung, eine Umbenennung würde einen Teil ihrer Marketingarbeit für das Lokal zunichtemachen, obwohl sie den Vorschlag von Inken, das Schiff auf den Namen *Die drei Krabben* zu taufen, sehr charmant fand. Der Dampfer gehörte nun nämlich ganz offiziell den drei Freundinnen zu gleichen Teilen. Nele und Wiete hatten ihr Glück kaum fassen können. Zwar hatte Inken mehrfach davon gesprochen, dass das die ideale Lösung sei, aber so recht glauben können hatten das die beiden nicht. Nun war alles in trockenen Tüchern, und sie hatten ihren Gesellschaftsvertrag sogar bei einem Notar aufsetzen und beurkunden lassen.

Wiete hatte inzwischen tatsächlich ihr Geld zurückbekommen und es sich nicht nehmen lassen, einen Teil in die Modernisierung des Innenraums vom *Wattparadies* zu investieren. Und seit sie die Buchhaltung unter sich hatte, war ihr allerhöchstes Ziel, die roten Zahlen aus den Büchern und Kontoauszügen zu verbannen. Obwohl der Laden so gut lief wie nie zuvor, hatte sie das noch nicht ganz geschafft. Sie hatten bei der Nordfriesenbank einen Kredit für die Modernisierung des Restaurantschiffs aufgenommen, den Winter ihnen förmlich hinterhergetragen hatte.

Neles Ideenreichtum, um Schwung in den Laden zu bringen, war grenzenlos. Neuerdings gab es sogar einen Lieferdienst, der den Husumern die Scholle mit Krabben direkt nach Hause brachte. Außerdem ließ es sich Nele nicht nehmen, im Service mitzuarbeiten. Von diesem Job hatten die beiden Mitinhaberinnen Wiete nämlich großzügig befreit. Sie musste keine Teller mehr über die schmalen Treppen ins Unterdeck balancieren. Im Gegenteil, wenn im Service Not am Mann war, stand Wiete brav hinter dem Tresen und schenkte die Getränke aus.

Überdies hatten sie zwei junge Aushilfskräfte eingestellt, sodass auch Inken nicht mehr selbst im Service arbeiten musste. Sie konnte ihre ganze Energie nun in die Optimierung der Küche stecken und hatte bereits ein paar aufregende neue Fischgerichte kreiert, die nicht zu überdreht für ihr Publikum, aber trotzdem ausgefallen waren. Der Hit waren ihr Lachstartar und ein paar Rezepte mit Aal. Außerdem gab es nun eine Extrawochenkarte, auf der ständig wechselnde Gerichte angeboten wurden. Die Klassiker fanden sich weiter in der normalen Karte, die dank Nele neuerdings in schlichtem und ansprechendem Design präsentiert wurde. Sie war der Meinung, schlechte Fotos vom Essen in einer Speisekarte seien immer ein Indiz für die schlechte Qualität eines Lokals. Inken hatte dem Vorschlag, die Karten zu erneuern, mit einigem Bauchweh zugestimmt, denn das Gestalten der Speisekarten hatte stets zu Harrys Aufgaben gehört und er war immer sehr stolz gewesen auf sein buntes Design samt Fotos.

In einem Punkt hatte Nele sich allerdings nicht gegen Inken durchsetzen können: das Fest an einem Samstag zu machen. Das widersprach Inkens Auffassung von Kundenfreundlichkeit. An einem Samstag würde man dann ja die regulären Gäste wegschicken und enttäuschen müssen. Nein, nun hatte sich der Ruhetag, der Montagabend, durchgesetzt, nachdem die Pul-Damen ihren Job an diesem Tag schon am Vormittag ohne die

Chefin erledigt hatten. Nur *Krabbes Bude* blieb an diesem Tag zu.

Aber nicht nur die Pul-Damen waren zum Fest eingeladen, sondern auch der gesamte Chor und alle, die zum Erfolg des *Wattparadieses* beigetragen hatten, sowie Freunde, Verwandte, Geschäftsleute, die am Hafen ihre Läden betrieben, andere Restaurantinhaber, etliche Honoratioren und natürlich die Vertreter der örtlichen Presse samt Fotografen.

Inken hielt gerade die Gästeliste in der Hand und fragte sich, wo sie bloß alle unterbringen sollten, aber Nele hatte geschickt sämtliche Tische, die nicht fest in den Bootsboden geschraubt waren, entfernen lassen, um Platz zu schaffen. Draußen hatte sie eine Bar aufbauen und eine Tanzfläche herrichten lassen. Natürlich dachte Inken an diesem Tag wehmütig an ihren Harry und fragte sich, was er wohl dazu sagen würde, dass die drei Frauen dem *Wattparadies* neuen Pepp verpasst hatten, und auch dazu, dass *Krabbes Bude* schon wieder für den ersten Platz nominiert war. Dieses Mal nicht nur für ihre Krabbenbrötchen, sondern auch für ihre Fisch & Chips. Nele war auf die verrückte Idee gekommen, sie in bedrucktem Umweltpapier zu servieren als Reminiszenz an die frühere Verpackung in Zeitungen, was aber wegen der Druckerschwärze nicht so gesund war. Inzwischen verzichteten sie im Imbiss auf jegliche Plastikverpackung, was ihnen noch mehr positive Publicity einbrachte.

Keine Frage, seitdem sie den Laden zu dritt schmissen, hatten sie eine Erfolgssträhne, was Nele regelrecht in Euphorie versetzte, während sich Inken eine gewisse Skepsis bewahrte. Sie wusste aus leidvoller Erfahrung, dass es rasch mal hoch- und schnell auch wieder runtergehen konnte.

Sie trug ihr bordeauxfarbenes Kleid, das sich schon in Sanremo bewährt hatte, und stand an einem Tisch am Eingang zum Schiff an Land, um die Gäste einzeln zu begrüßen, während Nele auf dem Oberdeck herumwuselte und die Aushilfen scheuchte. Komischerweise war ihr nie jemand böse, wenn sie das Kommando übernahm. Sie tat das charmant und mit einem Lächeln auf den Lippen und vergriff sich dabei niemals im Ton. Ein Glücksgefühl durchrieselte Inken bei dem Gedanken, in ihren Freundinnen auch die richtigen Geschäftspartnerinnen gefunden zu haben.

In dem ganzen Trubel der letzten Wochen war Inken kaum mehr dazu gekommen, sich weiter tiefschürfende Gedanken darüber zu machen, was wohl wirklich vorgefallen war an jenen zwei Tagen in Hamburg, an denen Harry ihr gesamtes Geld verspielt hatte. Vielleicht war es auch besser so, die Vergangenheit einfach ruhen zu lassen. Allerdings hatte sie es immer noch nicht über sich gebracht, Harrys Grab zu besuchen. Nicht, solange sie noch einen Rest von Groll gegen ihn hegte. Erst wenn sie reinen Herzens war, würde sie ihn dort aufsuchen. Sie bedauerte jedoch ein wenig, dass sie seine Stimme in den vergangenen Wochen nicht mehr gehört hatte. Harry war einfach verstummt. Aber vielleicht war das auch besser so, damit sie sich keine weiteren Gedanken über das Thema »Kontakte zum Jenseits« mehr machen musste.

Doch nun blieb ihr keine Zeit mehr, sich darüber weiter den Kopf zu zerbrechen, denn dem Schiff näherte sich eine schnatternde Gruppe, allen voran ihr Bruder Uwe mit seinem Akkordeon, der den Chor auf der Kaimauer in Aufstellung brachte. Sie präsentierten ihnen ein kleines Ständchen, das auch Wiete und Nele von Bord lockte.

Als der letzte Ton verklungen war, bedankten sie sich bei Uwe und ließen die versammelte Mannschaft an Bord. Nur Beeke blieb kurz bei ihrer Mutter stehen, während auch Wiete und Nele wieder aufs Schiff zurückgingen.

»Wie geht es dir, meine Süße?«, fragte Inken mitfühlend. Sie hatten in den vergangenen Wochen kaum ein privates Wort miteinander gewechselt und sich nur bei den Chorproben gesehen.

»Mein Laden läuft bombig«, erwiderte Beeke ausweichend. »Noch jedenfalls.«

Inken überhörte den zweiten Halbsatz geflissentlich, denn nun näherten sich neue Gäste dem Restaurantschiff.

»Und privat?«

Beeke zuckte die Schultern. »Vor ein paar Tagen hat mich seine Frau angerufen und mich gefragt, ob ich nur Kundin von Sven sei oder auch eine seiner zahlreichen Weiber …«

»Und was hast du gesagt?«

»Dass ich eine dieser Weiber gewesen bin, aber nichts mehr mit Sven zu tun habe – außer dass er mir noch eine Teelieferung schulde, für die ich bereits bezahlt habe.«

»Und?«

»Sie hat gelacht und gemeint, das wird wohl nichts, denn er sei nur Geschäftsführer im Laden ihres Vaters, und der würde keine von Svens Schlampen beliefern.«

»Aber du hast doch bezahlt?«

»Das Geld wurde mir bereits auf mein Konto zurücküberwiesen. Jetzt muss ich mir einen neuen Lieferanten suchen. Aber das hat noch ein wenig Zeit. Sind eher Tees fürs Wintergeschäft.«

»Ach, sei froh, dass du diesen Typen los bist. Offenbar hatte der einen ganzen Harem.«

»Tja, muss wohl«, seufzte Beeke.

»Ja, dann amüsiere dich heute Abend mal schön. Und andere Mütter haben auch schöne Söhne …« Inken hatte den Satz noch gar nicht zu Ende gesprochen, da wurde ihr selbst klar, was für einen abgedroschenen Spruch sie da gerade gebracht hatte. Kein Wunder, dass Beeke ihrem Rat nicht gerade Begeisterung zollte.

»Mutti! Wen hast du denn für mich vorgesehen? Hein vielleicht? Oder Herrn Winter? Oder wie wär's mit Brunos unkultivierten Freunden?«

Inken konnte gerade noch diskret ihren Finger auf den Mund legen zum Zeichen, dass sie besser schweigen solle, denn in dem Moment traten Uwes Sohn Bruno und seine zwei Krabbenfischer-Freunde hinzu.

Bruno war ein höflicher junger Mann mit guten Manieren, der wohl nur seinem Vater zuliebe die Familientradition fortsetzte, während seine Freunde echte Seebären waren. Sie waren beide etwas ungehobelt, hatten aber ein Herz aus Gold, wie Inken wusste, weil sie die beiden Burschen schon von Kindheit an kannte. Pit und Niels waren mit Beeke in einer Klasse gewesen, aber sie hatte mit den beiden Jungs nie groß Kontakt gehabt. Und nach vier Schuljahren waren sie dann auch getrennte Wege gegangen. Die meisten Mädchen weiter zum Gymnasium, die Mehrzahl der Jungen waren auf der Realschule gelandet. Dementsprechend genervt rollte Beeke mit den Augen, als Niels ihr jovial auf die Schulter klopfte und sie auf Plattdeutsch mit: »Na, min Deern, wie geit die dat?« begrüßte.

»Hallo Niels, hallo Pit«, sagte sie knapp, bevor sie Bruno herzlich umarmte. Darüber freute sich Inken, denn der zwei Jahre ältere Bruno war immer schon wie ein großer Bruder für Beeke gewesen. Sie hatte nie verstanden, dass er nach dem Abitur auf Uwes Kutter angeheuert hatte, um ihn dann eines Tages zu übernehmen. Aber auf dem Ohr war Uwe taub. Den Wunsch seines Sohnes, Lehrer zu werden, hatte er einfach nicht ernst genommen.

Die drei jungen Männer polterten nun an Bord, und Inken sah großzügig darüber hinweg, dass Brunos Kumpel nicht auf der Gästeliste standen. Schließlich wollte sie bei all den Innovationen an Bord vermeiden, dass das *Wattparadies* zum Schickimicki-Laden wurde.

Beeke lächelte verkrampft. »Selbst die beiden Dödel haben schon Frau und Kinder.«

»Die kämen doch sowieso nicht in Frage für dich«, sagte Inken, um Beeke zu trösten.

»Um Himmels willen, und wenn sie die einzigen Kerle auf einer einsamen Insel mit mir wären. Aber daran siehst du es. Hier findet jeder Topf einen Deckel. Nur für mich ist Ebbe!«

Inken fiel in dem Moment nichts Tröstendes ein, aber sie nahm sich fest vor, sich demnächst einmal einen Überblick über die akzeptablen Junggesellen der Stadt zu verschaffen. Jetzt jedoch trafen die Winters ein. Der Bankdirektor begrüßte Inken wie eine alte Freundin, während seine unscheinbare Ehefrau den Eindruck machte, als ob sie am liebsten im Boden versinken wollte.

Ach, Harry, dachte sie wehmütig, wir waren nie so ein in die Jahre gekommenes Paar, das nur aus lauter Pflichtgefühl zusammengeblieben ist. An deiner Seite wäre ich nie schwermütig geworden wie diese vernachlässigte arme Frau.

Inken begrüßte Frau Winter besonders freundlich und zauberte der traurigen Gattin des Bankmenschen wenigstens den Hauch eines Lächelns auf die Lippen.

Nele blickte sich noch einmal prüfend auf dem Oberdeck um. Alles schien perfekt, als Klaus Winter mit ausgebreiteten Armen auf sie zutrat. Im Schlepp hatte er seine Gattin Maria, die im Internat in ihrer Klasse gewesen war. Schon damals hatten sich alle gewundert, dass Klaus sich ausgerechnet für das Mauerblümchen entschieden hatte, vor allem weil jeder wusste, wie er sich nach Nele verzehrt hatte. Sie aber konnte sich das bestens erklären. Marias Vater war einer der einflussreichsten Banker im Norden gewesen und Nele nur die Tochter des Großbauern.

Nele dachte nicht daran, sich von Klaus in den Arm nehmen zu lassen, nachdem er sich neulich tatsächlich eingebildet hatte, sie nach dem gemeinsamen Abend küssen zu dürfen. Na, dem hatte sie Bescheid gestoßen, aber diese Abfuhr hatte er offenbar wieder vergessen. Maria begrüßte sie allerdings betont freundlich, obwohl die beiden nie etwas miteinander hatten anfangen können. Nele hatte schon damals im Internat eine große Klappe besessen und gegen Ungerechtigkeiten aller Art lautstark aufbegehrt, während Maria immer schon in sich gekehrt und angepasst gewesen war.

Es kostete Nele an diesem Tag ohnehin einige Mühe, die glückliche Gastgeberin zu spielen. Dabei hatte sie diesem Ereignis seit Tagen intensiv entgegengefiebert. Inkens Entscheidung, das *Wattparadies* zu dritt zu betreiben, war in ihren Augen eine großartige Sache, und die Arbeit machte ihr unendlich viel Spaß. Sie spielte sogar mit dem Gedanken, den alten Familienschmuck zu verkaufen, um auch etwas Geld zum neuen Unternehmen beizusteuern, aber davon wollten Wiete und Inken gerade gar nichts wissen. Sie waren der Meinung, darauf könne man in schlechten Zeiten zurückkommen, im Moment würde das Geld nicht benötigt.

Leider hatte Nele ausgerechnet an diesem Morgen einen ziemlich dummen Traum gehabt, an den sie sich leider nur zu genau erinnerte und der ihr die Laune ein wenig vermieste. Obwohl sie krampfhaft versuchte, nicht mehr daran zu denken, wurde sie die Bilder einfach nicht mehr los: sie voller Liebeswahn und nur im Bikini, wie sie versucht, Luigi, der am Pool mit einer anderen, einer knackigen jungen Frau liegt, auf sich aufmerksam zu machen. Sie winkt und ruft, aber vergeblich. Luigi ist nur mit dieser Frau beschäftigt. Nach einer halben Ewigkeit dreht er sich zu ihr um und … schlägt die Hände vors Gesicht vor Schreck angesichts dieser alten Frau im Bikini … Nele wusste natürlich, dass der Traum völlig bescheuert war, aber sie ahnte auch, warum sie davon träumte, von Luigi so brutal abgewiesen zu werden. Es war nun schon so lange her, dass sie ihm diese nette Nachricht geschrieben hatte, doch er hatte nie geantwortet. Manchmal war sie versucht, noch eine bitterböse Mitteilung hinterherzuschicken mit dem Tenor, dass er ihr Geständnis bloß nicht ernst nehmen solle. Sie hätte an der Rezeption nur deshalb so getan, als sei sie eine andere, weil er so entsetzlich gealtert sei … Das spielte sie allerdings nur hin und wieder in Gedanken durch. In der Praxis würde sie ihm im Leben nicht noch einmal schreiben, nicht mal im Vollrausch. Er war für sie gestorben. Das redete sich Nele jedes Mal ein, wenn sie an ihn denken musste. Und heute Morgen hatte sie die Quittung dafür bekommen, dass er ständig durch ihren Kopf geisterte. Er hatte ihr im Traum gezeigt, dass er nichts, aber auch gar nichts von ihr wissen wollte.

Es passte ihr natürlich überhaupt nicht, dass er ausgerechnet an diesem Abend ihre Gedanken dominierte. Wenn sie jünger gewesen wäre, hätte sie sich vielleicht mit einer Affäre abgelenkt, aber einmal abgesehen davon, dass ihr keiner der anwesenden Herren auch nur annähernd gefiel, waren sie alle in festen Händen. Der einzig attraktive Bursche war Inkens Bruder, aber der war in ihren Augen einfach nur ein feiner Kerl, und außerdem würde sie nie absichtlich in eine Ehe einbrechen.

Als sich ihr nun ein paar wichtige Honoratioren näherten, schüttelte sie den Gedanken an Luigi energisch ab und schenkte den Herren ihr schönstes Lächeln.

Wiete war schrecklich nervös. Sie war es nicht gewohnt, im Mittelpunkt zu stehen, und die Gratulationen der vielen Menschen berührten sie eher unangenehm. Dabei war es ein wunderschöner Tag, den sie so herbeigesehnt hatte. Nie hätte sie damit gerechnet, noch einmal eine berufliche Herausforderung zu finden, die sie dermaßen ausfüllte. Es war aufregend, die

Zahlen des *Wattparadieses* in den Griff zu bekommen, weil es ja nicht nur einfach Nummern auf dem Kontoauszug waren, sondern Schlüssel zum Erfolg eines Unternehmens, das ihr zu einem Drittel gehörte. Sogar die Kreditverhandlungen mit Herrn Winter hatten ihr eine gewisse Freude bereitet, wenn es auch nur Schadenfreude gewesen war, wie kooperativ sich der Mann ihr gegenüber zeigte. Und auch dass sie vom falschen Doktor das ganze Geld wiederbekommen hatte, erfüllte sie mit großer Genugtuung. Es versöhnte sie auch ein wenig mit dem Mistkerl. Wie viele Frauen, die so leichtgläubig gewesen waren wie sie, saßen nach so einer emotionalen Schmach dann auch noch ohne jegliche finanziellen Mittel da. Außerdem hatte sie durch ihre Dummheit eine neue Freundin gewonnen. Die ebenfalls geschädigte Firmenjuristin hatte über die Anwältin privaten Kontakt mit ihr aufgenommen. Seitdem schrieben sie sich regelmäßig und telefonierten auch ab und zu. Nicht dass sie das unbedingt brauchte, so eine neue Freundin, besonders nicht jetzt, wo Nele, Inken und sie nun auch noch durch das *Wattparadies* miteinander verbunden waren. Trotzdem freute sie sich, dass Andrea zugesagt hatte, heute nach Husum zu kommen. Die Juristin hatte ihr Geld auch wiederbekommen und war heilfroh, dass es den Chefs in ihrer Firma verborgen geblieben war, dass ihre Justitiarin auf einen Heiratsschwindler hereingefallen war.

Dass nun aber auch sie Wiete sofort mit Komplimenten überschüttete, was ihr Äußeres anging, war ihr wirklich unangenehm. Nicht nur die versammelten Chorfrauen hatten ihr versichert, dass sie umwerfend aussah, sondern auch einige Herren, die sie vorher schlichtweg übersehen hatten. Dabei wünschte sie sich manchmal ihren Karottenkopf zurück, obwohl der Spiegel ihr ein anderes Feedback gab. Insgeheim musste sie ja selbst zugeben, dass ihr die roten Locken wirklich super standen und sie sehr an damals erinnerten, als Karsten ihr durchs Haar gestrichen und geflüstert hatte: »Ich werde deine Locken immer lieben, auch wenn sie alt und grau sind.« Das war dann allerdings der Moment, in dem sich Wiete hastig von ihrem Spiegelbild abwandte und sich ihre Stoppelfrisur zurückwünschte.

»Du machst mich verlegen, mein Haar ist doch nur ein ganz bisschen gewachsen«, knurrte Wiete, aber Andrea lachte nur.

»Ach komm, das ist ein Unterschied wie Tag und Nacht. So kannst du jede Menge Kerle kennenlernen …«

»Kerle? Ich denke nicht dran«, widersprach Wiete heftig. »Wo soll ich wohl Männer kennenlernen, mal abgesehen davon, dass das Thema durch ist?«

»Na ja, über die vielen Silver-Ager-Foren. Du, da gibt's tolle Exemplare …«

»Du kontaktierst weiterhin Männer im Internet?«, fragte Wiete fassungslos.

Andrea musterte sie mit großen Augen. »Warum denn nicht?«

»Das fragst du noch? Ich sage nur, Herr Doktor Professor.« Wiete war ehrlich empört. Nach diesem Desaster würde sie es sich nicht im Traum einfallen lassen, jemals wieder einem Fremden über den Weg zu trauen.

»Aber es sind doch nicht alles Betrüger. Ich habe da gerade einen sehr netten Lehrer am Start, der hat einen Freund, da könnte man doch mal gemeinsam in Hamburg ausgehen …«

Wiete hielt sich demonstrativ die Ohren zu. »Andrea, verschon mich mit dem Thema. Ich bin damit durch!«

Andrea beugte sich verschwörerisch zu ihr herüber. »Da wird der Herr dort drüben aber sehr enttäuscht sein.«

Wiete wandte sich erschrocken um und blickte in das Gesicht eines von Neles Dauerverehrern, der bei ihr jedoch keine Chance hatte. Bei mir auch nicht, dachte Wiete amüsiert, und ihr fiel ein, wie sie der Freundin aus Jux angedroht hatte, sie würde ihr mit den Locken glatt die Männer ausspannen. Merkwürdige Welt, in der ein paar Zentimeter Haar eine derartige Wirkung haben, fügte sie kopfschüttelnd in Gedanken hinzu.

## 28. Ein ungebetener Gast

Aller Augen waren auf Inken gerichtet, die die Gäste willkommen hieß, nachdem sie Nele und Wiete zu sich gebeten hatte. In launigen Worten stellte sie die beiden den Gästen vor und fügte dann mit Tränen in den Augen hinzu, wie sehr sie es bedauere, dass ihr Harry das nicht mehr miterleben konnte. Sie hatte sehr mit sich gekämpft, ob sie ihn in ihre Rede einbauen sollte oder nicht, aber sie konnte nicht anders. Das hier war auch sein Baby, und sie wäre sich schäbig vorgekommen, Harry an diesem Tag unerwähnt zu lassen. Doch kaum hatte sie ihre Rede beendet, spürte sie den Impuls, für einen Moment allein zu sein. Sie verließ das Schiff durch eine Tür, die zum Heck führte. Dort herrschte absolute Ruhe, denn hierher kamen die Gäste nicht. Versonnen lehnte sie sich an die Reling und ließ ihren Blick über den Hafen schweifen. Wenn sie bedachte, wie aussichtlos sich ihre Lage noch vor wenigen Wochen dargestellt hatte, dann hatte sie wirklich Grund zur Freude. Und einmal abgesehen von dem Wermutstropfen, dass Harry nicht mehr bei ihr war, verspürte sie an diesem Tag reines Glück. Natürlich war ihr durchaus bewusst, dass es zu Harrys Lebzeiten niemals zu dieser Konstellation mit ihren frisch gebackenen Geschäftspartnerinnen gekommen wäre. Sie war jedenfalls hochzufrieden damit, was sie aus ihrer misslichen Lage gemacht hatte. Das Einzige, was ihr ein wenig Kopfschmerzen bereitete, war die Tatsache, dass sie das gewonnene Geld mittlerweile bis auf den letzten Cent ausgegeben hatte. Sie rechnete zwar nicht mehr damit, dass sich der Mann aus

Sanremo jemals bei ihr melden würde. Warum sollte er Geld zurückzufordern, das er ihr doch aus einem unerfindlichen Grund von Anfang an hatte schenken wollen? Aber strenggenommen gehörte es ihr nicht. Dieser Gedanke blieb ihr immer im Hinterkopf: Sie hatte fremdes Geld unterschlagen! Deshalb hatte sie sich fest vorgenommen, in Zukunft jeden Monat etwas zu sparen, um eines fernen Tages vierzigtausend Euro in der Hinterhand zu haben, sollte der Mann doch noch einmal auftauchen.

Aber in diesem Augenblick lenkte ein anderer Mann unten auf der Kaimauer ihre ganze Aufmerksamkeit auf sich. Es handelte sich um einen gut aussehenden Kerl, der ihrer Schätzung nach etwas älter als Beeke war und der interessiert das Schiff musterte.

»Suchen Sie jemanden?«, rief sie ihm zu.

Er nickte. »Ich müsste dringend die Eigentümerin sprechen.«

Inken überlegte, ob sie ihn nicht lieber auf einen anderen Tag vertrösten sollte, entschied sich dann aber, kurz mit ihm zu reden.

»Warten Sie, ich komme.«

Der junge Mann stand bereits vor der Gangway, als sie das Schiff verließ. Bei näherem Hinsehen machte er einen recht angespannten Eindruck.

»Was kann ich für Sie tun?«, fragte sie freundlich und reichte ihm die Hand.

Er nahm sie, während er sie zweifelnd musterte. »Sie sind Inken?«, fragte er.

»Ja, die bin ich«, erwiderte sie ungeduldig, denn Zeit für große Gespräche blieb ihr nicht, wollte sie der Feier nicht unnötig fernbleiben.

Der junge Mann holte daraufhin einen zerknüllten Zettel aus der Jackentasche und reichte ihn ihr.

Inken wurde mit einem Mal sehr unwohl. Obwohl sie den Zettel nicht gleich wiedererkannte, schwante ihr etwas. Das bestätigte sich, als sie ihn auseinandergefaltet hatte. Es war ihre Nachricht an Caio, die sie dem Barmann in Sanremo zugesteckt hatte. Ihr klopfte das Herz bis zum Hals. Das fehlte ihr gerade noch, dass der verrückte Typ ausgerechnet jetzt das Geld zurückforderte. Dabei hatte sie gerade noch daran gedacht und sich vorerst in Sicherheit gewähnt. Doch wie war der junge Mann zu dieser Nachricht gekommen? Wortlos gab sie ihm den Zettel zurück.

»Und? Haben Sie das geschrieben?«, fragte er.

»Und wenn schon. Was geht Sie das an? Das war nicht für Sie bestimmt!«, entgegnete sie mit fester Stimme, während ein inneres Beben ihren Körper erschütterte.

»Entschuldigen Sie bitte. Dann sollte ich mich Ihnen wohl vorstellen. Gabriel Möller. Ich bin Caios Sohn.«

Inken war völlig überfordert mit der Situation. Sie hatte das Bedürfnis, Zeit zu gewinnen. Ganz gleich, was der Mann von ihr wollte, es würde sie in große Schwierigkeiten bringen. Sie spürte die Gefahr mit jeder Faser ihres Körpers.

»Caio? Wer soll das sein?«, fragte Inken leicht genervt.

»Der Mann, dessen Geld Sie netterweise zur Aufbewahrung mit nach Husum genommen haben!«, entgegnete er betont freundlich.

»Und was haben Sie damit zu tun?«, bellte sie zurück.

»Ich bin beauftragt, es von Ihnen in Empfang zu nehmen. Sie haben ja selbst geschrieben, dass Sie es loswerden wollen. Und er hat mich geschickt, das zu übernehmen.«

Inkens Herz klopfte nun zum Zerspringen. Das war ein einziger Alptraum. Wie stand sie jetzt da? Wie eine Betrügerin, die seinem Vater das Geld aus der Tasche gezogen hatte.

»Das kann ja jeder behaupten!«, schnaubte sie.

Inken hatte ihren Satz noch gar nicht beendet, da holte er

bereits seine Brieftasche hervor und hielt ihr seinen Ausweis unter die Nase.

Er war Gabriel Möller. Daran gab es keinen Zweifel, und wenn sie genau hinsah, war eine gewisse Ähnlichkeit zwischen Vater und Sohn unverkennbar. Der Mund und die Augen …

»Tut mir leid. Mit Ihnen rede ich nicht. Um diese Angelegenheit muss sich Ihr Vater schon selbst kümmern!«

Inken drehte sich auf dem Absatz um und wollte gehen, doch ein schneidendes: »Halt! Das würde ich an Ihrer Stelle nicht tun!« aus seinem Mund hinderte sie daran.

»Wollen Sie mir etwa drohen?«, fragte sie angriffslustig.

»Um Gottes willen, nein! Das habe ich gar nicht nötig, denn Sie haben in Ihrem Schreiben zugegeben, dass mein Vater Ihnen Geld hat zukommen lassen, und deutlich gemacht, dass Sie es nicht haben wollen. Wo ist das Problem? Seien Sie doch vernünftig.«

»Unsinn! Ihr Vater hat mich überredet, mit seinem Geld zu spielen, und ich habe gewonnen. Er hat es mir geschenkt! Aber das werde ich mit ihm persönlich klären.«

»Gut, wie Sie wollen! Sie weigern sich also, sich mit mir auseinanderzusetzen? Dann muss ich leider zu anderen Mitteln greifen«, verkündete er entschieden.

Andere Mittel? Womit konnte ihr der Kerl schon drohen? Ob er sie anzeigen wollte? Aber dann würde sein Vater vor Gericht wohl zugeben müssen, dass er ihr das Geld hatte schenken wollen? Sonst wäre er wohl kaum spurlos verschwunden, bevor sie ihm den Gewinn hatte aushändigen können. Rechtlich war sie wahrscheinlich sogar auf der sicheren Seite, aber moralisch? Letzteres bereitete ihr ein arges Unwohlsein. Wie stand sie denn da, wenn sie ihm beichten müsste, dass von dem Geld nichts mehr übrig war? Nein, was sie jetzt brauchte, war Zeit, um über eine Lösung nachzudenken. Das Beste wäre, sie würde Caio sein verdammtes Geld zurückgeben können, aber nur ihm persönlich. Nicht seinem Sohn, der sich hier wie ein Sheriff aufführte.

»Jetzt hören Sie mir mal gut zu!«, fuhr Inken ihn an. »Wir feiern hier heute die Einweihung unseres Restaurants nach der Renovierung …«

»Vom Geld meines Vaters vielleicht?«

Inken fiel es schwer, diese unverschämte Bemerkung unwidersprochen hinzunehmen, und sie tat es nur, weil es ja leider den Tatsachen entsprach. Auch das Geld aus Sanremo steckte im neuen Gewand des *Wattparadieses*!

»Es handelt sich um eine geschlossene Gesellschaft, zu der Sie jedenfalls keinen Zugang haben. Und wenn Sie Ihren Vater sehen, vergessen Sie nicht, ihn danach zu fragen, wie unverfroren er mir sein Geld aufgenötigt hat!«, fauchte Inken zurück.

»Wir sprechen uns noch«, konterte Caios Sohn.

Inken aber wandte sich nun endgültig von ihm ab und eilte die Gangway hinauf. Es kostete sie viel Kraft, weiterhin die entspannte Gastgeberin zu geben, während es in ihrem Hirn fieberhaft arbeitete. Was sollte sie bloß tun, wenn Caio wirklich im *Wattparadies* auftauchte? Sie bezweifelte keineswegs, dass der Sohn echt war. Wie hätte er wohl sonst in den Besitz der Notiz gelangen können? Außerdem sprach sein Ausweis Bände. Aber warum hatte Caio ihr bloß seinen Sohn auf den Hals gehetzt, statt sie persönlich aufzusuchen? Und überhaupt, warum hatte Caio sie nicht einfach angerufen?

Irgendetwas war an dieser Geschichte oberfaul, mutmaßte Inken, und sie versuchte, die Begegnung mit dem jungen Mann bis auf weiteres zu verdrängen, aber das klappte nicht auf Kommando. Den ganzen Abend schlich sich immer wieder dieser Kerl in ihre Gedanken. Natürlich hoffte sie, dass sie ihn mit ihrem nach außen recht forsch wirkenden Auftreten abgeschreckt hatte und er nicht noch einmal im *Wattparadies* aufkreuzen würde. Allerdings hatte er nicht den Eindruck gemacht, ein Mann leerer Drohungen zu sein.

»Was liegt dir denn quer?«, hörte sie da Neles Stimme an ihrem Ohr flüstern.

»Ach, nichts«, entgegnete Inken hastig.

Nele verdrehte die Augen. »Nun spuck es schon aus.«

»Ich hatte unten auf der Kaimauer eine Begegnung mit dem Sohn des edlen Spenders aus dem Casino in Sanremo«, gab Inken seufzend zu.

»Na und? Was wollte er?«

»Die Kohle!«

Nele lachte kurz auf. »Keinen Cent bekommt er. Mit was für einer Berechtigung kreuzt der jetzt hier auf? Selbst wenn sein Vater inzwischen verstorben ist, der Alte hat dir das Geld geschenkt. Basta!«

»Oh, daran habe ich gar nicht gedacht. Was, wenn Caio tot ist? Aber auch dann ist das Ganze nicht so einfach. Er hat meine Notiz, die ich dem Barmann gegeben habe.«

»Hab doch gleich gesagt, das ist Unsinn, solche Briefe zu schreiben«, knurrte Nele. »Trotzdem kann er dir rein rechtlich gar nichts«, fügte sie mit Nachdruck hinzu.

»Selbst wenn dem so wäre, was ich arg bezweifle, fühle ich mich trotzdem moralisch verpflichtet, ihm das Geld zurückzugeben.«

»Und woher willst du die sechzigtausend Euro zur Besänftigung deines schlechten Gewissens hernehmen?«

Inken zuckte die Schultern. »Wenn ich das wüsste.«

»Pass auf. Wenn der Typ es wagt, sich hier noch einmal blicken zu lassen, zeigst du ihn mir, und dann werde ich ihm mal ganz sanft klarmachen, dass er sich verpi… äh … verkrümeln soll. Lass mich mal machen. In deine Nähe kommt der jedenfalls nicht mehr!«

»Das können wir versuchen, aber was, wenn er mit der Polizei hier aufkreuzt?«

»Na und? Du hast den Wisch. Da steht doch drin, dass der Typ dir die Kohle schenken und du sie nicht annehmen wolltest. Nun hast du es dir eben anders überlegt.«

»Den Zettel hat er«, stöhnte Inken.

»Auch egal. Er hat nichts gegen dich in der Hand. Lass mich das mal machen …«

»Was steht ihr denn hier rum und flüstert? Die Gäste legen Wert auf unsere Gesellschaft.« Mit diesen Worten gesellte sich Wiete etwas genervt zu den beiden.

»Du hast recht. Wir kommen. Und pass auf. Wenn dir ein junger Kerl begegnet, der hier nicht hingehört, oder wenn dich in den nächsten Tagen einer anschnackt, der Inken sprechen will, sag mir bitte Bescheid.«

»Okay, aber was ist denn los?«, fragte Wiete ungeduldig.

Nele berichtete ihr knapp von Inkens Begegnung mit dem Sohn dieses Typen, der Inken seine Kohle aufgedrängt hatte.

»Keinen Cent bekommt er!«, verkündete Wiete. »Den Geier halten wir von dir fern!«, fügte sie kämpferisch hinzu.

»Ach, ihr seid klasse. Was würde ich nur ohne euch tun?« Inken hakte die beiden Freundinnen unter. »Und jetzt gehen wir unseren Pflichten nach und mischen uns unter die Gäste.« Inken zog die Freundinnen in Richtung Tanzfläche und vergaß bei heißen Rhythmen, was für ein Damoklesschwert da über ihr schwebte.

# 29. Beekes neue Flamme

Beeke konnte ihr Glück kaum fassen. Sie hatte nicht nur einen potenziellen neuen Hamburger Teelieferanten gefunden, der großes Interesse hatte, mit ihr ins Geschäft zu kommen, sondern er hatte ihr gleich den Vorschlag gemacht, sie in Husum persönlich zu treffen. Zu diesem Zweck hatte er sie an diesem Abend ins Gourmetrestaurant seines Hotels eingeladen.

Beeke war pünktlich um neunzehn Uhr vor Ort und ließ den Blick neugierig über die spärlich besetzten Tische gleiten. In dem Moment traf sich ihr suchender Blick mit dem eines attraktiven Mannes, dessen Miene sich erhellte, als sie vorsichtig näher kam. Dass er ihr optisch auf den ersten Blick gefiel, fand sie nicht unbedingt nur gut. Er hatte blondes dichtes Haar und ein kantiges Gesicht mit einem Grübchen am Kinn. Sie musste unwillkürlich an Sven denken. Ihre Beziehung hatte nämlich auch mit einem harmlosen Geschäftsessen begonnen. Aber dieser Mann war auf den ersten Blick deutlich anziehender als ihr Ex. Das lag an seinem intensiven Blick und dem hinreißenden Lächeln, das er ihr schenkte. Sei vorsichtig, Beeke, ermahnte sie sich, das muss jetzt endlich aufhören, dass du dich immer gleich in jeden gut aussehenden Kerl mit breiten Schultern verliebst. Selbst ihre Mutter hatte sie vor diesem Beuteschema gewarnt, aber wer wollte schon Beziehungstipps von der Mutter? Um nicht in die alte Falle zu tappen, begrüßte sie ihn eher kühl.

»Schön, dass Sie es möglich gemacht haben, Frau Jenne«, bemerkte er charmant, während er aufsprang und ihr den Stuhl zurechtrückte.

Das hatte allerdings noch nie zuvor ein Mann für sie getan – außer ihrem Vater.

»Dass Sie extra nach Husum gekommen sind, ist wirklich reizend«, erwiderte sie und hatte große Schwierigkeiten, ihre gespielte Coolness ihm gegenüber aufrechtzuerhalten. Er sah nämlich nicht nur ausgesprochen gut aus, sondern besaß eine erotische Stimme, die Beeke schwach werden ließ. Das war ihr bereits am Telefon aufgefallen, aber sie hatte versucht, das auszuklammern. Ohne Erfolg, wie sie jetzt feststellen musste. Er hätte aus dem Telefonbuch vorlesen können, und sie hätte fasziniert an seinen Lippen gehangen. Reiß dich zusammen, Beeke, sprach sie sich gut zu, er ist nur ein Kaufmann, der genau den Tee im Sortiment hat, den du gerade benötigst, und das zu angemessenen Preisen! Es war allerdings kein reiner Zufall, dass sie zuerst ihn angerufen hatte und keinen seiner Konkurrenten. Sven hatte so oft über die Firma Teekontor Santos abgelästert, dass Beekes Interesse besonders geweckt war. Schließlich hatte sie herausgefunden, dass Sven nur aus lauter Neid so hässlich über den erfolgreichen Konkurrenten gesprochen hatte. Insofern war er nach allem, was sich Sven geleistet hatte, ihre erste Adresse gewesen. Sein Angebot übertraf Beekes kühnste Erwartungen und bei weitem auch das, was Sven ihr hatte bieten können.

»Es ist sehr verlockend, das so stehen zu lassen, um in Ihrer Achtung zu steigen«, erklärte er lächelnd. »Aber ich hatte in Husum ohnehin noch einen Termin und habe so zwei Fliegen mit einer Klappe geschlagen.«

»Trotzdem finde ich es sehr praktisch, dass wir gleich persönlich über eine potenzielle Geschäftsbeziehung reden können. Sie sagten, Sie wären interessiert, Ihren Kundenkreis im hohen Norden zu erweitern, und mich spricht Ihr Sortiment sehr an.«

»Ich denke, wir kommen auf jeden Fall ins Geschäft, und

wenn Sie die Waren, die Sie mir bereits in Ihrer letzten Mail angegeben haben, erst zum Herbst benötigen, müssen wir eigentlich nicht mehr viel Berufliches besprechen.«

Wider Willen erwiderte sie sein gewinnendes Lächeln. »Tja, dann hätten wir das ja wirklich schriftlich erledigen können.«

»Nicht ganz. Ich wollte mich vergewissern, ob Sie auch in natura eine derart wohlklingende Stimme besitzen«, gab er verschmitzt zu.

Beeke sah ihn mit großen Augen an. »Das wollten Sie testen? Das gibt's doch nicht. Das war genau das, was mich an Ihnen fasziniert hat. Die Stimme«, entgegnete sie verlegen.

»Das trifft sich doch hervorragend, wobei ich gestehen muss, ich hatte im Internet auch schon Ihr Bild gesehen ...«

»Stalker!«, rutschte es ihr lachend heraus, doch da er in das Lachen einfiel, musste sie ihre scherzhaft gemeinte Beleidigung nicht gleich wieder zurücknehmen. Im Gegenteil, damit war das Eis gebrochen. Der Mann war ihr derart vertraut und sympathisch, dass sie gar nicht anders konnte, als sich auf einen Flirt mit ihm einzulassen.

»Sie wollen doch nicht behaupten, Sie hätten mich nicht vorher gegoogelt?«, fragte er mit gespielter Empörung.

»Doch, ich schwöre es. Da mir ein Teelieferant privat eh nicht mehr ins Haus kommt, wollte ich gar nicht wissen, ob zur Wahnsinnsstimme auch noch ein unwiderstehlicher Mann gehört.«

»Lassen Sie mich raten! Sie sind eines von Kramers Opfern geworden?«

Beeke verging sofort das Lachen, und sie lief rot an. »Wie kommen Sie denn darauf?«

»Sorry, ich wollte nicht indiskret sein, aber Sie wären meine dritte potenzielle Kundin, die auf ihn reingefallen ist. Es ist immer dieselbe Masche. Ehefrau in Hamburg und eine Geliebte, meist eine Kundin, in einer anderen Stadt.« Er musterte sie prüfend. »Aber Sie sind zu hübsch und klug, um auf die Masche dieses Blenders reinzufallen. Darauf wette ich.«

»Um was?«

»Ein Glas Champagner nach dem Essen an der Bar?«

»Danke, ich nehme Ihre Einladung an. Ich war so dumm.«

Beeke befürchtete, er würde sie jetzt mit anderen Augen sehen und nicht mehr so anschwärmen wie vorher, aber sie täuschte sich. Im Gegenteil, er schenkte ihr einen warmherzigen Blick.

»Aber Sie sind da raus. Oder?«

»Ja, aber dazu mussten meine Mutter und ihre Freundinnen den Kerl erst in einer Hamburger Hotellobby mit einer anderen Tusse im Arm erwischen.«

Er streckte ihr die Hand entgegen. »Kein Wort mehr über den Mistkerl. Deal?«

Beeke schlug ein: »Deal! Und Sie? Sind Sie verheiratet?«

»Geschieden«, erwiderte er treuherzig. »Ich habe meine Kindheit und Jugend in Brasilien verbracht und dort mit achtzehn geheiratet. Mit neunzehn waren wir geschieden. Das hat einfach nicht gepasst. Und dann bin ich nach Deutschland zurück, in die Heimat meines Vaters.«

»Das klingt spannend. Und Ihre Mutter ist Brasilianerin?«

»Gewesen. Sie ist vor zwei Jahren gestorben«, erwiderte er traurig.

»Das tut mir sehr leid. Ich weiß, wie es ist, wenn plötzlich der wichtigste Mensch einfach weg ist.«

»Ist Ihre Mutter auch schon tot?«, fragte er mitfühlend.

»Nein, Gott sei Dank nicht. Aber mein Vater ist Anfang des Jahres ganz überraschend gestorben. Akutes Herzversagen.«

Aus seinen Augen sprach so viel Anteilnahme, dass Beeke Mühe hatte, die Tränen zu unterdrücken.

»Wollen wir uns duzen? Ich bin Gabriel.« Wieder streckte er ihr die Hand hin. Sie nahm sie entgegen. »Ich bin Beeke«, erwiderte sie mit belegter Stimme. Mist, dachte sie, dieser Mann kann mir ernsthaft gefährlich werden. Er berührte sie irgendwie viel tiefer als die Kerle, denen sie bislang ihr Herz geschenkt hatte. Sie war zwar immer schon schnell entflammbar gewesen, aber das hier war etwas anderes. Mist, dachte sie, ich will das nicht! Dieses Mal lasse ich mir Jahre Zeit, bevor ich mich verliebe …

Er aber hielt ihre Hand wesentlich länger fest als nötig, was sich für Beeke verdammt gut anfühlte, sodass sie sich wünschte, diese zarte Berührung würde nie enden. Keine Frage, der Mann war dabei, ihr Herz im Sturm zu erobern. Aber das durfte ihr trotzdem nicht passieren! Nicht, dass der nächste Liebeskummer vorprogrammiert war. Sie hoffte, diesem Zauber, den er auf sie ausübte, doch noch entfliehen zu können.

Rasch zog sie ihre Hand weg.

»Und was hatten Sie … ich meine, du, noch in Husum zu tun?« Beeke dachte sich nichts weiter bei dieser Frage. Sie wollte damit hauptsächlich den innigen Augenblick von eben vergessen machen. Doch als sie sah, wie sich seine Miene verfinsterte, hob sie entschuldigend die Hände. »Sorry, ich wollte nicht indiskret sein.«

»Keine Sorge. Die Frage ist völlig in Ordnung, nur der Anlass ist nicht besonders schön«, gab er zögernd zu.

»Magst du mir das erzählen? Aber nur, wenn du es gern loswerden möchtest.« Beeke konnte den Blick nicht von ihm wenden, denn kaum hatte sie ihm angeboten, dass er ihr sein Leid klagen könne, umspielte ein Lächeln seine Lippen.

»Das würde mir, glaube ich, guttun …«

Er wurde unterbrochen vom Kellner, der sie fragte, ob sie gewählt hätten. Erst jetzt bemerkten die beiden die Speisekarten auf ihrem Tisch, die sie bislang keines Blickes gewürdigt hatten.

»Was hältst du von einem Glas Sekt auf unsere Bekanntschaft?«, fragte er schmeichelnd.

Beeke nickte.

Gabriel bestellte ihren Aperitif und versprach dem Kellner, dass sie ihm die Bestellung durchgeben könnten, sobald er mit dem Sekt zurückkäme.

Nachdem sie sich auf Beekes Vorschlag für den Lachs entschieden hatten, knüpfte Gabriel nahtlos an ihr Gespräch an. »Also, wenn du magst, dann verrate ich dir den eigentlichen Grund für meine Reise hierher. Saudumme Geschichte! Es geht um meinen Vater. Der ist vor zwei Jahren aus Santos nach Hamburg gezogen, um in meiner Nähe zu sein. Er ist nicht gerade pflegeleicht, deshalb hatte ich ihm eine hübsche Wohnung in einem anderen Stadtteil besorgt …« Er legte den Kopf schief.

»Du findest jetzt, dass ich ein Rabensohn bin, oder?«

»Um Himmels willen. Nein! Ich würde auch niemals in die Nachbarschaft meiner Mutter ziehen. Das gäbe Mord und Totschlag«, lachte Beeke.

»Das hast du schön gesagt. Genau, mein Vater wollte plötzlich in meiner Firma mitreden und hat darunter gelitten, dass er nach dem Verkauf seines eigenen Imperiums nur noch steinreich, aber nicht mehr wichtig war. Kurz, er war schließlich ständig bei mir. Aber das wollte ich natürlich nicht. Das war mir zu nahe …«

»Das kann ich gut verstehen«, pflichtete Beeke ihm bei.

»Jedenfalls wurde er dann plötzlich tüddelig, wie ihr im Norden so sagt. Ich habe mir erst nichts dabei gedacht, aber eines Tages hat er mir den Befund eines Psychiaters vor die Nase gehalten. Ergebnis: Demenz! Und er hat zugegeben, dass er nicht mehr allein im Alltag zurechtkommt …«

»Lass mich raten. Jetzt wohnt er bei dir?«

Gabriel nickte genervt. »Ja, er hat seinen Willen bekommen, wie immer eigentlich, und jetzt bringt er nicht nur meinen Haushalt durcheinander, sondern er haut ständig ab, wirft sein Geld zum Fenster hinaus, verspielt Unsummen in Casinos. Auf meinen Vater aufzupassen ist schlimmer, als einen Sack Flöhe zu hüten. Der ist dann einfach verschwunden. Blöderweise habe ich noch nicht einmal eine Verfügungsvollmacht von ihm. Als der Termin beim Notar war, wurde mein Vater plötzlich krank ... Manchmal werde ich das Gefühl nicht los, er macht mir was vor, aber ich habe seine Diagnose schwarz auf weiß.«

»Kannst du nicht mal mit seinem Psychiater sprechen? Oder ihn gemeinsam mit deinem Vater aufsuchen?«

»Das will mein Vater auf keinen Fall! Und ich bin nicht der Mensch, der jetzt hinter seinem Rücken bei dem Mann anruft. Da käme ich mir schäbig vor. Außerdem kann der mir eh keine Auskunft geben ohne Betreuungsvollmacht.«

Wenn er wüsste, dass ihn jedes Wort, das er von sich gibt, in meinen Augen nur noch sympathischer macht, dachte Beeke verträumt. Es berührte sie, wie offen der Mann sie in seine Privatprobleme involvierte.

»Und was treibt dich nun nach Husum?«, fragte sie lebhaft.

»Jetzt hat er sein Geld im Casino auch noch an Fremde verschenkt. Und die Person, die ihn ausgenommen hat, lebt in Husum. Jetzt habe ich die unschöne Aufgabe, die Dame aufzufordern, das Geld zurückzugeben. Zwar ohne rechtliche Grundlage, aber mein Vater ist bockig und besteht darauf, dass die Frau sein Geld behalten soll. Ich bin da allerdings anderer Ansicht. Und da hat er gemeint, dann erkläre das der Frau mal. Wenn sie klug ist, gibt sie es nicht an dich heraus.«

»Das klingt aber eher stur und nicht verrückt«, wandte Beeke ein.

»Das ist ja die Crux. Bei ihm schwankt das zwischen logischen Äußerungen und Schwachsinn. Denn seit wir in Husum sind, will er diese Frau noch nie im Leben gesehen haben... Das ist doch echt ...« Gabriel tippte sich an die Stirn.

»Du Armer! Keine schöne Aufgabe für einen Sohn. Um wie viel Geld handelt es sich denn überhaupt? Wenn es nicht so viel ist, lässt du das Ganze vielleicht auf sich beruhen, damit du nicht der Böse bist.«

Gabriel runzelte die Stirn. »Es müssen an die sechzigtausend sein.«

»Oh nein, so eine Summe kannst du wirklich nicht verschenken. Und außerdem finde ich das echt hinterhältig von der Dame, das Geld von einem Dementen zu nehmen.«

»Das sagt mein Anwalt auch, und möglicherweise müssen wir dann sogar die gesetzliche Betreuung meines Vaters beantragen, um die Angelegenheit vor Gericht zu bringen. Aber davor schrecke ich zurück. Und deshalb versuche ich es jetzt erst einmal im Guten. Zum Glück hatte ich die Kontaktdaten der Dame. Sonst wäre das Geld einfach nur futsch.«

»Ist dein Vater denn spielsüchtig?«

Gabriel zuckte die Achseln. »Ich befürchte, ja. Jedenfalls habe ich ihn nach und nach fast überall sperren lassen.«

»Und wo hast du deinen Vater jetzt gelassen?«

»Oben in unserem Hotelzimmer. Er hat mir versprochen, dass er keinen Mist baut«, gab er zerknirscht zu.

Beeke nahm das mit gemischten Gefühlen auf. So sehr, wie die Luft zwischen Gabriel und ihr brannte, wäre fast damit zu rechnen gewesen, dass sie nach dem Essen miteinander aufs Zimmer gegangen wären. Diese Gefahr wäre gebannt, wenn sein Vater dort oben auf ihn wartete. Wahrscheinlich ist das meine Rettung, dachte sie entschlossen. Und ich mache nicht wieder denselben Fehler, mich gleich auf einen Kerl einzulassen.

»Dann sollten wir aber den Besuch an der Bar verschieben. Du kannst den alten Herrn doch nicht so lange allein lassen. Und überhaupt, wir essen hier groß, und er? Was bekommt er?«

Seine Antwort war ein breites Grinsen. »Hätte nicht gedacht, dass an dir eine Mutter Theresa verloren gegangen ist.

Keine Sorge, er hat schon fürstlich auf dem Zimmer gespeist.« Dann wurde er wieder ernst. »Aber du magst durchaus recht haben. Ich sollte nicht zu lange wegbleiben. Sonst büxt er womöglich noch ins Casino aus.«

»Hier gibt es allenfalls eine Spielothek mit Automaten. Also, da müsste er schon nach Sylt rüber«, lachte Beeke.

Gabriel musterte sie immer noch mit ernster Miene. »Aber ich würde das gern zeitnah nachholen. Das mit der Bar. Ich komme wieder, sobald ich einen Platz für meinen Vater gefunden habe.«

»Du willst ihn in ein Heim geben?«, fragte sie erschrocken.

»Sagen wir mal so. In eine ziemlich edle Einrichtung, wo er seine eigene Wohnung hat, aber eben auch Gesellschaft. Bei mir vereinsamt er früher oder später. Glaube mir, ich tue es nicht gern, und er ahnt es auch noch nicht! Natürlich muss ich mit ihm vorher darüber reden. Ich kann ihn ja nicht einfach gegen seinen Willen dort abladen.«

»Tja, und hast du nun bereits mit dieser Dame gesprochen?«, erkundigte sich Beeke. »Die gibt das Geld doch sicher nicht freiwillig raus.«

»Sie hat mich eiskalt abblitzen lassen. Harter Brocken, würde ich sagen. Sie verlangt, mit meinem Vater zu reden. Morgen versuche ich noch einmal, vernünftig mit ihr zu sprechen, und bringe meinen Vater mit. Da hat die Dame dann keine Ausreden wie gestern Abend. Von wegen geschlossene Gesellschaft auf ihrem Dampfer …«

Beeke zuckte zusammen, weil ihr ein schrecklicher Verdacht kam. Geschlossene Gesellschaft? Dampfer? Sie konnte nur beten, dass diese Person, von der er sprach, nicht ihre Mutter war. Aber sie verwarf den Gedanken gleich wieder. Das passte so gar nicht zu ihr. Ihre Mutter hasste Spielcasinos! Aber vielleicht war Nele diese Frau. Schließlich hatte sie ihre Freundinnen nach Sanremo eingeladen …

»Entschuldige die neugierige Frage, In welchem Casino ist das denn geschehen? Und wann war das?« Beeke hoffte, dass er nicht das leichte Beben in ihrer Stimme wahrnahm.

»Im Mai schon. In Sanremo. Ich bin sogar hingefahren, um die Sache aufzuklären. Da hat man mir dann sehr zögerlich, aber immerhin, einen Zettel ausgehändigt, den diese Person an meinen Vater geschrieben und dem Barmann gegeben hat. Ist eine längere Geschichte, jedenfalls belegt der schwarz auf weiß, dass mein Vater ihr das Geld gegeben hat, und der Hammer ist, dass diese Frau ihm das Geld wiedergeben wollte. Den Eindruck macht sie jetzt allerdings ganz und gar nicht!«

Beeke lag die Bitte auf der Zunge, ob sie diese Nachricht wohl mal lesen dürfe, aber sie fand das doch zu übergriffig. Doch Gabriel konnte offenbar Gedanken lesen, denn er holte die Notiz aus seiner Jacketttasche und reichte sie ihr wortlos.

Schon beim Lesen wurde Beeke leichenblass. »Das gibt's doch nicht«, murmelte sie wiederholt. »Und hier steht, dass sie das Geld gar nicht haben möchte.«

»Tja, das dachte ich ja auch. Das war ziemlich eindeutig, aber das gilt offenbar nicht mehr. Wer weiß, ob die Dame den Mund vorher nicht ein bisschen zu voll genommen hat und dann doch der Meinung war, sich eine so großzügige Schenkung nicht entgehen lassen«, stieß er voller Empörung hervor.

»Nein, das glaube ich nicht, das passt nicht zu ihr …«, murmelte Beeke.

Erst an seinem prüfenden Blick erkannte sie, was sie ihm damit verraten hatte.

»Kennst du die Frau?«, fragte er skeptisch.

In dem Moment kam das Essen. Beeke schwieg erst einmal betreten, doch Gabriel schien sie auch ohne Worte verstanden zu haben.

»Wenn du sie näher kennst, könntest du wohl mal mit ihr reden?«, fragte er sie schließlich vorsichtig.

»Und ob ich mit ihr rede!«, entgegnete Beeke finster. »Das passt überhaupt nicht zu ihr. Sie hat so irre hohe moralische Ansprüche an andere, besonders was die Wahrheit angeht. Lügen ist ihr ein Graus, und niemals würde sie von Fremden Geld nehmen.«

Gabriel wand sich vor Verlegenheit. Er schien sich sichtlich unwohl in seiner Haut zu fühlen. »Tut mir so leid, dass ich dich da mit hineingezogen habe. Die Frau steht dir wohl sehr nahe«, erklärte er entschuldigend.

»Ja, diese Dame ist zufällig meine Mutter!«, stieß sie zornig hervor.

»Wenn ich das geahnt hätte, ich, ich hätte dich nicht ... oh je ... also auf keinen Fall damit behelligt«, stammelte er.

»Tust du mir einen Gefallen?«

»Jeden, den du willst«, versprach er ihr in zärtlichem Ton, bevor er sanft seine Hand auf ihre legte. »Aber zwischen uns ändert das gar nichts, oder?«

»Lass mich mit ihr reden und unternimm vorerst mal nichts«, bat sie ihn.

»Wenn du möchtest, dann lasse ich die Sache auch ganz auf sich beruhen, denn schließlich ist das alles rechtlich nicht ganz so eindeutig. Sie hat das Geld meinem Vater ja zurückgeben wollen, nachdem er es ihr zuvor regelrecht aufgedrängt hatte. Ich weiß ja auch nicht einmal, ob sie alles verspielt hat oder nicht. Nicht mal die genaue Summe kenne ich. Er braucht das Geld jetzt auch nicht so dringend. Es ist ja nicht so, dass er sein Konto geplündert hat. Vielleicht lassen wir die Sache einfach auf sich beruhen ... Ich möchte nicht, dass das zwischen uns steht. Können wir nicht einfach die Resettaste drücken?« Er blickte sie treuherzig an.

Oh Gott, wenn er wüsste, dass er mir mit jedem Satz besser

gefällt, ging es Beeke durch den Kopf, aber wenn sie die Angelegenheit nicht klärte, würde sie zwischen ihnen stehen. Ob er das nun wollte oder nicht!

»Nein, nein! Du sollst meinetwegen nicht darauf verzichten, dir das Geld zurückzuholen! Nur erst einmal lasse mich mit ihr sprechen. Wie lange bleibt ihr denn noch?«

»Ich habe mir ein paar Tage Urlaub genommen, weil mein Vater gern bis zum Wochenende bleiben würde. Da finden doch die Husumer Hafentage statt. Und er hört doch so gern Shantys. Und da gibt es wohl einen Chor …«

»Zwei sogar, den Männerchor mit ein paar Alibifrauen und unseren Frauenchor mit unserem Quotenmann Uwe. Wir treten dieses Jahr zum ersten Mal beim Fest auf«, ergänzte Beeke eifrig.

»Heißt das, ich kann dich auch auf der Bühne bewundern?«

»Auf jeden Fall bin ich dabei«, erwiderte Beeke und war sehr froh, dass sie damit von dem unangenehmen Thema abgelenkt hatte. Innerlich aber brannte sie förmlich darauf, diese Angelegenheit schnellstens mit ihrer Mutter zu klären.

»Ja, dann bleiben wir doch noch bis Sonntag. Ich muss erst Montag wieder in der Firma sein. Und, Beeke, ich meinte das ernst. Wenn ich dir damit einen Gefallen tun kann, verzichte ich darauf, deine Mutter noch mal auf das leidige Geld anzusprechen.« Er griff nach dem Zettel, den Beeke nach der Lektüre auf dem Tisch abgelegt hatte. »Dann vernichte ich diesen Wisch und Schwamm drüber!«

»Nein, auf keinen Fall. Darf ich den haben?«

»Meinetwegen. Aber ganz ehrlich. Jetzt, wo ich weiß, dass die Dame deine Mutter ist, würde ich wirklich liebend gern darauf verzichten, das weiter zu verfolgen.«

»Und was sagt dein Vater zu dem Zettel?«

»Alles und nichts! Dass ich ihr das Geld auf keinen Fall wegnehmen soll. Dass er sein Geld geben kann, wem er will.

Dass ich mich lieber darum kümmern soll, ihm endlich Enkel zu schenken, und so weiter …«

Beeke musste wider Willen grinsen.

»Gut, dann bin ich mal gespannt, wie mir meine Mutter diese Sache erklären kann!«

»So, wie du das jetzt sagst, möchte ich nicht in ihrer Haut stecken«, versuchte Gabriel zu scherzen.

»Ich möchte dich mal erleben, wenn du erfährst, dass dein Vater sich von einer fremden Frau Geld hat schenken lassen.«

»Ich verstehe dich ja, aber sei trotzdem nicht zu streng mit ihr«, bat Gabriel.

»Warum plötzlich so milde? Als du noch nicht wusstest, dass es meine Mutter ist, warst du ziemlich in Brass!«

»Na ja, wer weiß, ob ich deine Mutter nicht noch mal unter anderen Umständen kennenlernen möchte. Und da wäre es doch nicht so förderlich, wenn diese leidige Angelegenheit zwischen uns stände.«

Obwohl Beeke gerade ziemlich gestresst war angesichts der Tatsache, dass sich ihre Mutter von seinem Vater Geld hatte schenken lassen, spürte sie bei seinen Worten dennoch ein wohliges Kribbeln. Offenbar sah er in ihrer Begegnung mehr als einen unverbindlichen Flirt. Obwohl sie sich so fest vorgenommen hatte, seinem Charme nicht zu erliegen, hatte es ihr Gabriel doch sehr angetan. Viel, viel mehr, als ihr lieb war …

Trotzdem wollte sie diese Verabredung nicht unnötig in die Länge ziehen, weil es sie zum *Wattparadies* zog, um ihre Mutter noch heute zur Rede zu stellen.

Gabriel hingegen versuchte, ihren Abschied noch ein wenig hinauszuzögern, indem er sie zu einem Dessert überredete.

»Sehen wir uns morgen wieder?«, fragte er, nachdem er rote Grütze mit Vanille-Eis bestellt hatte.

»Zwangsläufig«, erwiderte sie schmunzelnd. »Ich muss dir schließlich mitteilen, ob ich dein Angebot, meine Mutter zu verschonen, doch noch annehme, weil sich das Ganze um einen bedauerlichen Irrtum handelt.«

»Was hältst du denn davon, wenn ich dich morgen von deinem Laden abhole und wir anschließend in einer Bar einen Drink nehmen?«

»Super Idee, ich wollte schon lange mal wieder in eine schöne Bar, aber ich befürchte, wir müssen uns mit einem Pub oder einer urigen Kneipe begnügen. Bars wie in Hamburg gibt es hier keine bis auf eine, in der ich aber noch nicht war.«

»Wir können ja auch bei dir einen Drink nehmen«, schlug er vor.

Bei diesem Vorschlag hätten bei Beeke eigentlich alle Alarmglocken läuten müssen, aber aus seinem Mund fand sie das nur süß.

»Wir werden sehen. Aber wenn du gegen achtzehn Uhr im Laden bist, zeige ich dir erst einmal alles. Ich habe nämlich gerade erst im Mai den Nachbarladen dazugemietet und einen Mauerdurchbruch …« Sie stockte. Plötzlich hatte sie vor ihrem inneren Auge das Bild ihrer Mutter mit dem Beutel voller Bargeld, und sie erinnerte sich, wie merkwürdig sie das gefunden hatte, dass Inken ihr fünfundzwanzigtausend Euro in bar geschenkt hatte.

»Sorry, Beeke, ich wollte dir nicht zu nahe treten, als ich mich auf einen Drink zu dir nachhause eingeladen habe. War nur so eine Idee«, beeilte sich Gabriel zu sagen.

Offenbar hatte er ihre entgleisten Gesichtszüge bei der Erinnerung an das Geldgeschenk missverstanden.

»Kein Problem. Ist vielleicht besser, als in einer Kneipe zu sitzen«, sagte sie und schenkte ihm ein Lächeln.

Doch nun hatte sie es noch eiliger als zuvor, ihre Mutter zu fragen, was es mit dem vielen Bargeld auf sich hatte. Sie hatte ihre Bedenken im Mai mit dem Gedanken verscheucht, dass dies ihr Teil am Erbe des Vaters sei.

Gabriel schien ihre hektische Aufbruchsstimmung, kaum dass sie den letzten Bissen des Desserts verzehrt hatte, zu missfallen.

»Möchtest du nicht noch einen Espresso oder …?«

»Nein, danke. Ich sitze ein wenig wie auf heißen Kohlen. Mich treibt es ins *Wattparadies*«, unterbrach sie ihn seufzend.

»Das kann ich verstehen, aber soll ich dich nicht wenigstens runter zum Hafen bringen?«

»Lieber nicht. Meine Mutter weiß doch, wer du bist, und wenn wir da gemeinsam ankommen, macht sie sicher gleich dicht«, mutmaßte Beeke.

Er aber nahm ihre Hände in seine und blickte ihr tief in die Augen.

»Ich bedauere fast, es überhaupt thematisiert zu haben, wenn es dazu führt, dass wir uns jetzt schon trennen müssen«, murmelte er.

»Wir sehen uns doch morgen wieder«, erwiderte sie mit sanfter Stimme. Jetzt aber wollte sie erst einmal Klarheit.

Als Gabriel sich von seinem Stuhl erhob, erschrak sie. Der Mann war weder besonders groß, noch besaß er besonders breite Schultern. Das hatte sie ihm einfach angedichtet, obwohl es objektiv nicht vorhanden war.

»Ist was?«, fragte er erschrocken.

Beeke rang sich ein Lächeln ab. »Nein, alles in Ordnung«, erwiderte sie, und das war nicht bloß so dahergesagt. Obwohl er ihrem Beuteschema so gar nicht entsprach, beschleunigte sich ihr Herzschlag bei seinem Anblick.

Gabriel begleitete sie schließlich noch bis vor die Tür des Hotels. Dort standen sie sich einen Moment zögernd gegenüber, doch Gabriel machte keinerlei Anstalten, sie zu küssen. Auch das war eine neue Erfahrung. Die großen Breitschultrigen hatten das in der Regel immer schon am ersten Abend bei ihr versucht. Dafür strahlte aus seinen blaugrünen Augen so viel Wärme, dass Beekes Herz noch schneller schlug.

»Bis morgen«, raunte Gabriel, ohne den Blick von ihr zu lassen.

»Bis morgen«, hauchte sie und schwebte förmlich davon.

# 30. Der Zorn der Krabben

Wiete und Nele waren erschöpft, aber zufrieden. Nach dem gestrigen gelungenen Fest hatten sie heute eine Betriebsfeier ausgerichtet. Die letzten Gäste waren gerade gegangen, und die beiden Neueigentümerinnen wollten nun nur noch eines: in ihre Betten nach Nordstrand. Die letzte Nacht war zu kurz gewesen, und sie hatten den ganzen Tag mit vereinten Kräften am Gelingen des Betriebsevents gearbeitet. Da es sich bei dem Kunden um ein örtliches Touristikunternehmen handelte, hatten sie ganz nebenbei jede Menge neuer, vielversprechender Anschlussaufträge bekommen.

Es war gar nicht einfach gewesen, Inken am späten Nachmittag zur Heimfahrt zu bewegen, nachdem sie die Speisen für das Buffet zubereitet hatte, aber Wiete und Nele waren hart geblieben. Sie machten sich große Sorgen um die Freundin. Auch wenn sie den gestrigen Abend noch mit Bravour gemeistert hatte, war ihr inzwischen anzumerken, wie sehr sie das Auftauchen dieses Kerls beschäftigte. Wiete und Nele nannten ihn nur »den Geier«, weil sie es unfassbar fanden, dass sich der Sohn das Geld zurückholen wollte, das sein Vater Inken im Casino förmlich aufgedrängt hatte. Jedenfalls war Inken am Morgen so blass gewesen, dass sie am liebsten ohne sie zum *Wattparadies* gefahren wären, doch in der Küche war Inken eben immer noch unersetzlich. Doch kaum hatte sie dort alles für das Firmenevent vorbereitet, da hatten Wiete und Nele sie unmissverständlich aufgefordert, nachhause zu fahren. Inken hatte zwar heftig protestiert, sich dann aber doch dem Beschluss der Freundinnen gefügt.

Nun saßen Wiete und Nele an einem Tisch und tranken noch ein Wasser, bevor sie aufbrechen und das Schiff dann ihrer Reinigungskraft überlassen wollten. Ein wenig unangenehm war es ihnen schon gewesen, die einst so feine Heike für diesen Job einzustellen, aber sie hatte ihnen unmissverständlich klargemacht, dass sie Kohle brauche und jetzt keine Zeit zum Lamentieren habe, dass das Luxusleben vorüber sei. Dann hatte sie ihnen angeboten, den Dampfer einmal zur Probe zu putzen, und hatte die drei Freundinnen mit einem vor Sauberkeit glänzenden Schiff überrascht. Inzwischen hätten sie gar nicht gewusst, wie sie ohne sie auskommen sollten.

»Jetzt brauchen wir nur noch dringend einen zweiten Koch«, sagte Wiete. »Inken benötigt mehr Freizeit!«

»Da bin ich ganz deiner Meinung, aber einen guten zu finden ist nicht einfach, zumal einen, der Inkens hohen Ansprüchen genügt. Einen zweiten Harry können wir ihr nicht backen«, pflichtete Nele ihr nachdenklich bei.

Ihr Gespräch wurde durch das Klappen der Eingangstür gestört. Die beiden wandten sich genervt um. Späte Gäste wären ihnen gerade gar nicht lieb. Ihre Mienen erhellten sich, als sie Beeke erkannten. Doch das änderte sich schlagartig, als Inkens Tochter an den Tisch trat und mit barscher Stimme nach ihrer Mutter fragte.

»Willst du dich nicht erst mal setzen, Kind?«, fragte Nele.

»Und möchtest du was trinken? Wasser? Wein?«

»Nein danke!«

Beeke setzte sich recht widerwillig zu ihnen an den Tisch. »Ich würde gern kurz meine Mutter sprechen. Ist sie in der Küche?«

»Nein, Wir haben Inken nachhause geschickt. Ihr geht es nicht so gut«, entgegnete Wiete.

»Was hat sie denn?«, fragte Beeke. Wiete missfiel ihr Ton,

denn in ihrer Frage klang keine Spur von Empathie mit, sondern allenfalls ein leiser Vorwurf.

»Deine Mutter ist total fertig.«

»Wieso? Gestern Abend war sie doch noch super drauf. Ist vielleicht irgendetwas passiert, das sie gestresst haben könnte?«, fragte sie lauernd.

»Sag mal, Beeke, dir ist schon klar, dass deine Mutter bei allen Entlastungen, die sie durch unser Engagement erfährt, in der Küche immer noch allein ist, oder?«

Beeke warf Wiete einen skeptischen Blick zu. »Ich weiß, aber ihr tut ja gerade so, als stände sie kurz vor dem Zusammenbruch. Seit ich sie kenne, schuftet sie so viel. Das war zu Paps' Lebzeiten nicht anders. Wenn es Onkel Uwe, Tante Jette und meine Großeltern nicht gegeben hätte …«

»Das willst du heute als erwachsene Frau deiner Mutter doch nicht allen Ernstes noch vorwerfen, oder?«, entgegnete Nele ihr in scharfem Ton.

»Sorry, natürlich nicht. Ich bin nur etwas genervt, weil ich was, sagen wir mal, was Blödes mit ihr zu klären habe«, sagte Beeke entschuldigend, doch dann schien ihr etwas eingefallen zu sein, denn sie musterte die beiden Freundinnen prüfend.

»Was wisst ihr beiden eigentlich von dem Geld, das meine Mutter in Sanremo von dem fremden Kerl bekommen haben soll?«

Wiete und Nele warfen sich einen fragenden Blick zu. Wiete hätte es vorgezogen, Beeke nichts über den Besuch des »Geiers« zu verraten, aber Nele hatte bereits losgelegt.

»Deine Mutter hat sich mit Händen und Füßen dagegen gewehrt, das Geld von diesem Kerl am Roulettetisch zu setzen, und nachdem sie gewonnen hat, da wollte sie ihm den Gewinn sofort aushändigen, aber der Mann war abgetaucht. Und jetzt kommt dieser Geier und will die Kohle seines Vaters …«

»Nele! Das sollte ihr Inken lieber selbst erzählen«, versuchte Wiete ihre Freundin zum Schweigen zu bringen.

Beeke aber war leichenblass geworden. »Dann stimmt das also. Meine Mutter hat in Sanremo gespielt. Und das mit der Kohle eines Fremden«, sagte sie fassungslos.

»Woher wusstest du eigentlich davon, bevor Nele es eben gerade ausgeplaudert hat?«, erkundigte sich Wiete irritiert.

»Von dem Geier, wie ihr ihn nennt. Das ist mein neuer Teelieferant. Und er berichtete mir heute bei einem Geschäftsessen in seinem Hotel von der sturen Dame, die sich jetzt weigert, ihm das Geld seines Vaters zurückzugeben, obwohl sie sich sogar schriftlich dazu bereit erklärt hatte!« Beeke kramte den schon reichlich lädierten Zettel hervor und reichte ihn Wiete. Die überflog ihn und gab die Nachricht an Nele weiter, die nur genervt die Augen verdrehte.

»Ach, dieser dumme Wisch! Ich habe ihr gleich abgeraten, dem Typen diese Nachricht zu hinterlassen. Geschenkt ist geschenkt. Wiederholen ist gestohlen!«, fauchte Nele, während sie blitzschnell nach dem Zettel griff und ihn in Fetzen riss.

»Ihr steckt also alle unter einer Decke«, spuckte Beeke verächtlich aus. »Das kann doch wohl nicht wahr sein. Meine Mutter! Nimmt Geld von einem Fremden! Und das, obwohl sie gerade im Geld schwimmt, nachdem sie mein Elternhaus verscherbelt hat …«

»Beeke, jetzt ist aber gut, du hast nicht den geringsten Grund, deine Mutter dafür zu verurteilen! Nicht, nachdem …« Erst ein kräftiger Rippenstoß konnte Nele in ihrem Zorn stoppen.

»Ach, ihr würdet ja alles gutheißen, was meine Mutter macht!«, zischte Beeke.

»Darüber reden wir mal zu einem anderen Zeitpunkt, aber jetzt wüsste ich gern, wo wir den Geier finden. Den nehmen wir uns jetzt nämlich persönlich vor, damit er die Flatter macht!«, verkündete Wiete kämpferisch.

»Nein, das lasst ihr schön bleiben! Ich kümmere mich darum«, widersprach ihr Beeke wütend.

»Nein, das lassen wir nicht auf deiner Mutter sitzen!«, stieß Nele entschieden hervor. »Also, wo finden wir den Kerl?«

»Das verrate ich euch nicht«, konterte Beeke trotzig.

»Ist auch gar nicht nötig.« Nele sprang auf und griff nach ihrer Tasche. »Komm, Wiete, bringen wir es hinter uns!«

Beeke folgte den beiden. Ihr Blick sprach Bände. Sie scheint fieberhaft darüber nachzugrübeln, wie sie uns davon abhalten kann, den Geier aufzusuchen, mutmaßte Wiete.

»Du kannst uns gern begleiten«, bot Nele ihr an, während sie Wiete unterhakte zum Zeichen, dass sie es eilig hatte.

»Haltet euch da raus. Lasst mich das regeln!«, schlug Beeke energisch vor.

»Nein, du musst dich erst mal richtig mit deiner Mutter aussprechen. Ich kann es nämlich kaum mehr mit ansehen, wie du ihr Unrecht tust. Das hat sie einfach nicht verdient bei allem …«

Nur ein erneuter Rippenstoß von Wiete konnte Nele davon abhalten, ihr die Wahrheit an den Kopf zu werfen.

»Tschüss, Beeke. Und urteile bitte nicht so hart über deine Mutter. Sie ist wirklich sehr tapfer nach dem Tod deines Vaters«, bemerkte Wiete nun beschwichtigend.

Doch das schien bei Beeke nicht wirklich gut anzukommen, denn sie funkelte die Freundinnen ihrer Mutter wütend an. »Ach ja? Und was ist mit mir? Ich habe schließlich meinen Vater verloren. Und meine Mutter macht nun alles ganz anders als vorher. Ich weiß ja nicht, wie Paps das gefunden hätte, was für ein Theater euer Trio hier so veranstaltet! Und vor allem dazu, dass meine Mutter sich von fremden Männern Geld schenken lässt!«

Dann rauschte sie grußlos davon. Nele und Wiete sahen einander ratlos an.

»Ich finde es gar nicht gut, ihr Harrys ›Vermächtnis‹ noch länger zu verschweigen. Dann würde sie sicherlich ganz anders darüber denken. Und mal dankbar sein, dass Inken ihr es mit einem Teil der Kohle ermöglicht hat, ihren Laden umzubauen.«

»Du hast ja recht, aber wir beiden dürfen Inken nicht in den Rücken fallen. Wenn sie das aushält, dass ihre Tochter sie so verdammt ungerecht behandelt, ist das ihre Sache«, gab Wiete zu bedenken.

»Ja, ja, das sehe ich schon auch ein, aber ich kann das wirklich nur schwerlich ertragen, wie Inken sich zum Sündenbock machen lässt. Und ich finde es auch Beeke gegenüber unfair. Was meinst du, was sie für ein schlechtes Gewissen hat, wenn sie erst erfährt, dass Harry ihre Mutter völlig mittellos zurückgelassen hat?«

»So schwer es auch fällt, wir dürfen uns da nicht einmischen«, insistierte Wiete.

»Und was machen wir jetzt?«, fragte Nele grinsend.

»Wir schlagen den Geier in die Flucht«, lachte Wiete. »Aber wo? Du hast so getan, als wüsstest du das?«

»Klaro weiß ich das! Der Mann hat in eurer alten Schule eingecheckt. Von wegen Geschäftsessen. Die anderen haben doch gar kein Restaurant«, verkündete Nele triumphierend.

Kurz bevor sie das Hotel in dem altehrwürdigen Schulgebäude erreichten, fiel Nele allerdings mit Schrecken ein, dass sie ja nicht einmal den Namen des Geiers kannten. Sie war fast so weit, ihren Plan aufzugeben, aber das kam für Wiete nun nicht in Frage. Wiete war zwar lange nicht so spontan wie ihre Freundin, aber wenn sie etwas angefangen hatte, führte sie es auch zu Ende.

»Komm, wir finden schon eine Lösung. Lass uns erst mal hingehen. Zur Not gebe ich mich als potenzielle Kundin aus, die den Namen ihres Teelieferanten vergessen hat.«

»Das glaubt dir zwar kein Mensch, aber vielleicht kommen

wir so an seinen Namen.« Nele holte ihr Telefon hervor. »Wahrscheinlich wird er aus Hamburg sein«, mutmaßte sie und gab Teegroßhandel ein. »Schau, Sven Kramer, der ist es ganz sicher nicht, aber das hier hört sich doch gut an: Teekontor Santos. Gabriel Möller. Mit dem Namen gehen wir mal ins Rennen«, schlug sie begeistert vor.

»Das könnte hinkommen«, erwiderte Wiete grimmig. »Allein der Name Möller spricht dafür, dass der Geier so heißen könnte.«

»Wieso? Was hast du gegen den Namen? Da müsstest du halb Husum ablehnen«, fragte Nele belustigt nach, während sie auf den Eingang des Hotels zugingen.

Wiete machte eine abwehrende Handbewegung. »Das ist eine alte Geschichte!«, murmelte sie.

## 31. Eine alte Geschichte

Als Wiete und Nele wenig später die Lounge des Hotels betraten, waren die Sitzecken mit den stilvollen Korbmöbeln bis auf den letzten Platz besetzt. Da die Bar des Hotels meist nur an den Wochenenden geöffnet war, diente die Lobby unter der Woche als solche. Wietes Blick fiel auf einen jungen Mann etwa in Beekes Alter, der sie auf den ersten Blick fatal an Karsten erinnerte, jedenfalls so, wie er damals ausgesehen hatte, bevor er auf Nimmerwiedersehen verschwunden war. Dasselbe dicke blonde Haar, das ausgeprägte Kinn … Ihr Herzschlag beschleunigte sich leicht, vor allem weil sie ziemlich sicher war, den Geier aufgespürt zu haben. Wie in Trance näherte sie sich ihm.

»Herr Möller?«, fragte sie, kaum dass sie den Tisch erreicht hatte, an dem er mit einem anderen Herrn in ein angeregtes Gespräch verwickelt war, doch Wiete hatte nur Augen für ihn.

»Ja, der bin ich. Was kann ich für Sie tun?«, erkundigte er sich höflich. Inzwischen war Nele ihr auch an den Tisch gefolgt.

»Das ist Herr Möller«, stellte Wiete Nele den Geier vor.

»Wollen die Damen sich nicht setzen?«, fragte nun sein Begleiter. Und in dem Augenblick ahnte Wiete, ohne sich zu ihm umzudrehen, dass die Ähnlichkeit des Geiers mit ihrem Karsten kein Zufall war. Seine Stimme klang zwar etwas brüchiger, aber es war unverkennbar *seine Stimme.*

»Gern«, sagte Nele und nahm Platz, während Wiete wie versteinert stehenblieb und krampfhaft in die entgegengesetzte Richtung blickte. Erst als Nele sie sanft am Arm zog, erwachte sie aus ihrer Erstarrung und wandte den Kopf wie in Zeitlupe um. Für Karsten schien der Schreck mindestens genauso groß wie für sie. Er schnappte nach Luft wie ein Fisch an Land in den letzten Zügen, doch dann fing er sich in Sekundenschnelle wieder.

»Kommen Sie, setzen Sie sich«, wiederholte er so, als hätte er sie noch nie im Leben gesehen. Wiete ließ sich von Nele auf einen der Sessel ziehen.

»Möchten die Damen etwas trinken?«, fragte Karsten.

»*Pai*, wir wissen doch gar nicht, was die Damen herführt«, versuchte der Junior seinen Vater auszubremsen, doch der ließ nicht locker. »Was darf ich Ihnen bestellen?«

»Einen doppelten Aquavit«, antwortete Wiete wie aus der Pistole geschossen, was ihr einen fassungslosen Blick Neles einbrachte. »Ja, ich, ich nehme dann einen Wein, nein, ich muss dann ja noch fahren, also lieber ein Wasser.«

»Für mich auch einen Doppelten«, murmelte Karsten. Keine Frage, er hatte sie genauso erkannt wie Wiete ihn. Und es schien ihn ebenso wenig kaltzulassen wie sie, aber offenbar wollte er das nicht zeigen. Wiete spürte, wie in ihr unbändiger Zorn auf diesen Mann aufstieg, schaffte es jedoch, ein Pokerface aufzusetzen. Sollte er doch denken, dass sie ihn nicht wiedererkannt hatte …

»*Pai*, ich glaube, dass Schnaps nicht das Richtige für dich ist«, mischte sich der Geier ein.

Sein Vater aber rief ihm etwas zu, was dem Klang nach Portugiesisch war, vermutete Wiete, und sich nicht gerade freundlich anhörte.

»Gut, dann wäre ich Ihnen sehr dankbar, wenn Sie mir jetzt sagen könnten, was Sie zu mir führt und wie Sie überhaupt darauf gekommen sind, dass ich im hiesigen Haus wohne«, verkündete der Geier förmlich.

»Sie haben gestern unsere gemeinsame Freundin Inken

Jenne am *Wattparadies* getroffen und von ihr gefordert, dass sie Ihnen Geld zurückgibt, das Ihr Vater ihr in Sanremo aufgedrängt hat.« Nele warf dem älteren Herrn, mit dem der Geier durchaus eine gewisse Ähnlichkeit aufwies, einen prüfenden Blick zu. »Sind Sie der Kerl, der meine Freundin genötigt hat, mit seinen Jetons zu spielen?«

Der ältere Herr wurde sichtlich nervös, aber bevor er antworten konnte, kam ihm sein Sohn zuvor. »Bitte lassen Sie meinen Vater aus dem Spiel. Er kann sich an nichts mehr erinnern. Er leidet an Demenz.«

»Das tut mir leid«, stieß Nele sichtlich betroffen hervor, während Wiete einen abfälligen Zischlaut von sich gab. Dement wirkte ihre einst große Liebe wahrlich nicht. An Karsten hatte zwar der Zahn der Zeit genagt, genau wie an ihr, aber seine Augen, die waren noch genauso wach und klar wie damals. Sie beschloss, Nele die Gesprächsführung zu überlassen. Ihr Schock war zu gewaltig, als dass sie einen vernünftigen Satz hätte herausbringen können.

»Würden Sie Ihren Vater bitte selbst reden lassen!«, bat Nele, bevor sie sich in verständnisvollem Ton an Karsten wandte. »Sie können sich wirklich nicht mehr daran erinnern, meiner Freundin Inken einen Beutel mit Fünfhunderter-Chips aufgenötigt zu haben und sie damit an den Roulettetisch geschickt zu haben, obwohl sie gar nicht spielen wollte?«

Wiete hielt den Atem an. Karsten schien fieberhaft zu grübeln, aber dann schüttelte er stumm den Kopf. Entweder ist er zum perfekten Schauspieler mutiert oder wirklich nur krank im Kopf, dachte sie.

»Heißt das, Ihre Freundin hat die Chips meines Vaters dann trotzdem angenommen, sie einfach an der Kasse umgetauscht und ist damit nach Husum gefahren?«, fragte der Sohn fassungslos.

»Nein, meine Freundin hat die Jetons gesetzt und damit sowohl Plein als auch Transversale pleine gewonnen. Mit ihrer eigenen Glückszahl! Also ganz klar ihr Gewinn! Trotzdem wollte meine Freundin Ihrem Vater die Gewinnerjetons und die nicht gesetzten Chips dann zurückbringen, aber er war verschwunden. Im Beutel war dann noch Bargeld, das sie ihm ebenfalls zurückgeben wollte, obwohl sie den Eindruck hatte, er wolle ihr das alles unbedingt schenken.«

»Okay, okay, vielleicht können wir uns ja darauf einigen, dass Ihre Freundin nur das Bargeld aus dem Beutel zurückgibt, und bei dem anderen sagen wir: Schwamm drüber!«, schlug der Geier versöhnlich vor.

»Jetzt passen Sie mal gut auf, junger Mann!«, mischte sich nun Wiete ein. »Ich bin der Meinung, dass Sie die Sache ganz auf sich beruhen lassen sollten, denn meine Freundin trifft keine Schuld daran, und sie hatte nicht den geringsten Verdacht, dass Ihr Vater an Demenz leidet. Er machte auf sie einen durchaus klaren Eindruck. Sie vermutete eher, dass er einsam war und nicht wusste, wohin mit seinen Reichtümern!« Sie hielt inne und konnte aus dem Augenwinkel erkennen, dass Karsten sie bewundernd ansah. Genau wie früher, wenn der Professor die Mathe-Klausuren zurückgegeben und Wiete über den grünen Klee gelobt hatte.

Der Geier schien nachzudenken, denn er sagte nichts zu Wietes Ausführungen, sondern fuhr sich nervös durch den blonden Schopf.

»Außerdem hat sie das Bargeld nicht mehr. Sie hat es ihrer Tochter geschenkt für den Umbau ihres Ladens, aber die hat keine Ahnung, woher das Geld stammt«, ergänzte Nele nun Wietes Ausführungen eifrig.

»Gut, danke. Dann werde ich Beeke mitteilen, dass ich das Geld natürlich nicht von ihr zurückverlangen werde«, erklärte der Geier mit Nachdruck.

»Nein! Das dürfen sie nicht«, stieß Nele erschrocken hervor.

»Wenn sie erfährt, dass das Geld für ihren Laden nicht aus dem Erbe ihres Vaters stammt, dann, dann …«

»Was dann?«

»Bitte, tun Sie ihr das nicht an! Schweigen Sie einfach, und wenn Sie unbedingt auf der Kohle bestehen, wenden Sie sich an mich. Ich besitze alten Familienschmuck, den ich verkaufen könnte, dann zahle ich Ihnen das in Raten zurück«, schlug ihm Nele vor.

»Kommt gar nicht in Frage!«, fuhr sein Vater dazwischen. Und das mit einer erstaunlich klaren Stimme.

Sein Sohn schien diesen Zwischenruf völlig überhört zu haben, denn er verkündete nun, ohne darauf einzugehen, in einem Ton, der keinen Widerspruch duldete: »Meine Damen, sehen Sie die Angelegenheit hiermit als erledigt an. Ich werde Ihre Freundin nicht mehr behelligen und mich Beeke gegenüber in Schweigen hüllen.«

»Danke, dann wünschen wir Ihnen noch einen schönen Abend«, sagte Wiete gehetzt und sprang abrupt auf.

Nele war etwas verwirrt, aber sie folgte Wiete. »Das wünsche ich Ihnen auch«, sagte sie noch im Gehen zu den beiden Herren.

Doch kaum hatten sie das Hotel verlassen, blieb Nele stehen. »Den Abgang musst du mir bitte erklären. Was war das denn? Und überhaupt, hast du die Blicke gesehen, mit denen der alte Möller dich verschlungen hat?«

»Nein, und darauf lege ich auch keinen Wert«, zischte Wiete und setzte den Weg eilig fort.

Sie waren gerade ein paar Schritte gegangen, als sie hinter sich ein Keuchen vernahmen und sich umdrehten. Es war Möller senior, der ihnen gefolgt war.

»Wiete, bitte warte«, schnaufte er. »Das, das ist der beste … ich meine, der allerbeste Tag seit Langem. Dass ich dich noch einmal wiedersehen darf! Und wie schön du bist. Oh Gott, ich muss dir so viel sagen. Können wir uns wiedersehen?«

Einen Moment herrschte völlige Stille, bis Wiete sich mehrfach räusperte.

»Das, was ich dir zu sagen habe, bedarf keines Wiedersehens«, raunte sie und holte zu Neles großem Entsetzen aus und versetzte dem Mann eine schallende Ohrfeige. »Du warst übrigens noch nie ein guter Schauspieler. Lausige Vorstellung, deine Demenz!«

Mit diesen Worten drehte sie sich um und entfernte sich im Laufschritt. Nele hatte große Mühe, sie schließlich auf der Kaimauer einzuholen.

»Wiete! Was war das denn für ein furioser Auftritt? Um Himmels willen, was hat dir der arme Mann getan? Es ist doch alles gut ausgegangen. Die lassen Inken in Ruhe, und ich muss meinen Familienschmuck doch nicht versetzen.«

»Die Ohrfeige hat er sich schon vor vielen Jahren verdient, der Arsch«, schimpfte Wiete.

»Er ist doch nicht etwa der Kerl, von dem mir Inken mal erzählt hat, deine große Liebe, die sich vor der Hochzeit in Luft aufgelöst hat, oder?«

»Doch, genau, Karsten Möller, meine ganz große Liebe!«

»Schade«, murmelte Nele.

»Was ist schade?«

»Dass ich das nicht vorher gewusst habe. Dann hätte er sich von mir auch noch eine gefangen.« Die beiden Frauen brachen unisono in schallendes Gelächter aus.

Als sie wenig später auf der Straße nach Nordstrand waren, wagte Nele, Wiete zu fragen, was sie empfunden hatte, ihn nach so langer Zeit wiederzusehen.

Wiete atmete ein paarmal tief durch.

»Erst eiskalte Wut, aber jetzt nach der Ohrfeige würde mich brennend interessieren, was damals wirklich geschehen ist. Und ich kann es nicht leugnen, er gefällt mir auch noch als Oldie.«

»Kein Kunststück. Der Mann hat sich gut gehalten, wenn da nicht seine Krankheit wäre, aber die hältst du ja für gespielt, oder?«

»Allerdings! Dass er uns hinterhergerannt ist, ist der beste Beweis. Der hat nicht nur mich sofort wiedererkannt, sondern kann sich auch noch bestens an Inken erinnern!«, verkündete Wiete im Brustton der Überzeugung. »Die Frage ist nur, was ihn dazu bewogen hat, Inken Geld zu schenken. Als hätte er gewusst, dass sie es dringend benötigt.«

»Wahrscheinlich wirklich nur die Laune eines alten reichen Mannes, aber mit Stil.«

»Ja, das hatte er immer schon. Zur Vorlesung kam er stets im Jackett. Das war völlig daneben, zumal ich solche Verkleidungen gehasst habe, aber zu ihm passte das. Es gab ihm ein gewisses Etwas und …« Wiete unterbrach sich erschrocken. Hatte sie das da gerade wirklich von sich gegeben?

»Ich glaube, du musst ihn dringend wiedersehen«, sagte Nele grinsend.

Wiete tippte sich an die Stirn.

»Nein danke. Kein Bedarf!«, entgegnete sie trotzig. »Einmal Arsch, immer Arsch!«

»Aber Wiete, Das kann man auch anders …«

» … und jetzt wage das ja nicht zu verniedlichen. Ich meine das genauso, wie ich es gesagt habe!«, erklärte Wiete kämpferisch.

# 32. Unerwarteter Besuch

Inken wachte an diesem Morgen sehr früh auf, nachdem sie wie ein Murmeltier geschlafen hatte. Nicht einmal die Freundinnen hatte sie vom *Wattparadies* zurückkommen hören. Doch nach mehr als acht Stunden konnte sie beim besten Willen nicht noch einmal einschlafen. Ihr Wecker zeigte ihr an, dass es erst kurz nach sechs Uhr war. Sie aber fühlte sich so fit wie lange nicht mehr. Sosehr sie sich auch geweigert hatte, von Wiete und Nele nachhause geschickt zu werden, nun war sie ihnen dankbar. Doch jetzt nach diesem Zwangsruhetag war sie in ihrem Elan kaum zu bremsen. Im Gegenteil, sie stand auf, duschte sich und machte sich daran, eine Einkaufsliste zu erstellen. Sie hatte auf Nordstrand einen Biobauern ihres Vertrauens, der ihr Kartoffeln, Obst, Fleisch und Gemüse lieferte. Normalerweise brachte er ihr die Waren, aber an diesem Morgen war ihr danach, selbst zum Hof zu fahren. Weiterhin machte sie eine Liste für den Fischmarkt und die Bäckerei.

Sie war ganz froh, dass die Freundinnen nicht aufwachten, als sie schließlich nach einem kleinen Frühstück das Haus verließ. Der Besuch des Geiers, wie ihre Freundinnen den Sohn des Mannes nannten, der ihr die Jetons aufgedrängt hatte, hing ihr immer noch nach. Es rührte sie, wie intensiv Wiete und Nele sich um sie sorgten, aber im Grunde ihres Herzens fand sie es immer noch falsch, das Geld einfach ausgegeben zu haben. Am liebsten würde sie dem Typen alles auf den Cent genau wiedergeben: Einsatz, Gewinn und natürlich das Bargeld. Aber woher nehmen, wenn nicht stehlen?

Ihr Aktionismus an diesem Morgen konnte sie ein wenig von ihrem schlechten Gewissen ablenken. Die Einkaufstour war ein voller Erfolg, und alle freuten sich, sie zu sehen. Als sie Stunden später mit ihrem vollgepackten Wagen direkt vor dem *Wattparadies* hielt, um auszuladen, waren die morgendlichen Sorgen wie weggeweht, und sie dachte nur an die Leckereien, die sie heute als Extras auf die Karte setzen würde.

Sie war gerade dabei, die schwere Gemüsekiste aus dem Kofferraum zu wuchten, als sie hörte, wie sich hinter ihr jemand demonstrativ räusperte. Sie drehte sich um, so gut sie konnte, und erschrak. Hinter ihr stand der Mann aus dem Casino.

»Geben Sie mal her. Das kann man ja nicht mit ansehen«, sagte er statt einer Begrüßung und nahm ihr die Last ab. Sie wollte protestieren, aber da war er schon mit der Kiste auf der Gangway.

»Was wollen Sie denn hier?«, fauchte sie ihn an. »Sie wissen schon, dass Sie mich in Teufels Küche gebracht haben, oder?«

Er nickte schuldbewusst. »Darüber wollte ich ja gerade mit Ihnen sprechen. Aber erst einmal trage ich Ihnen die ganzen Sachen hoch.«

Inken überlegte noch, ob sie die Hilfe annehmen wollte, bis ihr ein Ziehen im unteren Rücken die Antwort abnahm.

»Gut, dann packe ich das Gemüse schon mal in den Kühlraum. Der Autoschlüssel liegt auf dem Fahrersitz. Und wenn Sie fertig sind mit Ausladen, fahren Sie den Wagen bitte auf den Parkplatz am Ende der Kaimauer.«

»Ich mache alles, wenn Sie mir nicht länger böse sind«, murmelte Caio und machte sich an die Arbeit.

Inken tat der Mann jetzt fast ein bisschen leid. Er wirkte wie ein geprügelter Hund. Dabei hatte er ihr ja keine goldenen Löffel geklaut, sondern ihr eine Menge Geld verschafft. Aber irgendwie war sie auch erleichtert, dass er die Sache offenbar ganz anders sah als sein raffgieriger Sohn. Er hatte immerhin so etwas wie ein Unrechtsbewusstsein, weil er sie mit dem Geld allein im Casino zurückgelassen hatte. Es interessierte Inken brennend, warum er das getan hatte, aber das würde sie ja hoffentlich gleich von ihm erfahren. Und sie konnte sich nicht helfen, Caio war ihr noch genauso sympathisch wie in Sanremo. Sie war fest entschlossen, mit ihm eine Abzahlungsvereinbarung für das Geld zu schließen, denn schenken lassen wollte sie es sich auch jetzt noch nicht!

Caio schnaufte ziemlich heftig, als er mit dem Autoschlüssel zurückkehrte, nachdem er ihr die letzte Kiste in die Küche gebracht hatte.

Inken reichte ihm ein Wasser und setzte sich zusammen mit ihm an einen der Tische.

»Danke fürs Schleppen. Wollen Sie einen Kaffee?«

»Gleich, aber erst einmal möchte ich Ihnen mitteilen, dass mein Sohn und ich weder den Gewinn noch das in dem Beutel befindliche Geld zurückwollen.«

»Ihr Sohn verzichtet? Sind Sie sicher?«

»Natürlich, ich war doch Zeuge, als er es Ihren Freundinnen gestern Abend versprochen hat!«

Inken musterte ihn ungläubig. »Was, was … äh … Was haben denn meine Freundinnen damit zu tun?«

»Ich dachte, die hätten Ihnen vielleicht schon von ihrem gestrigen Besuch im Hotel berichtet. Jedenfalls ist die Angelegenheit hiermit vom Tisch. Ich wollte mich nur noch einmal persönlich bei Ihnen entschuldigen, dass ich einfach abgehauen bin.«

»Für mich ist die Sache noch lange nicht erledigt. Ich nehme kein Geld von Fremden. Das hatte ich Ihnen bereits in Sanremo unmissverständlich gesagt! Und es tut mir wahnsinnig leid, dass ich das Geld inzwischen ausgegeben habe, aber ich hatte keine Wahl …«

»Ich weiß. Sie standen doch völlig mittellos da. Und genau

dazu war das Geld gedacht. Dass Sie wieder auf die Beine kommen, nachdem Ihr Mann Ihre Rücklagen verspielt hat …«

Inken funkelte Caio wütend an. »Wie kommen Sie dazu, so etwas zu behaupten? Dass mein Mann alles Geld verspielt hat?«

»Das haben Sie mir doch selbst im Casino erzählt«, hielt er ihr entgegen.

Inken wollte gerade fortfahren, ihn zu beschimpfen, als ihr einfiel, dass das, was er sagte, der Wahrheit entsprach. Sie wusste zwar nicht so recht, wie ihr das überhaupt hatte passieren können, dass sie einem Fremden ihr Herz ausgeschüttet hatte, aber sie erinnerte sich dunkel. Wahrscheinlich war der Campari schuld daran gewesen!

»Gut, ja, und daraufhin haben Sie mir Ihre Jetons aufgenötigt, und da konnte ich doch nur gewinnen …«

»Ach super, das freut mich. Das wollte ich noch fragen. Was haben Sie denn im Endeffekt mitgenommen?«

»Ich habe nur auf eine Zahl gesetzt, die Fünfzehn. Und am Rand der Reihe hatte ich zufällig den anderen Jeton platziert. Also habe ich zweimal gewonnen.«

Er musterte sie voller Bewunderung.

»Sie haben mit zwei Jetons Plein und Transversale pleine gemacht? Glückwunsch!«

»Ja, und den Rest habe ich in den Beutel zurückgetan. Zusammen mit dem Bargeld waren das über sechzigtausend Euro.«

Er rieb sich die Hände. »Perfekt. Das ist genau das, was ich Ihnen habe zukommen lassen wollen.«

»Ich nehme keine Almosen. Und jetzt hören Sie mir mal gut zu: Ich biete Ihnen an, das Ganze in monatlichen Raten zurückzuzahlen!«, fauchte sie.

Er hob abwehrend die Hände. »Ich nehme aber nichts von Ihnen!«

»Und ich will kein Geld von Ihnen geschenkt!«

»Ich schenke es Ihnen ja gar nicht. Sehen Sie es als Wiedergutmachung.«

»Wofür?«, fragte Inken in scharfem Ton.

Caio wand sich. »Können Sie das nicht einfach so stehenlassen und mir vertrauen, dass alles seine Richtigkeit hat?«

»Nein! Was steckt dahinter? Sind Sie der Weihnachtsmann? Oder was hat Sie sonst geritten, mich zu retten?«

Er stieß einen tiefen Seufzer aus. »Können Sie mir das nicht ersparen?«

»Kann ich nicht! Ich kann mir nämlich keinen triftigen Grund vorstellen, warum Sie sich als mein Wohltäter aufspielen. Also?«

Caio legte die Stirn in grüblerische Falten. Gerade als er sich durchgerungen zu haben schien, ihr zu verraten, was hinter seiner Gutmütigkeit steckte, stand plötzlich Beeke wie ein Racheengel vor ihrem Tisch.

»Mutti, ich muss dich dringend sprechen!«

»Beeke, du siehst doch, dass ich Besuch habe«, erwiderte Inken, die gar nicht erfreut über die Störung war. Beinahe hätte Caio geplaudert … Sie konnte nur hoffen, dass er den Faden gleich wieder aufnehmen würde. Und außerdem missfielen ihr die finstere Miene ihrer Tochter und ihr Befehlston.

»Es ist dringend«, insistierte Beeke.

»Tut mir leid, aber ich muss dieses Gespräch erst zu Ende führen. Vielleicht machst du noch einen kleinen Bummel und kommst in einer Viertelstunde wieder«, schlug Inken versöhnlich vor.

Beeke aber funkelte ihre Mutter zornig an. »Okay, ich komme wieder. Und du kannst dir ja schon mal überlegen, ob du mir erklären möchtest, woher die fünfundzwanzigtausend Euro stammten, die du mir in einem Beutel für meinen Umbau gegeben hast! Und bevor du fragst, wie ich darauf komme, ich habe gestern meinen neuen Teelieferanten getroffen, und der hat mir da eine abenteuerliche Geschichte erzählt«, zischte sie.

Inken wich bei diesen Worten jegliche Farbe aus dem Gesicht, doch bevor sie etwas antworten konnte, mischte sich Caio ein. »Ach, dann sind Sie Gabriels neue Husumer Geschäftspartnerin. Schön, Sie kennenzulernen, und keine Sorge, es ist inzwischen alles erledigt. Keiner will Geld von Ihrer wunderbaren Mutter zurück.« Er lächelte gewinnend, aber Beeke sah erst ihn fassungslos an, dann ihre Mutter.

»Ich höre wohl nicht richtig. Wunderbare Mutter? Jetzt verstehe ich. Er ist dein Lover. Scheiße, dass ich nicht früher darauf gekommen bin. Das ist ja so erbärmlich!«, schrie Beeke.

»Das ist nicht wahr. Ich wollte einfach nur helfen«, protestierte Caio. »Ich kannte Ihre Mutter vorher doch gar nicht! Sie war die Leidtragende. Völlig mittellos …«

»Mutti, sag dem Mann sofort die Wahrheit! Dass du gerade erst ein Haus und ein Vermögen geerbt hast, weil dein Mann gestorben ist! Aber vielleicht weiß er das ja, weil ihr euch schon vorher kanntet«, schrie Beeke.

Inken aber war einfach nur noch sprachlos über diese ungerechten Anwürfe ihrer Tochter. Am liebsten hätte sie ihr die ganze hässliche Wahrheit entgegengeschleudert, aber sie konnte sich gerade noch beherrschen.

»Nun beruhigen Sie sich doch wieder. Ihre Mutter hat das nicht verdient!«, mischte sich Caio ein.

»Können Sie sich denn überhaupt noch daran erinnern, was im Casino passiert ist?«, fragte Beeke ihn jetzt lauernd.

»Natürlich, warum denn nicht?«, verkündete Caio mit Nachdruck.

»Vielleicht weil Sie sehr, sehr krank sind hier oben.« Sie tippte sich an die Stirn.

»Ach, hat das mein Sohn gesagt?«, erkundigte sich Caio angriffslustig, doch im nächsten Augenblick musterte er Inken plötzlich mit dem Ausdruck größter Verwunderung.

»Entschuldigen Sie, könnten Sie mir vielleicht noch einmal sagen, wer Sie sind?«, fragte er.

Inken war zu perplex, um ihm zu antworten.

Beeke aber beugte sich fürsorglich zu ihm hinunter. »Soll ich Sie ins Hotel zurückbegleiten?«, fragte sie.

»Nein, ich möchte viel lieber bei der netten Dame bleiben. Aber könnten Sie uns beide jetzt wohl allein lassen? Ich möchte endlich den Kaffee mit ihr trinken, den sie mir versprochen hat.«

Seine Worte schienen ihre Tochter schwer zu schocken. Inken war versucht, einzugreifen und Caios Show vom alten wirren Mann auf der Stelle zu beenden, aber er warf ihr einen flehenden Blick zu. Inken verstand seine stumme Botschaft so, dass sie jetzt lieber den Mund halten sollte.

»Mutti, wie konntest du seinen Zustand nur so ausnutzen? Und ich habe dich für den aufrichtigsten und ehrlichsten Menschen auf der ganzen Welt gehalten. Du warst immer so gut, dass Paps und ich nie an dich heranreichen konnten. Und in Wirklichkeit bist du schrecklich verlogen!«

Inken hatte große Mühe, nicht aufzuspringen und ihre verzweifelte Tochter, die schwer mit den Tränen kämpfte, in den Arm zu nehmen, aber erst einmal musste sie klären, was für eine irre Nummer Caio da eigentlich abzog.

Kaum war Beeke von Bord, fuhr sie ihn an: »Was wird hier eigentlich gespielt?«

»Ich, ich, oh Gott, ist mir das peinlich … Ich habe mir eine Demenz genommen.«

»Du hast was?«

Aus Versehen hatte Inken ihn geduzt, aber jetzt blieb keine Zeit für Formalien, zumal er ihr entsprechend antwortete.

»Ich war einsam, und anders hätte er mich nicht bei sich

wohnen lassen. Und da habe ich mich schlau gemacht, und dann habe ich einen alten Psychiater von meinen Symptomen überzeugen können. Ich habe mich natürlich vorher ausführlich über alles informiert und einen Fragebogen im Internet durchgearbeitet. Der Mann musste glauben, ich hätte diese Krankheit, bei der man jeden Tag neue Menschen kennenlernt …« Er lachte über seinen eigenen Scherz, den Inken ganz und gar nicht lustig fand.

»Spinnst du eigentlich total? Demenz ist eine grausame Krankheit, und du spielst damit! Wie kannst du deinen Sohn nur derart belügen?«

»Das sagt ja gerade die Richtige! Du verheimlichst deiner erwachsenen Tochter, dass ihr Vater dich mittellos zurückgelassen hat«, konterte er.

»Ja, aber das mache ich doch nur, damit sie nie erfahren muss, dass ihr Vater aus lauter Jux und Tollerei unser ganzes Geld verspielt …« Inken konnte nicht weiterreden, weil ihr nun die Tränen kamen. Caio legte ihr mitfühlend die Hand auf den Arm.

»Er hat es nicht aus Spaß getan, Inken«, gestand er zögerlich. »Im Gegenteil, er wollte dich versorgt wissen nach seinem Tod.«

»Heißt das, du kennst Harry?«

Er nickte. »Wir sind uns im Wartezimmer von Professor Kranzler begegnet. Er ist eine Koryphäe für Kardiologie. Wir hatten beide große Sorge, dass wir etwas Schlimmes haben, und haben uns versprochen, nach der Diagnose aufeinander zu warten …«

Inken war wie erstarrt.

»Bei mir waren es nur Rhythmusstörungen, bei ihm eine unerkannte Herzschwäche. Der Professor wollte ihn gleich in die Klinik bringen lassen, um ihm einen Bypass zu legen, aber Harry wollte nicht. Er hatte nur die eine Sorge: dass du mit dem bisschen Geld nicht auskommen würdest, sollte er bald sterben. Ja, und da kam ich auf die dämliche Idee mit dem Casino …«

»Du hast ihn dazu angestiftet?«, fragte Inken fassungslos.

»Ja, aber doch nur, um ihn abzulenken. Ich wollte ihm die Chance geben, aus eigener Kraft zu gewinnen, aber er hatte nicht so viel Glück wie du. Am zweiten Tag bin ich nur mal kurz zu meiner Bank gegangen, um das Geld abzuheben, das er auf meinen Rat hin verspielt hatte. Ich wollte ihm doch wenigstens das wiedergeben, aber …« Seine Stimme brach, weil er mit den Tränen kämpfte. »Man hat mich nicht mehr reingelassen. Mein Sohn hatte inzwischen für dieses Kasino auch eine Sperre beantragt, die aber erst bei meiner Rückkehr ausgesprochen wurde. Ich habe dann draußen gewartet, aber er kam nicht. Jedenfalls nicht, bis mein Sohn mich dort aufgegriffen und mitgenommen hat.«

»Er ist am Spieltisch zusammengebrochen. Und als der Notarztwagen kam, ist er verschwunden. Hat mir der Saalchef jedenfalls so gesagt«, bemerkte Inken leise, bevor sie in lautes Schluchzen ausbrach. Allein die Vorstellung, wie Harry vergeblich versucht hatte, sein Geld zu vermehren, um ihr im Fall seines Todes genügend zu hinterlassen …

»Das ist alles meine Schuld«, stöhnte Caio.

»Du bist nicht schuld daran. Er war einfach ein sturer Kerl, der mir gegenüber niemals eine Schwäche zugegeben hätte. Wahrscheinlich hat ihn das das Leben gekostet. Hätte er mir bei seiner Rückkehr bloß alles gebeichtet, wir hätten das *Wattparadies* verkauft, und er hätte sich in Ruhe operieren lassen können …«

»Tja, aber das Schiff hier war sein Leben. Er hat gesagt, er geht erst ins Krankenhaus, wenn ihr einen guten Koch gefunden habt, weil du das nicht allein schaffen kannst …«

»Ach, Harry, du Dummkopf!«, murmelte Inken.

»Ich hätte ihn nicht zum Spielen anstiften dürfen«, jammerte Caio.

»Hätte, hätte …«, schnaubte Inken und wischte sich entschlossen die letzten Tränen aus dem Auge. »Später ist man immer klüger.«

»Gut, dann bist du jetzt hoffentlich so klug und nimmst endlich mein Geld an. Ich weiß, damit kann ich ihn nicht wieder lebendig machen, aber …«

»Lass gut sein, Caio. Jetzt, nachdem ich die Wahrheit kenne, kann ich das Geld von dir annehmen. Und ich denke, Harry hätte es auch getan, wenn er die Gelegenheit dazu gehabt hätte.«

»Dann ist ja alles gut«, murmelte er erleichtert.

Inken aber schüttelte den Kopf.

»Oh nein, jetzt muss ich Harry um Verzeihung bitten. Ich, ich gehe sofort zu seinem Grab und sage ihm, was für eine blöde Kuh ich gewesen bin. Dass ich ihm so was zugetraut habe.« Inken brach erneut in Tränen aus.

»Inken. Ich weiß nicht, ob du noch mal was von mir annimmst, aber ich hätte da einen Rat.«

»Und der wäre?« Inken sah ihn aus verheulten Augen verzweifelt an.

»Ich glaube, du solltest es endlich deiner Tochter sagen.«

»Niemals!«, zischte Inken, doch dann stutzte sie und dachte kurz nach. »Gut, ich tue es, selbst auf die Gefahr hin, dass sie mich dann verstößt, weil ich ihrem Paps so etwas Mieses zugetraut habe. Aber nur, wenn du deinem Sohn die Demenzscharade beichtest.«

»Muss das sein?«

»Ja!«

»Aber ich möchte das nicht allein machen. Können wir das nicht gemeinsam hinter uns bringen?«

»Na ja, schön wäre das schon, aber wie kriegen wir unsere Kinder dazu, sich mit uns an einen Tisch zu setzen?«

Caio überlegte. »Wenn es kein Tisch sein muss, habe ich da eine gute Idee. Gabriel ist heute um achtzehn Uhr mit seiner neuen Geschäftspartnerin in ihrem Laden verabredet.«

»Mit meiner Tochter?«

»Genau. Und wenn du mich fragst, dann ist Gabriel bis über beide Ohren in deine Tochter verknallt. Wie milde der gestern Abend mir gegenüber war. Das war die Sprache der Liebe, aber nicht für mich«, scherzte er.

»Meine Tochter und der Geier. Oh je«, bemerkte Inken amüsiert.

»Der Geier?«

»So haben ihn meine Freundinnen Nele und Wiete getauft, nachdem ich ihnen von meiner unschönen Begegnung mit ihm erzählt habe.«

»Inken, ich hätte da noch … also … ich hätte da noch eine Bitte, das ist, wie soll ich sagen … delikat«, stammelte Caio nun.

Inken musterte ihn skeptisch. »Mein Bedarf an Neuigkeiten ist eigentlich gedeckt.«

»Es geht nicht um Harry. Eher um deine Freundin …«

Inken musste grinsen. »Sag bloß, du hast dich in Nele verguckt. Das passiert gewissen älteren Herrn immer wieder.«

»Verliebt habe ich mich schon, aber in eine Frau, die vor vielen Jahren meine ganz große Liebe gewesen ist. Bis ich eines Tages auf Druck meines Vaters auf so ein blödes Frachtschiff gegangen bin damals in Kiel …«

»Sag bloß, du bist der Mistkerl, der meiner Freundin Wiete das Herz gebrochen hat! Dann müsste ich dir eigentlich eine ordentliche Abreibung verpassen«, bemerkte Inken kopfschüttelnd.

»Das hat sie gestern bereits höchstpersönlich erledigt«, seufzte er.

»Wiete?«

»Ja, sie hat mir eine geknallt.«

»Und nun?«

»Kannst du ihr nicht ins Gewissen reden, dass sie mich zumindest einmal anhört?«

»Ich werd's versuchen.« Inken warf einen Blick auf ihre Armbanduhr. »Aber ich glaube, du hast keine guten Karten, wenn sie dich gleich hier antrifft. Am besten gehst du jetzt, und ich hole dich kurz vor sechs am Hotel ab zur gemeinsamen Beichte.«

»Wann kommt sie denn?«

»Ich würde sagen, in knapp fünf Minuten!«

Inken konnte gar nicht so schnell gucken, wie Caio aufgesprungen war und das Schiff verlassen hatte. Eigentlich ein netter Kerl, dachte sie, wenn sie von der Demenzscharade und der Tatsache absah, wie übel er Wiete einst mitgespielt hatte. Aber Letzteres konnte man vielleicht damit entschuldigen, dass er damals noch sehr jung gewesen war. Irgendwie hoffte sie, dass Wiete ihm diese alte Geschichte früher oder später würde verzeihen können.

Doch dann schweiften ihre Gedanken zu Harry ab, und sie stellte sich vor, was für seelische Qualen er wohl ausgestanden haben musste, nachdem er ihr Vermögen durchgebrachte hatte. Dabei hatte er es doch nur gut gemeint. Endlich hatte sie ihre plausible Erklärung, nach der sie so lange vergeblich gesucht hatte. Damit war sie auch ihr allerletztes Fünkchen Groll gegen ihn los. Ich sollte sofort zum Friedhof, ging ihr durch den Kopf, doch in dem Augenblick ahnte sie, dass sie ihn dort nicht finden würde, weil er überall im Universum war, nur nicht in seinem kühlen Grab. Heftig schüttelte sie diesen Gedanken ab. Nicht dass sie noch sonderlich wurde … Und trotzdem wartete sie insgeheim auf ein kleines Zeichen von ihm. Doch in diesem Augenblick kamen ihre Freundinnen an Bord, die förmlich darauf brannten, ihr zu schildern, wie sie es gestern Abend geschafft hatten, den Geier zum Verzicht auf das Geld zu bewegen.

Inken kämpfte derweilen mit sich, ob sie Wiete und Nele von Caios Besuch erzählen sollte, aber sie entschied sich dagegen. Stattdessen bat sie Wiete, gegen halb sieben zu Beekes Laden zu kommen, um eine Lieferung Tee für das *Wattparadies* abzuholen. In Wirklichkeit wollte Inken Wiete nur dorthin locken, damit Caio seine Chance für eine Aussprache mit ihr bekam. Sie wusste zwar nicht so recht, ob das eine gute Idee war oder ob diese »zufällige« Begegnung der beiden nicht mit einer erneuten Ohrfeige enden würde, aber einen Versuch war es wert. Und den Rest würde sie ihren Freundinnen in aller Ruhe zuhause am Esstisch erzählen. Später am Abend!

# 33. Geteiltes Outing ist halbes Outing

Als Inken und Caio sich um Punkt achtzehn Uhr vor dem Teeladen trafen, gestanden sie sich als Erstes, dass sie kalte Füße bekommen hatten. Sie diskutierten kurz die Möglichkeit, ungesehen wieder zu verschwinden.

»Was hat denn mein Sohn davon, wenn er erfährt, was ich alles angestellt habe, damit er sich um mich kümmert?«, fragte Caio seufzend.

Inken zuckte die Schultern. »Keine Ahnung. Vielleicht wäre eine stillschweigende Spontanheilung von der Demenz für alle Beteiligten doch die bessere Lösung«, sinnierte sie.

»Genau, und du erwähnst die Sache mit dem Geld deiner Tochter gegenüber einfach nicht mehr. Dann wächst irgendwann Gras über die Sache«, schlug Caio vor und machte sich zum Rückzug bereit, doch plötzlich verflüchtigten sich Inkens Ängste wie von Zauberhand. Lieber nahm sie in Kauf, erneut Beekes Zorn auf sich zu ziehen, statt an ihrem Schweigen zu ersticken. In diesem Augenblick drehte sich auch Caio wieder um. »Weißt du was, Inken. Ich stehe dazu. Sonst bringt mich mein schlechtes Gewissen noch um!«, erklärte er. Entschieden näherten sich die beiden dem Eingang.

Beeke und Gabriel waren offenbar in ein inniges Gespräch vertieft, als Inken vorsichtig die Ladentür öffnete. Sie hatten aber nicht an die Glocke über der Tür gedacht.

Die jungen Leute fuhren erschrocken auseinander, denn sie hatten die Köpfe sehr dicht zusammengesteckt.

»Mutti? Ist was passiert?«, fragte Beeke besorgt.

»Was machst du denn hier? Du solltest das Hotel doch nicht verlassen!«, fauchte Gabriel seinen Vater an.

»Wir wollen gar nicht lange stören«, sagte Inken entschuldigend.

Beeke rollte mit den Augen. »Was gibt es denn so Wichtiges? Und wieso kommt ihr beiden zusammen? Ach ja, natürlich, ihr wollt uns jetzt von eurer Affäre beichten, oder?«

Inken überhörte diese Bemerkung. »Wer fängt an? Du oder ich?«

Caio hob die Hand, und Inken ließ ihm den Vortritt.

»Ich habe dich belogen, mein Sohn«, stieß Caio mutig hervor.

»Und ich habe dir was Wichtiges verheimlicht, Beeke.«

Beeke und Gabriel musterten ihre Eltern grimmig. Sie ließen die beiden deutlich spüren, dass sie gern wieder allein wären und sich ihre Neugier auf das doppelte Outing in Grenzen hielt.

Das wiederum schien Caio aber ganz recht zu sein. »Wir können uns auch ein anderes Mal aussprechen.« Und schon machte er sich zum Gehen bereit, doch Inken hielt ihn am Ärmel fest.

»Nicht aufschieben. Wir schaffen es hier und jetzt!«, verkündete sie. »Was Ihr Vater sagen wollte ...« Inken deutete auf Caio, der erst einmal herumdruckste, bis er es schaffte, ganze Sätze zu formulieren.

»Mein Sohn, ich weiß, dass es nicht leicht für dich ist, seit ich bei dir wohne, weil ich doch immer stiften gehe, aber ich habe mich in diesem Vorort so weit weg von dir einfach einsam gefühlt. Und das nach Mamas Tod ...«

Gabriel war jetzt ein Stück von Beeke abgerückt und warf seinem Vater eher besorgte Blicke zu. »*Pai*, du sollst dich doch nicht so anstrengen. Am besten wäre es, wir beide fahren jetzt ins Hotel. Und wo du das schon ansprichst, ich habe in

Hamburg ein wunderschönes Zimmer für dich gefunden. Das schauen wir uns gleich an, wenn wir zurück sind …«

»Was denn für ein Zimmer? Ich spiele mit dem Gedanken, mir wieder ein eigenes Haus zu kaufen. Was soll ich da in einem Zimmer?«

»*Pai*, du kannst nicht mehr allein leben. Das Heim ist eines der besten. Direkt an der Elbe. Da kannst du von deinem Balkon die Schiffe sehen und …«

»Heim? Du hast sie wohl nicht alle!«, schnaubte Caio. »Was soll ich denn in einem Heim? Ich könnte noch was Neues anfangen, könnte mir in Husum ein Haus kaufen …«

»*Pai*, du bist krank und musst in eine Einrichtung, die auf Demenzkranke eingestellt ist«, widersprach ihm sein Sohn mit Nachdruck.

Caio brach in schallendes Gelächter aus. »Ach so, klar doch, du meinst wegen meines kaputten Hirns, aber ich bin doch in Wahrheit kerngesund und leide bestimmt nicht an Demenz … Das wollte ich dir doch gerade sagen!«

Caios Sohn schüttelte ungläubig den Kopf. »Tja, das behaupten sie alle.«

Beeke musterte Inken indessen durchdringend. »Hast du ihm das eingeredet? Damit du besser wegkommst? Und will er das Haus etwa für dich haben? Hast du noch nicht genug Schaden angerichtet?«

Bevor Inken etwas zu ihrer Verteidigung vorbringen konnte, war Caio für sie in die Bresche gesprungen.

»Sie hören jetzt sofort auf, Ihrer Mutter so einen Unsinn zu unterstellen! Sie ist eine tapfere Person, die das alles nur auf sich genommen hat, damit Harry in Ihren Augen der unantastbare Held bleibt!«

»Wieso nennen Sie meinen Vater Harry? Sie kennen ihn doch gar nicht!«, fauchte Beeke.

»Irrtum, ich bin schuld daran, dass er Ihre Mutter mittellos zurückgelassen hat!« Caio schilderte nun mit ruhiger Stimme, wie er Beekes Vater kennengelernt hatte und wie er in Sanremo alles wieder hatte gutmachen wollen.

»Das glaube ich jetzt nicht!«, murmelte Beeke und ließ sich vor Schreck auf einen Stuhl fallen.

»Ich habe befürchtet, dass du das nicht wissen willst, aber ich kann mit dieser Lüge nicht länger leben, zumal ich seit heute weiß, dass dein Vater kein verantwortungsloser Kerl war, der leichtfertig unser Vermögen verspielt hat«, ergänzte Inken.

Beeke schlug die Hände vors Gesicht.

»Es tut mir leid, ich hätte dir das nicht verheimlichen dürfen, aber ich habe das nicht übers Herz gebracht. Paps war doch dein großer Held«, stieß Inken betroffen hervor.

Beeke ließ die Hände sinken. Sie war weiß wie eine Wand. »So wenig Vertrauen hast du zu mir? Dass du mich wie ein Kleinkind im Ungewissen hältst?«

»Ich wusste doch, dass dein Vater der Größte für dich ist. Du hättest mir das niemals geglaubt«, versuchte Inken sich zu verteidigen, aber ihre Tochter war aufgesprungen und hatte sich kämpferisch vor ihr aufgebaut. »Wenn du mir die Wahrheit gesagt hättest, hätte ich dir natürlich geglaubt, aber ich wäre mit dir nach Hamburg gefahren und wir hätten gemeinsam herausgefunden, was Paps zu so einer Verzweiflungstat getrieben hat. So hast du mich in dem Glauben gelassen, dass dir Paps' Tod scheißegal ist, genau wie eure ganze Ehe. Dass dir unser Haus nichts bedeutet …«

Beeke hörte mit ihrer Schimpftirade erst auf, als Gabriel ihr beschwichtigend die Hand auf den Unterarm legte.

»Bitte, reg dich nicht auf. Ich glaube, deine Mutter hat es nur gut gemeint.«

Beeke funkelte ihn wütend an. »Ach ja, genauso gut wie dein Vater mit dir? Hast du es noch nicht kapiert? Er hat dich verarscht. Dein Vater hat keine Demenz. Die hat er sich nur genommen, damit du dich um ihn kümmerst …« Sie stockte und warf ihrer Mutter einen etwas weicheren Blick zu. »Verzeih mir bitte, dass ich dir zugetraut habe, einen dementen Mann auszunehmen. Ich hätte wissen müssen, dass du so etwas niemals tun würdest.«

Inken schluckte. Ihre Tochter entschuldigte sich bei ihr. Das war ja mal ein Anfang, doch bevor sie etwas erwidern konnte, platzte die Bombe zwischen Vater und Sohn.

»Bist du denn von allen guten Geistern verlassen? Mit so einer Krankheit treibt man keinen Spaß, du, du, du … Mann, was habe ich mir für Sorgen gemacht!«, brüllte Gabriel so laut, dass alle zusammenzuckten.

Nun war es Beeke, die versuchte, ihn zu beruhigen. »Er muss sehr verzweifelt gewesen sein, sonst hätte er es doch nicht getan«, sagte sie versöhnlich.

»Danke für Ihre netten Worte«, bemerkte Caio. »Aber nun muss keiner mehr über mich reden, sondern man kann wieder mit mir reden. Ich hätte das trotzdem nicht tun dürfen. Mein Sohn hat recht. Damit ist nicht zu spaßen.«

Beeke stand auf und näherte sich vorsichtig ihrer Mutter.

»Mutti? Kannst du mir verzeihen, dass ich so ätzend zu dir gewesen bin? Dass ich dir auch nur eine Sekunde zugetraut habe, dass du einen dementen Mann um sein Geld geprellt hast?«

Inken nickte gerührt. »Und wenn das alles nicht passiert wäre, ich hätte doch niemals das Haus verkauft«, fügte sie leise hinzu.

Beeke umarmte ihre Mutter. »Es tut mir so leid«, flüsterte Beeke mit tränenerstickter Stimme.

»Schon vergessen, Liebes. Du konntest ja gar nichts anderes denken.«

»Doch, ich hätte spüren müssen, dass da bei dir etwas nicht stimmt. Spätestens auf Paps' Beerdigung, als du gar nicht weinen konntest. Du musst ihn ja gehasst haben.«

»Nein, keine Sekunde. Ich war sehr zornig auf ihn, habe mir aber die ganze Zeit das Hirn darüber zermartert, was deinen Vater zu solchem Leichtsinn getrieben haben könnte …«

»Und du hast ihn angestiftet, Vater! Wie konntest du nur?«, mischte sich Gabriel empört ein.

»Die Casinos waren so etwas wie ein zweites Wohnzimmer für mich. Ich habe mir Freunde gekauft, die mich bewundert haben dafür, dass ich so viel Geld gesetzt habe. Und dann kam Harry, und ich dachte, ich könnte wirklich mal einem Menschen helfen. Er war so furchtbar verzweifelt, als ich ihn in der Praxis des Kardiologen getroffen habe, weil er Sorge hatte, dass Inken nach seinem Tod das *Wattparadies* mit dem bisschen Ersparten nicht würde halten können …«

»Mein Vater wusste, dass er sterben musste?«, fragte Beeke mit tränenerstickter Stimme.

Caio nickte. »Ja, seine Diagnose war niederschmetternd.«

Gabriel nahm Beeke in den Arm und zog sie fest an sich.

»Ich musste ihm einfach helfen, aber er wäre zu stolz gewesen, einfach so Geld von mir zu nehmen. Da habe ich ihm versprochen, wenn er verliert, dann bekommt er den Einsatz von mir zurück. Ich hatte fest vor, ihm seinen Einsatz und noch was drauf zu geben. Als Geschenk hätte er es sicher nicht genommen, aber wenn er es gewonnen hätte, und da habe ich meine Tricks, hätte er es bestimmt nicht zurückgewiesen. Das hat auch geklappt, aber ich hätte ihn nicht allein an die Tische gehen lassen dürfen …« Caio wirkte ehrlich geknickt.

Gabriel fuhr sich gestresst durch das Haar. »Mensch, *Pai*.« Das klang schon wesentlich versöhnlicher.

In diesem Augenblick sah Inken verstohlen auf die Uhr. Es war schon kurz nach halb sieben, und ihr fiel Wiete ein, die den Laden jede Minute betreten würde. Für eine Aussprache mit ihrem Karsten wäre es sicher nicht besonders förderlich, wenn sie auf einen Laden voller Menschen traf. Dabei gäbe es bestimmt noch viel zu sagen, aber vielleicht war es ja sogar besser, wenn die jungen Leute erst einmal verarbeiteten, was ihre Eltern für einen Mist verzapft hatten.

»So, und jetzt lassen wir euch beide mal allein«, verkündete Inken und schob Caio schon in Richtung Tür.

»Mutti? Sollten wir beide nicht lieber erst mal reden?«

»Später, mein Schatz, ich habe dich lieb!« Da war sie bereits aus der Tür.

Draußen stieß Caio aufgeregt hervor: »Du, ich glaube, nicht nur mein Sohn hat Feuer gefangen, sondern deine Tochter auch.«

»Tja, und das Ganze steht auch noch unter einem sehr guten Stern, denn er ist gar nicht ihr Typ«, lachte Inken.

»Wie bitte? Mein Sohn ist mindestens so attraktiv wie sein Vater«, protestierte er grinsend.

»Genau, ihr habt beide nicht diese gewissen breiten Schultern.«

»Dafür haben wir hier oben mehr«, entgegnete er prompt und tippte sich an die Stirn.

»Das beweist ja dein Schurkenstück von der Demenz«, bemerkte Inken spöttisch. In diesem Augenblick sah sie Wiete um die Ecke eilen.

»Ach, Caio, bevor ich es vergesse, ich habe Wiete hergelockt zu einer Aussprache …« Jetzt hatte Wiete Caio entdeckt. Ihre Miene verfinsterte sich.

»… tja, ich hoffe, das geht gut. Warte hier!«, fügte sie hinzu und lief ihrer Freundin entgegen.

»Was fällt dir denn ein? Das ist doch ein abgekartetes Spiel …«, zischte Wiete.

»Bevor du dich weiter aufregst, er wusste bis eben nicht, dass ich dich hergelockt habe. Er hat mich nur gebeten, ihm zu helfen, dass du ihn wenigstens anhörst. Und findest du nicht, dass es irgendwie verjährt ist?«

»So was verjährt nie!«, fauchte Wiete, aber Inken konnte an ihrem neugierigen Blick erkennen, dass sie um keinen Preis der Welt darauf verzichten würde, von Caio zu erfahren, warum er sie damals so schändlich verlassen hatte.

»Und nicht wieder hauen!«, lachte Inken, bevor sie sich eilig aus dem Staub machte.

# 34. Wunder gibt es immer wieder …

Insgeheim war Wiete Inken nicht wirklich böse, dass sie dieses Treffen eingefädelt hatte. Wenn sie jetzt nicht die Wahrheit erfuhr, dann würde sie sich immer und ewig fragen, was damals passiert war. Und in einem Punkt hatte Inken schon recht. Nach so vielen Jahren sollte das eigentlich verjährt sein. Doch als sie nun auf Karsten zutrat, bewies ihr ihr plötzlich stärker klopfendes Herz das Gegenteil. So richtig verjährt war da noch gar nichts! Ihre letzte Begegnung war nur durch den Schock des Wiedererkennens dominiert gewesen. In diesem Moment löste der Anblick des weißhaarigen Manns längst vergessene Gefühle für ihre alte Liebe aus. Und mit ihnen überkamen sie auch die anderen Emotionen mit aller Macht: die alten Verletzungen, die ganze Hilflosigkeit, die Trauer und die Wut …

Karsten schien das nicht zu merken, denn er fragte in diesem Augenblick, ob er sie einmal umarmen dürfte.

»Nein!«, schrie Wiete.

»Soll ich lieber gehen?«, fragte er verunsichert.

»Das könnte dir so passen. Nein, noch einmal haust du mir nicht einfach ab. Nicht bevor ich weiß, warum du mir das angetan hast!« Wiete begann, mit den Fäusten auf seinen Brustkorb zu trommeln. Sanft hielt er ihre Hände fest.

»Okay, ich sage dir alles, was du wissen willst. Ich weiß nur nicht, wo ich anfangen soll. Also, es begann mit dem Überraschungsbesuch meines Vaters …«

»Hier will ich nicht mit dir sprechen. Lass uns zu einem der grünen Strände fahren und ein paar Meter auf dem Deich gehen«, unterbrach sie ihn.

Caio war mit allem einverstanden, und so gingen sie schweigend zu dem Parkplatz, auf dem ihr Wagen stand.

Erst im Auto fanden sie in demselben Moment die Sprache wieder. Das war ein Déjà-vu-Erlebnis. Wie oft hatten sie das früher schon erlebt!

»Ich lasse dir den Vortritt«, verkündete Karsten leise lächelnd. »Du darfst mich jetzt erst einmal beschimpfen, denn es war unverzeihlich, dich so gemein zu verlassen.«

»Was soll ich sagen? Dass ich dich für ein Arschloch halte? Dass du mein Leben zerstört hast? Dass ich deinetwegen nie geheiratet habe?«

»Du bist also Single?«, hakte er vorsichtig nach.

»Das geht dich gar nichts an«, bellte sie. »Verrat mir nur eines! Warum hast du dich niemals mehr bei mir gemeldet?«

»Ich war feige, aber ich schwöre dir, ich wollte dich nie verletzen. Auf dem Frachter habe ich jede Sekunde an dich gedacht. Als ich wieder nüchtern war, habe ich meinen Vater angefleht, dass wir das nächste Schiff zurück nehmen, aber er hat mich gezwungen, mit ihm auf die Teeplantage seines brasilianischen Freundes zu kommen.«

»Wie gezwungen? Er wird dich ja kaum an den Haaren dorthin geschleift haben.«

»Das nicht, aber er hat mir versprochen, wenn ich vier Wochen dort arbeite und dann immer noch zurück zu dir will, dann hat er nichts mehr gegen unsere Hochzeit. Aber es war dort wie in einem Paradies. Die Landschaft, das Meer …«

»Soll das eine Entschuldigung sein? Du hättest mir das doch schreiben können! Mich anrufen können!«

»Eben nicht. Der Deal mit meinem Vater war, dass ich während der vier Wochen keinen Kontakt zu dir aufnehme. Ach, ich habe so oft bereut, dir das angetan zu haben, aber ich war damals komplett durcheinander, als ich die Tochter des Hauses kennengelernt habe. Ich befürchte, das hat mein Vater alles geplant, denn die schöne Frau trat schon nach zwei Wochen in mein Leben. Bei einem Essen, das der Freund meines Vaters ausgerichtet hat. Sie war wie aus einer anderen Welt, eine einzige Verführung …« Caio stockte.

»Sprich ruhig weiter! Jetzt wird es interessant.«

»Kannst du es dir nicht denken?«

»Ich bin nicht doof, aber ich möchte es aus deinem Mund hören!«

»Gut, ich habe mit Mercedes noch in derselben Nacht etwas angefangen, und ich habe mich in das Land schockverliebt. Trotzdem wollte ich immer noch zurück, aber ich konnte mich nicht so recht aus den Armen von Mercedes lösen. Und da war ihr Vater, der mir die Leitung der Plantage anbot, und mein Vater, der von seiner zukünftigen Schwiegertochter in den höchsten Tönen schwärmte …«

»Und damit meinte er nicht mich. Schon klar«, unterbrach ihn Wiete trocken.

»Ich war hin- und hergerissen, war fest entschlossen, zurückzukehren in unser Leben, aber dann habe ich mir so eine Tropenkrankheit eingehandelt …«

»Verstehe, so was wie deine Demenz!« Wiete rollte mit den Augen.

»Nein, ich wäre beinahe gestorben, und sie ist nicht von meinem Bett gewichen, und da wollte ich sie nicht vor den Kopf stoßen und hatte keinen Mut mehr, dir die Wahrheit zu schreiben. Aber ich war fest entschlossen, eines Tages zurückzukommen zu dir, bis …«

»Bis wann?«

»Mercedes wurde schwanger!«

Wiete sagte kein Wort.

»Ich weiß, es gibt keine Entschuldigung, aber eine zweite

Chance vielleicht?«, fragte Caio und sah dabei aus wie ein Schuljunge, der einen Streich ausgeheckt hatte und erwischt worden war.

Wiete war sehr erleichtert, dass sie gerade in diesem Moment am Parkplatz in Dockkoog angekommen waren und ihr hoffentlich eine Antwort erspart bliebt. »Ich denke, wir machen einen kurzen Gang auf dem Deich, aber nur, damit ich einmal tief durchatmen kann, und dann fahren wir zurück«, sagte sie, doch er umfasste ihre Taille. Vorsichtig und zögernd.

Wiete kämpfte mit sich, ob sie ihm für diesen Übergriff wohl eine Ohrfeige versetzen sollte, vor allem, da es sich so vertraut anfühlte, wenn er sie berührte. Aber sie machte sich stattdessen nur ganz steif.

»Darf ich einen unverschämten Vorschlag machen, wie wir herausfinden können, ob wir beide eine zweite Chance verdient haben?«

Wiete unterdrückte ein Lächeln. Unter der Fassade des älteren Herrn lauerte immer noch der junge Karsten, der sie schon damals mit seinen verrückten Ideen überrascht hatte.

»Ich höre.«

»Ich möchte dich küssen, und wenn du das Gefühl hast, ich bin nur ein Frosch, der nie wieder zum Prinzen werden kann, dann bleib du nur stur. Aber wenn du etwas anderes spürst, dann …«

»Willst du noch stundenlang darüber philosophieren, oder wollen wir es endlich hinter uns bringen?«, erwiderte Wiete kokett, denn nichts auf der Welt würde sie davon abhalten, sich darauf einzulassen. Und wenn dieser Kuss das Letzte wäre, was sie in diesem Leben tat. Es war absolut unvernünftig, aber sie fühlte sich in gewisser Weise so jung und lebendig wie damals, als sie beide ein Paar gewesen waren. Nach seiner Flucht war etwas in ihr abgestorben, das sie erst in diesem Moment wiederfand.

Karsten strich ihr liebevoll durch das Haar, bevor er ihr Gesicht in beide Hände nahm. »Ich glaube, ich habe nie aufgehört, dich zu lieben. Seit ich zurück in Deutschland bin, spiele ich mit dem Gedanken, dich zu suchen. Nur die Sorge, dass du mich hassen würdest, hat mich davon abgehalten.«

»Dazu habe ich allerdings allen Grund«, raunte sie, bevor sie seine Lippen mit ihrem Mund berührte. Und dann küssten sie sich. Erst verhalten, aber dann so leidenschaftlich wie früher. Und sofort war die alte Vertrautheit wieder da, aber gepaart mit einem neuen, aufregenden Gefühl.

Sie gab sich diesem Kuss einfach mit allen Fasern ihres Körpers hin. Als sie schließlich die Lippen voneinander lösten, hatte Karsten ein Strahlen in den Augen, das keine Zweifel mehr daran ließ, dass er es wirklich ernst zu meinen schien.

»Komm, wir gehen ein paar Schritte«, raunte sie heiser.

Er nahm ihre Hand, und sie schwebten förmlich den grünen Deich entlang. Es war ein herrlicher Spätsommerabend, und über dem Meer schufen die rötlichen Schimmer der langsam untergehenden Sonne ein beinahe kitschiges Gemälde am Himmel.

Karsten fand zuerst die Sprache wieder. »Willst du wissen, ob ich es jemals bereut habe, in Brasilien geblieben zu sein?«

Wiete war sich nicht ganz sicher, ob sie riskieren wollte, dass der Zauber durch die Wahrheit zerstört wurde, aber ihre Neugier siegte.

»Ja.«

»Ich wäre nicht nur wegen des Kindes dort geblieben. Ich hatte ehrliche Gefühle für Mercedes. Sie hatte mich verzaubert …«

»Keine Einzelheiten. Sonst kratze ich ihr die Augen aus!«, entgegnete Wiete, und da wurde ihr klar, dass er womöglich immer noch verheiratet war mit jener Frau, mit der er diesen Sohn hatte. Von wegen gemeinsam in den Sonnenuntergang reiten, dachte sie betrübt. Von wegen zweite Chance!

»Ich bin erst nach ihrem Tod vor zwei Jahren wieder nach Deutschland zurückgegangen«, fügte er seufzend hinzu.

Wiete zuckte zusammen. Sie bereute ihre Drohung, der Frau die Augen auszukratzen, zutiefst.

»Entschuldigung, das konnte ich nicht wissen.«

Er drückte ihre Hand ganz fest, bevor er ihr schilderte, wie die schöne Mercedes, Tochter eines wohlhabenden Teeplantagenbesitzers, um ihn gekämpft hatte, als er auf Leben und Tod im Krankenhaus gelegen hatte.

»Und da konnte ich doch nicht schon wieder weglaufen. Und sie war eine wunderbare Frau. Ich habe sie geliebt, aber anders als dich. Wir beide, du und ich, wir gehören zusammen, wir sind aus demselben Holz geschnitzt. Mercedes war eine Prinzessin aus einer anderen Welt, die mich in ein Märchen entführt hat. Und trotzdem habe ich immer wieder an dich gedacht.«

»Und warum konntest du mir nicht wenigstens mitteilen, dass du nie wieder zurückkommen würdest?«, fragte Wiete mit belegter Stimme.

»Weil ich feige war, weil ich mir nicht hundertprozentig sicher war, dass ich in Santos alt werden würde. Mercedes hat es geahnt, dass es da in Deutschland jemanden gibt. Und als sie so krank wurde, hat sie einmal gesagt, ich solle dich nach ihrem Tod suchen, denn sie möchte, dass ich glücklich werde …« Karsten stockte, denn er kämpfte mit den Tränen.

Wiete, die selten weinte, ja selbst nicht, als sie herausbekommen hatte, dass sie einem Betrüger aufgegessen war, liefen stumme Tränen über das Gesicht.

Sie setzten sich nun ins grüne Gras. Karsten zog sie dicht zu sich heran, und sie blickten gemeinsam aufs Meer. Am Horizont hing ein leuchtend gelber Ball, der nur darauf wartete, in der grauen Nordsee zu versinken.

»Ich werde dich nie wieder loslassen und alles wiedergutmachen«, flüsterte er.

»Kannst du mich mal … ich meine, kannst du mich mal einfach kneifen?«, stammelte Wiete.

»Es ist kein Märchen, wir gehören zusammen«, entgegnete Karsten euphorisch.

»Was für ein unfassbarer Zufall, dass dir im Casino Inken begegnet ist. Sonst hättest du mich nie gefunden«, stieß sie fassungslos hervor.

»Das hat Mercedes eingefädelt. Die glaubte an so etwas«, lachte er.

Wiete aber fand keine Worte für diese unglaubliche Fügung. Sie weigerte sich allerdings, an Geister zu glauben, schon gar nicht an die von verstorbenen Ehefrauen.

»Karsten, das geht alles nicht, ich komme da nicht mit …« Sie tippte sich an die Stirn. »Ich werde bekloppt. Ich bin doch keine Träumerin. Ich stehe mit beiden Beinen auf dem Boden. Das passt nicht …«

In diesem Augenblick war es ihr, als würde sie tatsächlich aus einem Traum erwachen. Nein und noch einmal nein, dieser Mann hatte ihr Leben zerstört, sie hatte keine Kinder bekommen, nie die Familie gehabt, die sie sich damals mit ihm gemeinsam ausgemalt hatte … Nein, wie sollte sie ihm das jemals wirklich verzeihen? Was, wenn der Zauber des Kusses verflogen war und wenn die Geister der Vergangenheit auftauchten und sie ihm eines Tages an den Kopf warf, er habe ihr Leben zerstört! Nein und noch einmal nein! Sie hatte sich ihr Leben doch wunderbar ohne Mann eingerichtet. Da musste doch nicht ausgerechnet der Mann kommen, der ihr den größten Schmerz überhaupt zugefügt hatte.

Wiete sprang wie von der Tarantel gestochen auf. Ohne ihn eines Blickes zu würdigen, drehte sie sich um und rannte den Deich entlang bis zu ihrem Auto zurück. Ich kann ihn doch nicht einfach zurücklassen, ging ihr flüchtig durch den Kopf, als sie den Wagen startete. Warum eigentlich nicht, war ihr zweiter Gedanke, er war doch auch einfach fortgegangen!

Doch echte Erleichterung darüber, dass sie sich nicht noch einmal von seinem Charme hatte einwickeln lassen, wollte sich partout nicht einstellen. Im Gegenteil, sie musste sich ein paarmal mit dem Ärmel die Tränen aus den Augen wischen, damit sie nicht blind durch die Gegend fuhr.

## 35. Der große Auftritt

Uwe bebte vor lauter Aufgeregtheit vor dem großen Auftritt seiner Truppe. Er war so nervös, dass er die Chordamen hinter der Bühne nötigen wollte, seinen Krabbensong noch einmal zu proben. Doch Nele konnte ihn sanft stoppen und ihm versichern, sie hätten so viel geprobt, dass jeder weitere Durchlauf völlig überflüssig sei, zumal die Bühne draußen am Hafen aufgestellt war und jeder ihnen hätte zuhören können. Außerdem würden sie damit den Aufritt der anderen Gruppen stören. Nele warf einen besorgten Blick auf Wiete, die seit Tagen wie versteinert durch die Gegend lief und in diesem Moment krampfhaft versuchte, an Karsten vorbeizusehen, der einen Platz direkt vor der Bühne ergattert hatte und eine Rose in der Hand hielt. Keine Frage, die wollte er sicherlich Wiete nach dem Konzert verehren. Es war unglaublich, wie viele Blumensträuße dieser Mann schon sowohl nach Nordstrand als auch ins *Wattparadies* geschickt hatte. Nele musste neidlos zugeben, dass sie noch niemals einen Verehrer gehabt hatte, der sich so ins Zeug legte wie Karsten Möller bei Wiete. Und obwohl sie natürlich aufs Schärfste verurteilte, wie der Mann sich damals aus dem Staub gemacht hatte, fand sie, dass er sehr wohl eine Chance verdient hätte. Doch je mehr Inken und sie Partei für den liebestrunkenen Caio ergriffen, desto sturer reagierte Wiete.

Nele wünschte sich derweilen, dass ihr Luigi ihr überhaupt ein Zeichen senden würde. Und wenn er sich nur kurz für ihren offenen Brief bedanken würde. Sie erwartete ja längst keine großen Worte von ihm, aber hatte sie sich so in ihm getäuscht, dass sie ihm nicht mal einen einzigen Satz wert war?

Gerade hatte der Shanty-Chor seinen Auftritt auf der Bühne beendet. Der Moderator kündigte nun die Husumer Deerns an. Uwe ging voran und beantwortete ihm noch ein paar Fragen zu seiner Frauentruppe, dann traten die Deerns auf die Bühne. Nele hatte die ganze Zeit kein Lampenfieber verspürt, doch in dem Moment, als sie die Bühnenbretter betrat, wurde ihr ganz flau. Plötzlich hatte sie Panik, dass sie mal wieder den richtigen Ton nicht traf. Und jetzt konnte Uwe ihr nicht mehr helfen! Eine riesige Traube von Zuschauern hatte sich vor der Bühne gebildet. Sie durfte gar nicht so richtig hingucken. Dann wurde ihr ganz schwindlig. Nicht nur viele Stammgäste des *Wattparadieses* waren zu ihrem Auftritt gekommen, sondern auch etliche Honoratioren. Sosehr der Anblick der vielen Menschen ihr Lampenfieber auch steigerte, sie ließ ihren Blick dennoch schweifen. An einem grauen Lockenkopf in der Menge blieb er hängen, und sie erstarrte. Wenn das keine Fata Morgana war, dann handelte es sich bei diesem Zuschauer um keinen Geringeren als Luigi. Aber das kann doch nicht sein, durchzuckte es sie, und sie wandte sich energisch ab. Danach verbot sie sich, überhaupt noch einen einzigen Blick in die Menge zu werfen. Sie konzentrierte sich stattdessen nur noch auf ihren Chorleiter und die richtigen Töne …

Uwes Song riss die Zuschauer zu Begeisterungsstürmen hin, und auch die übrigen Lieder waren ein voller Erfolg. Noch auf keiner Probe hatten sie bislang so perfekt gesungen. Und Nele traf mit schlafwandlerischer Sicherheit auf Anhieb jeden Ton.

Sie mussten drei Zugaben geben, und aus dem aufgeregten Uwe war ein ausgelassener Maestro geworden, der vor Stolz auf seine Truppe schier platzen wollte. Er wirbelte temperamentvoll vor seinen Damen herum und gab den Takt vor.

Der Applaus wollte gar nicht mehr enden, und als dann der Leiter des Shanty-Chors auf die Bühne kam und Uwe den Vorschlag machte, gemeinsam »Eine Seefahrt, die ist lustig« zum Besten zu geben, johlte das Publikum. Und auch aus diesem gemeinsamen Finale wurden dann drei Lieder. Man wollte sie gar nicht mehr von der Bühne lassen. Dieser Erfolgsrausch lenkte Nele ein wenig ab von dem Geist, den sie in der Menge gesehen zu haben glaubte. Wahrscheinlich hatte sie sich den Mann nur eingebildet. Offenbar hatte ihr der Wunsch, auch am Liebeskarussell teilzunehmen, einen kleinen Streich gespielt. Um das zu überprüfen, riskierte sie nun, nachdem alles zu Ende war, noch einen Blick auf die Stelle, wo sie ihn entdeckt zu haben glaubte. Natürlich war dort weit und breit kein Luigi zu sehen. Das hatte sie natürlich vorher gewusst, und trotzdem war sie zutiefst enttäuscht.

Die Deerns waren nach dem Auftritt außer Rand und Band. In bester Laune gingen sie alle zusammen zum *Wattparadies*, wo an diesem Tag nur Brötchen angeboten wurden. Nele war trotz des traumhaften Erfolgs noch immer in einer gedämpften Stimmung und blieb etwas zurück. Es missfiel ihr außerordentlich, dass sie sich derart runterziehen ließ. Das entsprach so gar nicht ihrer Art, aber ihr legendärer Optimismus hatte wohl vorübergehend den Dienst eingestellt.

Blöde Kuh, dachte sie, jetzt lasse ich mir wegen dieses Italieners den ganzen Spaß verderben. Sie zuckte zusammen, als ihr jemand sanft auf die Schulter klopfte. »Nicht erschrecken, ich bin es nur«, hörte sie da eine vertraute Stimme an ihrem Ohr flüstern.

Es hätte nicht viel gefehlt, und sie wäre in Ohnmacht gefallen. Alles Blut war ihr aus dem Kopf gewichen, und ihr Kreislauf tanzte Tango. Ihr war so schummrig, dass sie sich an ihm festhalten musste, um nicht umzukippen. Er hielt sie so fest, wie er konnte.

Dabei flüsterte er ihr zärtlich immer wieder *»donna ribelle«* ins Ohr. So, wie er es früher oft getan hatte, wenn sie ihm widersprochen hatte. Es dauerte eine halbe Ewigkeit, bis sie begriff, dass dies hier kein Traum war. Da nahm sie ihn bei der Hand und führte ihn durch die Menschenmenge an der Kaimauer entlang und dann durch die belebten Gassen bis in das Kirchenschiff der St.-Marienkirche. »Was machst du hier?«, fragte sie in die Stille der Kirche hinein, nachdem auch sie eine Weile andächtig geschwiegen hatten.

»Ich bin gekommen, um dir zu sagen, dass ich dich nie vergessen habe.«

»Und warum hast du auf meine Nachricht nicht geantwortet?«

»Ich wollte dich sehen und nicht schreiben. Doch ich hatte viel Arbeit. Nun habe ich gekündigt. Ich gehöre nicht an den Schreibtisch. Ich werde mich als Koch bewerben. Deine nette Freundin in Sanremo hat mir gesagt, dass es hier eine Stelle für mich gibt.«

»Das hat dir Wiete wirklich so gesagt?«

»Nicht ganz«, lachte er.

»Ich hätte da aber wirklich einen Job für dich. Magst du dich mal am Montag vorstellen? Warte, ich gebe dir die Adresse.« Nele reichte ihm lächelnd eine Visitenkarte des *Wattparadieses*.

»*Mille grazie, donna ribelle*, und jetzt würde ich dich gern näher begrüßen. Du bist schöner denn je.« Er legte den Arm um sie und zog sie dichter zu sich heran.

»Ich glaube, dazu sollten wir den Ort wechseln. Zum Begrüßen ist die Kirche nicht das Richtige«, raunte sie kokett. Außerdem konnte sie nur noch einen einzigen klaren Gedanken fassen: Luigi so schnell wie möglich in ihre Höhle zu schleppen, vor allem jetzt, wo sie eine sturmfreie Bude hatte, weil ihre Freundinnen sich noch auf dem Fest tummelten.

Hand in Hand gingen sie zu ihrem Auto. Es fühlte sich so verdammt richtig an, dass Nele gar nicht verstehen konnte, was sie sich da eigentlich alles eingebildet hatte. Trotzdem musste sie eines noch wissen, wenngleich auch das sie nicht davon abhalten würde, mit Luigi ins Bett zu gehen. Zwischen ihnen brannte die Luft dermaßen, dass sie selbst ein potenzielles Geständnis, sie sei nur eine von hundert Touristinnen gewesen, die er getröstet habe, nicht daran hindern würde. Gleich danach werde ich ihn fragen, nahm sie sich vor.

Dass sie die Fahrt nach Nordstrand überlebten, war ein Wunder, denn sie konnten partout nicht die Hände voneinander lassen, sodass Nele den gesamten Weg nur eine Hand am Steuer hatte.

»Ich will dich spüren. Überall«, flüsterte sie ihm unterwegs erregt zu.

Luigi war allerdings etwas zögerlich, gleich mit ihr ins Schlafzimmer zu gehen, nachdem sie knutschenderweise die Diele des Friesenhofs betreten hatten.

»Müssen wir nicht erst über alles reden?«, fragte er irritiert.

»Später, *amore*, viel später«, erwiderte sie, während sie ihn in ihr Zimmer zog.

Luigi leistete keinen Widerstand mehr, als sie in enger Umarmung zusammen auf dem Himmelbett landeten.

In ihrer Erregung vergaß Nele sogar, ihr Kleid beim Sex anzubehalten, um die gewissen neuralgischen Punkte ihres Körpers zu verbergen. Das merkte sie erst, als sie nackt vor ihm stand und er immerzu murmelte: »Du bist noch genauso schön wie damals!« Das war der Augenblick, in dem Nele begriff, dass die Cellulitis allein ihr Problem war, nicht seines, denn diese vor Lust glänzenden Augen konnten mit Sicherheit nicht lügen.

Sie liebten sich schließlich, als gäbe es kein Morgen. Und es war wilder als in ihren Träumen. Der Liebesgott hatte kein bisschen von dem vergessen, womit er sie in den Wahnsinn treiben konnte.

Erst als Nele schließlich schon eine ganze Weile erschöpft in seinem Arm lag, fragte sie ihn nach seiner Frau.

»Wusste deine Frau eigentlich von deinen vielen Affären?«

Luigi setzte sich abrupt auf. »Ich hatte keine Affären, während ich verheiratet war!«, entgegnete er empört.

»Hä? Aber du hast doch einen erwachsenen Sohn, und der hat doch sicherlich eine Mutter …«

»Die ist bei der Geburt von Allesandro gestorben. Er ist bei meiner Schwester aufgewachsen. Deshalb konnte ich doch nicht als Koch in Genua arbeite. Musste für die freien Tage in seiner Nähe bleiben, damit ich meinen Sohn überhaupt sehen konnte.«

»Oh nein, ich dumme Gans!«

Nele war so beschämt, dass sie sich die Bettdecke über den Kopf zog, doch Luigi befreite sie davon und gab ihr einen zärtlichen Kuss auf die Nase.

»Du warst die einzige Frau, jedenfalls, bis du dann für Jahre nicht mehr gekommen bist. Danach, darüber schweigt die Höflichkeit!«

Nele gab ihm einen liebevollen Stoß in die Seite. »Also doch ein Gigolo!«

»Si, ich musste vergessen meine *donna ribelle*. Mein Herz war kaputt. Und was ist mit diesem Idioten von Ehemann? Er hat dich verlassen? Der Kerl ist krank im Kopf!«

Nele schilderte ihm nun etwas detaillierter, was ihr passiert war. Luigi sah sie dabei die ganze Zeit liebevoll an.

»Damals hätte ich dich bei unserem Wiedersehen gleich noch einmal geliebt, aber in meinem Alter geht nicht mehr«, erklärte er nun bedauernd.

»Okay, wenn du das jetzt jeden Tag nur einmal machst, dann könnte ich zur Not damit leben, dass du nicht mehr alle Stunde über mich herfällst …«, lachte sie.

»Ich hoffe, dass ich den Job bekomme. Dann bleibe ich erst einmal. Ist das in Ordnung?«, erkundigte er sich schüchtern.

»Ich glaube, da kann ich ein gutes Wort für dich einlegen.

Ich kenne die drei Chefinnen, und eine ganz besonders«, lachte Nele und knabberte so intensiv an seinem Ohr, wie sie es früher gern getan hatte.

Luigi stöhnte auf und blickte überrascht unter die Bettdecke. »Ich glaub, ich bin gerade um ein paar Jahre verjüngt«, sagte er grinsend und küsste sie erneut.

# 36. Familientreffen

Nele hatte allen Grund, eifersüchtig auf Inken zu sein, denn Luigi und ihre Freundin hatten an diesem Tag stundenlang gemeinsam in der Küche gestanden. Inken und Luigi waren nicht nur im *Wattparadies* ein perfektes Team, sondern auch an diesem Heiligabend auf Nordstrand. Anfangs hatte das gar nicht danach ausgesehen, denn Luigi hatte vehement versucht, der Küche des *Wattparadieses* eine mediterrane Note zu verpassen. Das war selbst der Neuerungen gegenüber stets aufgeschlossenen Inken zu viel gewesen, und sie hatte seine Alleingänge mit derselben Power bekämpft, wie sie damals gegen Harrys schwäbischen kulinarischen Einschlag vorgegangen war. Doch Luigi hatte nicht lockergelassen und war geschickt zu Werk gegangen, indem er sich Wietes und Neles Unterstützung gesichert hatte. Wiete fand das großartig, und auch Nele hatte ein Faible für die italienische Küche, sodass aus diesem Konflikt heraus bald eine neue Speisekarte entstanden war, auf der durchaus auch Luigis Saltimbocca Platz gefunden hatte.

Mittlerweile harmonierten die beiden Köche perfekt, sodass sie nun öfter einmal miteinander experimentierten, um neue Kreationen zu schaffen. So wie an diesem Weihnachtsabend den Gänsebraten mit den Chianti-Bohnen.

Doch Nele gönnte den beiden ihre gemeinsamen kulinarischen Höhepunkte von Herzen, solange er die anderen für sie bewahrte. Nele und Luigi hatten sich in der Wohngemeinschaft inzwischen den Spitznamen »die Teenies« eingefangen, weil sie keine Sekunde die Hände voneinander lassen konnten. Bis auf die Zeit, die Luigi mit Inken in der Küche verbrachte. Wobei Neles offizielle Version lautete, sie habe nur eine Affäre mit dem Koch, was sie allerdings niemals in Luigis Gegenwart von sich geben würde. Inken und Wiete ließen ihr den Spaß, obwohl sie ihr offensichtlich kein Wort glaubten. Und im Grunde ihres Herzens war Nele längst von ihren alten Vorstellungen abgekommen, dass Ehemänner nur wohlhabende Herren sein konnten. Wenn Luigi sie eines Tages fragen würde, ob er für immer bleiben sollte, würde Nele ganz bestimmt nicht Nein sagen.

Es gab an diesem Abend auch genug zu tun, denn Nele hatte das Haus voller Gäste, aber alles nur Familie, denn seit sie Teilhaberin des *Wattparadieses* war, vermietete sie keine Fremdenzimmer mehr. Der alte Gästetrakt war inzwischen als Wohnung für Wiete und Karsten ausgebaut worden, die dort lebten, wenn sie nicht gerade in der Weltgeschichte herumreisten. Ja, Wiete hatte schließlich Caios Werben, der jetzt wieder Karsten hieß, nachgegeben. Und er hatte darauf bestanden, gar nicht erst mit einer Wochenendbeziehung anzufangen, weil sie doch so viel Zeit nachzuholen hätten. Wiete hatte seitdem so etwas wie ein Dauerstrahlen im Gesicht. Caio hatte Wiete schon nach Paris, New York und Rom entführt. Zum Ausgleich dafür, dass er Wiete so oft für sich beanspruchte, fungierte er als stiller Teilhaber an dem Unternehmen, das mittlerweile schwarze Zahlen schrieb, so wie Wiete es geplant hatte.

Nele zählte noch einmal die Teller, die sie nun auf der langen Tafel eindecken würde. Wenn sie richtig gerechnet hatte, waren es mit ihr zwölf Personen: Wiete, Karsten, Inken, Beeke, Gabriel, Luigi, sein Sohn Allesandro, seine Schwester Maria, sein Schwager und zwei Nichten, deren Namen sie sich noch nicht wirklich hatte merken können, und sie. Luigis italienische Verwandtschaft war gestern eingetroffen, und seitdem war der Lärmpegel der Hintergrundgeräusche um einiges gestiegen. Nachdem Nele den Tisch gedeckt hatte, schaute sie in der Küche nach dem Rechten und war betört von den leckeren Düften. Luigi gab ihr sofort einen Löffel seiner Soße zum Abschmecken, den Nele mit wahrer Hingabe abschleckte. Dass sich ihre sinnliche Beziehung mit dem Koch mittlerweile auch in einer Kleidergröße mehr zeigte, machte ihr so gut wie gar nichts aus, weil Luigi ihre neuen Rundungen stets mit intensiven Streicheleinheiten bedachte. Das Problem waren nur die alten, nun kneifenden Ehe-Klamotten gewesen, die sie eines Tages in einer Art Befreiungsschlag zur Altkleidersammlung geschafft hatte. Doch sie legte immer noch Wert auf besondere Stücke, auch in einer Konfektionsgröße mehr! Ihren Versuch, diese Designerteile als Geschäftsausgaben über das *Wattparadies* abzusetzen, weil sie damit repräsentieren musste, wie sie behauptete, hatte Wiete vereiteln können. Dafür brachte sie der Freundin von jeder Reise einen Designerfummel mit, sodass Neles kurzfristig leerer Kleiderschrank schon fast wieder aus allen Nähten platzte.

Wiete schmückte derweil zusammen mit Karsten den Tannenbaum. Sie war kaum wiederzuerkennen. Aus der burschikosen Herrin der Zahlen war rein äußerlich eine Dame von Welt geworden. Nele beneidete sie glühend um ihren neuen Lebensstil, doch Wiete war im Grunde ihres Herzens genauso bescheiden geblieben, wie sie es immer gewesen war. Das Schönste war für sie, zusammen mit Karsten ihre neue Wohnung zu gestalten. Auf diese Weise hatte sie das Arbeiten mit den Händen entdeckt, ohne dabei Porzellan zu zerschlagen. Und natürlich ließ sie es sich nicht nehmen, Karstens Zahlen wieder in Ordnung zu bringen und dafür zu sorgen, dass seine großzügigen Spenden alle ordentlich verbucht wurden. Seit Wiete seine Bücher unter sich hatte, vermehrte sich sein Vermögen mehr, als dass es sich dezimierte. Aber sie ließ es sich auch nicht nehmen, weiterhin die Steuererklärungen für das *Wattparadies* abzugeben.

Inken hatte sich nach den Vorbereitungen für das Weihnachtsessen in ihr Zimmer zurückgezogen, um Geschenke einzupacken und sich umzuziehen. Sie hatte einen zweiten Raum hinzubekommen und besaß jetzt eine richtige kleine, abgeschlossene Wohnung. Sie hatte den Turteltauben auch angeboten auszuziehen, aber das hatten Nele und Luigi rigoros abgelehnt. Auch Wiete und Karsten waren strikt dagegen gewesen. Inken war natürlich froh darüber, denn jetzt, wo ihre Freundinnen beschäftigt waren und auch Beeke viel unterwegs war, um bei Gabriel zu sein, hätte sie sich in einer eigenen Wohnung wohl doch etwas einsam gefühlt. Sie hatte sich inzwischen auch daran gewöhnt, dass sie Harrys Stimme seit dem Sommer nicht mehr hörte. Manchmal spielte sie mit dem Gedanken, noch einmal zu Frau Meiser zu gehen. Vielleicht konnte die einen Kontakt herstellen, aber sie traute sich nicht so recht. Nele behauptete, es sei auch gar nicht so gut, wenn sie noch weiter mit ihm kommunizieren würde, weil sie sich dann nicht für eine neue Beziehung öffnen würde.

Nele versuchte neuerdings, sie mit allen möglichen Witwern und sonstigen Silver Agern zu verkuppeln, die noch allein gehen konnten. Offenbar stand ihr gerade fett auf die Stirn geschrieben: *Witwe sucht neuen Kerl*, denn vor ein paar Monaten hatte doch tatsächlich ein allein speisender männlicher Gast darum gebeten, sich bei der Küche für den kulinarischen Genuss zu bedanken. Nachdem er sie mit Lob nahezu überschüttet hatte, hatte er sie gefragt, womit er ihr denn eine Freude machen könne. Mit Rosen, hatte Inken prompt erwidert. Als Scherz natürlich, doch nun kam jede Woche ein Strauß roter Rosen im *Wattparadies* an als Vorbote, dass der Herr an diesem Abend dort speisen würde. Doch Inken schickte seitdem Luigi an diesen Tisch, was dem Verehrer offenbar gar nicht gefiel.

»Das fehlt mir noch, so ein hergelaufener Kerl im Haus«, murmelte sie.

*Mein Schatz, wenn der Richtige kommt, wirst du deine Meinung schon ändern!*

Inken zuckte zusammen, als sie plötzlich Harrys Stimme diese Worte klar und deutlich sprechen hörte.

»Ich vermisse dich«, flüsterte sie.

*Ich werde dir bald jemanden vorbeischicken, der dein Herz erweichen kann.*

Inken tippte sich gegen die Stirn, doch in dem Moment klopfte es an der Tür. Beeke betrat schüchtern das Zimmer.

»Mutti, ich muss dir was sagen. Darf ich?«

»Aber natürlich, komm rein. Dein Geschenk habe ich zum Glück schon eingepackt.«

Beeke hatte eine derart feierliche Miene aufgesetzt, dass Inken etwas mulmig zumute wurde.

»Mutti, du sollst die Erste sein, die es erfährt …«

In diesem Moment sah Inken diesen typischen Schwangeren-Heiligenschein um den Kopf ihrer Tochter leuchten. Da wusste sie, dass es keine schlechte Nachricht war, die Beeke ihr überbringen wollte, sondern eine wunderschöne, und sie lächelte versonnen in sich hinein. Wenn Harry eben ihr Enkelkind damit gemeint haben sollte, dann stand ihr Herz ohne Wenn und Aber sperrangelweit offen.

# Dank an …

… den netten Herrn Saalchef des *Casino Esplanade* in Hamburg, der mir alle meine Roulette-Fragen geduldig beantwortet hat. Und wenn ich beim Schreiben trotz meiner Recherche das eine oder andere rund ums Glücksspiel nicht richtig wiedergegeben habe, liegt es nicht an seinen freundlichen Auskünften, sondern daran, dass ich leider das völlige Gegenteil von Wiete bin. Zahlen sind und bleiben ein Mysterium für mich.

… meinen Mann, der mit mir erholsame Recherchetage in Husum verbracht hat.

… die Stadt Husum, die mich zu dieser Geschichte inspiriert hat und die schon seit meiner Kindheit eine große Bedeutung für mich hat.

… meine Lektorin Frau Lingsminat für all die wunderbaren Verbesserungsvorschläge, die sie eingebracht hat.

… last, but not least Paolo Conte, den ich einmal in Sanremo bei einem Konzert gesehen und bei dem ich mir anschließend zum ersten Mal in meinem Leben ein Autogramm geholt habe.